莱文沃思案

The Leavenworth Case

〔美〕安娜·凯瑟琳·格林 著

麦晓昕 黄斯敏 译

世界经典推理文库 1

Anna Katharine Green
The Leavenworth Case

Simplified Chinese edition copyright © 2017
by Shanghai 99 Readers' Culture Co., Ltd.
All rights reserved.

图书在版编目(CIP)数据

莱文沃思案/(美)安娜·凯瑟琳·格林著;麦晓昕,黄斯敏译.—北京:人民文学出版社,2017
(世界经典推理文库)
ISBN 978-7-02-012320-9

Ⅰ.①莱… Ⅱ.①安… ②麦… ③黄… Ⅲ.①长篇小说-美国-现代 Ⅳ.①I712.45

中国版本图书馆 CIP 数据核字(2017)第 022296 号

责任编辑:甘 慧 张玉贞
封面设计:高静芳
封面插图:杨 猛

出版发行 人民文学出版社
社　　址 北京市朝内大街 166 号
邮政编码 100705
网　　址 http://www.rw-cn.com

印　　刷 山东临沂新华印刷物流集团
经　　销 全国新华书店等

开　　本 890 毫米×1240 毫米　1/32
印　　张 11.75
字　　数 243 千字
版　　次 2017 年 5 月北京第 1 版
印　　次 2017 年 5 月第 1 次印刷

书　　号 978-7-02-012320-9
定　　价 49.00 元

如有印装质量问题,请与本社图书销售中心调换。电话:010-65233595

目 录

第一卷 问题

3	第一章	"大案"
11	第二章	验尸官的讯问
15	第三章	事实与推理
33	第四章	一条线索
39	第五章	专家证词
46	第六章	意外线索
51	第七章	玛莉·莱文沃斯
58	第八章	情况证据
72	第九章	重要发现
81	第十章	葛莱斯先生获得新动力
91	第十一章	召唤
97	第十二章	埃莉诺
103	第十三章	问题

第二卷 亨利·克拉弗林

113	第十四章	葛莱斯先生如鱼得水

124	第十五章	豁然开朗
132	第十六章	百万富翁的遗嘱
136	第十七章	惊奇之始
146	第十八章	楼梯上
153	第十九章	在办公室里
159	第二十章	"特鲁曼!特鲁曼!特鲁曼!"
164	第二十一章	偏见
171	第二十二章	拼图
188	第二十三章	一位迷人女子的故事
197	第二十四章	一份徒劳的总结
206	第二十五章	蒂莫西·库克
214	第二十六章	葛莱斯先生的解释

第三卷 汉娜

227	第二十七章	艾米·贝尔登
233	第二十八章	奇怪的经历
245	第二十九章	消失的目击证人
249	第三十章	烧毁的文件

255　　第三十一章　Q
266　　第三十二章　贝尔登夫人的讲述
293　　第三十三章　预料之外的证词

第四卷　问题解决

301　　第三十四章　葛莱斯先生重掌大局
318　　第三十五章　精密的谋划
330　　第三十六章　收网
338　　第三十七章　高潮
348　　第三十八章　完整的自白
366　　第三十九章　最终结局

第一卷 问 题

第一章 "大 案"

> 一件骇人听闻之事。
> ——《麦克白》

当时,我是一名律师和法律顾问,在威利、卡尔和雷蒙德律师事务所工作已有一年多,头衔是初级合伙人。一天早上,威利先生和卡尔先生都有事不在,办公室里来了一位年轻人。看着他一副匆忙不安的样子,我不由自主地站起来迎接他,急切地问道:

"发生什么事了?不会有什么坏消息吧?"

"我是来找威利先生的。他在吗?"

"不在,"我回答道,"他去华盛顿了,今天早上突然有人找他。他得明天才回来。不过如果你能告诉我你的来意……"

"告诉你?先生?"他重复道,一边把视线移到我身上。他的目光冷淡却不失坚定。一番扫视之后,他似乎对我放下心来,于是继续说道:"我可以告诉你。此事也不是什么秘密。我是来告诉他,莱文沃斯先生死了。"

"莱文沃斯先生!"我失声惊呼,踉跄地倒退了一步。莱文沃斯先生是我们律师所的老客户,他还是威利先生的密友。

"是的,他被人谋杀了。他就坐在自己的图书室里,被不明人士一枪击中了头部。"

"枪击！谋杀！"我几乎无法相信自己的耳朵。

"怎么发生的？什么时候的事情？"我惊声问道。

"就在昨晚。至少我们都是这么想的。不过事情直到今早才被发现。我是莱文沃斯先生的私人秘书，"他解释说，"我也住在他家。这件事着实恐怖，很令人震惊。"他又继续说："尤其是对女士们而言。"

"太恐怖了！"我重复道，"威利先生一定会十分难过。"

"她们现在没人陪着，"他以一种就事论事的口吻继续低声说着，后来我才发现这其实是他说话时一贯的口吻，"两位莱文沃斯小姐，也就是莱文沃斯先生的侄女们。因为今天警方要去那里调查，所以应该有个能给她们建议的人在场才好。威利先生是她们伯父生前最好的朋友，所以她们自然派我来找他；可是他又不在，我真不知道该如何是好，也不知道下一步该怎么走。"

"两位女士并不认识我，"我犹豫地回答道，"不过我非常乐意为她们效劳，我对她们的伯父的敬意……"

秘书的眼神让我只把话说了一半。他的视线一直停留在我的脸上，而他的瞳孔却仿佛不停地放大，直到似乎又把我浑身上下打量了一番为止。

最后他终于开口了。"我拿不定主意，"他微皱着眉头，这也表明了他对事情的变化不尽满意，"不过或许这也是最合适的了。女士们绝不能没人陪伴……"

"不用说了，我去。"我坐下来，飞快地给威利先生留了一条信息，然后稍作必要的收拾，便陪同这位秘书一起往街上走去。

"那，"我说，"把你所知道的关于这一可怕事情的一切都告诉我吧。"

"我所知道的一切？寥寥数语就够了。昨晚我离开他时，他和平日里一样坐在图书室的书桌边。今天早上我发现他还是坐在老地方，几乎是和昨晚一样的姿势，但脑袋上有一个子弹留下的窟窿，跟我的小指尖差不多大。"

"断气了？"

"断气了，都僵了。"

"太吓人了！"我惊呼起来。过了片刻，我想了想，又问道："有可能是自杀吗？"

"不可能。涉事的手枪没有找到。"

"但如果是他杀的话，这背后肯定会有某些动机。莱文沃斯先生乐善好施，不可能树敌，而如果是盗窃的话……"

"不是盗窃。没有东西丢失，"他又打断我说道，"整件事很离奇。"

"离奇？"

"非常离奇。"

我转过身来，好奇地看了看我的这位报信者。发生离奇凶杀案的屋子里的人往往很耐人寻味。但我身边的这位五官端正的男人，脸上如此波澜不兴，即便是想象力最丰富的人，也只能从中得出极其有限的设想。我几乎是马上移开视线，又问道：

"两位女士是不是难过得很？"

他走了起码五六步之后才回答。

"如果不难过的话那就有失常理了。"不知道是因为他说话时脸上的神情，还是这个回答本身，我萌生了这样的念头：与已故莱文沃斯先生这个无趣而又矜持的秘书谈论女士们的情况，我似乎有些越界打破了禁忌。这个想法让我感到不大舒服，因为我之前便听说过她们是非常有涵养的女士。于是当我看到眼前第五大道的马车时，不由得松了一口气。

"我们先不谈了，"我说，"要上车了。"

可是，在车上坐定之后，我们很快便发现没什么机会可以继续谈论这个话题。于是我利用这段时间，在脑子里回顾了一遍我对莱文沃斯先生的认识。我发现我对他的了解仅限于以下几点：他是一位富甲一方的隐退商人，社会地位颇高；由于没有子嗣，他收养了两位侄女，其中的一位已被他立为财产继承人。威利先生曾告诉过我他的种种古怪之处，例子之一便是：他立了遗嘱，把其中一位侄女列为受益人，而另外一位侄女则完全被排除在外。至于他的生活习惯和社交关系，我几乎一无所知。

我们到达的时候，房子前已经围了很多人。我还来不及细看这间偏僻的幽深宅所，就被一大群人推搡着来到了宽石阶前。有个擦鞋童和肉铺伙计一直缠着我，他们好像觉得紧紧抓住我的手臂就能混进屋里似的。我好不容易才挣脱开来，走上台阶，这时我发现那位秘书不知从哪儿来的好运气，已经成功地走到我身边，并且匆匆地按了门铃。门立刻就开了，门缝中露出半张脸，我认出来那是我们城里的一位探长。

"葛莱斯先生！"我惊呼道。

"幸会，"他答道，"雷蒙德先生，请进。"他轻手轻脚地把我们拉进屋里，关上门，留给门外失望的人群一个冷笑。"我想，你在这里见到我，不会觉得奇怪吧。"他边说边伸出手来，同时瞄了我的同伴一眼。

"不会。"我答道。我隐约觉得我应该介绍一下身边的年轻人，于是补充道："这是……这位是……不好意思，我还不知道你的名字。"我询问我的同伴。"这是已故莱文沃斯先生的私人秘书。"我赶忙加了一句。

"哦，"他答道，"秘书！验尸官正在找你呢，先生。"

"验尸官来了？"

"对，陪审团刚刚上楼去检查尸体。你要不要也上去看看？"

"不必了。我来只是想看看能不能给两位年轻女士提供点帮助。因为威利先生有事不在。"

"而且你觉得机会难得,得好好把握,"他继续说道,"的确如此。既然你已经来了,再加上这个案件极有可能会引起轰动,我会认为,像你这样年轻有为的律师,应该会希望自己了解这个案件的所有细节。但一切还是由你自己来判断吧。"

我竭力克制着我的嫌恶感。"我上去看看就是了。"我答道。

"很好,跟我来吧。"

我刚准备上楼,就听到陪审团下楼的声音。于是我和葛莱斯先生后退到会客室和起居室间的隐蔽处,我趁机说道:

"那个年轻人说这不可能是一桩盗窃案。"

"的确如此!"他正盯着不远处的门把手。

"到目前为止还没发现丢失东西……"

"而且今天早上屋子门窗的插销全都是拴紧的,没有遭破坏的迹象。"

"他没和我提到这一点。那样的话,"我感到不寒而栗,"凶手一定整晚都藏在屋子里。"

葛莱斯先生看着门把手,露出了阴沉的笑容。

"这门把手真丑!"我失声惊呼。

葛莱斯先生马上对着门把皱了皱眉头。

在这里我得做一番说明,侦探葛莱斯先生并不是那种身材修长的硬朗角色,他的眼神也没有你预料的那般锐利而洞悉一切。与此相反,他膀大腰圆,性格温和;他没有尖锐的眼神,更不会盯着你看。如果他聚精会神地看着某处,那么多半是看着周围无关紧要的东西,例如某个花瓶、墨水瓶、纽扣或者某本书。他好像会向这些东西倾诉心声一般,似乎他的推论就藏在这些东西里头。但对于你而言,他这个人和他的想法就如同三一教堂那高高的塔尖一般遥不可及。而现在,正如我刚才所说的那样,葛莱斯先生正和门把手进行着亲密的交流。

"真丑。"我重复道。

他把视线转移到了我的袖扣上。

"好了,"他说,"总算没人碍事了。"

他带路上楼,到了楼梯顶平台时停了下来。"雷蒙德先生,"他说,"我向来不爱透露我这一行的秘密。但这次能不能破案,就看我们能否在一开始就掌握正确的线索。我们所面对的不是一般的犯罪行为,而是天才般的凶手。有时候,一个不知情的外行人反而能凭借直觉捕捉到某些有时连最训练有素的聪明头脑也难以察觉的线索。如果你有所发现的话,记得来找我。不要四处去谈论,只要来找我就对了。因为这个案件注定是个大案,非比寻常的大案。快点上来吧。"

"女士们呢?"

"她们在楼上的房间里。内心肯定很悲痛,但我听说她们还算冷静。"随后,他走到一扇门前,推开门,示意我进去。

刚进去时我觉得眼前一片漆黑,但我的眼睛很快就适应了屋里的光线,我看到我们正身处在图书室内。

"就是在此发现了莱文沃斯先生的尸体,"他说,"就在房间的这个位置。"他向前走几步,把手放在一张铺着厚毛呢桌布的大桌子边上。和桌子挨在一起的还有几张椅子,它们被放置在房间的中央。"你自己看看,桌子在门的正对面,"接着,他穿过房间,停在一条狭窄走廊尽头的门槛前,"案发时死者正坐在这张椅子上,背对着这条走廊,所以凶手一定是从这个门廊径直走进来,然后停下,比如说,大概在这儿,再开枪的。"葛莱斯先生稳稳地站在地毯上的某个位置,离刚才提到的门槛大约有一英尺的距离。

"但是——"我赶忙插了一句。

"没有任何的'但是'可言,"他大声说道,"我们已经对整个现场进行分析了。"

他不屑于再继续谈论这个话题,马上转身,快速走到我跟前,领着我走向刚才说的这条走廊。"酒窖、衣橱、洗衣设备、毛巾架。"我们一边向前快速推进,他一边举起双手左右挥舞,进行说明。直至我们来到一间舒适的房间,他才停了下来说道:"这就是莱文沃斯先生的私人房间。"

莱文沃斯先生的私人房间!这就是"他"所住的地方,令人毛骨悚然的、血迹斑斑的"他",一个昨天还活生生、还呼吸着的人。我走到床边,床前挂着厚重的布帘,我抬起手把布帘揭开,葛莱斯先生接过手,布帘后是一张躺在枕头上的冰冷沉静的脸。我忍不住心里直发毛。

"他的死来得太突然,甚至连面容都没有任何扭曲。"他一边解释道,一边把莱文沃斯先生的头扭向一边,露出头盖骨后一处可怕的伤口。"这样一个窟窿能悄无声息地把一个人从这个世上带走。外科医生也会跟你说这样的伤口肯定不可能是他自己动手造成的。这是一桩蓄意谋杀案。"

我顿时感到毛骨悚然,往后退了几步,刚好看到正对面的一扇门,通往大厅。除了我们刚才走进房间时经过的通道,这个门看起来是这个房间与外面相通的另一出入口。我不禁怀疑凶手是不是由这扇门进来再绕到图书室的。虽然葛莱斯先生目不转睛地盯着枝形吊灯,但是他似乎也注意到我的目光触及之处,于是连忙和我说了一句,好像是在回应我一脸的狐疑:

"门是从里面反锁的。可能是从那边进来,也可能不是。我们不能妄下结论。"

这时,我又注意到床上的用品没有被动过的痕迹,便问道:"那时他还没就寝吗?"

"没有。惨案发生到被发现共有十个小时之久。有足够的时间让凶手观察环境，为后续将发生的事情做好应变。"

"凶手？你怀疑谁？"我低声问道。

他不动声色地看着我手上的戒指。

"所有人都有嫌疑，也可以说没有任何人有嫌疑。我的工作不是去怀疑，而是去查明真相。"他把手上的布帘放下来，然后把我带出了房间。

验尸官的讯问即将开始，我感到内心的强烈欲望，极其想要去旁听。因此，我拜托葛莱斯先生告知两位女士，威利先生有事出差，所以由我来代替他，对这件不幸的事情提供她们所需要的任何协助。随后，我便往楼下的大厅走去，在已经到场的各色人物中找了个位子坐了下来。

第二章　验尸官的讯问

> 巨大谜团中的细小信息，正是真相浮现的基础。
> ——《特洛伊罗斯与克蕾西达》

　　房间窗户敞开着。突然之间，窗外的强光照了进来，在那么几分钟里我的眼睛感到了刺痛。恍惚间，眼前景象特征各异，对比强烈，不断冲击着我的意识，我觉得自己的意识被一分为二。几年前我因为过度使用乙醚也产生过类似的幻觉。那时，我仿佛同时过着两种生活：在两个截然不同的地方，上演着两种互不相干的人生。现在我似乎游离在两种对立的思维中，富丽堂皇的大屋，精心布置的家具陈设，不经意的一眼就能察觉昨日的生活轨迹。从翻开琴盖的钢琴便能窥探出一二，乐谱还在原位，架在一位女士的折扇上。这些影像不断地在我的脑海中闪现，但与此同时，我还无比清楚地知道有一大群人簇拥在我周围，急不可耐的他们和这里格格不入。

　　也许是因为这个地方极度华丽，我的意识受到了极大的冲击。这里的绸缎色彩鲜艳，青铜光彩夺目，大理石的光泽熠熠夺目。但我更愿意认为，炫目的感觉主要源于一幅挂在对面墙上的画，它正对着我，直憾人心，耐人寻味。这是一幅令人喜爱的画——相当玲珑剔透，且颇具诗情画意，只有最具理想主义的艺术家才能够将它创作出来；画的内容简单而清新——一位风姿绰约、妖娆动人的年轻女子，亚麻色的头发，蓝色的眼睛，身穿皇室的装束，站在两边树木林立的小道上，转头看着后面的某个跟随者——但她温柔的眼神和婴儿般的双唇流露出的又不全然是圣人的感觉，而是另有一种鲜明个性，让我为之动容。如果不是因为那衣着的开放程度——腰线快要开到腋窝底——那额头前的短刘海，以及恰到好处的脖子和肩膀的比例，我会认为这是这家中某一位女士的真实画像。尽管如此，我还是忍不住想象，这迷人的金发女郎就是莱文沃斯先生两位侄女中的一位，她带着令人迷惑的眼神俯视着我，同时伸出高傲的双手。画像如此逼真，令我不禁有些战栗。我甚至好奇这惹人怜爱的画中人是否知道这宅子里发生了这等惨案，毕竟，在昨日，一切还如往昔般风平浪静。如若她知晓，怎么还能站在那里，笑得如此令人怦然心动。突然间，我意识到自己一直注视着周围的那一小撮人，但由于刚才陷入沉思之中，我又对他们视而不见。人群里有一位验尸官，他威严且睿智、精明而专注，就像那位迷人的画中人一样，给我留下了深刻的印象；他那般棱角分明，不怒自威，就像他右手边的赛克女神雕像，在暗红色的窗户衬托下烨烨闪光；相比之下，在我眼前的大多数陪审员都显得平淡无奇；惴惴不安的用人们哆嗦着挤在远处的角落里；然而，更令人不快的是那名记者，他脸色苍白、獐头鼠目。他坐在一张小桌子前，以食尸鬼般如饥似渴地奋笔疾书，我不禁感到汗毛倒竖。这里的装潢如此金碧辉煌，但是上述个体的存在却显得如此的不和谐、不真实，如梦境一般虚幻。即便如此，他们也是这场重头戏里不可或缺的配角。

我已经提到过验尸官。碰巧的是，我跟他不算陌生。我之前不仅已经见过他，还和他交谈过数次，因此也可以说我认识他。他名为哈蒙德，是公认的人才，具有独到的观察力，并且有能力进行重要的尸检。我很重视这个讯问过程，因此也为能有这样一位精明能干的验尸官来执行公务而由衷地感到庆幸。

至于其他的陪审员,如我前文所提及的,他们和其他部门的公务员一样,能力都差不多。他们是从大街上被随机找来的,不过地点是像第五大道和第六大道这样的大街上。他们展现出的是整个城市各行各业人士平庸的才智和教养,就如同你我在城中剧院遇到的看客一样。事实上,我发现他们当中只有一个人真正地把这场讯问当成讯问来看待,其余的人看起来则是出于怜悯或义愤、甚至是出于完成公民职责而不得不在场。

第一位被传唤的证人是梅纳德先生,他是住在第三十六大街远近驰名的外科医生。他的口供涉及遇害者头部发现的伤口特征。由于他提供的一些证据可能影响到其他人的证词,因此我将他的证词内容摘述如下。

在开始陈述前,他简单介绍了一下自己,并且说明他是被其中一个用人召唤来此的。到达之后,他发现死者躺在二楼一个靠近前庭的房间的床上,后脑有一个由手枪造成的伤口,周围有已经凝固的血迹。死者明显是在死亡几个小时后被人从隔壁的房间抬到那里的。那处枪伤是在死者身上发现的唯一伤口。经过一番检查,他确定了子弹的位置并把它取出来。他边说边把这颗子弹呈给陪审团。子弹的位置在脑部,射入了颅骨的下方,斜线往上穿过,很快就打中脑髓,导致瞬间死亡。他认为值得注意的是,子弹是以一种不同寻常的方式射进脑部的,因为这样的方式不仅会导致受害者瞬间身亡,而且那一瞬间根本不会引起身体的任何颤动。此外,根据子弹口的位置和子弹射入的方向推断,显然不可能是死者朝自己开枪,更何况按照伤口周围毛发的情况来看,手枪射击时枪口距离伤口应该有三到四英尺远。再者,考虑到子弹射进颅骨的角度,明显表明了当时死者不仅是处于静坐的状态,而且,他应该是伏案做着某些事,所以他的身子才会往前倾。这点应该没有疑义。因为，要使子弹能够以现在看到的角度，即四十五度角，射进一个坐姿直立的人的头部，不仅手枪要持得很低，而且还要埋伏在某个特殊的位置。但是，如果像伏案写作一样的姿势保持头部前倾的话，持枪者只要肘部自然弯曲，就可能轻而易举地以现在观察到的角度把子弹射进头部。

在被问到关于莱文沃斯先生的身体健康状况时，他回答说死者在死亡前看起来身体状况应该是良好的。但是鉴于他并不是死者的私人医师，在没有进一步检查的情况下，他不能完全肯定这个说法。此外，他回答了一位陪审员的问题，说他并未在上述任何房间里的任何地方发现手枪或其他武器。

在此，我也不妨补充一番他后来所说的一段话。也就是从桌子、椅子和后面的门的位置来看，凶手为了能在现成的条件下行凶，必须站在通往另一边的房间的门槛边，或者正好就在门槛内动手。另外，因为弹头很小，并且是从步枪的枪管射出去的，所以子弹在射穿头皮和头骨时很容易出现偏离。在他看来，受害者明显没有在凶手逼近他时抬头或者转头。依此可以得出令人咋舌的结论：那脚步声是死者熟悉的，而持枪者在房间里出现也在死者的预料之中，或许，死者早就知道他会在那里出现。

医生结束了他的口供。验尸官拿起放在他前面桌子上的子弹，若有所思地在手上把玩了一会。然后，他从口袋里拿出一支铅笔，在一张纸上草草地写下一两行字，接着把一名警察叫到身边，低声地吩咐了几句。警察拿起纸条，会意地看了一眼，然后拿起他的帽子，离开了房间。不一会儿，他便走出了大门。瞬间，街上顽童般的人群兴奋地向他发出狂野的叫喊，不用专人汇报也可以知道他已经出现在大街上。从我坐的地方看过去，可以一直看到角落那边窗外的情况。透过窗户，我看到那个警察站在街边，叫了辆计程车，急急忙忙地上了车。计程车往百老汇大道的方向驶去了。

第三章　事实与推理

> 混乱之神已经完成了他的杰作；
> 亵渎神灵的凶手打开了
> 上帝的神圣圣殿，从中
> 窃取了它的精髓。
>
> ——《麦克白》

我的注意力回到了此时身处的房间里。我注意到验尸官正在查阅备忘录。他的那副金框眼镜格外引人注目。

"管家在这里吗？"他问道。

角落里的那群佣人马上一阵骚动。一个爱尔兰人从人群中走了出来，他虽略显自负，但看起来颇有头脑。他走到陪审团跟前。"啊，"我打量着他，细心打理的络腮胡、凝神专注的眼睛和全神贯注的表情，整个人一副恭敬却不谦卑的样子，我心想，"这是个称职的用人，也有可能是一位称职的证人。"我并没有看错，托马斯这个管家从各方各面来说都是不可多得的，并且他自己也很清楚这一点。

验尸官似乎和房间里其他人一样都对这位管家心生好感，毫不迟疑地开始问话。

"据我所知，你的名字是托马斯·多尔蒂？"

"是的，先生。"

"那么，托马斯，你担任现在这个职位有多长时间了？"

"到目前为止有两年了，先生。"

"你是第一个发现莱文沃斯先生尸体的人？"

"是的，先生。我和哈韦尔先生一起发现的。"

"哈韦尔先生是谁？"

"哈韦尔先生是莱文沃斯先生的私人秘书，先生，他是负责文书工作的。"

"很好。那么你是什么时候发现尸体的，白天还是晚上？"

"一大早发现的，先生。今天早上大概八点的时候。"

"在哪里？"

"在图书室，先生，离莱文沃斯先生的寝室不远。他没来吃早餐，我们感到很担心，于是就强行把门打开了。"

"你们强行把门打开。那就是说，门是锁上的？"

"是的，先生。"

"在里面反锁的？"

"那我就没办法判断了。门上没插钥匙。"

"你第一眼看到莱文沃斯先生的时候，他是躺在哪里的？"

"他并没有躺着，先生。他坐在书房中央的大桌子前，背对着寝室的门，身体向前倾，头枕在手上。"

"他穿着什么衣服？"

"穿着晚餐装，先生，和他昨晚用餐时穿的一样。"

"房间里有没有任何迹象显示曾经有打斗或挣扎发生吗？"

"没有，先生。"

"地上或桌子上有没有手枪？"

"没有，先生。"

"有任何理由怀疑这是一桩抢劫未遂案吗？"

"没有，先生。莱文沃斯先生的手表和钱包都还在他的口袋里。"

在被问到发现尸体时还有谁在屋子里时,他回答:"两位年轻的女士,玛莉·莱文沃斯和埃莉诺·莱文沃斯小姐,还有哈韦尔先生、厨师凯特、楼上的用人莫莉,以及我本人。"

"这屋里平时就住这些人吗?"

"是的,先生。"

"那请告诉我,晚上是谁负责关门关窗的?"

"是我,先生。"

"你昨晚有没有像往常一样把屋子锁好?"

"锁好了,先生。"

"今天早上谁打开了?"

"是我,先生。"

"你有没有什么发现?"

"和昨晚我离开的时候一样,门窗还是锁好的。"

"什么?门和窗都没有被打开?"

"没有,先生。"

此刻,房间里静得连针掉到地上的声音都能听见。无论凶手是谁,可以肯定的是他还没有离开这栋房子,如果已经离开的话,至少也是在今天早上打开门之后的事。这个推断让所有的人都坐立不安。虽然我已早有预料,但是事实在我眼前得以印证,我还是不禁感到某种程度的震惊。我挪了挪身子,以便更好地观察管家的脸。我仔细地打量着他,希望能发现某些不易为人察觉的表情,或是某些蛛丝马迹,证明他如此断然否决是为了掩盖他的失职。但是他的正直看起来似乎毫无瑕疵,他以岩石般坚定的眼神环顾着房间里的每一个人。

随后他被问到昨晚最后一次见到莱文沃斯先生是什么时候,他回答道:"昨晚吃晚饭的时候。"

"但是晚些时候，你们当中是不是有人还看到过他？"

"是的，先生。哈韦尔先生说他昨晚十点半的时候还看到过他。"

"你住在这栋屋子的哪间房？"

"地下室的一个小房间。"

"那这个屋子里的其他人分别住在哪里？"

"大多数在三楼，先生。女士们住在靠里边的大房。哈韦尔先生住在靠外面的小房。女佣则住在更上一层。"

"没有人和莱文沃斯先生住在同一层？"

"没有，先生。"

"你昨晚什么时候就寝的？"

"这个，我想大概在十一点左右。"

"你是否有印象，在那个时间之前或之后，你有没有听到屋子里有任何声响？"

"没有，先生。"

"因此你今天早上的发现让你很吃惊？"

"是的，先生。"

接着，验尸官要求管家详细地描述发现死者的经过。后者回答说，早餐铃声响后，莱文沃斯先生还没出来吃早餐，那时才有人察觉事情有些不对劲。虽然如此，他们还是等候了一段时间，没有立即采取什么行动。但是时间一分一秒地过去，莱文沃斯先生还是没有出现，埃莉诺小姐越来越紧张。最后，她按捺不住，起身离开，表示要上楼看看怎么回事。但是她很快一脸惊恐地回到餐桌旁，说她敲了她伯父的房门，还叫了他，但是没有任何回应。话音刚落，哈韦尔先生和他马上跑上楼，两人试着打开那两扇门，但发现门是锁着的。于是两人撞开图书室的门，随即发现了莱文沃斯先生，正如他刚才已经说过的，坐在桌子前，已经断气了。

"两位女士呢？"

"哦，她们跟在我们后面进了图书室。随后埃莉诺小姐便昏倒了。"

"那另外一位女士，玛莉小姐呢，她是叫这个名字没错吧？"

"我没什么印象了。我只顾着去拿水来帮助埃莉诺小姐恢复知觉，并没有注意她。"

"那么，多久之后莱文沃斯先生才被抬到隔壁的房间的？"

"几乎是立刻发生的事情。就在埃莉诺小姐醒过来后，她的嘴唇刚接触到水就恢复意识了。"

"是谁提议把尸体搬离原来的位置的？"

"就是她，长官。她醒来之后，走过去，看着尸体，不停地哆嗦。然后她呼唤哈韦尔先生和我，吩咐我们把他抬到床上，再去请医生，我们就照做了。"

"且慢，你们将尸体抬到另外一间房间的时候，她有没有和你们在一起？"

"没有，长官。"

"她当时做什么？"

"她站在图书室的书桌旁边。"

"在做什么？"

"我看不到。她背对着我。"

"她在那里待了多久？"

"我们回到那的时候她已经不在了。"

"不在书桌旁边了？"

"不在图书室里了。"

"哼！你再次见到她是什么时候？"

"一分钟后。我们刚走出图书室的门口，她就走过来了。"

"她手上有没有拿着什么东西?"

"我没看到有东西。"

"那你有没有发现桌上少了什么东西?"

"我从没想过要去注意,先生。书桌对我来说一点也不重要。我当时一心只想去请医生。虽然我知道医生也已经无力回天了。"

"你们出去的时候还有谁留在房间?"

"厨师留了下来,先生;还有莫莉和埃莉诺小姐。"

"玛莉小姐不在吗?"

"不在,先生。"

"很好。陪审团有没有什么问题要问的?"

沉默的陪审团突然骚动了一下。

"我想提几个问题。"一个面容干瘪、容易兴奋的小个子男人说道。我之前留意过他,他在座位上不安地动来动去,让人觉得他正压抑着一股很想打断讯问的欲望。

"没问题,先生。"托马斯回答道。

这位陪审员顿了一下,深深地吸了一口气。就在这时,坐在他右侧一个体型庞大,显然傲气十足的男人把握住这个间隙,用他那浑厚的声线和用一种"注意听我说"的口吻开始问起话来。

"你说你已经在这儿待了两年了?你觉得这个家庭和睦吗?"

"和睦?"

"互相照顾,大概就是——彼此相处融洽。"说罢这个陪审员拿起系在他背心上的那条又长又重的怀表链,好像那条怀表链和他一样,应该得到一个与之身份相符、考虑周全的回答。

也许是被对方的态度所慑,管家忐忑不安地扫视了周围一圈。

"是的,先生。据我所知是这样的。"

"两位年轻的女士很喜欢她们的伯父?"

"噢,是的,先生。"

"她们彼此之间感情也很好?"

"嗯,是的,我想是吧。这不是我能说了算的。"

"你的语气不是很肯定。是什么原因让你觉得有可能不是这样呢?"他把怀表链再围了手指一圈,仿佛他自己的注意力也会因此增加一倍。

托马斯迟疑了一会儿。但就在问话者准备重复一遍问题的时候,他直了直身子,以一种僵硬但正式的态度回答道:

"嗯,先生,没有。"

那位陪审员虽然很有想法,但他看出管家不愿意谈论过多,因此他尊重管家有所保留的做法。他满意地把身子往后一靠,摆手示意他没有别的问题了。

之前提到的那位容易兴奋的小个子男人立刻把身子挪到椅子边上,赶忙开口提问,这次他没有丝毫犹豫:"今天早上你是几点打开大门的?"

"大概在六点的时候,先生。"

"如果有人在那个时间后离开,你是不是也有可能没注意到?"

托马斯有点不安地望了望他的同仁,但还是迅速地作出回答,一副毫无保留的样子。

"我认为,如果有人在今天早上六点之后离开屋子,我或者厨师肯定会注意到。因为一般人不会在大白天从二楼的窗户跳下去逃跑。所以如果从门口逃走的话,那么那个人关上前门的时候肯定就会发出'砰'的一声,那么全屋上下的人都能听得到;如果是后门的话,想从那逃走就必须经过厨房的窗户,穿过院子再离开;只要那个人经过窗口,厨师就一定会看见他。这点我是可以肯定的。"他半挖苦半恶意地看了看那红着一张圆脸的厨师，很容易让人联想到他们最近曾为厨房里的柴米油盐等琐事争吵过。

这个回答加深了在场所有人已有的不祥预感，而产生的效应也显而易见。屋子是锁上的，没有人看到有谁离开过！那么，显然我们离找到凶手不远了。

那位陪审员愈发激动地在椅子上动来动去，他眼神犀利地扫视了周围一圈。他注意到大家的神情都重新充满好奇，于是他决定就此打住，让大家继续回味这段供词的内容。因此，他舒适地靠回椅背，把时间留给其他想继续提问的陪审员。但是似乎没有人想要提问了，托马斯终于按捺不住，他恭恭敬敬地看了一圈，问道：

"哪位先生还有问题？"

没有人作答。他迅速地向身旁的佣人投去一个如释重负的眼神，然后当大家都对他面部表情的转变感到很突然时。他已经迫不及待地欣然离去，满足感溢于言表。我一时半会也觉得很费解。

不过，在得知下一个证人正是我今天早上才认识的哈韦尔先生后，我很快忘记了托马斯以及他最后一个举动的令人怀疑之处。身为莱文沃斯先生的秘书和得力助手，这号关键人物的询问激发了我的兴趣。

哈韦尔先生很沉着，神情坚定，看样子似乎很明白一个人的生死可能会取决于他的证词。他站在陪审团面前，他的庄严举止不仅格外令人印象深刻，而且对于我来说，尽管初次见面时我对他的印象不怎么样，但此刻我倒是对他那令人赞赏的风度感到惊讶。我已经说过，他没有任何鲜明的脸部特征，就外表而言，他既不讨人喜欢也不令人反感。他脸色苍白、五官端正、头发梳理整齐、胡髭干净，他和普通人一样，平凡、平淡无奇。但是在此时此刻，他的举止中还有一种自持，极大地弥补了他其貌不扬的这一点。但说到底，他还是相貌平平的一个人。实际上，除非你特别注意到他那专注的表情和全身上下散发出的严肃气息，否则这个人身上没有一点吸引人注意的地方，他平凡得就像每天在百老汇街上和你擦肩而过的路人。在今天这个场合，众人的表情都很严肃，如果不是因为他一直都板着脸，大家也不会注意到那就是他的固有表情。或许，在他年轻的生命里，忧伤多于喜悦，谨慎、焦虑多于快乐。

验尸官不理会他的外表是否重要，马上毫不客套地向他发问：

"你的名字是？"

"詹姆斯·特鲁曼·哈韦尔。"

"你的工作是？"

"我在过去的八个月里担任莱文沃斯先生的私人秘书及助手。"

"你是最后一个见到莱文沃斯先生活着的人，是吗？"

这个年轻的小伙子高傲地仰起头，几乎变了个人。

"当然不是，我不是杀害他的人。"

我们所有人都已经意识到讯问的严肃性，而他这样的回答未免略带轻佻和玩笑的意味。在已揭晓和有待揭晓的事实当前，他本可以轻而易举地利用这个问题，但他最终做出的回答却令众人立刻对他心生厌恶之感。房间里响起一阵不满的声音。正是因为刚才的回答，詹姆斯·哈韦尔失去了前不久才以从容的举止和果敢的眼神为自己赢得的赞赏。他本人似乎也意识到这一点，为此，他的头抬得更高了，虽然他的神态并没有任何改变。

"我的意思是，"验尸官补充道，面对刚才年轻小伙子猜到了他的意图，还妄下结论，他显然有些恼怒，"在他被身份未明的凶手杀害之前，你是不是最后一个看到他的人？"

秘书双臂交叉在胸前，不知是想掩盖某种突然的颤抖，还是想通过这一简单的动作来拖延时间做进一步思考，我无法准确判断。"先生，"最终他回答道，"对于这个问题我不能回答'是'或'否'。很可能我是最后一个看到他健健康康、情绪愉快的人。但整个房子这么大，我无法肯定一个如此简单的说法。"注意到周围每个人脸上不满意的表情，他接着缓慢地补充道："那么晚和他见面是我的职责。"

"你的职责？哦，因为你是他的秘书，所以才需要见面吧？"

他沉重地点了点头。

"哈韦尔先生，"验尸官继续说道，"在我们国家，私人秘书并不常见。你能否给我们说说你这个职位的职责。简而言之，这么一个助理对莱文沃斯先生有什么样的协助作用，他又是如何雇用你的？"

"没问题。可能你也听说了，莱文沃斯先生拥有庞大的财产。由于他和各种各样的协会、俱乐部和机构都有来往，加上远近街坊邻里都知道他是个乐善好施的人，所以他习惯了每天都收到很多信件，有很多人向他求助。我的职责便是拆信和回信。他的私人来往信件都带有一个印记，以便和其他信件区分开来。但这并不是我工作的全部内容。莱文沃斯先生早些年的时候做过茶叶业贸易，那时他已经不止一次航行到中国，因此对那个国家和我们国家的交流问题深感兴趣。因为多次前往中国，他见识了很多事物。他认为他的所见所闻如果能与美国公民分享的话，将有助于我们更好地了解那个国家及其特点，以及与其公民打交道的最佳方式。他已经就这个题材开始写书，投入有好一段时间了。这也是我过去八个月里的任务，协助他做好准备，每天抽出三个小时为他的口述做记录，有一个小时的工作通常都放在晚上，比如说从九点半到十点半。莱文沃斯先生做事有条不紊，习惯规律生活，各个方面都要以最精确的方式来规划。"

"你说他通常在晚上口述让你做记录？那你昨晚是不是也照常进行？"

"是的，先生。"

"他那时的举止和表现有没有哪里是值得关注的？和平时有没有什么不同的地方？"

秘书顿时眉头紧锁。

"他应该也不会对自己的死亡有任何预知能力，那么他的举止又何来的改变呢？"

验尸官逮住这个机会，报复他刚才让自己陷入窘境，他稍微厉声说道：

"证人的职责是回答问题，不是反问问题。"

秘书脸红耳赤。他们之间扯平了。

"那好吧，先生。如果莱文沃斯先生真的有预感到他将不久于人世，他也没有向我透露什么，相反，他似乎比往常还要投入他的工作。他和我说的最后几句话是，'一个月后这本书就要出版了，对吧，特鲁曼？'我尤其记得这句话，因为那时候他正在往酒杯里倒酒。他习惯在就寝前喝一杯。结束工作前，我还需要做一件事，就是把装着雪利酒的雕花玻璃酒瓶从储藏室里拿过来。我当时正站在大厅的门口处，手搭在门把手上，听到他这么说，我便走上前回答道，'我也希望如此，莱文沃斯先生。''和我喝一杯雪利酒吧。'他说，示意我去储藏室再取一个酒杯。取来酒杯后，他亲自给我倒了杯酒。我不是特别喜欢雪利酒，但是在愉快的气氛之下，我一饮而尽。我记得当时还感到有点不好意思，因为莱文沃斯先生只喝了半杯。今天我们发现他的尸体的时候，酒杯里仍然剩着那一半的酒。"

一向矜持的他现在一副竭力自持的样子,他似乎第一次感受到了恐惧,有些受不了了。他把手帕从口袋里取出来,擦了擦额头。

"各位先生,这是我看到的莱文沃斯先生的最后一个动作。在他把酒杯放在桌上之后,我和他道晚安,接着就离开了房间。"

任何表情都没有逃过验尸官的眼睛,不过他对一切反应惯常地不为所动。他的身子往后靠了靠,仔细审视了这个年轻人一番。

"然后你上哪里去了?"他问道。

"回我自己的房间。"

"你在中途有没有见到其他人?"

"没有,先生。"

"有没有听到或看到什么不同寻常的东西?"

秘书的声音稍微沉了一下:"没有,长官。"

"哈韦尔先生,请再想一下。你真的可以保证,你清楚地记得你没有看到任何人,听到任何声音或者看到一些不同寻常的东西吗?"

他的脸部表情变得十分痛苦。有两次他张开嘴想说话,却又一言不发地合上了嘴唇。最后他才好不容易作出了回答:

"我注意到一件事,但太微不足道了,根本不值得一提。可此事又很不寻常,你这么一问我倒想起来了。"

"是什么?"

"有一扇门是半开的。"

"谁的房门?"

"埃莉诺·莱文沃斯小姐的房门。"他的声音低得如同耳语一般。

"你在哪里见到的?"

"我不大确定。可能在我走向我的房门那时，因为我中途并没有停下来。如果不是发生了这么恐怖的事情，我恐怕永远都不会再次想起这个细节。"

"你走进房间后关门了吗？"

"关上了，先生。"

"过了多久你才上床睡觉？"

"没一会儿。"

"你睡着之前没有听到什么声音？"

又是一阵无法解释的迟疑。

"几乎没有。"

"大厅没有传来脚步声？"

"我可能听到了脚步声。"

"有吗？"

"我不敢肯定我听到了。"

"你认为你听到了？"

"是的，我认为我听到了。这么说吧，就在我快睡着的时候，我记得我听到了走廊传来一阵沙沙声和脚步声。但是我没有往深处想，很快我就睡着了。"

"嗯？"

"过了一会儿我醒了过来，是突然惊醒，好像受到某些东西的惊吓，但至于是什么，有别的什么声音还是有人走动，我说不清楚。我记得我坐起身来，在床上环视四周，但是再也没听到什么声音。困意袭来，我昏昏欲睡，不一会儿我就睡过去了。一觉睡到今天早上。"

随后，验尸官问他何时得知、如何得知发生了谋杀案，他证实了管家之前对这个案件的描述，所有细节都一致。这方面已经问无可问了，验尸官话锋一转，问道："在尸体被抬走之后，你有没有注意到图书室书桌?"

"有,多少有注意到一些,先生。"

"书桌上面有什么?"

"就是一些平常的东西,先生。书、纸、一支快没墨水的钢笔,旁边是雕花玻璃酒瓶和他昨晚喝过的酒杯。"

"没有其他东西了?"

"我印象中没有了。"

"关于那个雕花玻璃酒瓶和酒杯,"那个手握怀表链的陪审员插进来问道,"你刚才不是说,你离开莱文沃斯先生时,他是坐在图书室里,而后来酒杯被发现时的状态,也和你离开的时候一样吗?"

"是的,先生,一样。"

"他平时有没有习惯全部喝完?"

"有的,先生。"

"那肯定在你刚离开不久后有事发生,所以他没能喝完,哈韦尔先生。"

年轻人的脸突然变得苍白泛青,他不寒而栗,有那么一瞬间好像某些可怕的念头浮现在他的脑海里。"这并没有什么因果关系,先生,"他好不容易才把话说明白,"莱文沃斯先生可能……"但话音戛然而止,他似乎心神不宁,无法继续说下去。

"请继续讲下去,哈韦尔先生,让我们听听你还有什么要说的。"

"没有什么要说了。"他声音微弱地回答道,好像正和某种强烈的情绪在作斗争。

由于他没有回答问题,只是给出了一个解释,验尸官也没再多问。但是我看到不止一双眼睛充满怀疑地上下转动,好像在场的很多人都觉得这个年轻人的情绪给他们提供了某种线索。验尸官无视秘书的情绪和骚动,继续问道:"你昨晚离开房间后,图书室的钥匙是否还在原位?"

"不知道,先生。我没有注意到。"

"那根据你的推测,钥匙应该还在原位?"

"应该是吧。"

"结果今天早上门却锁上了,并且钥匙不见了?"

"是的,先生。"

"这么看来,是凶手在行凶后锁了房门,然后拿走了钥匙?"

"看起来是这样的。"

验尸官回过头来,一脸真诚地看着陪审团。"陪审团的各位先生,"他说,"这把钥匙似乎暗藏玄机,我们必须做一番调查。"

房间里立刻响起此起彼伏的窃窃私语,看来在场的人都认同他的观点。那小个儿的陪审员赶紧站起来,提议要立刻寻找钥匙。但是验尸官转过头来看着他,用眼色让他少安毋躁,决定讯问照常进行,直到口述证词都收集齐备为止。

"那么请允许我问一个问题,"那个劲头十足的陪审员继续发问,"哈韦尔先生,据我们所知,今天早上你们强行打开图书室的门时,莱文沃斯先生的两个侄女也跟着你们走了进去?"

"只有其中一个,先生,是埃莉诺小姐。"

"埃莉诺小姐是不是莱文沃斯先生的唯一继承人?"验尸官插嘴问道。

"不是,先生,那是玛莉小姐。"

"是她要求,"陪审员继续追问道,"把尸体移动到较远的房间的?"

"是的,先生。"

"然后你服从她的命令,帮忙把尸体抬走了?"

"是的，先生。"

"嗯，你移动尸体时会经过其他房间，你有没有注意到什么疑似凶手留下的蛛丝马迹？"

秘书摇了摇头。"我没有发现有可疑之处。"他强调。

不知道为什么，我并不是很相信他的话。无论是他的口吻，还是他紧紧攥住袖口的手——手部动作往往能比面部表情透露更多的信息——我感觉这个人的话并不可靠。

"我想问哈韦尔先生一个问题，"一个至今还没发言的陪审员说道，"我们已经知道发现尸体后的详细过程。谋杀背后总有某些动机。作为他的秘书，你知不知道莱文沃斯先生有没有不为人知的仇家？"

"我不知道。"

"家里的每一个人是不是都和他关系挺好的？"

"是的，先生。"然而，这个肯定的语句中却带有少许的颤抖和否定的意味。

"据你所知，他和其他家庭成员之间，真的一丝不愉快的情绪也没有？"

"我不会这么说，"他回答道，神色颇为苦恼，"相处得怎样很难定义。可能是有那么一丝不愉快……"

"他和谁发生了不愉快？"

他犹豫了好一阵子："和他的一位侄女，先生。"

"哪一位？"

他再次颇具挑衅意味地抬起头："埃莉诺小姐。"

"这种不愉快的情况持续多久了？"

"我说不上来。"

"你不知道原因何在？"

"我不知道。"

"也不知道这种不愉快到了什么程度?"

"不知道,先生。"

"是你负责拆开莱文沃斯先生的信件吗?"

"是的。"

"最近在他的信件中有没有与这个案子相关的内容?"

他看起来似乎打算永远不回答这个问题。他仅仅是在琢磨他回答的方式,还是他已经石化了?

"哈韦尔先生,你是否听到陪审员的问题?"验尸官问道。

"是的,先生。我正在思考。"

"很好,那么请回答。"

"先生,"他一边说一边转过身来面对着陪审员。他一转身,我便能清楚地看见他的左手。"过去的两个星期以来,我像往常一样拆开莱文沃斯先生的信件,我想不到哪一封信是与这个悲剧相关的。"

他在说谎。我一下子就看穿了。他的拳头时而紧握,时而放开,犹豫不决,最后才紧紧握住,决定说出这个谎言。我全都看在眼里了。

"哈韦尔先生,就算根据你的判断,事实的确如此,"验尸官说,"我们还是要检查莱文沃斯先生的全部信件,以便寻找证据。"

"当然,"他漫不经心地答道,"是有这个必要。"

哈韦尔先生的讯问到此暂时告一段落。他坐了下来。我记下了以下四点:

第一,哈韦尔先生察觉到些可疑之处,但是不知道为什么他很急切地想打消这样的念头。

第二,其中一位女士或多或少和这个疑点有干系,他听到了楼梯处传来了沙沙声和脚步声。

第三，有一封信寄到了家里，如果找到的话，势必有助于进一步破案。

第四，他很不愿意提到埃莉诺·莱文沃斯这个名字。这个性格沉稳的人，每次需要求讲到这个名字的时候，他的情绪或多或少有些波动。

第四章　一条线索

> 丹麦国里恐怕有些不可告人的丑事。
> ——《哈姆雷特》

现在传唤的是这栋宅子的厨师。她体态丰盈，面色红润，欣然地走上前来，一副十分和善憨厚的样子。但同时她的脸上又写满了既满怀期待又忐忑不安的情绪，在场的许多人都忍不住微笑起来。她也注意到这一点并把这当成一种赞美，她以一位女性和厨师的身份行了屈膝礼。她刚要张开嘴巴准备说话的时候，验尸官不耐烦地从座位上站了起来，抢在她之前严肃地问道：

"你的名字是？"

"凯瑟琳·马隆，先生。"

"好，凯瑟琳，你在莱文沃斯先生手下工作多长时间了？"

"到现在为止整整十二个月了，先生。是威尔逊夫人介绍我来的，我走到大门口，并且——"

"先别管什么大门口了，先告诉我们，你为什么离开这位威尔逊夫人？"

"好的，是她要我离开的，因为她要出海去一个古老的国家。就在同一天，她介绍我来这，我就来到了这个大门口——"

"好啦，好啦。不要再提大门口了。你在莱文沃斯先生的家里已经有一年了，是吗？"

"是的,先生。"

"你喜欢这里吗?你觉得他是个好主人吗?"

"啊,先生,我从来没有遇到比他更好的主人。实在太惨了。怎么会有人这么狠心去杀害他呢。他那么开明、慷慨,先生,这些话我已经和汉娜说过很多遍了——"她停了下来,突然惊恐地倒吸一口气,样子显得滑稽可笑。她看了看她的同仁,一副不小心说漏嘴的样子。验尸官注意到了这一点,赶紧追问:

"汉娜?谁是汉娜?"

厨师挺起圆滚滚的身躯,努力显得对此满不在乎。她大声地解释道:"她?噢,只是小姐们的一个女仆而已,先生。"

"但是我没看到这里有任何人和她的情况相符。你之前没有提到有个叫汉娜的人,她也是这儿的一分子。"他一边说着,一边转向托马斯。

"没有,先生。"后者一边回答,一边鞠躬,同时偷偷斜扫了他身边双颊通红的女士,"你问我凶案发生时有谁在屋子里,我据实告诉你了。"

"噢,"验尸官高声回应,语气中带着挖苦的味道,"你很习惯法庭用语嘛,我现在才知道。"然后他回过身面向厨师,她因为莫名的恐惧,双眼一直滴溜溜地转动。验尸官问道:"那么汉娜现在人在哪儿?"

"哦,先生,她走了。"

"离开有多久了?"

厨师竭力地想要缓过气来:"昨晚走的。"

"昨晚什么时候?"

"先生。我真的不知道。我什么都不知道啊。"

"她是被辞退的吗?"

"据我所知不是;她的衣服都还在这里。"

"哦，衣服还在这里。那你是几点钟发现她不见了？"

"我没有发现她不见了。她昨晚还在这里，只是今天早上她不在这里，所以我说她走了。"

"哼！"验尸官慢慢地环视了房间一圈，在场所有人的表情好像是看到密不透风的墙上突然打开了一扇窗。

"这个女孩平时睡在哪里？"

厨师一直忐忑不安地摆弄她的围裙，听到问话后她抬起头来。

"哦，我们都睡在房子的顶层，先生。"

"在同一个房间？"

她缓慢地回答："是的，先生。"

"她昨晚有没有回房间？"

"回来了，先生。"

"几点？"

"哦，我们所有人回到房间的时候是十点。当时我听到了钟响。"

"你有没有注意到她神色有异？"

"她牙痛，先生。"

"哦，牙痛。然后呢？告诉我她都做了些什么。"

但此时厨师突然号啕大哭起来。

"她什么都没做过，先生。她绝对没干坏事，先生。你一定要相信啊。汉娜是个善良的姑娘，而且很诚实，先生，她是我见过的最好的女孩。我可以随时对着《圣经》发誓，她从来没有碰那个门锁。她能去碰门锁干什么呢？她只是下楼去找埃莉诺小姐拿一些治牙痛的药水，她的脸已经肿痛到变形了，很难受啊。还有，噢，先生——"

"好了，好了，"验尸官打断了她，"我没有指控汉娜任何罪名。我只是问你,她回到房间之后做了什么。你说她下楼去了。你上楼之后过了多久她才下的楼?"

"说实在的,先生,我不清楚啊。不过莫莉说——"

"先别管莫莉说什么。你没有看到她下楼?"

"没有,先生。"

"也没有看到她回来?"

"没有,先生。"

"今天早上也没有看到她?"

"没有,长官。她都走了,我还怎么可能看到她啊?"

"但是昨晚你确实看到她牙痛难忍?"

"是的,先生。"

"那好吧。那现在请告诉我,你是如何得知莱文沃斯先生的死讯的?是什么时候知道的?"

但她的回答几乎没有什么实质性内容,验尸官想就此结束问话。这时候,那个矮小的陪审员回想起一件事。厨师说过在莱文沃斯先生的尸体被抬到隔壁房间的几分钟后,她看到埃莉诺·莱文沃斯小姐从图书室里走出来。于是陪审员问她,当时有没有看到埃莉诺小姐手里拿着了什么东西。

"我不知道,先生。真的!"她惊慌地说,"我确定她当时拿着一张纸。我现在记起来了,我看到她把纸放进她的口袋里。"

下一个证人是莫莉,一个住在楼上的女孩。

她说自己的全名是莫莉·奥弗拉纳根。她脸颊红润,头发乌黑,身材娇小玲珑,年约十八岁。在一般情况下,她应该能够回答任何问题并展现出聪颖的一面。然而,即便是再坚强的心智有时也慑服于恐惧之下。此时此刻站在验尸官面前的莫莉,脸上毫无年轻人的轻率不羁。红润的脸颊也在验尸官提出第一个问题后立刻变得苍白;她把头垂在胸前,神情中透露出她对自己处境的无所适从。很明显,她感到惶惑不安。

因为她的证词大部分与汉娜有关,例如她对汉娜的了解,以及和汉娜的离奇失踪相关的一切等等,我便在此作简单叙述。

据莫莉所知,汉娜背景单纯,是个没受过教育的爱尔兰裔女孩,她从乡下来这里当莱文沃斯先生两个侄女的女佣,做些缝纫活。她到这里工作已经有一段时间了,比莫莉来得还要早。虽然她沉默寡言,不愿意过多提及她自己的事和过去的生活,但她还是成为了最有人缘的用人。她生来忧郁,喜欢沉思,经常半夜起身静坐,在黑暗中思考。"好像她是个小姐一样!"莫莉叹着气说。

这个习惯与她的身份地位并不相称,于是验尸官想就这一点从证人那里获得更多细节。但是莫莉甩甩头,说来说去都只是重复前面的内容。她经常晚上起来,坐在窗户旁。莫莉就只知道这么多而已。

在接下来的讲述中她没有再停留在这个话题上。不过,随着回忆的重现,莫莉性格里的那点洞察力开始发挥作用了,她继续讲述昨晚发生的事。汉娜的脸颊肿了有两三天;昨晚,她们上楼后,她的病情恶化,于是只好起床穿衣服——关于这一点的细节,莫莉被验尸官再三提问,但是她一再声明汉娜是仔细梳妆打扮,甚至还特意整理了她的领子和丝带——然后她点了一根蜡烛,告诉其他人,她想下楼找埃莉诺小姐帮忙。

"为什么是找埃莉诺小姐?"一个陪审员问道。

"噢,一向是由她负责发药物和类似的东西给用人们。"

虽然验尸官要求她继续说下去,但是她表示她该讲的都讲完了。汉娜没有回来,在早餐时间也没有人见到她在家里。

"你说她拿着一根蜡烛,"验尸官说。"烛台也拿走了吗?"

"没有,先生。只有蜡烛。"

"她为什么要拿着蜡烛？莱文沃斯先生不会在走廊上点煤油灯吗？"

"会的，先生。但是我们上楼后就把煤油灯给熄灭了。而且汉娜很怕黑。"

"要是她当时点着蜡烛的话，那么蜡烛肯定放在屋子的某个地方。有没有人看到单独的一根蜡烛？"

"我没看到，先生。"

"是这根蜡烛吗？"我身后有人大声喊道。

是葛莱斯先生。众人看见他手里拿着一根已经烧了一半的石蜡蜡烛。

"是的，先生。天啊，你在哪里找到的？"

"在马车场的草丛里，就在从厨房门口往大街方向的中间位置。"他平静地回答道。

这是一个惊人的发现。终于有一条线索了！找到了它，这宗离奇的谋杀案就能有踪迹可循了。这扇后门也立刻成为关注的主要焦点。蜡烛落在院子里，这不仅能看出汉娜在离开房间后很快就走出家门，而且她还是从后门离开的。后门离大铁门就只有几步路的距离，铁门外就是条小路了。托马斯再次被传唤，他重申，不仅是后门，楼下所有的窗户在今天早上六点时都是牢牢锁住的，还闩上了横闩，因此，结论肯定是——在汉娜离开之后，有人再次给门和窗上锁上了闩。这个人到底是谁？唉，这是一个极其关键的问题。

第五章　专家证词

> 黑暗的爪牙为了陷害我们，
> 往往故意诉说实情，
> 在小事上取得我们的信任，
> 再以最严重的后果加以背叛。
> ——《麦克白》

正当众人因为这个问题而垂头丧气的时候，一阵尖锐的门铃声突然响了起来。所有人的目光立刻转向起居室的门口。门慢慢地打开，一个小时前被验尸官暗中派出去的警察走了进来，随行的还有一个年轻人。他衣冠整洁，眼神锐利，给人一种可以信赖的感觉。而他的外表也的确反映了他的职业性质，他在一家正当的商行工作，职务是机要专员。

房间里的每一双眼睛都不无好奇地打量着他，他阔步向前，一副泰然自若的样子。接着，他向验尸官微微地鞠了一躬。

"你说要请个博恩公司的人前来。"他说。

众人立刻感到兴奋不已。博恩公司是百老汇知名的手枪和弹药商。

"是的，先生，"验尸官回答道，"我们这儿有颗子弹希望能请你鉴定一下。你对你的业务里里外外都很清楚吧？"

年轻人只是扬了扬眉，然后漫不经心地拿起子弹。

"你能否告诉我们,这颗子弹是从什么型号的手枪射出的?"

年轻人缓慢地在他的拇指和食指间来回转动子弹,然后把它放下:"这是颗32号子弹,通常连同史密斯韦森公司生产的小手枪一起出售。"

"小手枪!"管家惊叫着从他的座位上一跃而起,"主人有一支小手枪,通常放在他的小桌子的抽屉里。我经常看见。我们都知道他有这么一把小手枪。"

现场一阵骚动,用人们更是议论纷纷。"没错!"我突然听到一个沉重的声音,"我自己看见过一次——主人当时正在擦拭那把小手枪。"说话的人是厨师。

"是放在他那小桌子的抽屉里的那把吗?"验尸官询问道。

"是的,长官,就在他的床头那里。"

于是,一名警员被派去检查那张小桌子的抽屉。过了一会儿,他回到房间,带来一把小手枪,把它放在验尸官面前的桌子上,说道:"就是这把手枪。"

在场的人都站了起来。但是验尸官把手枪递给博恩公司的专员,询问这把手枪是否符合之前他提到的型号。专员毫不犹豫地回答道:"是的,由史密斯韦森公司生产。你自己可以看一下。"接着他开始检查手枪。

"你在哪找到这把手枪的?"验尸官向警员问道。

"在莱文沃斯先生床头旁边修容桌的最上层抽屉里。手枪被放在一个天鹅绒的盒子里,旁边还有一个装着子弹的盒子,我拿了其中的一颗过来做参考。"接着他把子弹放在之前发现的子弹旁边。

"抽屉是锁着的吗?"

"是的,长官。但是钥匙没有拔出来。"

众人的好奇心都膨胀到了最高点。所有人不约而同地叫嚷道:"手枪有没有装有子弹?"

验尸官皱了皱眉头,以一种庄重严肃的神情说道:

"这个问题我想亲自提问。但我必须先维持好秩序。"

躁动随即平息下来。每个人都兴致勃勃,好奇不已,因此不敢做出任何妨碍讯问进行的举动。

"请说吧,先生!"验尸官高声呼道。

来自博恩的专员取出轮盘,把它举起来:"这有七个弹室,全都装有子弹。"

听到这句斩钉截铁的话后,人群中发出一阵失望的嘟囔声。

"但是,"在短暂地检查了轮盘的表面后,他低声地补充道,"子弹都是不久之前装上去的。有一颗子弹最近才从其中一个弹室中射出去。"

"你怎么知道?"其中一个陪审员激动地问道。

"我怎么知道?先生,"他说,转向验尸官,"你能否检查一下这把手枪?"说着他把手枪递给那位陪审员。"首先看一下枪管,干净锃亮。因为有人拭擦过,所以看不出最近有没有子弹射出。但是,现在请注意这个轮盘的表面:你能看到什么?"

"我看到一个弹室旁有一条不太明显的污痕。"

"正是如此。把它给其他先生看一下。"

手枪很快传了下去。

"一条淡痕,在一个弹室的边上,这足以说明问题了,各位先生。子弹射出后总会留下污迹。开枪的人记得这一点,所以拭擦了枪管,却忘记了还有这个轮盘。"他站到了一边,双手交叉放在胸前。

"谢天谢地!"这时传来一个粗重而响亮的声音,"这真是太好了!"这声惊叹来自一个乡下人,他从大街上混了进来,正目瞪口呆地站在门边。

他的出现虽然唐突,但并不全然不受欢迎。房间里的所有人不约而同地露出了微笑,男女老少也都轻松了起来。秩序最后得到恢复,警员奉命描述小桌子的位置,以及与图书室书桌之间的距离。

"图书室书桌在其中一个房间里,而小桌子在另外一个房间。要从书桌走到小桌子,必须得斜线穿过莱文沃斯先生的卧室,通过两个房间之间的过道,并且——"

"停,卧室与大厅之间的门和小桌子的相对位置是怎样的?"

"你可以从那扇门进入,直接绕过床脚走到小桌前,取得手枪,走几步到过道,这样的话即使有人在距离较远的图书室里坐着或站着,他也不会看到。"

"天啊!"厨师惊恐地叫出声来,她把围裙盖到头上,好像这样就可以阻止脑海中出现某些可怕的场景。"汉娜绝对没有胆量这么做。绝对没有!"

但是葛莱斯先生使劲把她推回座位上,责备她的同时不忘安慰她。他的娴熟技巧令人为之惊叹。"对不起,"她向周围的人高声说道,却很是愤愤不平,"但绝对不是汉娜,绝对不是!"

博恩公司的专员就此退下。趁机在位子上挪了挪身子。接着,哈韦尔先生再次被传唤。他站了起来,满脸不情愿。很显然,之前的证词不是和他的说法有相悖之处,就是加深了别人对他的怀疑。

"哈韦尔先生,"验尸官开始发问,"我们知道莱文沃斯先生拥有一把手枪,在一番搜寻之后,我们发现手枪放在他的房间里。你是否知道他拥有这么一样器械?"

"知道。"

"宅子里的人是不是都知道这一点?"

"应该都知道。"

"为什么都知道？他是不是习惯随便乱放，每个人都会看到？"

"我说不准，我只能告诉你我是怎么知道有这么一把手枪的。"

"那好吧，请说。"

"我们有一次讲到枪炮弹药的话题。我对这方面有些兴趣，我很希望能够拥有一把袖珍手枪。有一天我大概和他说了类似这样的话后，他便从座位上站了起来，给我拿过来这把手枪，并且展示给我看。"

"这是多久之前的事？"

"好几个月前。"

"这么说来，这把手枪在他手上已经有一段时间了？"

"是的，先生。"

"这是不是你唯一一次看到这把手枪？"

"不是，先生，"秘书面红耳赤，"自那次之后我还见过一次。"

"什么时候？"

"大约三个星期之前。"

"是在什么样的情况下？"

秘书低下了头，他的脸色突然变得苍白。

"我可以不回答吗，先生们？"在犹豫了一会之后他问道。

"不可能。"验尸官答道。

他的脸色越发苍白，脸上露出极不情愿的样子。"我只好提及一位女士的名字了。"他踌躇地说道。

"我们也感到非常抱歉。"验尸官应答道。

年轻人猛地转过身来，我不禁琢磨为什么我会一度认为他毫无值得注意之处呢？

"她就是埃莉诺·莱文沃斯小姐!"他大声说道。

他这么大声地喊出这个名字,除了葛莱斯先生,每个人都吓了一跳。他只顾着和自己的指尖进行亲切而秘密的交谈,似乎没有注意到。

"在审讯中提到这位女士的名字实在有失庄重,何况我们都对她尊敬有加。"哈韦尔先生继续说道。但是验尸官仍然坚决要求他回答问题。他的双手再次交叉胸前(此举表明他的决心),勉强地低声说道:

"事情是这样的,各位先生。有一天下午,大约是三个星期前吧,我碰巧有事要去图书室,我一般都不在这个时间点过去。我走到壁炉台,想拿走一把那天早上不小心落在那里的小折刀。这时,我听见从隔壁房间传来了声音。我知道莱文沃斯先生当时不在家,并且觉得女士们应该也外出了,便斗胆去看一下是谁在那儿。但是我却看到埃莉诺·莱文沃斯小姐站在她伯父的床边,手里正拿着他的手枪,我不禁大吃一惊。我意识到自己的做法有失慎重,一时间也不知道该怎么办才好。我想悄悄地离开,不被她发现;但是事与愿违。正当我准备跨过门槛的时候,她就转过头来并且直呼我的姓名,要求我向她解释这把手枪是怎么一回事。各位先生,要给她解释的话,我就必须把它拿到手里。各位,那就是我第二次也是最后一次见到并拿到莱文沃斯先生的手枪。"他垂下头,焦虑不安地等待下一个问题。

"她叫你向她解释这把手枪,这是什么意思?"

"我的意思是,"他有气无力地接着说,同时调整气息让自己显得更心平气和些,不过这并没有起到什么作用,"如何装子弹、瞄准和开枪。"

在场所有人的脸上顿时出现恍然大悟的表情,即使是验尸官也不禁流露出情绪来。他坐在椅子上,目不转睛地盯着眼前这个垂头丧气、脸色苍白的人。他的表情中带有出人意料的同情,这不仅让对方有所察觉,也让在场所有看到他的表情的人多少受到了感染。

"哈韦尔先生,"最后他终于问道,"你对刚才的陈述还有没有任何补充?"

秘书悲哀地摇了摇头。

"葛莱斯先生,"这时我一把抓住他的胳膊,让他坐到我身边,低声对他说:"请你向我保证,我恳求你——"但是他没让我把话说完。

"验尸官准备去请小姐们了,"他快速地打断我,"如果你想帮到她们的话,做好准备,就这样。"

帮她们!他短短的几句话立刻让我回过神来。我一直在想些什么呢?我是疯了吗?此刻,没有什么能比我脑海中出现的悲哀情景更令人心惊:这对美丽动人的堂姐妹在死去的亲如父亲的伯父跟前,低头垂首,悲痛欲绝。在玛莉·莱文沃斯小姐和埃莉诺·莱文沃斯小姐被传唤后,我慢慢地站起来,走上前去告诉众人,作为这个家庭的一位朋友——这是一个小谎言,希望它不会给我带来麻烦——我请求能够亲自去护送两位女士下楼。

话音刚落,十几双眼睛同时齐齐看向我。我感到前所未有的尴尬。因为语出惊人,我成为了整个房间注意力的焦点。

不过我的请求很快得到批准,我也得以迅速逃离这个难堪的处境。在我回过神来的时候,我发现自己已经来到了走廊上。我感到脸颊发热,紧张得心跳加速。葛莱斯先生的话还回响在耳边:"三楼,后面的房间,楼梯一上去的第一扇门。你会看到小姐们已经在等你了。"

第六章　意外线索

噢！她的美貌足以诱获征服者的灵魂，
让他随意抛弃江山，任由奴隶们摆布。
——奥特韦

三楼后面的房间，楼梯上去的第一扇门！我会在那里遇到什么呢？

上到一楼，我靠在图书室的外墙上，身体在不住地颤抖，总是觉得墙上充满了不祥之兆。我慢慢地继续走上楼，很多想法在我脑海里飞速旋转。很久之前我母亲给我的谆谆告诫，我一直难以忘怀。

"我的儿啊，你记住，怀有秘密的女人是水中之月，她可能别有韵味，但她永远不可能成为一个可靠的伴侣，甚至连满意都称不上。"

毫无疑问，她的这番话充满了智慧，但是完全不适用于目前的状况。然而这番告诫还是萦绕于脑际，难以抹去。直到我看到了一扇门，我才把脑海里的所有无关的想法驱散，只留下这样一个念头：我即将要见到的是两位悲痛欲绝的女士，她们的伯父惨遭杀害了。

我在门口稍作停留，使自己镇定下来，做好面谈准备，抬起手准备敲门。这时，里面传来一个低沉而清晰的声音，我清楚地听到这番令人震惊的话:"我没有指控你的手做了什么,虽然我不知道其他人会不会这么做。但是你的心,你的想法,你的意志,我肯定会指责,至少在我的心里,我会默默地指责你,让你知道我的想法也好!"

我大惊失色,跟跟跄跄地后退了几步,用双手捂住了耳朵。这时,有人抓住我的胳膊。我回过身,看见葛莱斯先生正站在我身旁,手指放在嘴唇上,示意我不要做声。他的样子很冷静,神情略带怜悯,有几丝情绪如火花般,瞬间在他脸上消失得无影无踪。

"得啦,得啦,"他喊道,"我看你还不了解自己的处境。打起精神,记住他们还在楼下等着你。"

"但是那个人是谁?刚才讲话的人是谁?"

"我们很快就会知道了。"他用力一下子把门完全推开。虽然我满脸恳求,但是他看都不看一眼,更不用说会回答我的问题了。

门一打开,一抹动人的色彩马上映入眼帘。蓝色的窗帘,蓝色的地毯,蓝色的墙壁,简直就是对整个蔚蓝世界的惊鸿一瞥,可惜的是黑暗和哀愁即将将这一切笼罩。眼前之景牢牢地占据了我的注意力,我一时忘乎所以,走上前去,但很快再次停了下来,只因眼前美轮美奂的画面让我深深地着迷。

我看到了一位庄严圣洁的女士,她坐在一张刺绣绸缎安乐椅上,从原先半卧的姿势站起身,就像准备愤然谴责什么人似的。美丽、瘦弱、高傲、纤细,她看起来如同包在厚厚乳白色包装纸中亭亭玉立的百合,不时左右地摇曳着美好的身姿。她额前的浅发轻轻飘起,光泽明艳动人;一只颤抖的手紧握着椅子扶手,另外一只舒展开来,指着房间远处某个物体。她的整个外表如此令人惊艳,美得超凡脱俗,我屏息惊叹,呆了半响。有那么一刻,我真的怀疑我的双眼。我所看到的到底是活生生的女子，还是某个从古老传说中突然出现的著名女祭司，用一个气势非凡的姿势来表明女性之威和心中无比的愤慨。

"玛莉·莱文沃斯小姐！"一直跟在我身后的人低声叫道。

啊！玛莉·莱文沃斯！这个名字让我感到如释重负。这位相貌姣好的女子毕竟不是那个会给手枪装子弹、瞄准和开枪的埃莉诺。我转过头，看向那只抬起的玉手所指的方向。然而玉手突然僵住，似乎心绪不宁，感觉像是她正要解开可怕的、意义重大的谜团，却在中途被打断了。我看到——不行，我无法用语言形容！我无法描绘出埃莉诺·莱文沃斯的美，这必须由其他人去描绘。我可以半天坐在这里，安静地膜拜玛莉·莱文沃斯那不刻意流露的优雅、苍白庄严的气质、姣好的身材、精致的面容，能一睹她芳容的人都会为之惊叹。至于埃莉诺——我宁愿描绘自己的心跳声。迷人、高贵、令人敬畏、楚楚动人。那张万里挑一的脸庞在我的眼中闪烁。很快，玛莉那如月光般温柔而冷艳的美被一扫而光，我的眼中只有埃莉诺——从那一刻起直至永远，只有埃莉诺。

当我的视线第一次转向她的时候，她正站在一张小桌子的旁边，脸朝着她的堂姐，一只手靠在胸部，另外一只手放在桌子上，神情充满敌意。她的芳容让我觉得心跳漏了一拍，我还来不及缓过神来，她就回过头，和我四目相交。当前情形之下产生的所有恐惧感一下子袭上她的心头，原来高高在上的女士，现在却受到另外一位女士含沙射影的指控。我看到的不是一个高傲自负的女子，我看到的是，唉！是一个战战兢兢、呼吸急促的普通人。她意识到自己的头上悬挂着一把无形的利剑，却有口难辩，无法解释这把剑为何不应该落在她头上。

这一突变让人心生怜悯，这是多么令人心碎的一番坦言！在我看来，这就像有罪的告解那样，令我感到不忍。但就在这时，她的堂姐明显看到了堂妹不小心的真情流露，她恢复了冷静的自持，走过来并伸出手问道：

"这不是雷蒙德先生吗？您真是大好人了。先生。你呢？"她转向葛莱斯先生，"你是来告诉我们，楼下有人传唤我们是吗？"

这个声音正是我刚才在门外听见的，但是现在已经转变为甜美、温婉、动听的语调。

我快速地看了葛莱斯先生一眼，想看一下他作何反应。他显然颇为动容，女士话音刚落，他就向她深深地鞠了一躬，姿势比平常要低一些；他对她的一脸真诚回以笑容，虽然神情中稍有对她的不赞同，但却令人感到宽慰。他的目光并没有径直地投向她的堂妹，但玛莉却目不转睛地盯着他，似乎想从他的脸上读出什么答案。她眼眸深处的哀伤远比大喊大叫的宣泄更震撼人心。我了解葛莱斯先生的为人，我知道，他最残酷的手段就是对一个人视而不见，而对方的恐惧似乎已经压得她喘不过气。我的怜悯之情油然而生，我忘记了玛莉·莱文沃斯正在说话，也忘记了她的存在。我快速转过身，向她的堂妹走近一步。这时，葛莱斯先生抓住了我的胳膊，制止了我的行为。

"莱文沃斯小姐正在说话。"他说。

我回过神来，转身背对那个让我充满兴趣却又心生敬畏的人，迫使自己对面前的佳人稍作回应。我示意她挽着我的胳膊，然后带她走向门外。

玛莉·莱文沃斯苍白、骄傲的神情很快变得柔和起来，嘴角几乎带了点笑意。这里请允许我说一句，没有哪个女人能像玛莉·莱文沃斯这般，拥有如此似笑非笑的神情。她盯着我的脸，眼神坦率恳切，温柔动人，她低声道：

"您人真好。我的确很需要帮助。这件事情实在太可怕了，而且我的堂妹，"这时，她眼里闪过一丝警觉，"今天还非常不对劲。"

"哼！"我心里想，"刚才那个高高在上、义愤填膺的名门闺秀哪去了？才过这么一小会儿，她那难以形容的满腔愤怒咄咄逼人的威胁都消失不见了？"她是不是故作轻松，想混淆我们的推测？抑或她还天真地相信在如此关键的时刻，我们都会对刚才不小心听到的严重指控不以为意？

埃莉诺·莱文沃斯此时正倚靠着探长手臂，她很快就吸引了我的全部注意力。此时，她已经恢复了冷静，但与她的堂姐相比还差一些。她走起路来步伐不稳，挽着他胳膊的手更像是风中摇曳的树叶般颤抖不已。

"我真希望我从没来过这儿。"我在心里默默地念道。

想是这么想，但是我听到脑海里有另外一个细小的声音。这么说吧，我很庆幸是我自己而不是其他人知道了她们的隐私，庆幸是我在无意中听到那番不同寻常的言论，并且我还能够伴随葛莱斯先生和颤抖摇晃着的埃莉诺·莱文沃斯小姐一同下楼。这并不是说我可以轻易地饶恕罪行。犯罪案件从来没有这般黑暗过，报复、自私、仇恨、贪婪从来没有像现在这么令人感到憎恶。可是，我为什么要在此时考虑自己的感受？我的感受毫不相关。再说了，谁又能了解自己灵魂深处的真我，或者能为他人解开不为人知的爱恨交织呢？更何况这些感受对我自己而言一直都是、现在更是难解的谜。我不再往深处想，一手挽着虚弱的女士走下莱文沃斯豪宅的楼梯，全部心思却在另外那位女士身上。很快，我们重新来到那些可怕的陪审官面前。他们已经等得不耐烦了。

我再一次跨过门槛，看着满脸期待的表情。虽然才离开不久，但我却感觉恍若隔世。在关键时刻，即便是短短的几分钟，人的灵魂也能经历无限的感受。

第七章　玛莉·莱文沃斯

> 我如释重负，万分感激。
> ——《哈姆雷特》

你是否曾经留意阳光穿过厚厚的云层，突然间照亮大地的情景？如果答案是肯定的话，你就大概能体会当这两位美丽的女士走进房间时引起的轰动和反响。无论走到哪里，无论在哪种情况下，美丽优雅的玛莉都十分引人注目。她的堂妹虽然不及她妩媚，可动人的风采绝不少她半分。但是现在因为她堂妹的缘故，大家关注的焦点并没有全部集中在玛莉身上。在这样一个发生了天大惨案的地方，这些我先前已经描绘过的各色人士，他们除了强烈的好奇心和一半怀疑一半爱倾慕的情绪之外，还能有什么反应？可能没有别的了吧。但是，当我听到他们流露出惊叹和满足的喃喃声时，我还是不禁心生厌恶。

我赶紧找了个最不起眼的地方，让我身边这位不断颤抖的小姐坐下来，然后我四处打量，寻找她的堂妹。尽管埃莉诺·莱文沃斯刚才在楼上一副柔弱样，但是在此刻却没有丝毫的犹豫和羞涩。她挽着探长的手臂往前走，稍作停顿，镇定自若地看着眼前的场景。葛莱斯在陪审团面前突然装出很有说服力的样子，但效果却不怎么样。接着她便向验尸官微微鞠躬示意，动作自然优雅而且颇具优越傲慢的意味。相比之下，验尸官成了闯进这个雅致豪宅的不速之客。他之所以能在此停留，只不过是因为主人家的礼貌和容忍罢了。她的用人赶紧为她取来椅子，她坐了下来，姿态从容且尽显尊贵。在某种程度上，她的高居姿态更像刚才在会客厅里的样子，而非在我们当前所处场面中应有的拘谨和矜持。虽然这是明显的作态，但是效果非常明显。众人马上停止了嘀咕，窥探隐私的目光也随之消散，所有人似乎都被迫露出肃然起敬的神情。甚至连我自己，虽然在楼上被她那截然不同的举止震住了，但是此刻却也感到松了一口气。我转身看向我身边的这位女士，不禁大吃一惊，她目不转睛地盯着她的堂妹，眼眸深处流露出的不是鼓励而是质疑。我担心她的表情会引起陪审团的怀疑，于是赶紧抓住她那一直下意识地紧握在椅子边缘的手。我正准备请求她慎重行事时，验尸官慎重地、不疾不徐地叫出她的名字。她立刻回过神来，赶紧把视线从她堂妹身上收回来。她微微抬起头面向陪审团，我看到她的脸上闪过的光彩，使我不禁回想起刚才对她化身为女祭司的遐想。但那抹光彩只是昙花一现，很快她便以极其谦逊的姿态回应验尸官，并准备回答问题。

但此时此刻我心中的焦虑实在难以形容。虽然她现在看起来温柔和蔼，但是据我所知，她也有不小的脾气。她是否会在这重申她先前提出的疑问？她是不是憎恨自己的堂妹，并且不信任她？在私密的闺房里、没有其他人在场时，她能轻易说出口的那番话，她有没有胆量在此当着全天下人的面明确地再说一次？她想不想这么做呢？我无法从她的表情看出她的意图。怀揣着紧张的心情，我再一次看向埃莉诺。我甚至可以轻易解读出她的恐惧和忧虑。现在，当她意识到堂姐要在她之前先发言时，她畏缩了。她坐在座位上，用苍白得毫无生气的双手挡着自己的整个脸。

玛莉·莱文沃斯的证词很短。被问到的问题大部分是关于她在这个家庭的地位，以及她和她已故家长之间的关系。随后，她被问到对这桩凶案的了解,以及她堂妹和用人们发现尸体时的情景。

她扬了扬眉,似乎之前从未因为忧虑和困顿而皱眉,她的声音低沉、充满女人味,却如铃声般响彻整个房间:

"各位先生,对于你们问的这个问题,我无从作答。除了其他人告诉我的情况之外,我对这桩谋杀案一无所知,也不知道尸体是如何被发现的。"

我紧绷的心弦放松了下来。我看到埃莉诺·莱文沃斯的手重重地落了下来,脸上闪过一丝希望的光芒,然后那光芒又像大理石上反射的阳光那样一下子就消失了。

"你们听起来或许会觉得很奇怪,"玛莉郑重其事地继续说道,过去的恐惧再度袭上她的脸,"我没有进过发现伯父遗体的房间。我甚至想都没想过要这么做。我只有一个念头,那就是尽快逃离这个极其恐怖、断人心肠的地方。但是埃莉诺进去了,她可以告诉你——"

"我们稍后会向埃莉诺·莱文沃斯小姐取证的。"验尸官打断她,这样的语气对于验尸官本人来说算是温和的了。很显然这位美丽女士的斯文优雅也已经让他颇为动心。"我们想了解的是你所看到的。尸体被发现时那个房间里发生了什么,你说你对此一无所知?"

"是的,先生。"

"只知道发生在大厅里的事情?"

"大厅里什么事情也没发生。"她若无其事地说道。

"用人没有从大厅走进去过吗?你的堂妹恢复知觉后没有从那儿出来?"

玛莉·莱文沃斯惊讶地瞪大她那紫蓝色的双眸。

"有,先生。但那些小事不足一提。"

"但是，你记得她走进过大厅？"

"是的，先生。"

"她手上有没有拿着一张纸？"

"一张纸？"她突然转身看向她的堂妹，"你当时是不是拿着一张纸，埃莉诺？"

这一刻，气氛相当紧张。埃莉诺·莱文沃斯一听到"纸"这个字，显然大吃一惊，立刻站起身来，想回应堂姐那未经考量的问题，她刚张开嘴准备讲话的时候，验尸官果断地抬起手，以一贯的严厉语气说道：

"你不需要问你的堂妹，小姐。你只需告诉我们你所知道的就可以了。"

埃莉诺·莱文沃斯马上坐了回去，双颊瞬间通红。房间里响起稀稀疏疏的嘀咕，众人的失望尽显无遗，他们只是更加关切自己的好奇心能否得到满足，而无心理会是否依法行事。

验尸官似乎很满意自己既恪尽职守，又能和颜悦色地对待如此迷人的证人，他重复一遍他的问题："请告诉我们，你是否看到她的手里拿着任何的纸张？"

"我？没有，没有，我什么都没看见。"

接下来的问题都是与前一晚所发生的事情相关，而她的回答也没能提供新的线索。她肯定她的伯父在晚餐的时候有些寡言少语，但以前他遇到工作上不顺心的事情时，也一样会变得寡言少语。

验尸官问她那晚晚餐过后是否还见到过她的伯父，她回答没有，她一直都留在自己的房间里。他坐在书桌前的模样，是她对他的最后记忆。

她娓娓道来，语气中略带着一些伤感孤独，却又不显唐突，让人不禁为之动容。慢慢地，整个房间都被怜悯之情感染了。

我甚至还发现葛莱斯先生看着墨水台的眼神也柔和了起来。但是埃莉诺·莱文沃斯坐在那里，不为所动。

"你的伯父有没有和其他人交恶？"验尸官问道，"他有没有什么机密文件或者不为人知的大笔钱财？"

对于这些问题，她一概否定。

"你的伯父最近有没有结识什么陌生人。在过去的几个星期内，他有没有收到过一些重要信件，可能在某些方面能有助于解开这个案件的谜团？"

她的声音中流露出一丝犹豫，回答道："没有，据我所知没有。我不了解这方面的事。"她偷偷地从眼角瞥了埃莉诺一眼，显然看到某些让她安下心来的东西，所以她赶忙加了一句：

"我想我可以更肯定地回答你的问题，绝对没有。我伯父经常向我倾诉衷肠，如果有任何大事将要发生的话，我肯定早就知道了。"

回答关于汉娜的问题时，她对这位女佣的性格作了详尽的描述。不过，对于她的神秘失踪和她与谋杀案的关系，玛莉均表示完全不知情。她既不知道汉娜和什么人有密切的交往，也不知道有没有人来拜访过她，只知道没有人以拜访汉娜的名义来过这栋房子。最后，验尸官问道，她最后一次看见莱文沃斯先生放在小桌子里的手枪是什么时候。她回答说，他买回手枪的那天她见过，之后就没再见过了。她还提到，负责打理伯父几个房间的人是埃莉诺，而不是她。

这是她第一次也是唯一一次透露她的怀疑和猜测，连心事重重的我都听出了当中的暗示。埃莉诺看向发言者，表情无比诧异且疑惑不解。正是因为这样，众人开始斟酌如此漫不经心的一番言论。

然而，这时那个爱追根问底的陪审员又开始发表意见了。他的身体慢慢挪动到椅子的边缘,吸了口气,看起来对于玛莉的美丽有种隐约的敬畏,这让他的样子看起来有些滑稽。他问她是否经过深思熟虑才说出刚才的一番言论。

"我想是的,先生。在这种时刻,我必须非常认真地斟酌我的一言一语。"她态度诚恳地回答道。

小个陪审员坐了回去,我以为她的讯问快要结束了,但那个慢条斯理、手握怀表链的陪审员盯着玛莉的双眼问道:

"莱文沃斯小姐,你的伯父是否曾经立过遗嘱?"

房间里的每一个人都马上警觉起来。即使是她,也难免因为自尊受到侵犯而双颊慢慢地泛红了。但是她的回答很坚定,没有丝毫愤恨的样子。

"是的,先生。"她简单地回答道。

"不止一份遗嘱吗?"

"我只知道有一份遗嘱。"

"你是否熟悉那份遗嘱里面的内容?"

"是的。他从不对任何人隐瞒他的想法。"

陪审员推了推他的眼镜,再次看向她。对于他而言,她的优雅无足轻重;他对她的美貌和高贵气质也视若无睹。

"那么,或许你可以告诉我,谁最有可能从他的死亡中受益?"

这个赤裸裸的问题残忍得让人难以认同。包括我在内,房间里的每一个人都立刻皱起眉头。但是玛莉·莱文沃斯挺直了身子,冷静地看着她的对话对象,平静地说道:

"我只知道他的辞世会给什么人造成最大的损失。那些被他拥入温暖怀抱里的最彷徨无助的孩子;那些被他关爱与呵护的年轻女孩,幼稚的她们最需要的正是这种阳光雨露;还有向他寻求指引的、青春岁月已逝的中年妇女——这些人,先生,对于这些人来说，他的过世让他们失去了依靠。相对而言，今后她们可能要面对的遭遇是多么的微不足道。"

她坦然且大度的回答让他相形见绌，这位陪审员碰了一鼻子灰，退了回去。此时，另外一个之前从未发言的陪审从他的座位站起身来，他的外表不仅远优于其他人，而且不怒自威。他郑重地说道：

"莱文沃斯小姐，我们往往都难免先入为主。你有没有怀疑过哪个人就是杀害你伯父的凶手？"

这是一个令人胆颤的时刻。对于我来说也好，对于其他人而言也罢，我相信这一刻不仅令人感到害怕，而且还令人感到万分紧张。她会不会因此退缩？是要问心无愧，诚实坦白，还是坚定不移地帮助堂妹规避嫌疑？我不敢期待些什么。

玛莉·莱文沃斯站起身来，沉着冷静地看着审判员和陪审团，声音不大，但却清晰而响亮，她回答道：

"没有，我没有怀疑任何人，也没有理由去怀疑任何人。我对杀死伯父的凶手一无所知，我也无从怀疑凶手是谁。"

此话一出，感觉就像是一种令人窒息的压力瞬间荡然无存了。所有人都松了口气，玛莉·莱文沃斯站到一旁，埃莉诺被传唤作证。

第八章　情况证据

> 噢，黑暗，黑暗，黑暗！
> ——《哈姆雷特》

现在，所有人的眼里都闪着好奇的光芒，竖起耳朵聆听。这个可怕惨案的真相即便不能即刻水落石出，笼罩在它上面的迷雾也将要被驱散了。而我却很想逃离现场，离开案发地点，不愿意去了解更多。这并不代表我特别担心这位女士在作证时泄露了她自己的底细。她的表情专注沉稳，冷若冰霜，坚定无比。这样的表情本身足以让我确保她不会作茧自缚。但是如果玛莉对她的怀疑不仅是出于仇恨，而且基于自己所知的事实；如果这么美丽的面孔只不过是一种伪装，埃莉诺·莱文沃斯确实如她堂姐在私底下所指控的那样，而她接下来的行为也引人怀疑的话，我如何能忍受坐在这里，眼睁睁地看着这朵白玫瑰化身成一条象征欺骗和罪恶、面目可憎的巨蟒呢！但是，正因为这不确定性的引人入胜之处，虽然我看到身边很多人和我一样，满脸疑惑，但是在场没有一个人表现出要起身离开的意图。而我其实就是最不想离开的那一位。

楚楚动人的金发淑女玛莉给验尸官留下了深刻印象，而且，她的证词也对埃莉诺有些不利，但是验尸官似乎是此刻这个房间内唯一不受影响的人。他转向证人，表情尊敬却带有少许严肃，开口说道：

"据说，你从小时候起就是莱文沃斯先生家庭的一员了，是吗？莱文沃斯小姐？"

"从我十岁那年开始。"她轻轻地回答道。

这是我第一次听到她的声音，我暗吃一惊。她的声音和她堂姐相似，但同时又很不一样。如果让我比较的话，就是两人的语调相似，但是她的声音缺乏她堂姐所拥有的感情张力；她的声音不会大得震耳欲聋，更不会产生回音。

"据说从那时候起，他就待你如亲生女儿一般，对吗？"

"是的，先生，确实就像亲生女儿一样。对我们姐妹俩来说，他不仅仅只是个父亲。"

"据我所知，你和玛莉·莱文沃斯小姐是堂姐妹关系，那么她是什么时候来到这个家庭的？"

"她是跟我同一时间来到这里的。我们各自的父母在同一场灾难中遇害。如果不是我们的伯父，那时年幼的我们应该会被抛弃在某个无名的角落。但是他——"她停顿了一下，坚毅的嘴唇开始微微颤抖，"但是他，出于一片好心，把我们接到他的家里，弥补我们所失去的东西，让我们感受到了父爱和家庭的温暖。"

"你说他收养了你们，对你和你堂姐而言他如同父亲一般。也就是说，他不仅给你带来现在的荣华富贵，同时让你知道在他去世之后你还能享有同样的尊贵，一丝一毫也不会少？简而言之，他会把他的财产部分留给你，对吧？"

"不是的，先生。他一开始就让我知道，他会在遗嘱中把财产全部留给我堂姐。"

"莱文沃斯小姐，你的堂姐和他的血缘关系并没有比你近多少。他从来没有向你解释过他这么偏心的原因吗？"

"没有，他的财产由他自己按照喜好来分配，先生。"

到现在为止，她的证词都是直截了当、站得住脚的。众人开始对她有所改观，之前对她的名声及人格的质疑也逐渐消散。她如此神态自若、面无改色地说出这么一句证词，对于陪审团，甚至连本来有更多的理由不信任她的我来说，都感觉到对她的怀疑不再那么笃定，因为她的回答已经非常明确地指出她完全没有动机可言。

验尸官继续说道："如果你的伯父如你所言般对你非常好，那么你肯定对他非常依恋，对吗？"

"是的，先生。"她的嘴角突然自信地向上扬。

"那么他的死，对你而言肯定是个巨大的打击？"

"非常，非常巨大。"

"巨大到足以让你立刻昏过去，是吗？我听他们说，你一看到他的尸体就昏了过去。"

"没错，我的确难以承受这样的突如其来的冲击。"

"但是你看起来就已经有心理准备？"

"心理准备？"

"用人们说，你发现你的伯父没有来吃早餐的时候，情绪非常焦虑不安。"

"那些下人！"她的舌头似乎紧紧地贴着上腭，让她几乎不能发声。

"据说从他的房间出来的时候，你的脸色非常苍白。"

这个男人必定对她有某些疑问，即便不是真的怀疑，要不然他怎么会毫不留情地对她穷追猛打。她是否开始意识到这一点了呢？刚才在她的房间目睹那个难忘的瞬间之后，我就没再见到她如此焦虑不安的样子。然而，即便她对外界的猜疑有所察觉的话，也并没有过多地流露出来。她努力使自己保持镇定，以克制、平静的姿态回答道：

"这一点也不奇怪。我的伯父作息时间非常有规律。只要他的日常习惯有那么一点不一样,都会令我们非常担心。"

"所以当时你很担心?"

"算是吧。"

"莱文沃斯小姐,平日里是谁负责管理你伯父的私人房间?"

"是我,先生。"

"那不用说,你肯定知道他房间里有张小桌子,这张桌子有个抽屉,对吗?"

"是的,先生。"

"你上一次去检查那个抽屉是什么时候?"

"昨天。"这时她的声音里带着明显的颤抖。

"什么时间?"

"快到中午时分,我估计。"

"他习惯放在那里的手枪,当时在不在原位?"

"应该在的,但我没留意。"

"你关上抽屉之后有没有锁上它?"

"有。"

"把钥匙拔了出来?"

"没有,先生。"

"莱文沃斯小姐,你可能已经注意到了,那把手枪现在就放在你面前的桌子上。你能否看一下?"他把手枪拿起来,举到她面前。

如果他这一举动来得这么突然是想让她大吃一惊,那么他完全如愿以偿了。第一眼看到这把凶器的时候她不禁往后退了一步,不由自主地惊叫一声,但是她很快抑制住自己。

"啊,不要,不要!"她痛苦地呻吟,猛地向前甩开手。

"莱文沃斯小姐,我坚持请你看一下这把手枪,"验尸官继续说道,"刚才找到它的时候,所有的弹室都有子弹。"

她脸上痛苦的表情立刻消失了。"哦,好吧——"她的话还没说完就伸出手拿过手枪。

但是验尸官一边盯着她,一边继续说道:"话虽如此,这把手枪不久前才射击过。枪管被人擦拭过,但那个人忘记清理弹室了,莱文沃斯小姐。"

这回她没有再尖叫,但是脸上慢慢出现了绝望无助的表情,看起来好像要跌坐下去的样子。但是转瞬间她又振作起来,猛地抬起头,以我从来没有见过的沉稳和威严大声说道:"很好,那又怎样?"

验尸官把手枪放下来,在场的人都相互交换了眼神,似乎都在考量着下一步该如何继续进行。我听到身边有人在叹息,气息中带有颤栗,我转过身,看到玛莉·莱文沃斯正凝视着她的堂妹,因为受惊而双颊发红,似乎她正意识到,包括自己在内的所有人都已经察觉到这个女士有可疑之处,希望她能就此作出合理的解释。

最终,验尸官一鼓作气继续讯问。

"莱文沃斯小姐,在我呈出证物之后,你却问我那又怎样?我只能说,凶手肯定既不是入室盗贼,也不是被买通的刺杀者,因为如果是这样的话,他们不会用这把手枪行凶后煞费苦心地拭擦它、重新装好子弹,还把它锁回原来的抽屉里。"

她没有做出回应,但是我看见葛莱斯先生对此做了个记录,以他特有的方式点了点头。

"如果那个人是外人,"他继续说道,表情更加严肃,"那么这个人不仅无法在任何时间进出莱文沃斯先生的房间,更不可能在晚上这么晚的时候进去,从这么隐秘的地方取来这把手枪,穿过他的房间,走到很靠近他身边的位置,而他连抬头看一眼都没有。根据法医的证词来看,我们相信他没有抬头看过。"

这是个可怕的暗示。我们都看向埃莉诺·莱文沃斯,想知道她有没有畏缩。但是她应有的愤慨情绪却由玛莉表达出来了。玛莉猛地从她的座位上一跃而起,迅速地看了一眼周围的人,张开嘴准备说话。但是埃莉诺微微转过身,示意她不要轻举妄动,并以冷静且谨慎的声音回答道:"先生,你并不能确定这就是案发的经过。如果我伯父昨天因为某些个人原因而开了这把枪——这是有可能的,即便可能性不大——那么类似的结果也会出现,也会导致同样的结论。"

"莱文沃斯小姐,"验尸官继续说道,"我们已经从你的伯父的头部取出了子弹!"

"啊!"

"那些从他的小桌抽屉中找到的子弹,与这颗子弹型号一致,而且正是这把与手枪匹配的型号。"

她的头向前低垂,埋到双手中,眼睛搜寻着地板,整个人的姿势都散发出灰心沮丧的气息。看到此情此景,验尸官变得更加严肃。

"莱文沃斯小姐,"他说,"我现在有些问题希望你能回答,是关于昨天晚上的。昨天晚上你人在哪里?"

"我自己一个人在房间里。"

"但是在案发那段时间内你却见到了你的伯父或者你的堂姐?"

"没有,先生。在吃完晚饭之后我再也没有见到其他人,除了托马斯。"她停顿了一会接着补充道。

"为什么你会见到他?"

"有一位绅士来访,他过来送上他的名片。"

"请告诉我那位绅士的名字?"

"名片上写着勒罗伊·罗宾斯先生。"

这件事看起来似乎无足轻重，但是我身旁的女士却突然一震，让我不由得记住了这一细节。

"莱文沃斯小姐，当你在房间里的时候，你是不是习惯让门敞开着？"

她突然一惊，但很快镇定下来："没有这个习惯，没有，先生。"

"那为什么昨天晚上你的门敞开着？"

"因为我觉得太暖和了。"

"没有其他原因？"

"我说不出来有其他原因。"

"你是什么时候关上门的？"

"就寝前。"

"是在用人上楼之前还是之后？"

"之后。"

"你有没有听到哈韦尔先生离开图书室以及上楼回到他的房间的声音？"

"有的，先生。"

"在那之后你多久才关上门？"

"我……我……几分钟后吧……呃……我说不清楚，"她匆忙补充道。

"说不清楚？为什么？你忘记了吗？"

"我只是忘记在哈韦尔先生上楼之后多久我才关上门。"

"有没有超过十分钟？"

"是的。"

"超过二十分钟？"

"可能吧。"她的脸色是多么苍白，身体又颤抖得那么厉害！

"莱文沃斯小姐,根据证据显示,你的伯父是在哈韦尔先生离开不久后就遇害的。如果你的房门当时是敞开的,你应该会听到有人进入他的房间的声音,或者开枪的声音。所以,你有没有听到任何声音?"

"我没听到任何的声音,没有,先生。"

"你确定没有听到任何声音?"

"也没有听到开枪的声音。"

"莱文沃斯小姐,请原谅我不停地追问。你究竟有没有听到任何声音?"

"我听到了门关上的声音。"

"哪扇门?"

"图书室的门。"

"什么时候?"

"我不知道,"她歇斯底里地紧握拳头,"我说不清楚。为什么你要问我这么多问题?"

我赶紧站起身来。她左右摇晃,几乎要昏厥过去。但我还没来得及去扶她,她就已经重新站直身体,恢复之前的仪态举止。"请你原谅,"她说,"我今天早上状态不佳。很抱歉。"然后她不紧不慢地转向验尸官:"你刚才问的问题是什么?"

"我问的是,"他的声音变得尖锐——显然她的举止已经变得对她不利——"你是什么时候听到图书室的门被关上的?"

"我不能确定准确的时间,但是那是在哈韦尔先生上楼之后,在我关上我的房门之前。"

"你没有听到开枪的声音?"

"没有,先生。"

验尸官迅速看了一眼陪审团,他们都无一例外地在逃避他的视线。

"莱文沃斯小姐,有人告诉我们,用人汉娜昨天晚上很晚的时候去了你的房间拿药。她有没有去过你的房间?"

"没有,先生。"

"你是什么时候得知她从这个屋子离奇失踪的?"

"今天早上吃早餐之前。莫莉在走廊上遇到我,问我汉娜怎么了。我觉得这个问题有点奇怪,于是自然而然地反问回她。聊了一会结论就出来了,汉娜不见了。"

"你确定她真的是不见了之后,你是怎么想的?"

"我不知道该想些什么。"

"不曾想过是否有什么坏事发生?"

"没有,先生。"

"你没有把这件事和你伯父的谋杀案联系起来?"

"我那时还不知道发生了谋杀案。"

"那之后呢?"

"哦,我可能想到了她或许知道某些内情,我说不清楚。"

"你能否告诉我们关于那个女孩的背景?"

"我堂姐已经说了,我没有补充"

"你知不知道她昨晚为什么感到难过?"

她满脸通红,怒容满面。她这么生气,是因为他的语调,还是因为问题本身?"不知道,先生!她什么也不会告诉我。"

"所以你也不知道她在离开这里之后有可能去了哪里?"

"当然不知道。"

"莱文沃斯小姐,我们必须再问你一个问题。我们听说,是你下令把你伯父的尸体抬离它原本所在的位置,转移到隔壁房间的?"

她点了点头。

"难道你不知道如果没有相关专业人士的许可,你或者其他人都不能擅自去移动死者的遗体吗？"

"这个问题我当时没有多想，先生，我只是凭感觉行事。"

"那么我想，你选择继续停留在他遇害的那张桌子旁边，没有跟着去查看有没有妥善安置尸体，也是凭感觉行事？抑或，"他继续说道，语气无情并且充满嘲讽，"那时你只是想拿走那张纸，也顾不上自己的行为举止是否恰当？"

"那张纸？"她断然地抬起头，"谁说我当时从桌子上拿走一张纸？"

"有一个证人发誓看到你在桌子前弯腰找东西，桌上撒满了纸张。几分钟后另外一个证人在走廊上看到你把一张纸塞进你的口袋里。结论很自然就可以得出来了，莱文沃斯小姐。"

这句话是正中要害的一击。我们以为她会表现出焦虑不安的样子，但是她那高傲的嘴唇没有一丝颤抖。

"你已经得出结论，所以你必须证明这个事实。"

这个回答很高明。验尸官的脸色有些难看，我们也没有感到意外。不过，他很快恢复了常态，说道：

"莱文沃斯小姐，我必须再问你一遍，你有没有从那张桌子上拿走任何东西？"

她的双臂交叉在胸前。"我拒绝回答这个问题。"她轻声答道。

"对不起，"他反驳说，"你必须回答这个问题。"

她的嘴唇毅然地抿得更紧："你要是能从我身上找到任何可疑的纸张，我自然会跟你解释它的由来。"

她的抗拒的态度让验尸官大吃一惊。

"你是否意识到你这样拒绝回答要负起怎样的责任？"

她低下头："是的，我知道，先生。"

葛莱斯先生抬起手，轻柔地捻动着窗帘的流苏：

"但你还是坚持不回答?"

她甚至坚决拒绝回答这个问题。

验尸官没有进一步追问。

现在所有人都心中有数了,埃莉诺·莱文沃斯不仅坚持无罪辩护,而且非常清楚这样做的后果,她也不准备推翻自己的供词。她的堂姐,虽然在此前已经恢复了些许平静,但现在也开始表现出激动的神色,好像她觉得只有她可以指控她的堂妹,其他人不能指指点点一样。

"莱文沃斯小姐,"验尸官话锋一转,继续说道,"你总是可以随意进出你伯父的房间,是不是?"

"是的,先生。"

"甚至可能是在三更半夜进入他的房间,走到他的身边,而且完全不会惊动他,甚至是让他回过头来?"

"是的。"她的双手吃力地握在一起。

"莱文沃斯小姐,图书室的钥匙不见了。"

她没有搭腔。

"在案发之前,你曾经单独前往图书室,这一点已经得到证实。你能否告诉我们那时候钥匙是否还插在锁上?"

"没有。"

"你是否确定?"

"确定。"

"那么,这把钥匙在大小或是形状方面有没有任何特别之处?"

这个问题让她感到突如其来的惊恐,她努力克制着。她心不在焉地扫视了一圈站在她背后的那群用人,身体不住地发抖。"这把钥匙和其他的钥匙有一点儿不同,"她最终承认道。

"有什么不同?"

"钥匙柄坏了。"

"啊,诸位,钥匙柄坏了!"验尸官一边看向陪审团,一边着重强调。

葛莱斯先生似乎记住了这条信息,因为他又一次快速地点了点头。

"那么,莱文沃斯小姐,如果你再度看到这把钥匙的话,你能够一眼就认出它吗?"

她满脸震惊地看着他,好像他的手里就拿着钥匙。但是她知道钥匙现在不在他的手里,她鼓起勇气,颇为自如地回答道:

"我觉得应该可以,先生。"

验尸官似乎很满意这个答案,正准备让证人离开,这时,葛莱斯先生轻手轻脚地走上前,碰了碰他的手臂。"请等一下,"他说道,并弯下身在验尸官耳边说了几句话。然后他站回原来的位置,站直了身体,右手放在他胸前的胸袋里,眼睛盯着水晶吊灯。

我几乎不敢呼吸。他是不是把在楼上走廊无意中听到的话告诉了验尸官?但在看了一眼验尸官之后,我确信这件要事他还不知道。他看起来不仅疲惫,而且还有一点不悦的样子。

"莱文沃斯小姐,"他说,再次转向她的方向,"你已经明确表示过,你昨天晚上没有去过你的伯父的房间。你是否肯定?"

"是。"

他看了一眼葛莱斯先生。葛莱斯先生马上从他的胸袋里抽出一条手帕,上面带有污迹,非常耐人寻味。

"今天早上在那个房间里发现了你的手帕,这有点太匪夷所思了。"

埃莉诺发出一声尖叫。玛莉的脸也变得僵硬起来,表情透露出深深的绝望。埃莉诺紧绷双唇,冷冷地回答道:"我不认为这有什么奇怪。今天早上我去过那个房间。"

"所以你把它落在那里了？"

一抹苦恼的红晕出现在她脸上，她没有作出回答。

"还把它弄脏成这个样子？"他继续说道。

"我不知道那上面有污迹。是什么样子的？让我看一下。"

"请等一下。我们现在想知道的是，它怎么会出现在你伯父的房间？"

"有很多种可能。我可能几天前就把它落在了那里。我已经说过，我经常到他的房间。但是，先让我看一下这是不是我的手帕。"说完她伸出手。

"我想是的，因为有人告诉我，手帕角落的地方绣着你名字的缩写，"他说道。这时，葛莱斯先生把手帕递给了她。

但是她惊恐万分地打断他："这些肮脏的污迹！是什么东西？它们看起来像……"

"看起来就像污迹的样子，"验尸官说，"如果你曾经用它拭擦过手枪，你肯定知道这些污迹，莱文沃斯小姐。"

她突然一松手，手帕从她的手中掉落。她站在那里目不转睛地盯着掉落在她面前的手帕："我不知道这是怎么一回事，各位，"她说，"这是我的手帕，但是……"不知道为什么，她没有把话说完，但是她又再一次重复道："真的，各位先生，我不知道这是怎么一回事！"

她的作证到此结束。

厨师凯特被再度传唤，验尸官想知道她上一次清洗这条手帕是什么时候。

"这，先生，是这条手帕吗？噢，这个星期洗过一次，先生。"她向她的女主人投去一个抱歉的眼神。

"哪一天？"

"嗯，我要是不记得就好了，埃莉诺小姐。这个屋子只有这么一条手帕。我前天才刚清洗好。"

"你什么时候熨的？"

"昨天早上。"她欲言又止。

"你是什么时候把手帕送到她的房间？"

厨师用围裙盖着头。"昨天下午，和其他衣服一道，就在晚饭前。哎呀，我也没办法，埃莉诺小姐！"她低声说，"我实话实说了。"

埃莉诺·莱文沃斯皱了皱眉。这个有几分对立的证据显然对她影响不小。过了一会儿，验尸官让证人退下，转向她并问道她是否还有什么想解释或补充。她几近痉挛性般地抬起手，缓缓地摇了摇头。突然，没有任何征兆，她一声不响地在座位上昏了过去。

现场随之一阵骚动。在这期间，我注意到玛莉没有立刻赶往她堂妹身边，只有莫莉和凯特尽力帮助她恢复知觉。过了一会儿，她终于在她们的努力下苏醒过来，随即被她们带离了这个房间。她们离开时，我注意到有一个高个子的男人站了起来，跟着她一起出去。

紧接着的是一阵短暂的沉默，不过很快被一阵迫不及待的骚动打破。我们的小个陪审员站起身来，提议今天陪审团的讯问到此为止。这似乎也和验尸官的想法不谋而合，他宣布讯问在明天下午三点后继续进行，他希望所有陪审员届时将会悉数出席。

众人匆匆忙忙地离去。几分钟不到，整个房间就空了，只剩下玛莉·莱文沃斯小姐，葛莱斯先生和我。

第九章　重要发现

> 他的眼睛一刻不停地滚动，四下察看，
> 生怕有什么隐藏的危险。
> 十字架紧握在他面前，
> 一边前进，一边透过十字架看着路。
> ——《仙后》

玛莉·莱文沃斯看起来似乎因为自己无法直接了解屋子里所有人、物的一举一动而微微地感到恐惧。看到周围的人大多都离开了，她立刻从我身边走开，躲到边远的角落，沉溺于痛苦悲伤当中。我把注意力转移到葛莱斯先生身上，我发现他正忙着数手指，也不知道是不是因为太专注于此，他的表情充满困惑。可能他最终意识到自己并没有多出哪根手指，在我靠近他的时候，他心满意足地放下双手，对我微微一笑。这一笑意味深长，难以让人感到舒服自在。

"好吧，"我站在他面前，"我不能责备你。你有权利做你认为最有利的事情。但是你于心何忍？即使你不拿出那条该死的手帕，她也已经沦为众矢之的，况且现在还说不清楚是不是她把手帕落在那个房间。虽然她去过那个房间，并且沾满枪油的手帕也是在那里被发现，但是这绝对不能证明她和这宗谋杀案有直接关联。"

"雷蒙德先生，"他回答道，"身为一名警察和负责侦办此案的探长，我认为有必要这么做。"

"当然，"我赶紧回答道，"我肯定不希望你逃避责任，但是你不该如此鲁莽地公开宣称她涉案啊，她这样一个年轻柔弱的女子，怎会犯下这么一宗骇人听闻、离奇反常的谋杀案？不能仅仅因为另外一位女士的怀疑就……"

葛莱斯先生打断了我的话："先别着急跟我说话，你的注意力应该放在更为重要的事情上。另外一位女士，你我一致认同的纽约社交圈最美丽的人，现在正坐在那边，梨花带雨，楚楚可怜，去安慰一下她吧。"

我惊讶地看着他，犹豫着要不要听从他的意思。然而，看到一副他郑重其事的样子，我便向玛莉·莱文沃斯走去，在她身旁坐了下来。她低声地、无法克制地哭泣着，好像悲伤已经被恐惧所吞噬。她的恐惧和悲伤自然流露，我丝毫无需怀疑任何一者的真实性。

"莱文沃斯小姐，"我说，"像我这样一个陌生人，在此时此刻来安慰你，看起来似乎含着极大的讽刺意味。但是，你不妨这么想，间接证据并不一定就是确凿的证明。"

她不由得一惊，慢慢地转过头注视着我。她的眼神柔情似水，温婉动人，在这样的目光注视下，我的感觉美妙得难以言喻。

"不，"她回答道，"虽然间接证据不是确凿的证明，但是埃莉诺不知道这一点。她的神经绷得太紧，不懂得眼观全局。她正在把套索往自己头上套，并且，噢……"她停了下来，急切地紧紧抓住我的手臂："你认为她会有危险吗？他们会不会……"她没办法说下去。

"莱文沃斯小姐，"我用警觉的眼神看向探长，问道，"你的言下之意是?"

她的目光迅速地跟随我投向探长,这时,她的态度马上有所改变。

"你的堂妹可能紧张过度,"我继续说道,装作好像什么事都没发生过一样,"但是我不明白你为什么说她正在把套索往自己头上套。"

"我的意思是,"她坚定地回答道,"不管是有意为之还是无心之为,她都回避了太多问题。在场所有人都会觉得她对这件可怕的事情有所隐瞒。她表现得——"玛莉低声说道,但房间里的所有角落都仍旧能够清楚地听到她的声音,"好像是在刻意掩饰一些什么。但事实上她并没有,我很确定她没有任何隐瞒。埃莉诺和我不算很要好,但是我怎么也不会相信她对发生这样的事情会知情不报,我们俩知道的就这么多。难道没有人能告诉她——你能告诉她吗?——她那样的态度是不行的,必定会引起怀疑。而且可能已经引起怀疑了吧?还有,噢,记得和她说——"她的声音变成了耳语般大小,"你刚才和我说过的话:间接证据不一定是确凿的证明。"

我仔细地看着她,心里感到万分惊讶。这个女人演得真好!

"你要我告诉她这番话,"我说,"你自己去跟她讲不是更好吗?"

"埃莉诺和我不习惯推心置腹。"她回答道。

我相信此话不假,但是我仍觉得非常疑惑。无可否认,她的言行举止前后并不一致,这令我很是费解。我不知道还该说些什么,于是说道:"太不幸了。应该提前提醒她,直截了当才是上策。"

玛莉·莱文沃斯只是不停地哭泣:"噢,为什么我要遭受这么可怕的事,我在此之前是多么的快乐幸福!"

"可能正是因为你一直都太快乐幸福了吧。"

"但我亲爱的伯父是无辜的,他不应该死得这么惨啊。但是她,我自己的堂妹,却要……"

我碰了碰她的手臂,她马上回过神来。她就此打断,咬着自己的嘴唇。

"莱文沃斯小姐,"我低声说道,"你应该往好的方面去想。另外,我真的觉得你没必要这么折磨自己。你的堂妹只是闪烁其词,如果没有新证据出现的话,她应该不会有大问题。"

我这么说是想套她的话。结果正中我下怀。

"新证据?她肯定是清白的,怎么可能还会有新证据?"

突然,她似乎想到了什么。她在座位上突然转身,身上那件可爱迷人、香气弥漫的长袍轻轻地碰到了我的膝盖,她问道:"他们为什么不多问我些问题?我可以证明昨天晚上埃莉诺没有离开过她的房间。"

"真的吗?"我真的看不透这个女人。

"是的。我的房间比她的还要靠近楼梯处。如果她经过我的房门的话,我应该会听到声音的,你说是不是?"

啊,仅此而已。

"这两件事情没有必然的因果关系,"我难过地说,"你没有其他证据了吗?"

"怎样有利,我就怎么说。"她小声说道。

我猛地往后靠。是的,这个女人现在为了挽救堂妹已不惜说谎,她在讯问过程中已经说了谎。虽然当时我对此心怀感激,但现如今,我只有一种很恐怖的感觉。

"莱文沃斯小姐,"我说,"无论如何,一个人违背自己的良心都不是正当之举,更不用说是为了一个自己都不太喜欢的人而这么做。"

"是吗?"她问道。她那颤抖的嘴唇抿得更用力,胸口在不断起伏,然后她缓慢地看向别处。

如果不是埃莉诺的美貌那样地令人产生无限遐想,而她的可怕处境又么地让我忧心忡忡,刚才我就不会这么坚定了。

"我并没有想要做一些错得离谱的事,"莱文沃斯小姐继续说道,"请不要把我想得太坏了。"

"没有,没有。"我说。相信任何一个有血有肉的人在这种情况下都会这么说的。

也许她还会透露更多,但是我已经没有更多的机会去推测了,因为这个时候,门被打开了,一位男士走了进来。我认得这个人,他就是刚才跟在埃莉诺·莱文沃斯身后走出去的人。

"葛莱斯先生,"他说道,他刚走进门就停了下来,"方便跟你说句话吗?"

探长点了点头,但是没有立刻匆忙地走向他,而是不慌不忙地走到房间的另一端,打开墨水台的盖子,对着它不知咕哝些什么,然后迅速地盖上了盖子。我立马突发奇想,如果我现在能冲到那个墨水台旁边,打开盖子瞧一瞧,我说不定可以听见他刚刚诉说的秘语。但是我克制了我那荒唐的冲动,自得地看着他们。那个男子的上司向瘦削憔悴的他走去,作为下属,他脸上露出尊敬臣服的表情。

"怎么了?"葛莱斯先生走近他,问道:"现在怎么样?"

那个人耸耸肩膀,把他的上司拉到敞开的房门那边。他们一走进大厅,声音就小得听不见了,我只能看见他们的背部。于是我转头看向我身边的小姐。她脸色苍白,不过情绪比较镇定。

"他是不是刚从埃莉诺那里过来?"

"我不知道,恐怕是吧,莱文沃斯小姐,"我继续说道,"你堂妹有没有可能藏着某些东西?"

"这么说,你是认为她有所隐瞒?"

"我没有这个意思。但是关于那张纸有相当多的传言……"

"他们绝对不会从埃莉诺身上找到任何纸张或者任何可疑的东西。"玛莉打断我。"首先,没有一张纸会重要到——"我看到葛莱斯先生的身体突然僵了一下,"让人得用偷窃和隐匿的方式来处理。"

"你能确定吗?也许你堂妹知道某些内情……"

"没有什么好知道的,莱蒙德先生。我们过着最规律、最怡然自得的生活。我很不能明白为什么要如此小题大做。我非常肯定我伯父是被某个入室偷盗的贼人杀害的。屋子里没有东西被盗并不足以证明没有盗贼进来过。至于门和窗都是锁上的,你会相信一个爱尔兰用人?难道她就不会在这个关键问题上弄虚作假吗?我不相信。我相信凶手是职业盗窃团伙的一员。如果你无法同意我的看法,那也起码试着考虑一下这个解释是否说得过去。如果不是为了维护这个家族的名誉,那么——"她那美丽的脸庞正对着我,她的一双明眸,双侧脸颊,还有那张樱桃小口,都那么的精致动人,"那么,就当作是为我维护名誉吧。"

就在这时,葛莱斯先生掉头转向我们:"雷蒙德先生,能否借一步说话?"

我很高兴能逃离我现在的处境,我赶紧遵从。

"发生什么事情了?"我问道。

"我们希望你能保密。"他轻松地回答道。

"雷蒙德先生,这是福布斯先生。"

我对眼前的这个人点头致意,心里七上八下。虽然我很着急想知道他有什么要说的,但我打心底里不愿意和他讲话,因为我觉得这个人是个密探。

"这件事颇为重要,"探长继续说道,"我不必再次提醒你务必对此守口如瓶吧？"

"当然。"

"我也觉得不用。福布斯先生，你可以开始说了。"

这个名叫福布斯的男人立刻像变成了另外一个人，表现出一副肩负重任的样子。他展开宽厚的手掌，把它放在胸口，开始说道：

"受葛莱斯先生派遣，我密切留意着埃莉诺·莱文沃斯小姐的一举一动。我随她一道离开了这个房间，她的两个用人扶着她上楼，回到她的房间。一到那……"

葛莱斯先生打断他："一到那？哪里？"

"她自己的房间，长官。"

"方位？"

"在楼梯口。"

"这不是她的房间。继续。"

"不是她的房间？这么说来，她的意图是想生火！"他惊呼，猛地拍了一下他的膝盖。

"生火？"

"抱歉，我讲得太快了。她刚开始没有太注意到我，尽管我就紧跟在她身后。直到她到了那个房间的门口，那居然不是她的房间！"他情绪激动地加插了一句，"她转过头，吩咐用人离开，这时她好像才意识到有人在身后跟着她。她上下打量着我，一副高高在上的样子，但那犀利的眼神很快便收敛起来，取而代之的是忍让的表情。她走进房间，没有随手把门关上，但她这种出于礼貌的做法我却无法恭维。"

我不禁皱了皱眉。这个男人看起来老实本分，但是这显然不是他该表达不满的时候。他看到我皱眉，他的态度和举止都稍微内敛了些。

"要监视她,除了跟着她进去,别无他法。于是,我走进房间,在离她远远的角落坐了下来。她瞟了我一眼,随后她开始在房间里焦躁地走来走去,那种焦急的样子我先前也见过了。最后,她突然停下来,站在房间的正中央。'帮我拿杯水来!'她喘着气说道,'我快要晕了——快!在角落那张小桌子上。'要拿水的话,我必须去到一面几乎高达天花板的试衣镜的后面,所以我有点犹豫。但是她转过身来看着我——两位绅士,我想你们也会赶紧依从她的指示,而且——"他不甚确定地看了葛莱斯先生一眼,"即使你很想不为所动,你的身体也会出卖你的思想。"

"好了,好了!"葛莱斯先生不耐烦地喊道。

"我这就继续,"他说,"我暂时从她的视线范围内消失,才一会儿工夫,但是已经足够让她完成她的计划了。因为当我拿着一杯水回到原处时,她正跪在壁炉旁,离她原来站的位置足足有五英尺远。她的手在衣服的腰身部位摸索着什么,这让我确信她在那里藏着某些东西,并且迫不及待地想处理掉。我把水递给她,把她仔细地打量个遍,但是她只是盯着壁炉里边,好像并没有注意到我。她的嘴唇几乎一滴水都没碰到,就把杯子递回给我了。这时,她将手伸到炉火上,'噢,太冷了!'她尖叫道,'太冷了。'我信以为真。无论如何,她发抖的样子不像是装出来的。壁炉里有些余火未尽的煤块,我看到她再次把手伸进她的连衣裙上的褶皱,我开始怀疑她的意图。我向前走进一步,从她身后看过去,我清楚看到她把某些东西扔进壁炉里,掉落的时候叮当作响。我想看清楚她烧掉的东西,正准备干涉,她突然站起来,一把拉住壁炉前的煤桶,手一使劲把整个煤桶里的煤块倒在之前快熄灭的煤灰。'我想生火,'她高声说道,'生火!''生火不是这样生的。'我回答道,同时小心翼翼地用手把煤块拣出来,一块接着一块放回煤桶里,直到……"

"直到什么?"我问道,他和葛莱斯先生迅速地交换了一个眼神。

"我找到了这样东西!"他张开他那宽厚的手掌,我看到了一把手柄坏掉的钥匙。

第十章　葛莱斯先生获得新动力

> 这样一座殿堂是容不下任何邪恶的。
> ——《暴风雨》

这个令人震惊的发现让我的心情跌入谷底。这回是真的了。明艳动人，楚楚可怜的埃莉诺果真是……我没有，也不能把那句话说出口，即使在心里也不敢默默地去想。

"你好像很惊讶，"葛莱斯先生说道，好奇地看向那把钥匙。"我就不会。一个女人不会无缘无故地激动、脸红、含糊其辞、昏倒，尤其是像莱文沃斯小姐这样的女子。"

"要是一个女子能犯下如此滔天罪行，她最不可能会激动、含糊其辞、昏倒，"我反驳道，"把钥匙给我，让我看一下。"

他自鸣得意地把钥匙放在我的手上："这就是我们要找的钥匙，绝对错不了。"

我把钥匙还给葛莱斯："如果她声称自己是无辜的，我会相信她。"

他大为惊愕地看着我。"你还挺深信女人的嘛，"他笑道，"我希望她们不会让你失望。"

对此我不知作何回答。我们沉默了一会儿。葛莱斯先生先开腔了。"还有一件事情有待完成，"他说，"福布斯，现在需要你将埃莉诺·莱文沃斯小姐请到接待室来。别让她受到惊吓，只需请她下来。"他话音刚落,那个人便离开。

他一走,我就准备回到玛莉身边,但是葛莱斯先生阻止了我。

"别去,等着看好戏吧,"他小声说道,"她过一会就会下来,你最好听完她怎么说。"

我回头看了一眼,犹豫不决。但是能够再一次看到埃莉诺,我还是不由自主地留了下来。我告诉他稍等一下,我回到玛莉的身边,请求告辞。

"怎么了,发生了什么事?"她紧张得气喘吁吁。

"还没有值得你费神的事情。请不要担心。"但是我的表情出卖了我。

"肯定发生了些什么事情!"她说。

"你的堂妹要下来了。"

"下来这里?"她明显地畏缩起来。

"不,去会客室。"

"我不明白。这一切都太可怕了,而且发生了任何事大家都不告诉我。"

"但愿没有消息就是好消息。你现在这么信任你的堂妹,应该不会有坏消息。放宽心,相信我,如果有什么事情是你应该知道的,我定会告诉你。"

我给她一个鼓励的眼神,然后就走开了,留下她独自瘫坐在沙发的深红色靠枕上。我和葛莱斯先生重新会合。我们刚一进入会客室,埃莉诺·莱文沃斯就走了进来。

她看起来比一个小时之前更加憔悴,但还是一如既往地高高在上。她慢慢地走过来,看到我后轻轻地点头示意。

"有人让我到这里来,"她目不转睛地盯着葛莱斯先生,"我猜他是你的下属吧。如果你一定要见我的话,你可不可以有话直说，我已经很疲倦，非常需要休息。"

"莱文沃斯小姐，"葛莱斯先生回答道，双手搓在一起，以慈父一般怜爱的眼神注视着门把手，"我非常抱歉打扰你，但是我想请问你……"

但是她打断了他的讲话："关于那把钥匙，那个人一定已经告诉你，他看到我把它扔到灰烬里了吧？"

"是的，小姐。"

"我拒绝回答关于这把钥匙的任何问题。我没有什么好说的，我只想说——"她一脸痛苦地看向他，但神情里带有某种坚毅，"如果他告诉你我的身上藏有那把钥匙，我想把它掩埋在壁炉里的灰烬中，那他说得一点也没错。"

"但是，小姐……"

她已经快走到门口了。"但愿你能容许我先离开，"她说，"现在无论你说什么也都不会改变我的心意。所以你再作尝试也只是浪费精力。"她迅速往我这边看了一眼，略带恳求之意，然后一言不发的离开了房间。

葛莱斯先生在那里站了一会儿，全神贯注地看着她离去的背影，脸上的表情透露出了对她的好奇之心。接着，他以近乎夸张的姿势欠身致敬，然后匆忙地尾随她出去了。

这一突如其来的举动让我吃了一惊，我一时之间没能回过神来。这时大厅里传来了急促的脚步声，玛莉出现在我的身边。她满脸通红，忐忑不安。

"发生什么事了？"她问道，"埃莉诺刚才说了些什么？"

"唉！"我回答道，"她什么也没说，这才麻烦啊，莱文沃斯小姐。你堂妹的态度依旧很不配合调查，这着实让人头疼。她应该明白，如果她还一意孤行的话，那……"

"那会怎么样？"她问这个问题时语气里很明显带着极度的

不安。

"那她会惹上大麻烦。"

她站在那里盯着我看了好一会儿,震惊万分又疑惑不解。接着她坐回到椅子上,猛地把头埋到手里,高声大叫:

"噢,我们为什么要来到人世间!为什么要让我们活下来!为什么我们不随那些赋予我们生命的人一同死去!"

看到她如此悲痛欲绝,我实在无法袖手旁观。

"亲爱的莱文沃斯小姐,"我抱着尝试的态度对她说,"你没必要如此痛心。虽然现在局势还不明朗,但总有水落石出的一天。你堂妹会听从理性的指引,解释……"

但是她对我说的话充耳不闻,再次在我面前站起来,表情颇为吓人。

"换成其他女人的话,她们会发疯的!发疯!发疯!"

我打量着她,心里的不解和好奇感越来越浓重。我明白她为什么这么说。她知道是自己提供了一条线索,导致众人产生了对她堂妹的怀疑,现在她们的麻烦不断也完全是自己一手造成的。我尝试安慰她,但却徒劳无功。她一味沉溺在自己的悲痛中,没怎么理会我。最后,我确定我帮不上忙,于是转身离开。不过,这个动作似乎让她回过神来了。

"我得先行离开了,"我说,"很抱歉没能给你带来任何安慰。请相信我,我非常希望能够帮上忙。你想见什么人吗?有没有什么女性朋友或者其他亲戚?在这种时候让你一个人留在屋子里实在很不应该。"

"你觉得我会继续待在这里吗?待在这里我会死的!今晚待在这里?!"她纤弱的身体不停地颤抖。

"你可以放心离开,莱文沃斯小姐。"身后突然传来一把沉稳的声音。

我赶紧转过身去。葛莱斯先生就在我们身后,而且很明显的,他已经在那有一段时间了。他坐在靠近门口的位置,一只手放在他的口袋里,另外一只手抚摸着椅子的扶手。他望着我们,眯眼一笑,为他的侵扰举动致歉,并且向我们确保他没有什么不良意图。"这里诸事都有人照料,小姐。你可以安心地离开。"

我本来以为她会对他的干扰感到非常气愤,但她看到葛莱斯先生后,反而露出某种程度的满足神情。

她把我拉到一边,低声说道:"你觉不觉得这位葛莱斯先生很聪明?"

"嗯,"我谨慎地回答道,"如果他没有足够的智慧就担任不了这个职位了。当局显然对他信任有加。"

她突然从我身边走开,迅速得就像刚才突然出现在我的眼前那样。她穿过房间,走到葛莱斯先生的面前。

"先生,"她以恳请的眼神地看着他说,"我听说你聪明过人。你可以从二十几个嫌疑犯里找出真正的犯人,没有什么能逃过你的火眼金睛。如果真的是这样的话,那么请求你可怜可怜两个孤女,她们在一夜间失去了她们的监护人和保护者。请你发挥那备受尊崇的才能,找出是谁犯下如此滔天罪行。我不会愚蠢到在你面前装聋作哑,我知道我的堂妹因她的证词已经引起大家的怀疑。但我在这里要声明,她和我一样清白无辜。我只是想让正义将罪人绳之以法,我恳请你转移调查目标,找出罪魁祸首。"她停了停,将双手伸到他的面前。"罪犯肯定是某个普通的入室盗贼或者亡命之徒。你就不能将他缉拿归案,绳之以法吗?"

她的态度十分令人动容,她的神情充满真诚的渴求。我看到葛莱斯先生脸上尽是压抑着的表情。尽管在她走过来之后,他的视线就从未离开过那个咖啡桶。

"你必须找出真凶——你可以的!"她继续说道,"汉娜,那个失踪的女仆，肯定知道一些内情。赶快去找她，翻遍整座城市、想尽办法，也要找到她。你需要多少钱我都全数支持。我会提供巨额悬赏，找出犯下此罪的盗匪。"

葛莱斯先生慢慢地站起身来。"莱文沃斯小姐，"他很难继续讲下去，他真的被鼓动了，"莱文沃斯小姐，我不需要你如此声情并茂的请求，我会尽最大的努力去破案。我本来就已对我自己和我的工作有很高要求。不过，既然这是你的愿望，我也非常荣幸帮你实现。不瞒你说，从这一刻起，我将加紧侦办此案。其他人能做的一切，我也会做。如果从这一天起的一个月之内我没能来向你领取悬赏，埃比尼泽·葛莱斯就算不上一个顶天立地的男子汉。"

"那埃莉诺呢？"

"现在还不方便透露更多。"他一边说一边轻轻地来回晃动他的手。

几分钟之后，我和莱文沃斯小姐离开了屋子，她希望我能够陪伴她去她朋友吉尔伯特夫人的家里。她已经决定去她家暂避风头。葛莱斯先生出于好意给我们准备了一辆马车。马车在街上行驶，我注意到我的同伴往身后的方向投去一个遗憾的眼神，把她的堂妹一个人留在家里，她似乎感觉很愧疚。

但是她的表情很快变了。她一脸警惕，就像害怕见到某一个面孔突然从一些未知的角落出现那般。她往大街的方向左右张望，我们经过门口的时候，她还惴惴不安地仔细往外瞧。如果人行道上突然出现一个人影，她便会大吃一惊，瑟瑟发抖。直到我们离开了那条大道，驶入第三十七大街，她才完全安心下来，恢复了正常的脸色。她轻轻地靠过来，问我是否能给她一支铅笔和一张纸。幸好，这两者我都随身携带。我递了给她，看着她写下两三行字，心里有点好奇，思寻着她为什么会选择在此时此地写信?

"我想把这个小便条寄出去,"她一边解释,一边不确定地看向这寥寥草草的笔迹,几乎难以辨认,"您能暂时停一下马车吗,我想写一下地址?"

我让马车停了下来。她立刻把刚才从我的笔记本撕下的那一页纸折叠好,从她自己的记事本里拿出一张邮票贴在上面。

"这封信看起来太不像样了。"她一边嘀咕一边把信放在她的大腿上,写有地址的那一面朝下。

"那为什么不等一会儿?等你到达目的地后就可以妥善地把它封好,等你有空的时候再把它寄出去?"

"因为我很赶时间。我希望现在就把它寄出去。看,在转角的那有一个信箱,请让车夫在那里再停一下。"

"我帮你去投递好吗?"我一边问道,一边伸出我的手。

但是她摇了摇头。没等我为她开门,她便打开自己边上的马车门一跃而下。这时,她停住脚步,左右观望,然后才把刚才匆忙写完的信件投到信箱里。信件投递出去之后,她露出了我这么久以来从没见过的最开朗、最宽心的神情。过了一会,我们到达她朋友的屋子前。她转过身向我道别,几乎是一副很愉快的样子。她伸出手,恳求我隔天来探望她,告知她调查的进展。

在此,我应该向你们承认一件事。当天晚上,我一直在回顾讯问过程中证人们所说的证词,把我了解到的事实与其他推测联系起来,以撇清埃莉诺的犯罪嫌疑。我拿出一张纸,草草记下一些疑点及其主要原因,如下所示:

一、哈韦尔先生已经证实,她最近和伯父有过分歧,并且两人明显地疏远了。

二、屋子里的一个用人离奇失踪。

三、堂姐对她的强力指控，不过只有我和葛莱斯先生听到。

四、案发现场找到了一条手帕，上面留有手枪油垢，对此她含糊其辞。

五、在尸体被抬走之后，她应该是从莱文沃斯先生的桌子上拿走了一张纸，对此她拒绝提供相关证词。

六、图书室的钥匙在她手上。

"情况不妙，"我从头到尾再看一遍后，不由自主地做出这样的判定。但我仍在这张纸的另一面匆匆地写下如下注解：

一、亲戚之间的分歧或者疏远很常见，但是因为这样的分歧和疏远而导致的犯罪则很罕见。

二、汉娜的消失可以有很多种解释，不一定是因为涉案。

三、玛莉对她的指控令人信服。而她公开地宣称她既不知道也不怀疑谁是真正凶手，也同样令人信服。没错，之前的指控是发自内心，所以很强而有力；但同时它也是一时冲动之下产生的言行，她没有预先考虑后果，可能也没有对事实进行恰如其分的综合考虑。

四和五、一个无辜的人，不管是男是女，在受惊过度的情况下，面对可能使他们身陷囹圄的事件，往往也会含糊其辞。

但是那把钥匙！我该如何解释？我无从解释。钥匙在她身上找到，而她对此没有任何解释。埃莉诺·莱文沃斯难免被人怀疑，这一点连我也不得不承认。想到这里，我把纸塞到了口袋里，拿起《晚间快报》，我立刻看到了如下内容：

惊人谋杀案

知名百万富翁莱文沃斯先生陈尸自己房间

行凶者身份未明毫无线索

凶器为手枪——本案一大特点

啊！至少这里还有少许安慰。她还没被列为怀疑对象出现在报纸上。但是明天的报纸内容又会是什么样？我想到了葛莱斯先生递给我钥匙时意味深长的表情，不由自主地直哆嗦。

"她肯定是无辜的，她不可能有罪，"我再次告诉自己。但是，我停了下来，反问自己，我又有什么证据呢？只有她美丽的面孔，就只有她美丽的面孔而已。感到既羞愧又窘迫，我放下报纸，走下楼去。这时，电报童送来一份威利先生发的电报，是由威利先生下榻酒店的负责人签名的，内容如下：

华盛顿特区

埃弗里特·雷蒙德先生：

威利先生抱恙，在此修养。电报仍未呈予他，担心后果。待时机适合必立即呈递。

托马斯·劳沃斯

我走回屋里，继续沉思。为什么我会突然感到如释重负？是不是因为我一直都在隐约地担心我的上司会回来？哎，谁还能比他更了解这个家族的秘密呢？谁还能更好地给我指引呢？我，埃弗里特·雷蒙德，有没有可能对真相敬而远之？不，绝不应该有这种想法。我再次坐了下来，拿出刚才写的备忘录，再一次认真仔细地检查一遍，在第六点旁边以粗厚的字体写下"有嫌疑"三个字。好了！这样一来便没有人能指责我被迷人的面孔迷惑，失去判断力；也不能假设，如果换成一个毫无姿色的女子，我就会明确地指出她有重大嫌疑。

但是，在写下这三个字后，我发现自己还盯着纸条，并大声地说道："如果她坚称自己是无辜的，我会相信她。"人，真是由自己的偏好所主宰的动物啊！

第十一章 召 唤

> 礼仪的典范。
> ——《罗密欧与朱丽叶》

相对于昨天晚上的报道,第二天早上的报纸对谋杀案有了更详尽的描述。但是令我感到非常庆幸的是,我最担心的事情并没有发生——报纸并没有提到埃莉诺涉案。

《纽约时报》的一篇报道在最后一段写道:"探长正在找寻一名失踪女子汉娜。"而在《先驱时报》上我读到了以下寻人启事:

> 重金悬赏。汉娜·切斯特于三月四日晚间离开位于第五大道的住所,去向不明。该女子年约二十五,爱尔兰裔,有下述特征:身材高挑,头发深棕色略带几丝红色,肤色明净靓丽,五官精致姣好。手掌不大,手指因做针线活被针扎过多次。大脚,比双手粗糙。出走时身穿白棕相间的格子布连衣裙,疑似裹有一条红绿相间的破旧披肩。除以上明显特征外,其右手手腕上还有一大片烧伤疤痕,左边太阳穴上有一两个天花所致的麻子。如有知其下落者,已故霍雷肖·莱文沃斯先生的亲人将提供重金酬谢。

看完这段寻人启事,我的思路有了新的方向。很奇怪的是,我之前对这个女孩都没有过多的想法。但现在整个案件能否破解，显然取决于她能否出面作证。有人认为她与这宗谋杀案有牵连，我不敢苟同。如果她是同谋，并且知道自己要畏罪潜逃，那么她一定会事先做好准备，把自己的钱财悉数带走。但是，汉娜的箱子里还有一卷钞票，这点足以证明她走得太匆忙，来不及打包细软。另一方面，如果这个女孩不经意撞到凶手作案，那么凶手在挟持她的过程中怎么会一点声音也没有？两位小姐怎么会听不到，何况其中一位的房门还敞开着？如果撞见凶手，一个涉世未深女孩的第一反应应该是大声尖叫，但是没有人听到任何尖叫声。她就这样消失了，对此我们能做什么猜想呢？也许她见到的那个人是她所认识并且信任的？我不会考虑这种可能性。我报纸放下，在掌握更多的事实证明我的猜测之前，我不会再对这个案件做过多的推测。然而，当你对一件事情十分热衷时，你又怎么能控制自己的想法呢？一整个上午，我在脑海里不停地琢磨这个案件，甚至还得出一个结论——一定要找到汉娜·切斯特，否则，埃莉诺·莱文沃斯就必须要解释她什么时候、通过什么方式拿到图书室的钥匙。

下午两点，我从办公室出发，出席讯问。但是由于在路上耽误了点时间，我抵达的时候裁决已经结束了。我非常失望，尤其是我没来得及见上埃莉诺·莱文沃斯一面。陪审团解散之后不久，她就回去到自己的房间。但是哈韦尔先生还在场，从他口中我得知裁决的结果：

由手枪射出的子弹致死，凶手未知。

讯问的结果让我如释重负，我本来还担心会出现更糟糕的情况。我看到这位脸色苍白的秘书，他虽然刻意压抑自己，但也对这个结果露出了满意的神色。

但我很快得知，在裁决作出之后不久，葛莱斯先生和他的下属便迅速地离开了这里,这让我很放心不下。在重大疑点还没解开之前,葛莱斯先生绝对不会不负责任地离开。会不会是他已经有了什么重大决定?担心之余我打算赶紧离开这里,去打听他的意图。这时,我注意到另外一头的房间前侧下方的窗户有所动静。我定睛一看,发现福布斯先生正从窗帘背后往外探窥。我没有猜错,葛莱斯先生已经开始行动。我突然很可怜这个不幸的女孩,因为她不仅要独自面对多舛的命运,而且一举一动都要受到他人的监视。显然,这只是开始而已。我决定给她留了一个便条。我写道,作为威利先生的代表,如有急事,我必竭诚相助,并表示在六点到八点之间我会在办公室里,可以随时来找我。写完了便条之后,我便前往位于第三十七大街的屋子,也就是昨天与玛莉·莱文沃斯小姐分别的地方。

我被领进一个狭长的客厅。这种格局的客厅在最近几年市郊的屋子里经常可以见到。莱文沃斯小姐很快出现在我面前。

"哦,"她大叫道,一副真诚的欢迎姿态,"我已经开始怀疑我是不是被抛弃了!"她激动地走上前来,伸出手:"家里有没有什么消息?"

"谋杀案的裁决出来了,莱文沃斯小姐。"

她的双眼仍充满疑问。

"凶手仍身份未明。"

她的表情变得柔和,一脸如释重负的样子。

"他们都走了吗?"她问道。

"该走的都走了。"

"噢!我们又可以放松呼吸了。"

我快速地上下打量这个房间。

"这里一个人都没有。"她说。

我还是不太放心。最后,我转过来看着她,以颇为笨拙的方

式说道:

"我并不想冒犯你,也不想让你担心,但我还是得说,我认为你今晚得回去自己的家里,你有责任这么做。"

"为什么?"她结巴地问道。"为什么我非回家不可?难道你看不出来,我不可能和埃莉诺同时待在一间屋子里吗?"

"莱文沃斯小姐,我无法理解你所谓的'不可能'。埃莉诺是你的堂妹,这么多年来她一直把你当成亲姐姐。在她最需要你的时候你离她而去,这不像是你的作风。你冷静下来,好好想一想,你就会同意我的看法的。"

"在这种情况下,我很难冷静下来。"她回答道,带着颇具讽刺意味的微笑。

不过,我还来不及作出回应,她的态度就已经软化了。她问道,我是否非常希望她回家。我回答道:"非常希望。"她微微颤抖,有一瞬间,她似乎心软了。但是,她又突然哭了起来,声泪俱下地表明她不会回家,我提出这样的请求太残忍无情了。

我往后退了几步,既困惑不解又颇为恼火。"请原谅,"我说道,"我确实逾越了我该管的范围。下不为例。你肯定有很多朋友,听他们的建议就行了。"

她满脸愤怒地看着我:"你说的那些朋友都是阿谀奉承者。只有你有勇气命令我去做应该做的事情。"

"对不起,我并没有命令你。我只是按着我的一己之见提出请求。"

她没有搭腔,只是在屋子里踱来踱去。她的目光呆滞,双手抽搐般颤动。"你不知道你这样的请求意味着什么。"她说。"我觉得要我待在家里,我连呼吸都有困难。但是——为什么埃莉诺不能来这里呢?"她激动地问道,"我知道吉尔伯特夫人会非常愿意招待她,而且我可以待在自己的房间里,我们用不着见到对方。"

"你忘了？除了我刚才讲到的理由之外，家里还有另外一件事情需要你回去处理。明天下午就要举行你伯父的葬礼了。"

"哦，是的，我可怜的伯父！"

"你现在是一家之主了，"我试探道，"他为你付出这么多，他的身后事最应该由你亲自去操办。"

她看着我，表情难以言喻。"没错。"她同意道。然后，她大幅度地扭转身体，神情毅然地说："我非常乐意接受你的意见，我会回到我堂妹的身边，雷蒙德先生。"

我感到精神为之一振。我握住她的手："我相信你已经准备好安慰她了，不过我希望她能一个人好好的。"

她挣脱我的手。"我只是履行我的职责。"她冷漠地回答道。

当我下楼去到门廊时，我看到一个身材消瘦、穿着时髦的年轻人。他从我身边经过，看了我一眼，目光犀利。他的穿着对于一个正派绅士来说过于招摇，我记得在讯问的时候见过他，我认为他是葛莱斯先生的手下。随后，我快步走向大街。在转角处，我非常惊讶地发现那里还站着另外一个人，虽然他假装是在等车，但是在我走近的时候他偷偷地看了我一眼，眼神鬼鬼祟祟，还充满探究的意味。他明显是一位绅士，我感到有些不悦。于是我悄悄地走到他跟前，问道："你如此细致地打量我，是否因为觉得我很面熟？"

"我觉得你非常讨人喜欢。"他的回答出人意料。说完，他转过身，沿着大街走远了。

他的彬彬有礼反而让我处于下风，这让我很恼火，甚至有点窘迫。我只好眼睁睁地看着他消失的背影，好奇他的身份和职业。他不仅是一名绅士，而且还与众不同。他五官端正，气质优雅。他并不年轻，四十岁左右，仍有年轻人的神采飞扬。他的下巴和眼神没有一丝年长倦怠的痕迹，不过他的脸和身型还是透露了他的年龄。

"他不可能和警察有什么关联，"我心里想道，"他也绝对不可能认识我，或者对我的事情感兴趣。但是不管怎样，我都不能忘记这个人。"

晚上大概八点的时候，我接到埃莉诺·莱文沃斯的纸条，由托马斯负责送过来，内容如下：

"过来，噢，过来吧！我……"没有下文了，好像写着写着她的笔就从无力的手中掉落。

很快，我就来到她家。

第十二章　埃莉诺

你如此忠贞,
对秘密如此守口如瓶,
没有别的女士能与你相及。
　　　　——《亨利二世》

不,这是诽谤,
言语的尖锐比刀剑更甚,
恶语之舌比尼罗河所有的虫都更毒。
　　　　——《辛白林》

　　莫莉打开门。"埃莉诺小姐在会客厅,先生。"她一边说一边把我领进门。

　　我忧心忡忡,不知道将要发生怎样的事情,只好按指示赶到会客厅。我之前从来没有注意到客厅是如此的富丽堂皇!古董地板、木雕、青铜装饰,我第一次感受到这些奢华之物对我的嘲弄。我的手碰到会客厅的门,我竖起耳朵,里面一片寂静。我缓缓地把门推开,撩起面前垂地的厚重绸缎帷幔,往里头看。展现在我眼前的是一幅多么美好的画面啊!

　　孤零零的煤气灯伶仃闪烁,灯光微弱,只能够让人看清楚华丽房间里的绸缎和一尘不染的大理石。我看到埃莉诺·莱文沃斯端坐其中。她坐在拱形窗户旁，黄昏柔和的光线从外面照射进来，普赛克女神的雕塑在她身旁高高耸立。她和这雕塑一般，坐在那里一动不动，脸色苍白却美若天仙。她蜷缩着身体，也许她祷告了许久，双手因而变得僵硬。显然，她已经对周围的声音和动静都没有感觉了。既然无法左右命运，她只能化成一尊沉默不语、内心绝望的雕塑。

此情此景深深地震撼了我。我的手抓着门帘，犹豫是该进去还是离开。这时，她原本动也不动的身体突然强烈地颤抖，她松开了僵硬的双手，僵直的眼神变得柔和。她站起来，满意地长舒一口气，然后向我走了过来。

"莱文沃斯小姐！"连我也被自己的声音吓了一跳。

她停下脚步，用双手遮住脸。这声呼喊好像一下子把她拉回了现实，她想起了曾经被她遗忘的过往。

"怎么了？"我问道。

她的手重重地垂了下来。

"你还不知道吗？他们……他们说我是……"她停了下来，捂住自己的喉咙，"看！"她一边喘着气，一边指着她脚边的一份报纸。

我弯腰捡起报纸，是《电报晚报》。我看了一眼内容，立刻明白她的意思。报纸上面的每个字都触目惊心：

莱文沃斯谋杀案
离奇案件最新进展
遇害者的一名家庭成员有重大嫌疑
纽约第一美人疑云重重
埃莉诺·莱文沃斯小姐身世大揭秘

我一点也不感到意外。可以说我已经为这一刻的到来做好了充分的思想准备,但是我还是不由自主地往后退了一步。我把报纸放下,走到她面前。我想读懂她的表情,但是此刻我没办法看着她的脸。

"这是什么意思?"她喘着气问,"这,这是什么意思?全世界都疯了吗?"她呆滞的眼睛紧盯着我,好像她觉得这太骇人听闻,难以理喻。

我摇了摇头,不知道该如何作答。

"怎么会指控我……"她嘟囔道。"为什么是我,为什么是我!"她拳头紧握,不停地锤向自己的胸口,"我深爱他所踏及的每一寸土地。如果我知道他有生命危险,我肯定会不顾一切,替他挡住那颗致命的子弹。啊!"她大叫道,"他们这么做不是在造谣中伤,他们是直接把匕首刺在我的心上!"

她的痛苦让我难以承受,但是我决心不表露出我的同情,我必须先彻底确认她是清白的。一阵沉默后,我说:

"你对此好像很惊讶,莱文沃斯小姐。可是,你如此一意孤行,缄口不言,你就没有料到会有今天吗?你对人性的了解太少了吗?你居然以为这么做不会引起大众的愤然不平?也不会引起警方的怀疑?"

"但是……但是……"

我赶紧摆了摆手。"你拒绝回答验尸官的问题,拒不承认你拿走可疑的纸张,你……"我迫使自己继续讲下去,"你拒绝告诉葛莱斯先生为什么你会有那把钥匙……"

她猛地后退。我的话似乎是一片巨大的阴影,沉重地笼罩着她。

"不要说了,"她低声说道,惊恐地四周查看,"不要说了!有时候我觉得隔墙有耳,甚至连影子都在偷听。"

"啊,"我回答道,"警方已经掌握了物证,你还奢望全世界都被蒙在鼓里?"

她没有回答。

"莱文沃斯小姐,"我继续说道,"恐怕你还没理解你的处境,试着从一个中立者的角度看待这个案件,你自己好好想想有没有必要解释……"

"但是我不能解释。"她喃喃地说道,声音低沉沙哑。

"不能!"

我不知道是因为我的语调还是这两个字本身,她好像受到了沉重的打击。

"噢!"她一边大叫,一边往后退,"你不会也怀疑我吧?我还以为你……"她戛然而止。"我做梦也没想到……"她再一次停住了。突然间,她的身体开始不住地颤抖:"哦,我明白了!从一开始你就不相信我,一切迹象都对我太不利了。"她一动不动,仿佛跌入了羞辱和侮辱的深渊之中。"啊,我被抛弃了!"她低声说道。

她的哀伤戳中了我的心。我往前走,大声说道:"莱文沃斯小姐,我只是一个普通人。我不忍心见到你这么痛苦的样子。只要你说你是无辜的,无论如何,我都会相信你。"

她猛地直起身子,在我面前显得很高大。"谁能当着我的面指控我有罪?"我悲哀地摇了摇头,她喘着气连忙问道,"你想要更进一步的证据!"说完,她一下冲到了门口,浑身颤抖,情绪激动。

"你过来,"她大叫道,"来呀!"她的双眼透露出了她坚定的决心。

我既震惊又害怕,但还是不由自主地迈开了脚步,走过房间来到她之前站着的地方。她很快走到了大厅,我赶紧跟上,心里充满了难以言喻的恐惧。我到楼梯底下的时候她已经爬了一半楼梯。我跟着她到了楼上的大厅，我看到她的笔直庄重地站在她的伯父的寝室门口。

"请你过来！"她再次大声呼喊道，但这次她的语调变得冷静，也带着敬意。她把门推开，走了进去。

我慢慢地跟在她的后面，克制住自己心里的疑惑。这间充满死亡气息的房间里一盏灯也没有，只有大厅远处尽头煤气灯的火光诡异地照射过来。借着微弱的灯光，我看她跪在覆盖着尸布的床边，她的头低垂在遇害者上方，手放在他的胸腔上。

"你说过，如果我坚称我是无辜的，你会相信我。"我进来的时候她一边抬起头一边大声地说。"看这里。"说着，她把她的脸颊靠在她那死去的恩人苍白的额头上，接着她开始亲吻他那黏土般冰冷的嘴唇，先是温柔似水，然后变得狂乱，最后是痛苦万分。然后，她站起身来，克制但激动地叫喊道："如果我是罪人，我能够做出这种举动吗？我这么碰他，难道我的呼吸不会停止吗？血液不会凝固在血管里吗？我的心脏还能继续跳动吗？你也身为人子，你也爱戴、尊敬你的父亲，我敢这么做，你觉得我是一个双手沾满鲜血的人吗？"她再次跪下，抱住冰冷的尸体，同时看向我。她的表情让凡人难以描绘，唇齿难以言喻。

"在以前，"她继续说道，"人们常说，如果杀人凶手碰到尸体的话，尸体就会流血。那么，如果我，他的女儿，他最宠爱的孩子，受尽他的恩惠、因他的珠宝首饰而富甲一方、因他的亲吻而备感温暖的这样一个人，是他们指控的凶手，那会发生什么呢？难道这具含冤而死的尸体不会一把掀开这件寿衣，把我狠狠推开吗？"

我不知道怎么回答。面对此情此景，我一时哑口无言。

"哦！"她继续说道，"如果天堂的上帝热爱正义、痛恨罪恶，恳请主听听我说的话吧。如果我的思想和行动有意或无意地导致这位亲爱长辈的长眠，如果我的内心有一丝罪恶感，我柔弱的双手曾沾满鲜血，更不用说犯下真正的罪行，我期盼上帝的怒火能向全世界宣告正义的惩罚，在这里，在死者的胸前，让我这个罪人垂头，再也没有抬起的一天！"

在这番祈求之后，随之而来的是一片令人敬畏的寂静。一声长叹从我的胸中震颤而出，把我到此刻为止一直压抑在心中的感觉全部释放出来。我走近她，拉起她的手。

"现在你不会相信我身上有犯罪的污点了吧？"她低声说道，嘴角微微一扬，淡淡的笑容就像花朵般缓缓地在脸颊和眉头慢慢地绽放，娴静安宁。

"犯罪！"我不由自主地脱口而出，"犯罪！"

"不，"她沉着冷静地说道，"全世界都不能在此指控我有罪。"

作为回答，我握住她的手，然后把我们的手一起放在死者的胸前。

她缓缓地垂下头，温柔而充满感激之情。

"现在就让争斗尽管袭来吧！"她低声说道，"不管前景是多么的黑暗，总有一个人会相信我。"

第十三章 问 题

> 然而，谁会强迫以稻草为武装的灵魂，
> 去攻击以坚石为铠的常胜斗士。
> ——华兹华斯

再次回到楼下客厅的时候，我们第一眼就看到了玛莉。她披着长长的斗篷，站在客厅中央。她来的时候我们还在楼上，她等了好一会儿。她的头高高扬起，表情高傲。我看着她的脸，意识到对她们来说，这次的见面肯定无比尴尬，我应该有所回避。但是玛莉·莱文沃斯露出某种微妙的神情，似乎不允许我离开。同时，我强烈感到这是两人重修旧好的机会，绝不能白白错失。我走上前去，向玛莉欠身致意，说道：

"你的堂妹刚才已经向我证明她是完全无辜的，莱文沃斯小姐。我现在准备和葛莱斯先生一道，全心全意地找出真正的凶手。"

"我早就该预料到，你只要看一眼埃莉诺·莱文沃斯的脸蛋，就会确信她没有能力犯罪。"她的回答让我始料不及。玛莉·莱文沃斯高傲地抬起头，紧紧地盯着我。

我感觉到浑身的血液都往头上涌。但我还来不及张嘴，她就已经开口，声音比之前更加冷漠。

"对于一个只习惯受人尊敬、被人奉承的纤弱女子来说，要向全世界证明她在这件大案中是无辜的,太令人为难了。我很同情埃莉诺。"她快速地解开肩膀上的披肩,第一次看向她的堂妹。

埃莉诺马上走上前,没有要逃避的样子。不知道为什么,我感觉到这一刻对于她们来说意义重大。我难以衡量到底有多重大,但我至少能够感受到其中的剑拔弩张。确实,这个时刻值得我们铭记。对于"时代楷模"的称号,这两位女子都当之无愧,此刻两人看着对方,明显成敌对姿态,即使最迟钝的人目睹此情此景也会为之动容。但是,这远不是全部,因为人类灵魂最热切的情感都在这里激荡。两人都颇有城府,我只能通过结果来定夺谁深谁浅。埃莉诺最先恢复常态,她往后退了一步,高傲冷漠。唉,我差点忘了她还有柔情似水的一面。她高声喊道:"有些东西比同情更来得实在,那就是正义。"

她转过身,似乎要离开:"我和你去会客室里作进一步商讨,雷蒙德先生。"

但是玛莉走上前,使劲抓住她的肩膀。"不行,"她尖叫道,"你应该和我商讨,我有话要和你说,埃莉诺·莱文沃斯。"说完,她便站在房间中央等待着。

我看了一眼埃莉诺,明白我没有理由再在这里待下去,于是我快速地离开。

在长达十分钟的时间里,我在接待室里走来走去,脑子里萌生了千万个疑问和猜想。这个家族到底有什么秘密?是什么原因导致她们姐妹之间水火不容、互相之间极度不信任?按理说,她们生来就是应该相互陪伴并拥有最亲密的友谊。这种隔阂定不是一两天的事情,瞬间的火焰不至于引起如此强烈的情感爆发。我把这一切看在眼里,却感到百般无奈。如果要找出导致这种相互猜疑的真正原因,就必须追溯到谋杀案之前。即便现在传到我的耳边的只有穿过紧闭的房门微弱的谈话声,但我站在这里,同样能感受到这种极度的猜疑所带来的明争暗斗。

很快,有人拉起会客厅的门帘,玛莉的声音清晰响亮。

"发生了这样的事,我们不可能再同时住在一个屋檐底下,明天不是你搬走,就是我另觅住处。"说完,她满脸通红、气喘吁吁地走进大厅,走到我身边。她一看到我,她的神态立刻改变。她的骄傲消失得无影无踪。她用手挡着脸,似乎是要挡开别人审视的目光。她从我身边逃开,一边哭泣一边冲上楼。

这一怪异的场面最终在痛苦中收场了,我感到苦恼难当。这时,会客厅的门帘再度拉起,埃莉诺走进我所在的房间。她脸色苍白,但神态沉着冷静。要不是她的眼睛流露出那么一丁点疲惫的神色,我甚至一点也看不出她刚才所经历过的不愉快。她在我的身边坐了下来,带着一种难解的勇气看着我的眼睛。她沉默了一阵子,说道:"告诉我吧,我现在的处境如何,我现在就想知道最坏的结果,我觉得我还没真正了解自己的处境。"

我很高兴听到这番话,马上照做。首先,我从一个中立者的公正角度去分析整个案件;然后我再解释本案疑点,指出哪些方面对她非常不利;也许有些事在她自己看来不值一提,觉得不必大费周章去解释,但事实并非如此。我想让她知道她所做的决定的重要性。最后,我又请求她把实情告诉我。

"我还以为你已经相信我的解释了。"她说道,身体颤抖着。

"确实如此,但我想全世界都相信你。"

"啊,你太不现实了!一旦有人把怀疑的矛头指向你,你一辈子都会是他们眼里的嫌疑犯,"她悲哀地回答道,"我的名声已经永远地被玷污了。"

"你宁愿承受这样的指控,也不愿意用简单几句……"

"我觉得我再说什么也无济于事。"她低声说道。

我看向别处。我想起福布斯先生躲在对面屋子窗帘后的画面，不由得心烦意乱。

"如果事态像你所说的那么不乐观，"她继续说道，"那么葛莱斯先生也不会在意我的辩解。"

"葛莱斯先生会非常乐意知道你从哪里拿到那把钥匙，但愿这能指引他循着正确的方向继续调查下去。"

她没有回答。我的情绪再次低落，无比沮丧。

"告诉他真相对你也大有好处，"我接着说道，"虽然这有可能会让你想保护的人陷入危险。"

她冲动地站了起来："我绝不会向任何人透露我怎么拿到那把钥匙。"她再次坐了下来，双手在面前坚定地紧紧握住。

我站起身来，在房间里走来走去。一种不可理喻的嫉妒正张牙舞爪，深深地刺向我的心脏。

"雷蒙德先生，即使出现最坏的结果，所有爱我的人都跪下来恳求我说出真相，我也宁死不屈。"

"那么，"我说，下定决心隐藏我内心的想法，同时也决定要查出她坚决保持沉默的动机，"你是想挑战司法的公正。"

她一语不发，一动不动。

"莱文沃斯小姐，"我说道，"你宁愿牺牲自己的名节也要保护他人，这样做真的很宽宏仁慈。但是你的朋友、追求真相与司法公正的人都不会接受你这样的牺牲。"

她不由得一惊，再度出现高傲的神态。"先生！"她说。

"即使你不愿意协助，"我沉着冷静、十分坚定地继续说道，"我们也必须在没有你协助的情况下展开调查。我刚才亲眼看到了你在楼上的样子，你成功让我相信你是清白的，我还知道你对这一凶案和其后续发展感到很惊恐。我明白你的理由很高尚，但是我决定要力劝你说出真相，让你不再经受辱骂性的中伤。只有这样，我才认为自己是一个真正的男子汉。"

她再一次沉默不语。

"那你打算怎么做？"她最后问道。

我走到她面前："我要找出真正的凶手，将他绳之以法，彻底地为你摆脱嫌疑。"

我原本以为她肯定会畏缩，正如我很肯定谁是罪魁祸首一样。但是，她只是更加用力地握住双手，惊呼道：

"我认为你不太可能办得到，雷蒙德先生。"

"你是怀疑我能否找出罪人，还是怀疑我能否将他绳之以法？"

"我怀疑，"她费劲地说道，"到底有没有人能够知道谁是凶手。"

"有一个人知道。"我故意试探她。

"谁？"

"那个叫汉娜的女孩知道那晚凶案的来龙去脉，莱文沃斯小姐。找到汉娜，就等于找到可以指证杀害你伯父的人。"

"这仅仅只是推测而已。"她说道，但是我明显看到她感受到了打击。

"你的堂姐提供酬金，悬赏知情者，全国上下都在密切关注。一个星期内，我们就会有结果了。"

她的表情和姿势都发生了变化。

"那个女孩帮不了我什么。"她说。

她的神情让我无比困惑，我后退一步："那什么人才能帮到你？"

她慢慢地转向另一边。

"莱文沃斯小姐，"我再次真诚地说道，"你没有兄长替你求情，也没有母亲的指引。我恳求你，既然你没有知己或者密友，我希望你可以完完全全地信任我，告诉我一件事情。"

"什么事？"她问道。

"有人说你从图书室的桌子上拿走了一张纸，是真的吗？"

她没有立刻作出回应。她安静地坐着，一脸真诚，全神贯注地看着前方。她似乎在斟酌这个问题和她的回答。最后她转向我说道：

"请你替我保密，雷蒙德先生，我的确拿走了一张纸。"

我压抑住我快要冲口而出的绝望叹气，继续说道："我不会追问那张纸的内容是什么。"

她摆了摆手，表示强烈反对。

"但是这一点你必须告诉我，那张纸还在吗？"

她凝视着我。

"不在了。"

我好不容易克制住自己，不让自己流露出失望的表情。

"莱文沃斯小姐，"我说道，"我知道现在给你施加压力很不人道，但是我非常清楚你所面临的危险，所以我不得不冒着让你不悦的风险，再问你一些可能听起来非常幼稚且难堪的问题。我已经知道了一件我非常想知道的事情的答案，你能否也告诉我，那晚你在房间里听到什么声音？就在哈韦尔先生上楼和图书室的房门被关上的那段时间内，这一点你在讯问中也有提到过。"

我马上就意识自己问得太多了。

"雷蒙德先生，"她回答道，"我懂得知恩图报，所以我选择相信你，答应了你一个迫切的请求。但是我不能再透露更多的细节，请不要让我为难。"

看着她一脸责备的表情，我无比懊恼。我略带伤感地告诉她我会尊重她的意愿。"我只是想尽我最大的能力找出此案的真凶。我感到自己有义务去完成这项神圣的职责。我不会再问你更多的问题，也不会再打扰你让你感到痛苦。即使没有你的协助我也要完成任务，我只是希望，等案子某天终于侦破了，你会谅解我的动机是单纯，我的行动是公正无私的。"

"我现在就可以谅解你，"她开口说道，但又停了下来看了看我，表情悲伤恳切，"雷蒙德先生，你就不能顺其自然吗？你能这么做吗？我不需要他人的帮助，我也不想要帮助，我宁愿……"

但是我听不下去："罪人没有权利去利用无辜者的慷慨宽容。而行此凶案的罪恶之手也无权夺走一位高尚女士的声誉与幸福。"

"我会竭尽全力的，莱文沃斯小姐。"

那天晚上，我走在大街上，感觉自己像是一个猎奇探险的旅游者。在绝望时刻，我站在一块狭长木板上，底下就是无尽的深渊。随着我前面影子的拉长，有个问题也逐渐变大：目前仅有的线索是，我相信埃莉诺·莱文沃斯为了保护他人而牺牲自己的名声，而我怎么才能消除葛莱斯先生的偏见，找出杀害莱文沃斯先生的真凶，让这个无辜的女士洗脱嫌疑呢？更何况，对她的怀疑还是有一定的理由根据的。

第二卷 亨利·克拉弗林

第十四章　葛莱斯先生如鱼得水

> 不，你听说我。
> ——《一报还一报》

埃莉诺·莱文沃斯准备牺牲自己去袒护的罪人，必定是她曾经深爱的人，这一点已经毋庸置疑。爱，或者因爱而生的强烈责任感，两者之一足以解释她此般的断然决绝。我本来就对那个秘书怀有偏见，他令我感到无比厌恶。我总会去想那个人是谁，而我的脑海里总会反复出现那个平凡无奇的秘书的模样，我总是想起他那突发的愤怒、反复无常的态度，以及那怪异的行径和刻意的克制。

埃莉诺反常的举动让我对这个案件有了进一步的了解，但那也并不意味着我就必须认定这个人为嫌疑对象。虽然他在讯问过程中没有表现得非常异常，而且他并不能从凶案之中获利，但这些都不能够代表他没有杀人动机，毕竟他和死者有着千丝万缕的联系。然而，如果"爱"这个因素从中作梗，却能将一切都解释得通。没错，詹姆斯·哈韦尔只是一名普通的秘书，受雇于一个退休的茶业商人；他也可能会迷恋上埃莉诺·莱文沃斯这般美丽的女子，被激情左右。我之所以把他的名字列于嫌疑名单，也是在充分考虑所有可能性之后所作出的合理之举。

但是，一般的怀疑和真正的证据之间却是一个巨大的鸿沟！

相信詹姆斯·哈韦尔有罪,和找出足够证据指控他,这是截然不同的两码事。我还没完全下定决心开始行动,就已经有了退缩的念头。万一他是无辜的话,他该多冤枉,想到这一点,我就有点心软。我把他想得这么坏,万一他是好人,我的做法就显得特别有针对性,并且极不厚道。要是我没这么讨厌这个人,或许我就不会轻易地用怀疑的眼光看待他。

但是,埃莉诺必须从困境中被解救出来。一旦她沦为嫌疑犯,谁能料到将会发生什么?也许她会被逮捕,这样的事情一旦真的发生,她以后漫长的人生都将被笼罩上阴影,即使是随着时间的流逝也难以消除得一干二净。所以,如果指控的对象是一个不名一文的秘书的话,伤害则不会如此令人难以接受。我决定明天早上一大早去拜访葛莱斯先生。

同时,我想起这两个对比强烈的场面:其中之一是埃莉诺站在那里,手放在死者的胸膛上,扬起头,脸上闪烁着荣光和骄傲,令我动容不已。而另外一个场面是,玛莉在与堂妹短短半个小时的交谈之后的愤然离去。我一直回想着这两件事,以至于过了午夜,我还是无法入眠。这就像是光明和黑暗的双重影像,两者之间差异巨大,既不能同化也无法调和。我无法摆脱这些影像。无论我怎么做,这两幅画面总在我的脑海中萦绕,令我一时满怀希望,一时又心怀戒备。我不知道我是否应该抓住埃莉诺的手,一起放在死者的身上,发誓绝对相信她的清白和纯洁,或者应该像玛莉一样转身而去,逃离这种我既不能理解也不能调和的场面。

第二天早上,我前往葛莱斯先生的住处。我知道前方困难重重,但是我坚决不让自己因为失望而慌乱无措,同时也不因此前的失败而灰心丧气。我的任务是解救埃莉诺·莱文沃斯。要实现这一目标,我必须沉着冷静,不能自乱阵脚。而我最担心的是在我还没有权利或机会进行干预,事情就已经难以挽回了。不过,莱文沃斯先生的葬礼要在今天举行,我的顾虑也因此有所减轻。我对葛莱斯先生还算了解,我有理由相信他会等待葬礼结束才进一步采取大胆的行动。

我不太清楚一个探长的家会是什么样子。我问路来到这栋精致的三层石砖房屋前。我站在那里,心想这房子的确不太一样:百叶窗半开着,窗帘一尘不染,而且被严严实实地拉上,很大程度上透露出其屋主的性格特色。

我焦急地按响门铃,一位少年来应门。他看起来脸色苍白,一头红色的头发长及耳际。我询问道葛莱斯先生是否在家,他咕哝了一声,听起来像是说不在,我权当是肯定的回答。

"我的名字是雷蒙德。我希望能拜见他。"

他仔细地打量我和我的衣着打扮,然后指向楼梯顶端的一个房门。没等他进一步的指示,我赶紧上楼,敲了敲他所指的房门,然后走了进去。我一眼就看到葛莱斯先生宽大厚实的肩膀,他俯身于桌子前,那桌子像是跟随五月花号一起来美国的,十分古老。

"啊!"他惊呼道,"真是荣幸。"他站起身来,吱嘎一声打开了火炉,砰的一声又把它关上。火炉体积庞大,占据了房间的中央位置。

"今天很冷吧?"

"是的,"我一边回答一边仔细地打量他,看他是否有兴致与人交谈,"但是我没什么时间去关心天气状况,我的全部心思都在这个案子……"

"当然,当然,"他双眼盯着拨火棍说道,我知道他的打断没有任何针对性,"这个案子很棘手。但是也许你能看透当中不少玄妙。我看你有些话想说。"

"确实如此,但我不知道我要说的是不是你希望听到的,葛莱斯先生。自从我上次和你分别之后,我对某件事的确认已经变成了绝对的确信。你怀疑的对象是无辜的。"

如果我期待他会流露出惊讶的神色,那么我一定会以无比失望。"太令人高兴了,"他说道,"我尊重你的想法,雷蒙德先生。"

我抑制住蠢蠢欲动的怒火。"我的看法很坚定,"我继续说道,决心不管怎样都要激起他的反应,"我今天来到这里,是以法律和人性的名义请求你,暂缓对她的侦查,我们还没有确定她是不是唯一的嫌疑人。"

但是他的神情和之前一样波澜不惊。"的确!"他高声喊道,"但这样的请求由你提出来,难免有点奇怪。"

我不能因此乱了阵脚。"葛莱斯先生,"我继续说道,"一个女人的名声一旦被玷污,一辈子都难以洗清。埃莉诺·莱文沃斯拥有太多高尚的品质,在如此重要的关头我们不能有任何疏忽。如果你能仔细听我解释,我保证你不会后悔。"

他微微一笑,目光从拨火棍转移到我椅子的扶手上。"那好吧,"他说道,"我洗耳恭听,请说。"

我从记事本里拿出我的笔记,把它们放在桌子上。

"什么!备忘录?"他惊呼道,"这非常不安全,绝对不要把你的计划写在纸上。"

我没理会他的打断,继续说道:

"葛莱斯先生,我和这个女人接触的机会比你多。我见过她的一些举动,一些罪人肯定做不出来的举动。我非常肯定,她不仅没有行凶,她甚至连这种想法都没有。她或许知道某些内情,这一点我不敢妄行否认。从她身上找到了钥匙这点我也无法驳斥。但是,万一她真的有什么难言之隐呢?我们也不忍心看到这么可爱的人儿因此陷入耻辱的困境,她只是正义感太强,不肯说出实情罢了。我们只需要多点耐心,略施小计,细心探究她隐瞒的内情,我们就能找出真凶。"

"但是,"探长插嘴说道,"话虽是这么说,我们怎么找出真凶呢?目前我们只有这么一条不完全线索。如果不沿着它继续追踪下去,我们如何获取我们想了解的真相?"

"如果只是追查埃莉诺·莱文沃斯提供的线索,你永远不会有收获。"

他扬了扬眉,表情若有所思,但没再说什么。

"埃莉诺·莱文沃斯小姐是被人所利用的,那个人了解她的坚定意志,她的仁慈善良,甚至还可能还是她的爱人。我们去查出是谁对她有这么大的影响力,能够把她控制于股掌之间,那么我们就能找出我们想找的那个人。"

"哼!"葛莱斯先生的双唇抿成一条缝,他不再说话。

我决意等到他的回答。

"这么说来,你已经有怀疑的对象了。"最后,他几乎满不在乎地说道。

"我没有怀疑的对象,"我回答道,"我想要的是更多的时间。"

"所以你打算把这当成自己的事,亲力亲为了?"

"是的。"

他吹了声长而低沉的口哨。"我能不能问一下,"他最后询问道,"你是希望完全依靠一己之力么?即使给你安排一个合适的助手,你还是会鄙弃他的帮助,轻视他的建议么?"

"除了你的协助,我别无他求。"

他脸上的笑容更深了,颇具讽刺意味。"你肯定对自己很有信心!"他说道。

"我非常相信莱文沃斯小姐。"

这个回答似乎让他感到满意:"那把你的计划说来听听。"

我没有立刻作出回答。事实上我还没有任何计划。

"我觉得,"他继续说道,"你还是个新手,这项任务太有难度了。你最好还是让我来处理,雷蒙德先生,还是让我来吧。"

"我很肯定,"我回答道,"让我高兴的只有……"

"并不是说,"他打断我,"我不欢迎你时不时和我交换情报。我不是一个自我主义者。我善纳雅言,就像现在,如果你方便告诉我你所看到或听到的线索,我很乐意洗耳恭听。"

看到他如此和善的态度,我放下心来。我在想有什么可以告诉他的。好像我想说的他不见得会认为是重要的。但是,现在犹豫不决肯定不是上策。

"葛莱斯先生,"我说道,"我没有要补充的,我知道的就这么多。的确,我的感性凌驾于理性之上。我很肯定埃莉诺·莱文沃斯没有犯罪。但另一方面,我同样肯定的是她知道真正的行凶者,但是因为某些原因令她要像完成神圣使命一样袒护凶手,即使威胁到自身安全也在所不辞。当然,这是依据我所了解的事实做出的推断。知道了这些,你我应该不难猜出那个人是谁。如果能知道更多一些关于这个家庭的事情……"

"所以你不知道这个家族的秘史?"

"一无所知。"

"甚至不知道这两个女孩的其中之一已经订婚了?"

"不知道,"我回答道,这个未经思考的回答令我感到懊悔不已。

他沉默了一会儿。"雷蒙德先生,"他最后高声说道,"你知道一个探长在进行侦查工作时会遇到什么障碍吗?举例而言,你现在可能觉得我可以混进各种各样的人群之中,但是这样想你就错了。你可能很难想象，但是，说真的，我从未成功地融入任何一个社会等级中去。我觉得人们不会把我看成是一个绅士。即使请再好的裁缝和理发师也无补于事，我总会被他人识破。"

他看起来很沮丧，虽然我的心里还在暗暗地担心和紧张，但我还是忍不住微笑起来。

"我甚至还曾聘请了一个法籍贴身侍从，他了解社交舞蹈的礼仪和打理腮胡的技巧，但那同样徒劳无功。我接触的第一个绅士他直勾勾地看着我——我说的是真的正派绅士，不是一般的美国花花公子——但是我没有勇气直视他的双眼。我一时情急，完全忘记了法籍侍从教我的交谈技巧。"

我被逗乐了，但同时感到少许不安，话题转换得太快。我用疑问的眼光看着葛莱斯先生。

"不过，我敢说，这对你来说大概并不是什么难题吧？你可能生来就是一个绅士。你可以非常自然地邀请女士跳舞，不会脸红，对吧？"

"嗯……"我回答他。

"就是这样"，他继续说道，"可我却做不到。我可以走进一间屋子，向它的女主人鞠躬问好，但是只要我有逮捕令在手，或者一心想着工作上的事，那么不管她是多么的尊贵优雅，我都可以表现自然。然而，如果是拜访友人，要我带着羔皮手套，在祝酒的时候举起香槟酒，像这样的情形，我就无能为力了。"他把双手插进头发中，忧郁地看着我手里的手杖的顶端。"不过，警探的情况都大同小异，当我们需要一位绅士的时候，我们就要寻求外行的帮助。"

我开始明白他的用意所在了。但是我保持沉默，我隐约觉得他还是有求于我的。

"雷蒙德先生，"他突然说道，"你认不认识一位叫克拉弗林的绅士，他现在住在霍夫曼旅馆？"

"我不认识这个人。"

"他是一个言行举止都很有风度的人，你是否介意与他结识？"

我效仿葛莱斯先生之前的举动，盯着壁炉台。"我现在无法给你答复，我得对情况有所了解才能做决定。"我最后回答道。

"没有什么需要了解的。亨利·克拉弗林先生是位绅士，生活阅历丰富，他现在住在霍夫曼旅馆。他虽然不是本地人，但是他看起来和本地人没什么区别。他会驾驶马车、走路、吸烟，但是他从来不去拜访其他家庭，也从来没有人看到他向眼前的女士鞠躬示好。简而言之，他是一个值得去了解的人。但是他生性骄傲，带有欧洲国家的对美国人的偏见，他觉得美国佬没有礼教，谈吐不得体。所以说，我得有和王公贵族相识的能耐，我才能与他成为熟人啊。"

"所以你希望……"

"对于一个出身良好、人品可靠、前程似锦的年轻律师来说，他会是一个非常合适的朋友。如果你同意和他建立友谊的话，我非常肯定，你会发现辛苦的付出都是值得的。"

"但是……"

"甚至可能想和他深交，成为无话不谈的密友，并且……"

"葛莱斯先生，"我赶紧打断他，"如果仅仅只是为了向警方出卖他而处心积虑地接近他，我绝对不会同意。"

"结识克拉弗林先生对你的计划来说也是极为关键的。"他冷淡地回答道。

"哦！"我回答道，突然茅塞顿开，"这么说，他和这个案件有关系？"

葛莱斯先生若有所思地将平他上衣的袖子："我倒不认为你

一定得出卖他，不过，你不会反对把你介绍给他吧？"

"不会。"

"如果你觉得他人还不错的话，也不会反对和他交谈？"

"不会。"

"甚至在交谈过程中发现一些线索，有利于解救埃莉诺·莱文沃斯，你也不反对？"

这次我回答的"不会"就没有那么肯定了。我最不愿意的就是在接下来的闹剧中扮演奸细的角色。

"那么，好吧，"他继续说道，忽略我刚才不确定的语气，"我建议你立刻下榻霍夫曼旅馆看看。"

"我不确定这能不能成功，"我说道，"如果我没猜错的话，我已经见过这位绅士，并且和他说过话了。"

"在哪里？"

"你先描述一下他的样貌。"

"好吧，他身材高大挺拔，举止优雅，风度翩翩，肤色黝黑，棕色的头发中带有几缕灰白色。目光锐利，谈吐得体。我向你保证，他是一名仪表堂堂的人物。"

"我应该已经见过他了，"我回答道，并且简单地告诉了他会面的时间和地点。

"哼！"听罢他说道，"显然，他同样对你很感兴趣。"

"为什么呢？我想我知道其中原因，"他在短暂的思考之后补充道，"很可惜你已经和他说过话了，你可能已经给他留下了不太好的印象。不过，没有防备的交谈至关重要。"

他站了起来，在房间里走来走去。

"好吧，我们必须缓慢行事。让他有机会能够重新认识你，并且对你改观。你去霍夫曼旅馆的阅览室坐坐。在那里和你碰到的最体面的人交谈，但不要聊太多，也不要什么都聊。克拉弗林先生是一个一丝不苟的人，他不会喜欢和一个到处搭讪的人打交道。真实地表现自己，让他主动接近你。他会这么做的。"

"如果我们一开始就想错了，说不定我在第三十七大街街角处看到的那个人不是克拉弗林先生？"

"果真如此的话，我会感到万分吃惊。"

我不知道还要作出什么反对，只能保持沉默。

"我要好好动一下脑筋了。"他欢快地继续说道。

"葛莱斯先生，"我说，迫切地希望他知道，即便刚才一直在谈论一个陌生人，我仍没有忘记我的计划，"还有一个人我们没谈到。"

"有吗？"他轻声地问道，突然转过身去，他宽厚的肩膀对着我，"是谁？"

"哎呀，除了他还有谁……"我不能透露更多。目前我没有足够的证据，我凭什么指名道姓，说他涉案？"请原谅，"我说道，"但是我想我还是不要一时冲动，不提起任何名字为好。"

"哈韦尔？"他毫不费力地喊出这个名字。

我的脸刷的一下变得通红，无意中肯定了这个说法。

"我觉得没有必要遮遮掩掩，"他继续说道，"如果能有新发现的话，讲到他也无妨。"

"你认为他在讯问中的证词是可靠的吗？"

"目前他的证词还是成立的。"

"他举止很奇怪。"

"我的举止也很奇怪。"

我感到有点不知所措。我知道再说下去对自己也没多大的好处，于是我把帽子从桌子上拿起来，准备离开。不过，我突然想起了汉娜，于是我转身询问有没有她的消息。他好像陷入了沉思，迟疑了好久还没回答。我开始怀疑眼前这个人是否有心要告诉我内情。突然，他垂下双手，激动地大声说道：

"凶手一定和这件事有牵连！除非地壳裂开把这个女孩给吞噬了，否则她不可能消失得这么彻底。"

我的心情一下子变得很低落。埃莉诺曾经说过："汉娜帮不了我什么。"那个女孩是不是真的永远消失了？

"我手下有数不清的探员都在找她，更不用说普通大众了。但是我至今还没听到关于她的下落或者处境的只字片语。我只是担心在某个晴空万里的早上，我们会在河面上发现她的浮尸，那时她的口袋里没有任何供词。"

"一切都取决于那个女孩的证词。"我说道。

他短促地哼了一声："莱文沃斯小姐怎么说？"

"那个女孩帮不了她什么。"

我觉得他有点吃惊，但是他并没有表露出来，只是点了点头，并且感叹道，"如果我派Q去的话应该能找到她。"

"Q？"

"我的一个探员，他就是为解决问题而生的，所以我们把他叫做Q，是'问话（question）'的简称。"我再次转身准备离开，他说道："等宣布遗嘱内容后，你再来找我。"

遗嘱！我都忘了遗嘱这事儿了。

第十五章　豁然开朗

> 这很不妙，后果也不妙。
> ——《哈姆雷特》

我参加了莱文沃斯先生的葬礼，但是在葬礼前后我都没有见到女士们的身影。我和哈韦尔先生聊了几句。虽然我没有从他的口中试探出任何新的线索，但是他的话却引起了我无限的揣测。我们才刚打完招呼，他便问我是否看了昨晚的《电报》。我作出肯定的答复后，他的表情变得痛苦和恳切。我忍不住问道，媒体怎么会毫无缘由地指控这么一位有名望、有教养的年轻女士呢？他的回答让我大吃一惊。

"因为这样的话，真正的罪魁祸首也许就会感到良心不安，自行招供了。"

他既不知道嫌疑犯是谁，也不了解他的为人，他的这番话太奇怪了。我想进一步追问，但是本来就寡言少语的秘书却就此打住，无论我怎么旁敲侧击他都不再多作解释。显然，我的任务应该是去结识克拉弗林先生或者其他人，这样我才能了解关于这两位女士不为人知的过往。

那天晚上，我接到通知——威利先生已经到家了，但是他的身体不适，暂时不适宜和我商讨莱文沃斯先生的谋杀案，毕竟这个话题太沉重了。同时，我收到了埃莉诺的便条，上面写着她的暂住地址。她提出如果没有重要的事件需要传达的话，请我不要去拜访她。她的身体很不舒服，无法接待客人。便条上短短的内容让我心生怜悯。生病，自己一个人，还在别人的家里——太可怜了！

第二天，依照葛莱斯先生的意思，我去了霍夫曼旅馆，并且在阅览室找了个位置坐了下来。我刚坐下来不久就有一位绅士走了进来，我马上认出了他。他就是那个和我在第三十七大街与第三十六大道交界处说过话的人。他肯定也记得我，因为他看见我的时候，似乎有些难为情。但是他很快恢复自然的表情，拿起一张报纸，沉浸在阅读中。但是，我能感觉到他那炯灼乌黑的眼睛总是盯着我看，饶有兴致地研究我的五官、身材、衣着和举止。我感到既惊讶又困惑。我迫切地希望能够和他对视，了解他的想法，了解究竟为什么他对一个素昧平生的陌生人有如此强烈的好奇心。但是我感觉"以眼还眼"的话，未免不够得体。所以，我站起身来，走到一位老朋友面前，他正坐在对面的桌子前。我开始和他有一搭没一搭地聊天。聊着聊着我趁机问他知不知道那个相貌堂堂的陌生人是谁。迪克·弗毕舍经常在上流社会出入，因此认识的人极多。

"他姓克拉弗林，来自伦敦。我只知道这么多。除了私人住宅之外，去到哪里都能见到他。他至今还没有被正式介绍进入社交圈，可能还在等其他人的介绍信。"

"他是一位绅士？"

"毋庸置疑。"

"你和他曾交谈过？"

"哦，是的。我和他聊过，但是大部分时间只有我在说话。"

迪克一边说一边面露怪相，我忍俊不禁。"这同时也证明，"他继续说道，"他是如假包换的绅士。"

我大笑起来,从他身边走开。几分钟之后,我轻松地离开了阅览室。

百老汇大街上人来人往。我一边走着,一边反复琢磨刚才那微不足道的经历。那位绅士来自伦敦,身份不明,什么地方都去,私人住宅除外。他这样的人居然会和我一直牵挂的案件有丝毫关联?这不仅极不可能,而且看起来很是荒唐。我不由得开始怀疑,一向睿智的葛莱斯先生这回是不是失算了。

次日,同样的戏码再次上演,但是和之前一样收效甚微。克拉弗林先生到了图书馆,但是他看到我之后便转身离开。我意识到要和他结识实非易事。为了转换心情,我在当天晚上拜访了玛莉·莱文沃斯。她一见到我,便几乎是像姐妹般亲近随和地欢迎我。

她向我介绍她边上的一位上了年纪的女士。我感觉她和这个家庭有某种联系,她来陪玛莉·莱文沃斯有一阵子了。随后,玛莉大声说道,"啊!你是不是来告诉我已经找到汉娜了?"

我摇了摇头,很遗憾要令她失望。"不是,"我说,"还没找到她。"

"但是葛莱斯先生今天来过这里,他告诉我二十四小时内就能知道汉娜的下落。"

"葛莱斯先生来过这里!"

"是的,他来向我汇报事情的进展,不过进展看起来不是很顺利。"

"这事不能着急,但也不要气馁。"

"我也没有办法。日子一天天过去,时间一点点流失,每天都活在不确定当中,我的心头就像压着一座大山,"她颤抖的手按在胸膛上,"我要让全世界都去找,我要用尽千方百计,我……"

"你要怎么做？"

"噢，我不知道，"她叹息道，她的态度突然发生转变，"大概也做不了什么。"我还没来得及回答，她又继续说道："你今天见到埃莉诺了吗？"

我回答没有。

她不大相信的样子。但是，她什么也没说，她在等她的朋友离开房间。随后，她一脸真诚地问我是否知道埃莉诺一切可好。

"恐怕不是太好。"我回答道。

"埃莉诺不在身边，我也不好过。我，"可能注意到了我狐疑的神色，她停顿后继续说道，"我不想你觉得我在推卸责任，这种不愉快的局面我也有责任。我承认是我先提出分开住的。但即便是这么做了，我心里也还是很不好受。"

"她比你还要难受。"我说道。

"还要难受？为什么？因为我继承了遗产，她一分钱也没分到吗？你想说的是不是这个？啊，"我没有机会插话，她接着说，"我是不是应该劝说埃莉诺和我一起分享财产！我非常愿意把我的遗产分一半给她。但是她肯定不愿接受我半分的赠与。"

"在这种情况下她最好也不要接受。"

"我也这样猜想。但是如果她愿意接受的话，我应该也不会这么内疚。这笔财富突然从天而降，就像千斤重石压在胸口，雷蒙德先生。今天宣读遗嘱，由我继承这笔巨额财富，但是我觉得好像有一幅极其沉重的幕布把我罩住了，上面血迹斑斑，非常恐怖。啊，我之前一直期待今天的到来，但事实完全和我想的不一样！雷蒙德先生，"她喘着气继续说道，"虽然我很讨厌成为继承者，但是长辈从小就教育我要骄傲地迎接这一刻，渴望这一刻的到来。在我狭小的世界里，金钱就是一切。虽然现在遭到了报应，但我不想怨天尤人，我更不会怪我的伯父。十二年前，他第一次把我们抱入怀里，看着我们稚嫩的小脸蛋，高兴地说道：'我最喜欢这个浅色头发的小女孩，她就是我的继承者。'从那天起，我就集万千宠爱于一身，大家都叫我小公主。我是伯父的心肝宝贝，他的偏心娇惯让我很依恋他的怀抱。长大之后，我知道自己应该学会独立。没错，我一开始就知道伯父那天只是一时兴起，但我和埃莉诺的人生从此就变得完全不同。这种不同，就连最超凡的美貌、价值和成就都无法缔造出来，埃莉诺在这些方面都远远超过了我。"她停了下来，强忍住泪水，努力控制自己的情绪。这既让人动容，又令人钦佩。我偷偷地看了她一眼，她语带恳求低声说道："人无完人，我现在这个样子也是有原因的。在大家看来，我的傲慢、虚荣、自私不过是一个年轻快乐的继承人应有的特色罢了。啊！啊，"她愤愤不平地嚷道，"金钱是万恶之源，我们都被毁了！"她的声音逐渐变小："我继承的是一笔罪恶的遗产，我……我愿意全部放弃，如果这样能够……可是，这都是懦弱的表现！我没有权利让你经受我的痛苦。希望你能忘记我刚才说过的话，雷蒙德先生。我的抱怨只是一个不幸女孩的叹息感慨，因为她承担着太多的悲伤，而太多的困惑和恐惧也压得她透不过气来。"

"但我不想忘记，"我回答道，"你的话有些很触动人心，你也表现得非常宽容大度。如果你能以这种姿态去看待这笔遗产，那么它就是你天赐的幸福。"

她赶紧说道："不可能！这笔财产绝不会带来幸福。"她似乎被自己的话吓到了，她咬了咬嘴唇，赶紧补充道："巨额的财富从来都不是一种福分。"

"现在，"她说道，态度完全转变，"我想和你说一件事，可能你会觉得我有些唐突，但是我还是得告诉你，否则我的愿望就实现不了了。你也知道，我的伯父生前在编写一本关于中国习俗和偏见的书。他非常希望能见到这本书出版，所以我希望能够帮他实现愿望。但是要达成这个目标，我发现首先得让自己对这件事感兴趣，并且还要找到一个负责任的人，能全程监管出版事宜。哈韦尔先生的协助固然必不可少，但是我更希望他能够尽快离开。我听说，也有人向我推荐，你可能是最佳人选。我们才认识一个星期左右，现在就要麻烦你帮我这么大的一个忙，我真是很难开口，也很失礼。但如果你愿意看一眼手稿，然后告诉我还得做些什么的话，我会非常高兴。"

她的措辞小心谨慎，我看出她很希望我答应她。我只是感到惊奇，这个请求竟然和我内心的愿望不谋而合。我一直在思考我怎么才能自由地进出这个屋子，同时又不会给屋子里的人和我自己造成麻烦。我当时还不知道葛莱斯先生就是那位推荐我的人。尽管我心里很高兴，但我还是觉得有义务把话说清楚。我是个完完全全的外行人，没有能力胜任这份工作。我建议她聘请一个有经验的人。但是她没有理会我的话。

"哈韦尔先生有大量的笔记和备忘录，"她喊道，"他会向你提供必要的信息。你不会有多大的困难的，真的，不会遇到什么难题的。"

"哈韦尔先生自己不能完成任务吗？他是个聪明勤勉的年轻小伙子。"

她摇了摇头。"他觉得自己可以胜任，但是我知道伯父从来都不相信他，连一句话都不让他自由发挥。"

"但这样一来他可能会不高兴，我指的是哈韦尔先生，有陌生人干扰他的工作。"

她惊讶地瞪大了眼睛。"那不要紧，"她嚷道，"哈韦尔先生受雇于我，他没有权利对我的安排表示不满。他不会反对的。我已经和他说过了，他表示满意这个安排。"

"那好吧，"我说，"我会好好考虑此事的。无论怎样我都会看一遍手稿，再给出我的建议。"

"噢，太感谢了，"她非常满意地说道，"你人真好，我该怎么回报你呢？对了，你想不想见一下哈韦尔先生？"她向门口走去，但却突然停了下来，好像想起什么似的哆嗦了一下，然后低声说道："他现在在图书室，你介不介意？"

那个地方让我感到反感，我抑制住油然而生的不安，告诉她我不介意。

"所有的资料都在那里，他说在老地方工作更有效率。如果你不想上去的话，我可以叫他下来。"

但是我没有把她的话听进去，带头走到楼梯口处。

"有时候我真想把那个房间锁起来，"她紧接着说，"但是我又不忍心这么做，就像我不舍得离开这个屋子一样。我感到有某股力量迫使我去面对所有的恐惧。但是我仍然饱受恐惧的折磨。有时候，在夜里，伸手不见五指……我还是不说了，我已经讲得够多了。过来吧。"说罢她突然扬起头，走上了楼梯。

我们走进那间阴森森的房间时，哈韦尔先生正坐在我原本以为最应该空出来的那张椅子上。我看见瘦弱的他正埋头工作。他的雇主前不久才在他眼前的这张桌子上中枪而死。我万分惊叹，这个人真的毫无想象力可言。谋杀案的记忆还没消退，他就已经在那张桌子上开始工作，还能如此沉着冷静、一丝不苟。不过，我很快便发现房间的光源不足，而他所在的位置是光线最充足的。因为工作所需他便默不作声地把个人情感放在一边，我的不解马上变成钦佩。

我们进来的时候他机械地抬起头来，但是并没有从椅子上站起来。他表情专注，全部心思都在工作上。

"他完全不会理会我们，"玛莉低声说道，"他这个人就是这样。我怀疑他甚至不知道谁来了。"接着，她走到他的眼前，想引起他的注意。她说道:"雷蒙德先生来见你了,哈韦尔先生。他愿意帮我实现愿望,他已经同意接手你眼前的这份手稿了。"

哈韦尔先生慢慢地站了起来,擦了擦他的钢笔,然后把它放好。他的神情和举动都可以看出他非常不情愿,显然我们的干扰让他非常不满。看到这种情况,没等他开口说话,我拿起堆在桌子上的一沓手稿,说道:

"手稿上的字很是工整。如果可以的话,我浏览一番,以便了解大致情况。"

他点了点头,嘴里蹦出一两个字表示同意。玛莉离开房间,他再次别扭地坐了下来,拿起他的钢笔。

我立刻把那份手稿和与它相关的事情抛到九霄云外。埃莉诺、她的处境和围绕着这个家族的谜团再次占据我的全部心思。我目不转睛地看着秘书,说道:

"我非常高兴能有机会和你独处,哈韦尔先生,如果你能够告诉我……"

"关于这起谋杀案的事情?"

"是的。"我说道。

"恕难从命,"他的回答颇具敬意而又十分坚定,"太痛苦了,我想都不敢想,更别提要和别人讨论。"

我感到很窘迫。我很肯定我从这个人身上无法获取任何信息,于是我放弃尝试。我再一次拿起手稿,试着粗略了解其中的内容。我发现这比我原本想象的要简单,便和他简短地讨论了手稿的内容。最后,我得出结论,我应该可以完成莱文沃斯小姐的委托。于是我向他告辞,回到会客室。

大约一个小时后,我离开了这栋房子,感觉自己已经扫除了一个障碍。如果我的任务以失败告终,那必定也不能归咎于是我没有机会去研究这个房子里的人了。

第十六章 百万富翁的遗嘱

> 拯救之匙往往握于己手，
> 我们因此感激上苍。
>
> ——《皆大欢喜》

第二天，《论坛报》刊登了莱文沃斯先生遗嘱的大致内容。当中的一些条款让我感到有些意外。虽然和众人想的一样，他的巨额遗产大部分都留给侄女玛莉，但是他也没有完全忘记埃莉诺。根据大约五年前的遗嘱修改附录，他给埃莉诺留下一笔遗产，不算多，但足以保证她以后生活无忧。在听过同事们对此七嘴八舌的议论后，我出发前往葛莱斯先生的住处，遵照他先前提出的要求，遗嘱一旦公布就尽快去找他。

"早上好！"他说道，这时我刚踏进门口。不过，我不知道他问好的对象是我还是他面前桌上的那堆资料。"你还站着干吗？"他的头奇怪地往后一仰，示意他身后的一张椅子。

我把椅子拉到他的旁边。"我很想知道，"我说，"你怎么看待这份遗嘱，会不会影响到我们的侦查。"

"对于这份遗嘱，你自己是怎么想的？"

"嗯，总的来说，大家的看法不会有多大的改变。有些人之前就认为埃莉诺有罪，现在他们能更加肯定自己对于她的怀疑；有些人之前摇摆不定，但现在他们觉得这笔小额遗产并不会构成犯下滔天罪行的动机。"

"你也听到了一些议论。和你聊过的那些人,他们一般怎么看?"

"这份遗嘱很是奇怪,偏袒得太厉害。他们觉得也许可以从中推断出作案动机,至于如何推断,他们也不知道。"

葛莱斯先生突然对眼前的一个小抽屉产生了兴趣。

"所以你还是一点想法也没有?"他说道。

"想法?"我回答道,"我不明白你指的是什么。我在过去的三天里产生的想法有无数个。我……"

"当然,当然,"他高声说道,"我不是故意要说些令你不快的话。对了,你见到克拉弗林先生了吗?"

"见到了,仅此而已。"

"你会不会协助哈韦尔先生完成莱文沃斯先生的著作?"

"你怎么知道这件事?"

他笑而不语。

"会的,"我说道,"莱文沃斯小姐都已经开口让我帮忙了。"

"她真是当女王的料啊!"他突然激动地大声说道,但是马上又恢复公事公办的口吻:"接下来你要把握机会了,雷蒙德先生。现在我需要你调查两件事。第一,两位女士和克拉弗林先生之间有什么关系……"

"所以说他们之间是真的有关系?"

"这一点毋庸置疑。第二,她们姐妹之间为什么会闹得如此不愉快。"

我后退一步,斟酌着要不要答应他。在一个窈窕淑女的家里当密探!我可是个绅士,我怎么过得了自己这一关?

"难道就没有更加合适的人帮你打听这些秘密么?"最后我问道,"说真的,我一想到做密探就反感。"

葛莱斯先生的眉头垂了下来。

"我会协助哈韦尔先生整理莱文沃斯先生的手稿，协助出版事宜，"我说道，"同时我会制造机会，结识克拉弗林先生。如果莱文沃斯小姐愿意向我吐露心迹的话，我也会用心聆听。但是，我不能在门口偷听，做些出其不意的举动；我不能弄虚作假，有失身份；我不能谋划诡计，有悖绅士风度。这些偷偷摸摸的做法我都不能够认同，也无力去完成它。我要堂堂正正地查案，那些需要暗度陈仓的你自己来。"

"换言之，你扮演猎犬，我扮演鼹鼠。就这样吧，我没办法勉强一个君子。"

"好吧，"我说道，"有没有汉娜的消息？"

他高举双手，左右摇摆："没有。"

那天晚上，结束了一个小时的工作后，我和哈韦尔先生一起下楼。我见到莱文沃斯小姐站在楼梯底下，我并没有感到很意外。昨天晚上她就有点奇怪，我知道她今晚肯定会再来找我，但是她的开场方式让我始料不及。"雷蒙德先生，"她说道，明显脸带尴尬，"我想问你一个问题。我知道你为人善良，我也知道你会认真负责地回答我的问题，就像一个兄长一样。"她一边补充道，一边睁大眼睛看着我："我知道这听起来很奇怪，但也请你理解，除了你，没有人能给我建议了。这个问题我非问不可。雷蒙德先生，你认为一个人如果做了错事，他以后能不能彻底地改过自新？"

"当然可以，"我回答道，"如果他真心悔改的话。"

"但是假如这不仅是过失，假如已经造成了实际的伤害，那么他会一辈子都良心不安吗？"

"那要看是什么样的伤害以及对他人造成什么影响。有些人心思细腻、敏感，如果这种人给他人造成了无法弥补的伤害，那么他以后应该都很难心安理得地生活。话虽是这么说,活得不安心不一定意味着他的日子过得不好。"

"但是想过好日子就必须承认错误吧?假如他不如实供认,他就不能再好好做人了吗?"

"不能,除非他能做出某种程度的补偿。"

我的回答似乎让她很苦恼。她往后退了一步,站在我面前陷入沉思。她的身旁有一盏灯,由白瓷罩着,散发出的光微弱而稳定。她的美在这样的光线的衬托下散发出一种几近雕塑般华丽的光芒。她很快打起精神,把我带到客厅,姿态动人。不过,她再也没有说起这个话题。她开始转移话题,似乎想让我忘记刚才的对话。不过她并没有成功,只要和她的堂妹有关系,我都会多留一个心眼。

我走下门廊,看到管家托马斯倚靠在大门上。我突然心血来潮问了他一个问题。自从上次讯问之后我一直都想知道答案。在案发当晚,埃莉诺有一个访客,那个人是谁。但是托马斯显然不想再多说什么。他只记得有过这么一个人来拜访,来访者身材高大,除此之外,他描述不出其他的体貌特征。

我没有再追问下去。

第十七章　惊奇之始

你眺望一颗星有两个原因，
一是因为它闪闪发光，二是因为你看不透它。
你身边有一种更柔美的光辉和一团更难解的谜，那边是女人。

——《悲惨世界》

在接下来的几天里我似乎没有取得任何进展。也许我的出现让克拉弗林先生觉得受到烦扰，他没再来这个他经常光顾的地方。因此我完全没有机会以一种自然的方式去结识他。此外，虽然我每天晚上都会去莱文沃斯小姐家里，但是在那我几乎毫无收获，反而让我感到无休止的提心吊胆和忧虑不安。

手稿需要修正的地方比我预料中的要少得多，所以在工作时，我有很多时间去观察哈韦尔先生。我发现他只不过是一个优秀的秘书而已。他做事古板，冥顽不化，性格阴郁沉闷。尽管如此，他却是个恪尽职守、办事可靠的人。我开始尊敬他，甚至慢慢对他有好感，欣赏他的个性，尽管我知道他对我并没有相似的好感，是否尊敬我则不得而知。他从未提起埃莉诺·莱文沃斯。或者说，他从未提及过任何关于这家人的事以及家庭的纠纷。我慢慢感觉到这种讳莫如深不仅仅是因为此人生性如此，而且有其他原因；如果他真的如实相告的话，那么他肯定另有目的。不用说，疑团一天没有解开，我在他的面前就无法平心静气。我总是趁他不注意的时候偷瞄他一眼，观察他在以为没人注意自己的情况下是如何表现的。但他总是那副模样：安之若素，对文稿的整理工作孜孜不倦，一副波澜不惊的模样。

在我看来，我的这一切行动就像竹篮打水一样白费力气。我终于忍无可忍了。和克拉弗林讲不上话，秘书又疏远冷淡，我该怎么收集证据？我和玛莉几次短暂的见面和交谈也没有什么太大的帮助。她高傲，拘谨，激动，易怒；但同时又感恩，楚楚可怜。她每次都只以一种新的面貌示人，不会有重复。慢慢地，我既渴望又害怕见到她。在危难关头，她似乎痛苦得无法自拔。有一次，她以为其他人不在，而我恰好看到她挥舞着拳头，似乎想要抵挡眼前的坏人或者驱散一些可怕的幻象。还有一次，我看到她垂头丧气地站着，双手无力地垂在两旁，惶恐不安。看起来整个人萎靡不振、呆滞无力，像有种压力让她难以承受，而她毫无反抗之力。但这种情形我只见过一次。一般来说，她在困难面前依然是表现得颇为优雅从容的。即使是在她的眼神中流露出最恳切的乞求时，她的身姿依然昂首挺立，竭力地保持镇定。有天晚上我在大厅遇到她，当时她双颊泛红，嘴唇颤抖，情绪较为激动。但是，她一句话也不说就掉头离开了。她的行为举止中显示出一种强烈的自尊，令人印象深刻。

我很肯定，她这样的行为必然事出有因，所以我并不着急，相信终有一天她会如实相告，她那对颤抖的嘴唇不会永远紧闭；即使其他人不愿意说，她最终也会说出秘密，因为这关乎埃莉诺的荣誉和幸福。尽管我还记得她对她堂妹那很不寻常且颇为残忍的指控，但这并没有摧毁我的希望——是的，我已经心怀希望了——因此，我不知不觉地减少了和哈韦尔先生在图书室的工作时间，而花更多的时间和玛莉在会客室面对面地交谈。一向隐忍的秘书终于忍不住抱怨，说他经常被撇下，待在图书室里几个小时都没干什么活。

时间过得飞快,又到了星期一晚上。两个星期前,我给自己定了目标,但是到现在一点眉目也没有。大家甚至已经不再谈论这宗谋杀案,也不再提起汉娜。我注意到一件事,每次报纸一送到家里,便立刻有人将它取走。显然,女主人和用人都迫不及待地想知道报纸刊登的内容。这一切都让我很摸不着头脑。打个比方,有座火山刚爆发完不久,还有可能随时爆发,但是居然有这么一群人在火山边上照常吃、喝、睡觉。我多想能像打碎玻璃一样打破这片沉默:大声叫出埃莉诺的名字,让声音穿透那些金碧辉煌的房间和用缎子装饰的玄关。然而,这个星期一晚上我比以往更加平静。我已不再期望能在玛莉·莱文沃斯的家里有所收获。傍晚时分我走进大门,内心静如止水。这是我这么久以来第一次如此平静地踏进这扇不幸的大门。

走到会客室的时候,我看到玛莉正在里头来回踱步,像是在等待某人,一副焦虑不安的样子。我突然打定主意,向她走去并说道:"能不能单独和你讲几句话,莱文沃思小姐?"

她突然急停下来,满脸通红,向我点头致意。但是她没有像往常一样示意我进来。

"我进来的话,会不会给你造成不便?"

她不安地瞟了时钟一眼,好像要离开的样子,但是她突然改变主意。她把椅子拉到火炉前,示意我过去。虽然她尽量让自己显得镇定自如,但是我隐约觉得我刚好看到了她最焦虑不安的样子。我觉得只要一说起那个敏感的话题,她的高傲姿态就会瓦解,如同冰雪般一点一点地融化。我感觉机不可失,因此我开门见山,直奔主题。

"莱文沃思小姐,"我说,"这么晚打扰实在抱歉,但我来不是为了自己,我有一个不情之请。"

我很快意识到我开场的方式有欠稳妥。"向我提出请求?"她问道,脸上流露出冷峻的神情。

"是的,"我情绪激动、不顾一切地说道,"我虽然竭尽全力想查明真相,但是却四处碰壁。我深知你有一颗高尚的心,因此我向你寻求帮助,因为我不想再这般屡屡碰壁。虽然这不一定能帮到你的堂妹,但至少能给我指点迷津。"

"我不明白你的意思。"她显得有所回避。

"莱文沃思小姐,"我继续说道,"我无需再向你重申你堂妹的处境。你清楚地记得对她的讯问,不用我多做解释你就已洞悉内情。但你可能没意识到,她的名声已被玷污,如果不尽快洗脱嫌疑,后果将难以想象。并且……"

"天啊!"她尖叫道,"你不会是想说她……"

"会被逮捕?是的。"

这句话对她而言是个不小的打击。她的脸色苍白如纸,上面写满了羞耻、恐惧和痛苦。"都怪那把钥匙!"她低声说道。

"钥匙?你怎么知道钥匙的事?"

"噢,"她尖声说道,满脸通红,表情痛苦,"我不清楚,你没告诉我吗?"

"没有。"我回答道。

"不然就是报纸上提过?"

"报纸从来没有提过。"

她越来越焦虑不安。"我还以为大家都知道了。不,我也不知道,"她否认道,突然羞愧难当,懊悔不已,"我知道这是一个秘密,但是……哦,莱蒙德先生,是埃莉诺她自己告诉我的。"

"埃莉诺?"

"是的,就在她离开的前一晚。我们当时在客厅。"

"她说了什么?"

"从她身上找到了图书室的钥匙。"

我难以释疑。既然埃莉诺明知她堂姐怀疑她,她还会告诉她堂姐这件事,这不会弄巧成拙吗?我怎么也不会相信。

"你早就知道了?"玛莉继续说道。"我没有说漏嘴吧?"

"没有,"我说道,"莱文沃思小姐,正是因为那把钥匙,你堂妹的处境极其危险。如果她没有做出解释的话,她必定落得声名狼藉。没有任何诡辩术能够掩盖这一项实实在在的证据,即使她极力掩盖什么也不能磨灭这个事实。如果不是因为她声望颇高,有人坚决相信她的清白并帮她一把,她早就受到法律的制裁了。那把钥匙以及她的沉默正在把她推向深渊,她的挚友为了救她所付出的努力都会白费。"

"你和我说这个……"

"我希望你会怜悯这个可怜的女孩,毕竟她不懂得爱惜自己。有些情况你也了解,只要解释清楚,她就能摆脱嫌疑,免受伤害。"

"你是不是在暗示,先生,"她高声说道,愤愤不平地看向我,"暗示在这件事上面我比你知道更多?暗示我至今还有所隐瞒?这个可怕的悲剧已经把我们的家变成一个荒漠,我们惶惶不可终日。你是不是怀疑我?你来我家里是要指控我——"

"莱文沃思小姐,"我恳求道,"请你冷静点。我没有指控你。我只想你告诉我你堂妹究竟是出于什么动机,对此三缄其口,不惜为此受罚。你不会一无所知。你是她的堂姐,更像是她的亲姐,这么多年来每天都在一块,你肯定知道她为什么守口如瓶。破解这个谜团,嫌疑的矛头就会直指真正的罪犯。不过前提是,你现在仍坚信你的堂妹是无辜的。"

她没有做出任何回答。我站起身来,面对着她:"莱文沃思小姐,你相信你的堂妹是有罪还是无罪?"

"有罪？埃莉诺？噢！我的天啊。她是全世界最清白的！"

"那么，"我接着说道，"如果有些疑点该解释清楚的，而她却什么也不说，她这么做完全是为了保护罪犯。你肯定也认同这一点。"

"什么？不是，不是。我没有说过那样的话。你怎么能曲解我的意思？"

"明眼人都看得出来。像埃莉诺这样的个性，她的这种行为完全说不通。她要么是疯了，要么就是她在牺牲自己保护其他人。"

玛莉的嘴唇不再那么颤抖："你心中已经有人选了吗？谁值得埃莉诺牺牲自己？"

"啊，"我说，"我就是想请你帮我这个忙。你这么了解她的过去……"

但是玛莉·莱文沃思高傲地坐回到椅子上，示意我不要继续往下讲。"不好意思，"她说道，"你误会了。我不知道埃莉诺的个人情感。要解开这个谜团的话得问其他人，我帮不上忙。"

对此我只好改变我的策略。

"既然埃莉诺和你说了从她身上找到那把丢失的钥匙，那她有没有也告诉你她在哪里找到钥匙，以及她为什么要把钥匙藏起来？"

"没有。"

"她仅仅只是告诉你这个事实，一点解释也没有？"

"是的。"

"这不会很奇怪，也很无谓吗？几个小时前你当面控诉她犯下不可饶恕的罪行，几个小时候，她就对你和盘托出？"

"你这么说是什么意思？"她问道，声音变得低沉。

"你不仅认为她有罪，而且你还指控她犯罪，这点你不会否认吧。"

"你把话说清楚！"她大叫道。

"莱文沃思小姐，你忘了那天你在楼上房间里说过的话了吗？问讯的那天早上，你和你的堂妹单独待在一起，我和葛莱思先生还没进去前你说的那番话。"

她没有垂下眼帘，但是眼神中突然充满了惊恐。

"你听到了？"她低声说道。

"我不小心听到了。我刚好站在门外——"

"你听到了什么？"

我如实相告。

"葛莱斯先生呢？"

"他就在我身边。"

她瞪大双眼，似乎要把我的脸卷进去："但是你进来后什么也没说？"

"没有。"

"但是你到现在还没忘记这件事？"

"怎么可能忘记呢？莱文沃斯小姐。"

她双手掩面。有那么一瞬间她似乎绝望无比，接着她极其激动地叫喊道：

"你今天来这里就是为了这个吧。你早已有了判决，你为什么还干扰我的生活，拿各种问题来折磨我——"

"请原谅，"我打断她，"你为什么不愿意回答我的问题？这些疑点可是关乎一个和你朝夕相处的人的声誉。或许我应该不顾绅士风度，问你这个问题：为什么在案件没理清之前，你就作出这么严重的指控？为什么后来你发现你有更多理由怀疑的时候，你却坚称你的堂妹是无辜的？"

她似乎没听到我说的话。"噢，我真是命运多舛啊！"她低声说道,"命运多舛啊!"

"莱文沃思小姐,"我在她的面前站起来,接着说,"虽然你们暂时有些误会,但是你还是希望她好的。告诉我吧,至少让我知道那个人的名字,是谁让她如此奋不顾身。请你给我一点提示——"

她站了起来,表情很奇怪。她正颜厉色地打断我的话:"你不知道的话也没办法,我不能告诉你。不要再问我了,雷蒙德先生。"她又瞄了时钟一眼。

我换了角度。

"莱文沃思小姐,你曾经问过我一个问题,罪人是否一定要招供?当时我回答不必,只要做出补偿不认罪也行。你还记得吗?"

她动了动嘴唇,但并没有作声。

"我开始觉得,"我就着她的情绪,严肃地说道,"坦白才是这个僵局的唯一出路。只有你说出实情,埃莉诺才能得救,否则她劫数难逃。你就不能诚实地回答我如此恳切的问题吗?"

她好像有所触动。她微微颤抖,眼睛流露出伤感的神情。"噢,但愿我可以。"她喃喃自语。

"为什么不可以呢?你不坦白的话永远不会感到幸福。虽然埃莉诺执意守口如瓶,但这并不代表你应该效仿她。你什么也不说,她更加可疑。"

"我知道,但是我没办法。命运的链锁紧紧缠绕着我,我无法挣脱。"

"不是这样的。任何人都可以挣脱虚构的枷锁。"

"不,不能,"她争辩道,"你不会明白的。"

"但是我明白,诚实正直才是一条康庄大道,选择旁门左道的人定会误入歧途。"

一丝亮光在她脸上一闪而过,极其哀婉动人。她喉咙哽咽,似乎要大哭。她的双唇微张,似乎要放弃坚持。然而,就在这时,前门的门铃声尖锐了响了起来!

"噢,"她猛然转身,尖叫道,"告诉他我不能见他,告诉他……"

"莱文沃思小姐,"我拉起她的双手,说道,"不要管门口的访客,除了这件事其他暂时都别管。我问了你一个问题,一个和整个案件的疑点相关的问题,诚实面对自己,请回答我的问题。告诉我,是什么阻碍你……"

但是她从我手里挣脱。"门!"她尖叫道,"门会开的,而且……"

我走进客厅,看到托马斯从地下室走上来。"回去,"我说道,"需要你的时候我会叫你。"

他点了点头便离开了。

"你希望我回答,"我走进会客室,她惊呼道,"现在就回答吗?我做不到。"

"但是——"

"不可能!"她的双眼紧紧地盯着前门。

"莱文沃思小姐!"

她颤抖了一下。

"你现在不说出真相的话,以后可能就没有机会了。"

"不可能!"她重申道。

门铃声再次大作。

"听!"她说道。

我走进客厅,呼唤托马斯:"你现在可以开门了。"我说完便走回到她的身边。

但是她却指着楼上的方向,用命令的语气说道:"走开!"接着她的目光转向托马斯,托马斯马上停了下来。

"我离开之前会再来见你一次。"话一说完,我就赶紧上楼去了。

托马斯打开了门。

"莱文沃思小姐在吗?"我听到一把低沉、颤抖的声音。

"是的,先生,"管家的语气充满尊敬,而且很有分寸。我靠在楼梯的栏杆上,万分惊讶,我看到克拉弗林先生走进了前厅,往会客室走去。我震惊不已。

第十八章　楼梯上

你不能说那是我干的。
——《麦克白》

我激动得浑身颤抖，也很纳闷，我没想到来的人是他。我停下了脚步，敛神定息。这时，一个低沉、单调的声音从图书室的方向传来，我走过去一看，发现哈韦尔先生在大声朗诵其已故雇主的手稿。我难以形容眼前这一幕给我带来的震撼。在这个不久前才发生命案的房间里，他就像一个远离尘嚣的隐士，隐居在简陋茅棚中。他一遍又一遍地阅读死者的手稿，机械一般，毫无生气。然而，在同一屋檐下，有人却因疑惑和羞耻而痛苦不已。我听到他读出以下的内容：

"通过这种方式，他们的统治者不仅不会嫉妒和害怕我们的风俗习惯，反而还会从心底燃起对我们的风土人情的兴趣。"

我打开门，走了进去。

"啊！你迟到了，先生。"他站起身来跟我打招呼，然后拉出一把椅子。

我回答的声音可能太微弱，他没有听见。他回到自己的座位，问道：

"你今天是不是身体不大舒服？"

我打起精神。

"我很好。"我把手稿拿到面前,开始工作。但是,上面的文字却好像在我眼前不停地跳动。我只好暂停今晚的工作。

"不好意思,恐怕我今晚不能协助你了,哈韦尔先生。实不相瞒,我很难集中注意力做好手头的事情,我总是想到那个邪恶残忍的凶手,他还逍遥法外。"

秘书把手稿推到一边,突然一副反感的样子,但是他没有理会我。

"那天你来找我,告诉我这个惨案。当时你就说了,这个案子是个难解的谜团。但是这个谜团必须得解开,哈韦尔先生。因为这个案子,太多我们爱戴和尊敬的人都感到身心俱疲。"

秘书看了我一眼。"埃莉诺小姐?"他低声说道。

"还有玛莉小姐,"我继续说道,"我自己,你,还有很多人。"

"从一开始你就很关心这个案子。"他一边说一边有条不紊地用钢笔蘸上墨水。

我惊讶地看着他。

"你也是吧,"我说,"你在这里住了这么久,难道你会不在意吗?此案不仅牵涉到这个家庭的安全,而且还关乎她们的幸福和名誉。"

他看着我,表情更加冷漠:"我不想再讨论这个话题。我想我之前已经拜托过你不要再跟我提这件事了。"说完他便站起身来。

"恕难从命,"我不肯放弃,"如果你知道什么内情是大家还不知道的,你有义务说出来。埃莉诺小姐现在的处境并不乐观,每个有正义感的人都应该挺身而出。如果你……"

"如果我知道真相,能够帮她解围,我一早就说出来了,雷蒙德先生。"

我咬了咬嘴唇，连续的挫败感使我觉得十分疲倦。此时，我也站了起来。

"如果你没有其他要说的，"他继续说道，"也不想再继续工作的话，那我先行离开，我还约了人。"

"你尽管去吧，"我不无苦涩地说道，"我能照顾好自己。"

他突然转过身看了我一眼，似乎不能理解我的语气。接着，他向我鞠了个躬，表情淡然，近乎怜悯，他随即离开了房间。我听到他走上楼梯后关上房门。我坐了下来，体会着独处的滋味。然而，我实在无法忍受自己一个人留在这里。哈韦尔先生再度下楼时，我觉得我再也待不下去了，于是我走到大厅和他说，如果他不反对的话，我想和他走一小段路。

他面无表情地点了点头。但我还没来得及跟上，他就急急忙忙地下楼。我关上图书室的门，发现他已经快走到楼梯口了。从我现在站的位置看过去，我只能感叹，他的肢体是那么地僵硬，动作是那么地笨拙。这时，我看到他突然停了下来，紧紧握住身旁的扶手，定在那里。他的脸半朝着我，表情惊恐万分。刹那间我也呆住了，大气也不敢出。随后我冲到他身边，抓住他的手臂，大声问道：

"怎么了？发生什么事了？"

但是他抽出手，把我推向楼上。"回去！"他低声说道，声音颤抖，情绪激动，"回去。"他抓住我的胳膊，几乎是要把我拽上楼。到了楼上，他才松开手，整个人靠在栏杆上，从头到脚都在不停地发抖。他瞪眼往楼下看去。

"那是谁？"他叫喊道，"那个男的是谁？他叫什么名字？"

我被他的反应吓了一跳。我走到他身边，弯下身往下看，这时亨利·克拉弗林从会客室里走出来，穿过大厅。

"那是克拉弗林先生，"我低声说道，并且尽量使自己冷静下来,"你认识他吗?"

哈韦尔先生往后退,跌靠在对面墙上。"克拉弗林,克拉弗林。"他喃喃自语,嘴唇在不住地发抖。突然他向前一跃,紧紧抓住面前的栏杆。他直勾勾地看着我,两眼冒着狂怒的光,所有的坚忍和冷静消失殆尽。他在我耳边低声说道:"你不是想知道是谁杀害了莱文沃斯先生?看好了,就是那个人,克拉弗林!"说完,他一个箭步跨了出去,走向楼上的大厅。他走起路来摇摇摆摆,像一个醉汉一样。

我第一反应是跟着他。我冲上楼,敲了敲他的房门,但是没有人回应。我在大厅里叫唤他的名字也没有用。他已经下定决心不再露面了。但是我不能就这样让他一走了之,于是我回到图书室,给他写了张便条,告诉他,我需要一个解释,他为什么会做出如此严重的指控。我告诉他明天晚上六点我会在自己的办公室里,希望他届时能够到那与我会面。写好便条之后我便下楼去找玛莉。

但是今晚我注定要失望而归。我还在图书室的时候她就已经回了她的房间。我多么希望能见着她多打听点线索。"这个女人真的太狡猾了,"我一边暗暗地想着,一边懊悔地在大厅里踱步,"她这么可疑,还指望我会尊敬她。只有直率坦诚的人才值得尊敬。"

我正准备离开屋子时,托马斯走下楼来,手里拿着一封信。

"这是莱文沃斯小姐给你的,先生。她今晚太累了,所以没有在楼下等你。"

我走到一旁,阅读他给我的信。字里行间可以看出她写字的时候心情焦急,手在发抖,我不由得感到有点内疚。上面写道:

你的要求太多,我实在无法满足。事实就是你看到的这样,我不再多做解释。我非常抱歉拒绝你的请求,但是我别无选择。请求上帝原谅我们,让我们不再悲伤绝望。

玛莉

她接着写道:

既然我们都心存芥蒂,那么我们就默默承受各自的负担,暂时保持距离。哈韦尔先生会去拜访你的。
再会!

我正要穿过第三十二大街的时候,我听到身后传来快速的脚步声。我回过头,看到托马斯走到了我的身边。"打扰了,先生,"他说,"我有些特别的事情要和你说。前几天晚上,你问我在案发当晚拜访埃莉诺小姐的绅士长什么模样,我没有回答你的问题,但我不该隐瞒。事实上,探长一直在追问我这个问题,所以我有所忌讳。但是,先生,我知道你是莱文沃斯家的朋友,所以我想告诉你,就是这位绅士,先别管他是谁——他上次把自己称作罗宾斯先生——今晚他又来了,先生。这次他让我递给莱文沃斯小姐一张名片,上面写着克拉弗林。是的,先生。"看到我吓了一跳,他继续说道:"我也和莫莉说过,这个陌生人的举动很反常。那天晚上他犹豫了很久才说要见莱文沃斯小姐。接着我问他贵姓,他拿出一张卡片,在上面写上我刚才跟你说过的那个名字。但作为一个访客,他当时脸上的表情未免有点古怪。还有……"

"怎么了?"

"雷蒙德先生,"管家低声而激动地继续说道,在黑暗中他向我靠得很近,"除了莫莉,有件事其他人都不知道,先生。这也许能帮到那些想找出凶手的人。"

"是事实还是猜测？"我问道。

"是事实，先生。这个时候以此打扰你，我感到非常抱歉。但如果我不把这件事告诉你或者葛莱斯先生的话，莫莉就不会让我好过。为了汉娜的事情，她一直都很生气。我们都知道她是无辜的，只不过刚好警察要找她的时候她失踪了，大家就咬定她有罪。"

"但是事实是？"我敦促道。

"嗯，是这样的。你知道……我会告诉葛莱斯先生的，"他继续说道，没有感觉到我很急切，"但是我很害怕探长，先生。有时候已经回答过了他们连珠炮似的问题，但是他们还是觉得你还有所隐瞒。"

"但是事实是？"我再一次插嘴问道。

"哦，是的，先生。事实是，那天晚上，就是案发当晚，我看到克拉弗林先生、罗宾斯，随便他名字是什么了，走进屋子。但是包括我在内，没有人看到他离开，我也没听说他离开过。"

"你的意思是什么？"

"嗯，先生，我是想说，我从莱文沃斯小姐的房间下来，告诉罗宾斯先生，他那时是这么称呼自己的，我的女主人身体不适，不能接待他（这是她的原话，先生，她让我这么传达）。但是罗宾斯先生并没有像一位绅士一样鞠躬离开，他走进了会客室坐了下来。他可能感到不大舒服吧，他的脸色看起来非常苍白。但是不管怎么样，他让我给他拿一杯水。我当时没想过要对他留个心眼，我立刻下楼到厨房取水，就剩下他一个人在会客室里。但是水还没接好，我就听到前门关上的声音。'是什么声音？'莫莉问道，她当时正在帮我接水，先生。'我不知道，'我说，'可能那位绅士等得不耐烦就走了。'如果他要走的话，他就不会想喝水,'她说。于是我把水壶放下,走到楼上。他果然已经走了,我当时是这么想的。但是谁又能保证他真的不在那个房间,或者不在客厅呢?那天晚上客厅没有点灯,我后来只顾着关门、关窗户都没注意去看?"

我没有作出回答。我感到太震惊了。

"先生,我一般不会随便说起是什么人来拜访小姐们。但是,我们都知道那天晚上是屋子里的某个人杀害了我的主人。既然不是汉娜做的——"

"你说埃莉诺小姐拒绝见他。"我打断道,希望这个简单的提示能够引出他和埃莉诺交谈时的更多细节。

"是的,先生。她第一眼看到卡片的时候有点犹豫。但是很快她变得满脸通红,吩咐我传达我刚才告诉你的那几句话。如果不是今晚看到那位绅士大摇大摆地走进屋子,我绝对不会再想起那件事。说实在,我现在还不愿意想象他做了什么坏事。但是莫莉坚持要我告诉你,先生,这样也会让我放心一点了。就这些了,先生。"

那晚回到家后,我在备忘录里写上新的疑点。不过,这一次我把它们写在"克拉弗林"之后,而不是"埃莉诺"。

第十九章　在办公室里

> 看起来既像是障碍，又像是帮助。
> ——华兹华斯

第二天，我感到神经衰弱，精疲力竭。我一走进办公室就有人告诉我：

"先生，有一位绅士在你的私人办公室里，他已经等了一段时间了，很不耐烦的样子。"

我非常疲倦，没有心情和新老客户讨论事务。我步履沉重地走向我的办公室。我一打开门就看到克拉弗林先生。

我非常震惊，一时说不出话来。我向他点头致意后，他便向我走过来。他的姿态和气质都显示出他是一个很有教养的绅士。他递给我一张名片，上面写着他的全名：亨利·里奇·克拉弗林。字体飘逸。他自我介绍了一番之后，便为如此唐突的来访向我道歉。他解释说，他不是本地人，不熟悉情况，但是他的问题亟待解决。他在不经意间曾听到有人谈及我，称赞我是一名优秀的律师，同时也是一位绅士。为了帮助友人，他明知唐突也要来见我。他的朋友处境非常不幸，他想了解律师的意见和建议。因为他不了解美国的法律，也不清楚他朋友的情况在法律上有何利害。此事不仅事关重大，而且问题本身对他而言也相当难以启齿。

他的话引起了我的关注,也激发了我的好奇心。他请求我的同意,开始讲述他的故事。我稍微平复了一下心情,抑制心中对他的极度嫌恶感和轻微的恐惧。我心软了,示意他开始。于是,他从口袋里拿出一个记事本,他读出如下内容:

"一个英国人来到贵国游历。在一处上流社会人士经常光顾的温泉疗养处,他邂逅了一位美国女孩并且很快便不可自拔地爱上了她。几天后,他就想和这位女孩共结连理。他知道自己地位不低,财产颇丰,对她也是一心一意;于是,他向她求婚,女方答应了。但是他们的结合受到女方家人的强烈反对,他只能先放下自己的念想。但这时,婚约仍旧有效。他还在担心的时候,便接到了来自英国的消息,要他马上回家。他很担心这次一别不知道要多久才能再见到爱人,所以他给这位女士写了封信,告诉她现在的状况,并且提议秘密结婚。她表示同意,但是有两点要求:第一,婚礼结束之后他要马上离开;第二,婚讯由她来公布。这和他的设想不太一样,但是在这种紧急关头,只要能够和她结婚,任何条件他都可以接受。于是他欣然地开始筹办婚礼。他们的婚礼在距离她下榻的旅馆大约二十英里的牧师公馆举行。卫理公会牧师为他们主持了结婚仪式。当时有两位见证者在场,其中一位是牧师的雇员,他被叫来见证婚礼。此外还有新娘带来的一位女性朋友。但是仪式结束后并没有颁发结婚证书,当时新娘也未满二十一岁。请问这桩婚姻合法吗?如果那天那位女士是真心实意地想嫁给我的朋友,但是她后来却又否认是他的法定妻子,我的朋友能否以一个如此不规范的仪式来约束她?简而言之,雷蒙德先生,我的朋友是不是那名女孩的合法丈夫?"

他的讲述让我为之动容,和他之前给我留的不好印象形成巨大的反差。他的"朋友"极大地吸引了我的注意,我一度忘记了有亨利·克拉弗林这么一个人。在得知婚礼是在纽约州举行后,我记得我这么和他说:"根据美国法律的规定,在这个州,婚姻是一种民事契约,不需要许可证书、神父、仪式或者结婚证明,甚至有时候连见证者都不需要,婚约便可合法成立。在以前,妻子不过是男人的资产,到现在她们的地位也没多大变化。只要男女双方对彼此立下誓言,说'从这一刻起我们结为夫妇',或者,'从现在起你就是我的妻子',又或者'我的丈夫',具体表达视情况而定,婚姻就是有效的。双方都同意这桩婚事就够了。事实上,你与他人订立婚约就像你和其他人订立借贷的协议,或购买微不足道的小物品一样。"

"那么你的意见是——"

"根据你的讲述,你这位朋友的确是那位女士的合法丈夫。当然,前提是双方之前没有触犯法律导致这宗婚姻不合法。至于这位年轻的女士的年龄,我只能说,只要女方年满十四岁,她就能订立结婚契约。"

克拉弗林先生点了点头,脸上露出非常满意的神情。"太好了,"他说道,"我朋友的幸福完全取决于他的婚姻关系能否确立。"

他看起来一副很放心的样子,但是我更加好奇。我说道:"我是这么理解这桩婚事的合法性的,但如何证明却是另外一回事。如果有人对此提出异议也要重新考量。"

他大吃一惊,探询似的看向我,低声说道:

"没错。"

"请允许我再多问你几个问题。这位女士是用本名结婚的吗?"

"是的。"

"那位绅士呢?"

"是的,先生。"

"结婚证书有没有发给女士?"

"有。"

"上面有牧师和见证者的签名?"

他点了点头,表示认同。

"结婚证书她还留着吗?"

"我不知道,但我猜她还留着。"

"见证者是……"

"牧师请来的一个人……"

"还能找到他们吗?"

"找不到了。"

"去世了,还是失踪了?"

"牧师已经过世,他请来的人早已不知去向。"

"牧师过世了!"

"婚礼后的三个月就去世了。"

"婚礼是什么时候举行的?"

"去年七月份的时候。"

"另外一个见证者,那位女性朋友,她在哪儿?"

"能找到她。但是她很不可靠。"

"那绅士他自己没有证据证明这桩婚事吗?"

克拉弗林先生摇了摇头:"他都没办法证明当天自己在纽约州。"

"当地的部门有没有登记结婚证书?"我问道。

"没有,先生。"

"怎么会这样?"

"我也不知道。我只知道我的朋友去问过,但是找不到相关文件。"

我看着他,慢慢靠向椅背。"如果你所言不假,并且那位女士也有意否认举行过婚礼,你朋友的担心也是正常的。但是,如果他想通过法律的途径解决这件事的话,他是有可能胜诉的,不过我觉得这种可能性不大。他的证据就只有他的誓言。如果她在法庭宣誓后一概否认,那么照常来说,陪审团都会同情女方的。"

克拉弗林先生站了起来,一本正经地看着我,最后问了我个问题。他的语气有少许改变,但是还是像之前一样温文尔雅。他问我能否在纸上写下我是如何看待对这桩婚事的合法性。这张纸就能让他的朋友放心,让他知道律师已经了解过情况。他也知道,一个有名望的律师在以自己的名义给出法律意见之前,一定会深入彻底地考虑涉及案件情况的所有法律条款,并且给出十分严谨的结论。

这个请求不算过分,所以我毫不犹豫地照办了。我不一会儿就把写有专业意见的那张纸递给他。他接过那张纸,认真仔细地通读一遍,然后谨慎地把上面的内容抄到他的记事本上。抄写完毕之后,他转过身来看向我,克制着自己的激动。

"那么,先生,"他一边说一边站了起来,整个人在我的面前显得非常高大,"我还有一个请求。请你记住你的意见,总有一天你会用得上。在你和一位美丽的女士携手走向神坛的那一刻,不妨停下来问问自己:'我能确定我热切紧握的这只手是自由的吗?我如何肯定她只属于我一个人?'就像那位女士,在我看来,根据我们国家的法律规定,她已经是别人的妻子了。"

"克拉弗林先生!"

他彬彬有礼地向我屈身致意,他的手搭在门把手上:"非常感谢你的帮助,雷蒙德先生。在此我向你告辞。希望下一次有机会见到你之前,你不用再为那张纸的事儿费神。"他再一次鞠躬,然后便打开门走了出去。

我从来没有经历过如此程度的震惊。我当场定住,好一会儿才反应过来。我！我！为什么他会把我牵扯到这件事当中，除非……但是我想都不敢想。埃莉诺结婚了，和这个人？不会的，不会的，绝对不可能！但是我不断地在脑海中反复揣测，怎么也想不通。最后，我再也受不了这种折磨，我拿起帽子，冲到大街上，希望能找到他，让他解释他那番奇怪的话。但是当我走到人行道上的时候，他已不见踪影。我和他之间有无数行色匆匆的路人，各怀心事和目的。我只能带着未解的困惑返回办公室。

这是漫长的一天，但是我熬过了。为了弥补早上的遗憾，下午五点的时候我来到了霍夫曼旅馆找克拉弗林先生。在那里，我得知他去过我的办公室后，当天就直接坐轮船前往利物浦了。现在他已经在茫茫大海上，我没有机会再次见到他了，这实在让我始料不及。起初我还很难相信这个事实，但在和马车车夫聊过之后，我相信了。正是这位车夫把克拉弗林先生送到我的办公室，然后再把他送到码头的。我的第一反应是觉得实在很可惜。这个有嫌疑的人主动来找我，并且暗示我有一段时间不会再见到他，而我居然还能勉强打起精神处理其他事情，让他就这样一走了之。我简直就是个头脑简单的新手。接下来，我必须告诉葛莱斯先生他已经离开的事。但是现在已经六点了，我特地空出这个时间和哈韦尔先生见面，我不能错过这次机会。我在葛莱斯先生的门前稍作停留，给他写了个便条，告诉他今天晚上我会再去拜访他，随后便启程回家。到家之后，我发现哈韦尔先生已经在那等我了。

第二十章 "特鲁曼！特鲁曼！特鲁曼！"

> 重大事件发生之前往往有其先兆，
> 今朝所见已预示明日之事。
>
> ——柯勒律治

一阵恐惧感立刻向我袭来——这个人将要透露什么样的秘密！我控制住自己的情绪，尽量热情地和他打招呼。随后我坐下来，听听他要说什么。

但是特鲁曼·哈韦尔并没解释什么。相反，他来是为了道歉，因为他昨晚用词过激了。他不清楚那些话对我有多大的影响，但是他觉得有必要予以澄清：事实上，那些话没有依据，一点意义也没有。

"你肯定有理由，不然你不会作出如此严重的指控，除非你真的是疯了。"

他忧郁地皱起眉头，双眼流露出非常沮丧的神情。"那倒不能这么说，"他回答道，"我见过有人受到巨大的惊吓后胡言乱语，他们的话更加没有事实依据，但是没有人认为他们是疯子。"

"惊吓？你肯定见过克拉弗林先生的样子和体型。如果只是看到一个陌生的绅士出现在大厅里，你不至于如此震惊吧，哈韦尔先生。"

他紧张地抠着面前的椅背,没有回复。

"请坐,"我再次敦促,这次我的语气中带有些许命令的口吻,"这件事非同小可,我非常重视。你曾经说过,你愿意帮助埃莉诺·莱文沃斯洗脱嫌疑,有线索的话你肯定会通知当局。"

"对不起。我只是说,我愿意帮助她脱离现在的处境,如果我知道真相,我早就说了。"他冷淡地更正我的说法。

"不要和我玩文字游戏。天知,地知,你知,我知,你有所隐瞒。我以她和司法的名义要求你告诉我是怎么一回事。"

"你误解了,"他依然不轻易让步,"我说的某些话也许有根据,但是这么残忍地指控别人,我的良心过意不去。我这么做不仅会损害一个好人的名誉,我也会成为一个无端指控别人的人,我很为难。"

"你已经这么做了,"我同样冷漠地反驳道,"无论如何,我都不会忘记你当着我的面指控亨利·克拉弗林是杀死莱文沃斯先生的人。你最好把话说清楚,哈韦尔先生。"

他快速地看了我一眼,然后走到旁边的椅子上坐了下来。"你让我很为难,"他说道,语气与之前相比变得了温和一些,"如果你真的以此相胁,紧紧相逼,我只好妥协。我很抱歉之前迫于无奈对你撒谎。"

"这么说来,你的沉默是因为道德方面的顾虑?"

"是的,而且我知道的很少。"

"先告诉我,我自有判断。"

他抬起眼看向我。我很惊讶地看到他的眼眸深处流露出异常迫切的神情。显然,他的想法非常强烈,顾不了这么多了。"雷蒙德先生,"他开始说道,"你是一名律师,肯定也是一个讲究实际的人。不过也许你知道这种感觉:空气中弥漫着危险的气息,周遭的事物开始变得不对劲儿,但是你不知道为什么自己这么忐忐不安。最后，你才不经意地发现：敌人早已潜伏在身边，一位朋友已经从窗外走过；你在看书时，死亡的阴影已经笼罩在书上，或者，你在熟睡的时候，死亡的气息已经和你的呼吸混在一起。你感觉到过吗？"

我摇了摇头。他等待我回答的眼神十分热切，我不禁被吸引住了。

"所以你不会明白我的感受，明白在过去三个星期里我的煎熬。"他往后一靠，表情既冷峻又坚毅。虽然看起来他不会透露太多，但我的好奇心已经被完全激发了。

"请原谅，"我赶忙说道，"虽然我从来没有经历过，也很少经历精神上的煎熬，但是这并不代表我不能理解。"

他慢慢地把身子往前靠。"那么，如果我说我在莱文沃斯先生遇害的前一晚做了个梦，后来这个梦应验了，你不会嘲笑我吧？我梦到他遇害，梦到……"他的双手在胸前十指紧扣，有说服力的样子，他的声音像耳语般低沉而且充满恐惧，"梦到凶手的样子！"

我大吃一惊，难以置信地看着他。如同见到鬼一样，一阵惊恐的感觉传遍我的全身。

"这就是——"我开口说道。

"昨天晚上我指控那个出现在莱文沃斯小姐家的人的原因吗？没错。"他拿出手帕擦了擦额头，上面全是大颗大颗的汗珠。

"你是不是在暗示，你梦见的人就是昨晚出现在大厅里的人？"

他沉重地点了点头。

我把椅子拉近他身边。

"告诉我你梦见了什么？"我说道。

"莱文沃斯先生遇害的前一晚，我躺在床上，对自己和整个世界都感到相当满意。虽然我的人生一直很苦,"他叹了口气,"但是那天有人称赞我,我感到很开心。突然,一阵寒意袭上心头,一个灵异的尖叫声划破片刻之前还是祥和宁静的黑夜。我听到一个声音叫喊了三遍我的名字,我认不出是谁,'特鲁曼,特鲁曼,特鲁曼。'我躺着,看到床边有一个女人,我吓了一跳。我从来没有见过她,"他神色凝重地继续说道,"但是我可以准确地描述出她的模样,因为她就在我的眼前,她的眼神流露出强烈的恐惧,似乎有事相求。她的嘴唇一动不动,只有那声尖叫回响在我的耳边。"

"描述一下她的样子。"我插嘴问道。

"她的脸胖乎乎的,肤色白皙。脸色苍白,面部轮廓秀气,算不上很漂亮,不过她那天真无邪而又诚实的样子很讨人喜欢。棕色的头发,用带子扎起来,垂落在低而宽的额头前。灰色的眼睛,双眼分得很开。小巧玲珑的嘴巴,很善于表达的样子,这是她的五官中最吸引人的地方。她的下巴上有个小酒窝,但是双颊没有。总之这张脸令人印象很深刻。"

"继续。"我说道。

"看到她哀切的眼神,我一下子坐起身来,但是她立刻消失得无影无踪。有时候在梦境中我们也有意识,这时我感觉到楼下的大厅有动静,随后,一个高大壮硕的男人就闪进了图书室。我记得当时我心头一紧,一半惊恐,一半好奇,我好像知道他的意图。说来奇怪,我的灵魂出走,我不再是局外人,我成了莱文沃斯先生本人;我坐在图书室的书桌前,感到死神向自己靠近,但是我无法逃离,因为我既说不出话,也无法移动。虽然我背对着那个人,但是我能感觉他偷偷摸摸地穿过过道,走进另一边的房间,来到放着手枪的柜子前。他想打开抽屉,但是发现它被锁上。他转动钥匙,拿出手枪,习惯性地用手掂了掂重量,然后向我走来。我可以感受到他走的每一步,好像他的双脚踩踏在我的心上一样。我记得我盯着眼前的书桌,好像下一刻我就会看到自己的鲜血溅满整个桌面。我看见我写的字在纸上跳跃,这些字好像幻化成我遗忘已久的人和事,幽灵一般再次出现眼前。突然我感到五味杂陈:后悔,极度的羞耻,疯狂的思念,说不出口的煎熬。那张脸,就是之前出现在我梦中的脸再次浮现眼前,她表情复杂,脸色苍白,样子甜美可人,目光锐利。这时,身后的人越走越近,悄无声息,我感觉到杀手就站在狭窄的门槛上怒视着我,我暂时还没有生命危险。我听到他紧闭的嘴里牙齿碰撞的声音,他准备要动手了。啊!"秘书那青灰色的脸上带着些许极度的恐惧,"该怎么描绘那样的经历呢?刹那间,肉体和精神上的极度痛苦全部变成一片空白,所有东西突然都消失不见了。我好像在一个遥远的地方目睹一切,我看到有一个背景,他正低头看着他的杰作,死者眼神骇人,苍白的嘴唇紧紧关闭。我认不出那是谁的脸。但是他外表英俊,身材魁梧,气质不凡,要让我认错他的样貌和身型,就跟认不出自己的父亲一样难。"

"那是谁的脸?"我说道,几乎没认出是自己的声音。

"这张脸我们昨晚已经见过,就是那个离开玛莉·莱文沃斯后走到大厅,然后从前门离开的那个人。"

第二十一章 偏　见

没错，我谈的是梦境，
它们是大脑空闲时的产物，
除了带来虚无的幻想之外什么也没有。
——《罗密欧与朱丽叶》

我呆坐在原位，一时半会没有从惊恐中回过神来。不过我的怀疑还是占了上风，我抬起头说道：

"你说在案发的前一天晚上你做了这个梦？"

他点了点头。"它是一个警告。"他表明。

"但是你好像没有把它当成警告？"

"没有。我经常做噩梦。要不是第二天我看到莱文沃斯先生的尸体，我才不会迷信到相信梦境是真的。"

"怪不得在讯问时你的表现这么反常。"

"啊，先生，"他回答道，苦涩地淡淡一笑，"无论有没有这个梦，我的痛苦都没有人能够理解。我明明了解这宗谋杀案以及凶手是如何作案的，但是我却有口难言。"

"这么说来，你相信你的梦预示了作案的手法和犯罪的事实？"

"是的。"

"你的梦没能进一步预示后面发生的事儿，实在是太可惜了。

就算不知道他怎么进来的话,能告诉我们凶手怎么从锁得那么严实的房子逃走也好。"

他的脸变得通红。"那的确会省很多事儿,"他说道,"要是我还梦到汉娜在哪里,为什么一个陌生人和作为绅士的他竟能下此毒手,那样就更好了。"

看到他这么恼火,我也不再打趣。"为什么你说他是一个陌生人?"我问道,"你对所有的访客都这么熟悉吗?熟悉到能分辨谁是常客谁是生人?"

"我很清楚他们的朋友的样貌,亨利·克拉弗林并不是其中之一,不过——"

"莱文沃斯先生有事外出的时候,"我打断道,"你有没有陪同?比如说到乡下去,或者外出旅游时?"

"没有。"不过他回答时有点不自在。

"但是我猜他经常有事不在家吧?"

"当然了。"

"你能告诉我去年七月份的时候他在哪里吗?他和两位女士?"

"可以,先生。他们去了R镇,就是那个知名的温泉疗养处。啊,"看到我脸上的神情发生了变化,他大叫了一声,"你是不是在想他有可能在那里见到了他们?"

我盯着他看了一会,然后我也站了起来,和他面对面。我说道:

"你还有所隐瞒,哈韦尔先生。你对他的了解肯定不止你刚才告诉我的。你究竟还有什么没说?"

我的洞察力让他大吃一惊。"我对他的全部了解都已经告诉你了,但是,"他的脸热得发烫,"如果你一定咬住不放的话……"他没有继续往下说,探询似地看着我。

"无论如何我一定要找出关于亨利·克拉弗林的一切。"我非常果断地回答道。

"好吧,"他说道,"我只能再告诉你这件事。在案发的几天前,亨利·克拉弗林给莱文沃斯先生写了封信。我有理由相信这封信对这个家庭产生了不小的影响。"说完,秘书双手交叉在胸前,静静地等着下一个问题。

"你是怎么知道的?"我问道。

"我不小心打开的。我一向负责查看莱文沃斯先生的商业信件。这个人之前没给他写过信,所以信封上没有什么标示,那种把商务信函和私人信件区分开的标示。"

"你看到克拉弗林这个名字了?"

"是的。亨利·里奇·克拉弗林。"

"你有没有读过那封信?"我的声音在颤抖。

秘书没有作答。

"哈韦尔先生,"我重申道,"现在不是故作矜持的时候。你读过那封信了吗?"

"读过了,但是我读得很快,因为我的良心非常不安。"

"但是你仍可以回忆起它的大致内容,是吗?"

"内容大概是他向莱文沃斯先生抱怨,指责他的一位侄女对他的态度有问题。其他的我都不记得了。"

"哪一位侄女?"

"信上没有提到是谁。"

"但你猜是——"

"不知道,先生。我不想这么做。我一直都想强迫自己忘记这件事。"

"但是你说这封信对他们一家人产生了一定的影响?"

"现在回过头看的确是这么一回事。他们都变得和之前不太一样。"

"哈韦尔先生,"我严肃地继续说道,"讯问时你被问到这样一个问题,在莱文沃斯先生收到的信件当中,有没有哪一封信可能和案件相关。当时你否认曾见过类似信件。对于这一点,你又作何解释?"

"雷蒙德先生,你是位绅士,一直对两位女士体贴入微,很有绅士风度。在当时的情况下,你认为你自己会忍心说起这件事吗?——就算你在心里考虑过这种可能,我可是连想都没想过——莱文沃斯先生收到过这么一封信,内容是指责他的一个侄女对他态度不好,你忍心让验尸官的陪审团认为它是有价值的疑点吗?"

我摇了摇头,只能承认他说得有道理。

"而且,我有什么理由认为这封信很重要呢?毕竟我不了解亨利·里奇·克拉弗林这个人。"

"但是你似乎觉得这封信没那么简单。我记得当时你在回答那个问题之前犹豫了一下。"

"没错。但是如果他们现在再问我同样的问题,我就不会再犹豫了。"

他话一说完,我们两人陷入了沉默。我在房间里来来回回走了两三次。

"太不真实了。"我一边说道,一边无奈地笑了笑,他那带有迷信色彩的话至今还让我感到有些恐惧。

他点了点头,同意我的说法。"我知道,在公开场合我很实事求是。我也和你一样清楚知道,单凭自己的一个梦就做出这样的指控真的很荒唐,毕竟我只是一个身无分文、只知道埋头苦干的秘书,所以我干脆什么都不说。但是,雷蒙德先生,"他那瘦长的手突然抓住我的手臂,紧张而有力,让我感觉几乎像触电了一般,"如果有朝一日杀害莱文沃斯先生的凶手俯首认罪,请你记住我的话,他一定就是我梦中出现的那个人。"

我深深地吸了口气。有那么一瞬间我相信了他的话。但是,就算埃莉诺能洗脱嫌疑,但此后她又要经历新一轮的羞辱、坠入更痛苦的深渊,想到这里,一阵复杂的情感汹涌而来,我既觉得如释重负又感到非常痛心。

"他现在逍遥法外,"秘书继续说道,好像在自言自语,"甚至还敢走进被他凶残亵渎了的屋子。但是天网恢恢,疏而不漏。迟早有一天真相会水落石出,那时你就会知道我那不可思议的预感是有它的意义的。那把呼唤着'特鲁曼,特鲁曼'的激动的声音不是毫无意义的,那是正义之神的呼唤,唤醒我们,找出真凶。"

我看着他,惊讶不已。他知道司法部门已经开始调查这位克拉弗林了吗?从他的表情来看,我觉得他并不知情,但是我觉得有必要试探他一番。

"你说得这么肯定,未免令人觉得有些奇怪,"我说道,"不过你注定是要失望了。据我所知,克拉弗林先生是个品行端正的人。"

他把帽子从桌子上拿起来:"我不打算告发他,我甚至都不打算再说起他的名字。我并不傻,雷蒙德先生。昨晚我很愚蠢,说了不该说的话,所以现在我才这么直截了当地告诉你,我也只是想把事情解释清楚。我相信你会保守秘密,同时也希望你能够理解我在这种情况下的言行举止。"说完他便向我伸出手。

"当然了。"我一边回答,一边握住他的手。但我突然心血来潮,想试探一下他说的话是否真实。于是,我问他有没有办法证明他是在案发之前做了这个梦,而非案发之后。

"我没办法证明,先生。我只知道自己做梦的时间是在莱文沃斯先生遇害的前一个晚上，但是我无法证明。"

"第二天早上你也没有和任何人提起过？"

"哦，没有，先生。我觉得这么做并不合适。"

"但这个梦肯定对你影响极大，让你无法工作——"

"没有什么能够影响我的工作。"他不服气地回答道。

"我相信你，"我说道，想起了他在过去几天里一直都在辛勤劳作，"不过，那晚过得如此不安稳，你多少都有表现出一点情绪吧。你记不记得第二天早上有人说你气色看起来不大一样？"

"莱文沃斯先生或许会问起，但是其他人不大可能会注意到。"他的语气中流露出伤感。我轻声地说道：

"我今晚不会去莱文沃斯小姐家里，哈韦尔先生，我也不知道什么时候才会再度拜访。因为个人原因，我暂时不能和莱文沃斯小姐见面。尽管没有我的协助，我希望你也能继续完成我们已经开展的工作。除非你把工作带到这里——"

"我可以把工作带到这里。"

"那么，明晚我会在这里等你。"

"好吧，先生。"他正准备离开，这时，他好像突然想到了什么似的。"先生，"他说道，"虽然我们都不想再谈论这个话题，但是我对这个人还是充满了好奇，你能告诉我你对他的了解吗？你认为他是一个品行端正的人，你认识他吗，雷蒙德先生？"

"我知道他的名字，也知道他住在哪里。"

"他住在哪里？"

"他住在伦敦。他是英国人。"

"啊！"他喃喃道，语调很奇怪。

"怎么了？"

他咬了咬嘴唇，低头看着地上，随后又抬起头来看看我眼睛，着重地向我强调："我只是感叹了一下，先生，因为我很吃惊。"

"很吃惊?"

"是的。你说他是个英国人。莱文沃斯先生平生最痛恨的就是英国人。这是他的一个明显的怪癖。如果能够避免的话,他从不允许别人介绍一个英国人与他相识。"

这回轮到我陷入沉思。

"你知道,"秘书继续说道,"莱文沃斯先生的偏见总是很极端。他对英国人的憎恨已经到了一种狂热的地步。如果他知道我刚才说到的那封信是一个英国人写给他的,我觉得他不会去看那封信一眼。他曾经说过,他宁愿看到自己的侄女死在自己面前,也不愿意她嫁给一个英国人。"

我赶紧把脸转向另外一边,不让他看到我脸上的反应。

"你是不是觉得我在夸大其词?"他说道,"这方面你可以问问威利先生。"

"没有,"我回答道,"我没有理由这么认为。"

"他这么痛恨英国人肯定有他的理由,我们不得而知,"秘书继续说道,"他年轻的时候在利物浦待过一段时间,所以他肯定有很多机会去研究英国人的行为举止和性格特点。"秘书再次动了动身子,好像要离开的样子。

但是这回我留住了他:"哈韦尔先生,我必须先请求你的原谅。你和莱文沃斯先生都相处这么久了,你们之间也比较熟悉。你觉得,假如他的一位侄女想嫁给一个英国绅士,他有没有可能因为偏见而坚决反对这桩婚事?"

"我相信他会这么做。"

我往后退移了移。我已经得到我想了解的信息,所以也没有必要再继续和他聊下去了。

第二十二章 拼 图

> 来吧，让我们品一品你的人格吧。
> ——《哈姆雷特》

根据早上和克拉弗林先生的交谈，我多少了解了他的经历以及他和埃莉诺·莱文沃斯的关系。我问自己还需要哪些事实来证明这一推论，以下便是答案：

一、克拉弗林先生当时不仅人在美国，而且还在纽约州的温泉疗养处待了好一段时间。

二、埃莉诺·莱文沃斯小姐当时也待在同一个温泉疗养处。

三、有人看到他们在那里多少有过交流。

四、他们两人都曾离开纽约，一度去了离纽约二十英里左右的罗恩，这段时间足够他们举行婚礼。

五、那位已故卫理公会牧师当时就在这个温泉疗养处方圆二十英里的范围内。

然后我又问自己如何验证这些事情是否存在。我对克拉弗林先生了解得太少，从他身上着手也没有太大帮助。所以我先把他放在一边，从埃莉诺的个人历史上寻找线索。我发现当时她是待在纽约州 R 镇的上流社会人士经常光顾的温泉疗养处。那么，如果克拉弗林先生的信息是真实的，而我的推断也没有错的话，那他肯定也去过那里。如此一来，当务之急便是证实此事。于是我决定第二天去一趟 R 镇。

但在进行这件要事之前，我觉得我有必要先打听一番并收集一些事实。只是，现在时间所剩不多，我必须尽可能地加快速度。我首先去了葛莱斯先生家。

我在之前提到过的那间摆设简单的客厅里见到葛莱斯先生，他正躺在一张硬沙发上。他的风湿病发作，情况较为严重。他的手缠着绷带，一条红色披巾层层裹住双脚。那披巾已经脏得发黑，看起来好像经过战火的洗礼一样。他微微地向我点了点头，欢迎我的同时也向我致歉。他简单地向我解释了他的恼人病况。然后，他直奔我们最关心的话题，略带讽刺地问道，那天下午到霍夫曼旅馆之后，发现我要找的人已经不在了，我当时是不是感到很惊讶。

"我感到很诧异的是你居然会让他在这种时候离开，"我回答道，"你这么热切地希望我去和他结识，我还以为你觉得他在这个惨案中扮演了重要角色呢。"

"你怎么觉得我现在不是这样想呢？哦，是因为我这么轻易地让他离开？这也说明不了什么啊。我从不会在车开始走下坡路之前先刹车。不过，现在在我们先不要讨论这个话题。克拉弗林先生离开之前没有把话说清楚吗？"

"要回答你这个问题太困难了。因为很多事情还没弄清楚，所以我现在无法直接回答你，你有权利要求我如实相告，只要是我能说的，我都不会有所保留。今天早上克拉弗林先生的确在我面前澄清了一些事情。但是他说得非常抽象，所以我必须先进行一些调查，这样我才能有足够把握把所有事情一五一十地告诉你。他给我提供了一条可能的线索——"

"等一下，"葛莱斯先生说道，"他知道我们是有意接近他的吗？他是故意这么做来混淆视听，还是在自己没意识到的情况下真心实意地给了你线索？"

"我认为他是真心实意的。"

葛莱斯先生沉默了一会。"可惜你没办法解释得更清楚，"他最后说道，"我几乎有些担心让你自己独自去进行这所谓的调查了。你不熟悉门路，会浪费时间，更不用说调查方向会有错误，只怕最后会在无益的细节上耗光精力了。"

"你在让我插手此事之前就应该想到这一点了。"

"所以你还是坚持要单独行事？"

"葛莱斯先生，问题就摆在我们的面前：我所了解的克拉弗林先生是一个声誉良好的绅士。我甚至不知道你为什么安排我去调查他。我只知道，经过一番调查之后，我发现了一些值得再深入调查的线索。"

"好吧，好吧。你最清楚情况了。但是时间不多，我们必须取得实质性的进展，而且要尽快。外面的人已经越来越不耐烦了。"

"我也明白，所以我今天才来这里，请你在此阶段给我一些帮助。你手上握有一些关于此人的资料，我很想知道是什么，否则你也不会对他展开调查。说实在的，你会不会把你知道的告诉我？简而言之，你对克拉弗林有多少了解都全部告诉我，但是请不要要求我投桃报李。"

"对于一个专业警探来说，这样的要求未免有些过分了。"

"我明白。在其他情况下，提出这样的请求我可能要犹豫很久。但是现在情况仍扑朔迷离，如果你不先做出让步，我真的不知道该怎么继续下去。不管怎样……"

"等一下！克拉弗林先生是其中一位女士的爱人吗？"

虽然我不想泄露那位绅士的秘密，但是他的问题问得太突然，我不禁脸红起来。

"八九不离十了，"他继续说道，"他既非亲戚也非熟人，那么他和这家人的关系就只能剩下这种可能性了。"

"我不明白你为什么会得出这样的结论，"我说道，心里非常迫切地想知道他究竟还知道些什么，"克拉弗林先生不是本地人，甚至还没在美国待多长时间。他不可能有时间去和其他人建立你所说的人际关系。"

"这不是克拉弗林先生第一次来纽约。据我所知，他一年前就已经来过这了。"

"这你都知道？"

"是的。"

"你还知道些什么？会不会我要调查的事情你都已经知道了，而我还像盲头乌蝇般到处乱撞？我恳请你答应我的请求，葛莱斯先生，请立刻告诉我我想了解的事情。你不会后悔的。在这件事上我没有任何自私的想法。如果我成功了，荣耀将属于你；如果我失败了，羞辱将由我来承受。"

"这听起来很公平，"他低声说道，"那报酬怎么算？"

"我的报酬便是让无辜的女子洗脱嫌疑，重获清誉。"

他似乎对我的保证感到相当满意，他的语气和表情都变了。一时间，他看起来像是对我很信任的样子。"好吧，好吧，"他说道，"你想知道些什么？"

"首先我想知道你为何会怀疑他。以他作为绅士的教养和地位，你有什么理由怀疑他会和此案有联系？"

"这个问题你不应该问我。"他回答道。

"何出此言？"

"因为你原本可以比我更早有机会知道答案。"

"你的意思是?"

"难道你不记得你陪玛莉·莱文沃斯小姐去第三十七大街的友人那里时,她曾经当着你的面寄了一封信吗?"

"讯问当天下午?"

"是的。"

"当然记得了,但是……"

"但是你从来没想过要在她把信投进邮筒之前看一眼收信人是谁,信要寄去哪里?"

"我没有机会也没有权利这么做。"

"难道她不是当着你的面写下这封信的吗?"

"是的。"

"但是你从来都不觉得此事值得注意?"

"不管我觉得值不值得注意,如果莱文沃斯小姐坚决要把信寄出去的话,我想我也没办法阻止她啊。"

"那是因为你是一个绅士。好吧,做绅士也是有劣势的。"他若有所思地咕哝了一声。

"但是你,你怎么会知道有这样一封信呢?啊,我明白了,"我想起了我们当时乘坐的那辆马车是他给安排的,"站在邮筒附近的那个人是受雇于你的,他也是你所谓的内部人员吧?"

葛莱斯先生神秘地冲他那裹得严严实实的脚趾头眨了眨眼。"这不是重点,"他说道,"重要的是我知道有这么一封信,而它可能会让我感兴趣,我也得知此信被投进了某个街角的邮筒里。我的想法恰巧和我的线人不谋而合,于是我打电报给管辖该邮筒的邮局,让他们留意一封可疑信件的地址,毕竟这封信在送到邮政总局之前要先经过他们的手。然后我亲自到邮局跟进此事,也很快得知他们刚收到一封很奇怪的信,上面的地址是用铅笔写的，还用邮票封住。他们给我看了地址——"

"地址是？"

"亨利·里奇·克拉弗林，霍夫曼旅馆，纽约。"

我深深地吸了口气："所以你便开始调查这个人了？"

"是的。"

"很奇怪。不过请继续讲，接下来你怎么做？"

"接着我就跟着这条线索去了霍夫曼旅馆，在那里打听了一番。我打听到克拉弗林先生是那家旅馆的常客。约三个月前他从利物浦坐船来到纽约，抵达之后就直接入住该旅馆。他登记的名字是亨利·里奇·克拉弗林先生，来自伦敦。他订了一间豪华套房，此后他一直住在那里。虽然大家对他了解不深，但可以肯定的是他经常和有头有脸的人来往，他们当中既有英国人也有美国人，全都对他很尊重。最后还有一点，虽然他并不挥霍钱财，但从很多方面都能看出来他相当富裕。打听到这些之后，我便走进收发室里等他进来。我希望有机会能够看到当他从旅馆职员手上接过那封玛莉·莱文沃斯写给他的奇怪信件时，他会有怎样的反应。"

"那你看到了吗？"

"没有。就在那个节骨眼上，一个呆头呆脑的小伙子刚好走到我们中间，完全挡住了我的视线。但是那天晚上我从旅馆职员和佣人那里听说了，他收到信后相当激动，这点足以让我确信这条线索值得深入调查，于是我便相应地增派人手。在接下来的两天里，克拉弗林先生受到了最严密的监视。即便如此，我们还是无功而返。我们看不出来他对谋杀案究竟感不感兴趣，哪怕是那么一丁点儿的兴趣。虽然他照常走在大街上，照常看报纸，并且常在第五大道的房子附近走动，但他不但没有靠近过房子，也没有半点想和莱文沃斯家的人攀谈的意思。与此同时，你也开始进行调查,你的决心让我重新充满动力。考虑到克拉弗林先生的言行举止以及我目前听到的关于他的小道消息,我非常确信,如果不是绅士身份也不是他的朋友,我们休想得知他与莱文沃斯家人的关系。于是我便把他交给你去调查,但是——"

"却发现我是个难掌控的伙伴。"

葛莱斯先生笑了笑,仿佛吃了个酸梅子一般,但是他并没有搭话。我也没有作声。

"你有没有想过去调查一下,"最后,我问道,"有没有人知道谋杀案当晚克拉弗林先生在哪儿?"

"调查了,但并没有什么好消息。能够确定的是,当天晚上他曾外出;第二天早上佣人进去房间给他生火的时候,他正在睡觉。除此之外,好像没有人知道他还去了哪里。"

"这么说来,现在知道的只是他对谋杀案格外关注,另外,死者的一个侄女还给他写了封信。除此之外没有什么能够证明此人有嫌疑?"

"没错,就是这样。"

"另外一个问题:你有没有听说那天晚上他是什么时候拿到报纸,怎么拿到报纸的?"

"没有。我只知道当晚不止一个人见到他拿着《邮报》匆匆忙忙地离开餐厅,然后直接回到他的房间,晚餐连碰都没碰。"

"哼,那看起来并不——"

"如果克拉弗林先生真的有罪的话,他肯定会在打开报纸之前就已经点好晚餐,或者,如果他点了晚餐,他肯定会继续用餐。"

"所以,你打听了这么多,还是认为克拉弗林先生没有嫌疑?"

葛莱斯先生不安地在椅子上动了动身子。他盯着我上衣口袋里鼓出来的报纸，大声说道："我愿意让你来说服我，让我相信他有嫌疑。"

他的话提醒了我当前的首要任务。我假装没有注意到他的表情，继续发问。

"你是怎么知道去年夏天克拉弗林先生在纽约的？你也是在霍夫曼旅馆打听到这个线索吗？"

"不是，我是通过其他方法查到的。总之，我有线人在伦敦向我通风报信。"

"伦敦？"

"没错。我在伦敦有个同行，有时候我会拜托他帮我查点东西。"

"但你用的是什么方法？案发之后你就没有时间给伦敦那边写信，更不用说要等到回复了。"

"我不一定要写信，我只需要发电报给他，告诉他一个名字，他就明白我的意思了。我希望尽快获取关于此人的所有消息。"

"所以你给他发了克拉弗林先生的名字？"

"是的，用密码发的。"

"你收到回复了？"

"就在今天早上。"

我看向他的书桌。

"不在那边，"他说道，"麻烦你在我胸口前的口袋里找找，有一封信——"

他的话还没说完，我就迫不及待地把信拿出来了。"请原谅我这么着急，"我说道，"你也知道，在侦查案件这方面我还是新手。"

他看着前面墙上的一幅老旧的、色彩模糊的图画，脸上露出了宽容的微笑。"性急本身没有错，表现出来则万万不可。你先看看信上的内容。我们来听听我的朋友布朗都说了些什么,他对那位住在伦敦波特兰街的亨利·里奇·克拉弗林先生有何发现。"

我把信件拿到灯光底下,开始朗读上面的内容:

亨利·里奇·克拉弗林,绅士,现年三十四岁,出生于英格兰的哈福德郡。父亲为查尔斯·克拉弗林,曾短暂服役于陆军部队。母亲名海伦·里奇,来自苏格兰邓福里斯郡,健在,现与亨利·里奇·克拉弗林同住在伦敦波特兰街。亨利·里奇·克拉弗林,未婚,身高六英尺,体格魁梧,体重约为两百磅。肤色较深,五官端正,深棕色眼睛,鼻梁挺拔,公认的长相英俊。他步姿英挺,步伐快捷。是上流社会公认的好人,很有人缘,尤其受女士们欢迎。为人慷慨大方,但并不挥霍奢侈。据说年收入约为五千英镑,其外表看起来也符合这一收入水平。财产包括在哈福德郡的一小块地皮和一些银行存款,具体数额不详。

写到这里,一名线人给我发来以下内容,关于他过去的经历。

1846年,他离开伯父家到伊顿公学读书。毕业后进入牛津大学就读,并于1856年毕业。学习成绩优秀。伯父死于1855年,父亲继承了财产。1857年父亲因坠马或类似事故去世。父亲死后不久,亨利·里奇·克拉弗林便带着母亲来到伦敦定居至今,地址如上。

1860年,他四处游历。与友人在慕尼黑待过一段时间,也曾经和纽约的范德沃兹一同游玩;最远曾去到远东的开罗。1875年只身前往美国,但由于母亲生病,三个月后返回英国。他在美国的行踪不得而知。

据其用人所说,他从小便备受疼爱。最近变得有些不苟言笑。最近一次在家他总是非常留意寄来的信件,尤其是海外邮件。但一般送到家里的都是报纸。曾写信寄往慕尼黑。有人曾在废纸篓里发现一封撕毁的信,收件人名为艾米·贝尔登,没有地址。与美国的通信中大部分收信地址为波士顿,也有两位收信人在纽约,姓名不详,推测应为银行人员。回国时随身有大量行李,并且装潢了房子的一部分,似乎为一女士而备。后来很快停工。两个月后去了美国,一直待在美国南部。曾发两次电报到波特兰街。朋友中有人收到过其来信,但次数很少。最近收到的信均由纽约寄出。最近一封通过邮轮寄来,发信地址为纽约F。

这里的事务交由某某代理。乡下田地及房产由某某管理。

布朗

信从我的手中掉落。

纽约的F是距离R镇不远的一个小镇。

"你的朋友真有本事,"我说道,"我最想知道的事他都告诉我了。"我拿出我的记事本,大致记下刚才在阅读过程中最让我印象深刻的内容。"有了他收集到的消息,一周之内我应该能解开亨利·克拉弗林身上的谜团。等着看吧。"

"那我要过多久,"葛莱斯先生问道,"才能插手?"

"一旦我确认我想的没错就可以了。"

"你需要再知道些什么才能确认?"

"不用很多。只要某一点弄清楚了,并且——"

"等一下,说不定我能帮上你的忙呢?"他看着角落里的书桌，问我能否帮他打开最上面的抽屉，拿出里面被火烧剩的碎纸片。

我连忙按照他的指示，把里面三四条不规则的碎纸片拿过来，放在他旁边的桌子上。

"这是讯问的第一天福布斯在煤球底下的另一发现，"葛莱斯先生突然解释道，"你以为他就只找到了一把钥匙？不尽然。后来他又把煤球翻了一遍，结果发现了这些有意思的碎纸片。"

我立刻弯下身子，急切地打量这些被人撕烂并且已经掉色的小碎片。总共有四小片，第一眼看上去它们只是一张普通白纸的残余部分，被人纵向撕成长条状，再卷起来扔进火堆里。但是仔细一看，纸片的一面有些字迹。更重要的一点是，上面还有几滴血。这一发现令我不禁感到毛骨悚然，十分惊骇。我赶紧把碎纸片放下，转向葛莱斯先生，向他问道：

"你是怎么看这些碎纸片的？"

"这个问题我正想问你。"

我抑制住自己的情绪，再次把它们拿起来。"它们看起来像是某封信的一部分。"我说道。

"看起来确实像。"葛莱斯先生表示赞同，语气冷酷。

"血是溅在写有字的一面，所以案发时这封信肯定是正面朝上放在莱文沃斯先生的书桌上的。"

"一点儿也没错。"

"每张碎纸条都一样宽，不动它们的时候就会自然卷曲，所以信件肯定是先被撕成同样宽的长条，然后再分别卷起来，扔到壁炉里，最后只剩下这几条没被烧毁。"

"分析得很好，"葛莱斯先生说道，"继续。"

"字迹至今还依稀可见，可以看出是出自于一位有教养的绅士之手，但并不是莱文沃斯先生写的。我最近才仔细研究过他的字,所以一眼就能辨认出是不是他写的。但可能是……且慢!"我突然惊呼道,"你有没有胶水?我想如果我能把这些长条粘到一张纸上让它们保持平整,这样就更加方便我辨认上面的内容了。"

"书桌上有胶水。"葛莱斯先生指了指。

我把胶水拿了过来,然后再一次仔细观察这些碎纸片,考虑该如何排列它们的位置。上面的字迹比我预想的还要清晰。较长的那条碎片是保存得最好的,最上面写着"霍——先生",一眼就能看出它原来是位于信件靠左的边缘。下一张纸片的一边有机器切割的痕迹,上面的字迹明显地显示出它原来位于同一张纸的右缘。我把这两张小纸片挑出来,根据一般信纸的大小确定好它们的相对位置,把它们粘到一张纸上。情况马上变得明朗了:首先,中间空白的部分需要两张同样宽度的纸条才能填满。其次,信写到此页底端还没写完,所以余下部分在另外一张纸上。

我拿起第三条,观察它的边缘。纸条顶端有机器切割的痕迹,根据上面的字迹推断,它原本是第二张纸的边缘部分,所以我把它单独粘到另外一张纸上。随后我仔细研究第四条,发现它同样也是在顶端有机器切割的痕迹,但旁边却没有,所以我试着把它粘到第三条的旁边,却发现上面的字迹不吻合。于是我以第三条为准,将它的位置一点点地往外移,直到感觉它们中间的空白处能够勉强连字成句,这才把第四条固定下来。贴好以后,信的大概内容也显示出来了。

"啊!"葛莱斯先生惊呼道,"挺像样的嘛。"我把信举到他面前,他说道:"不要给我看,你自己去研究研究,然后再告诉我你从中看出了什么。"

"好吧,"我说道,"可以肯定的是:这封信是写给莱文沃斯先生的,并且从某个旅馆寄出,时间是……让我瞧瞧。这里写的是'三月'吧?"我指着在'旅馆'下一行的'三月'二字,字迹不是很清晰。

"应该是吧。别问我。"

"肯定是'三月'。年份是1875年。'月'前面的字明显不是'一'或'二'。因此完整的日期应该是一八七五年三月一日。寄信的人是……"

葛莱斯先生的视线转向天花板,满心期待。

"亨利·克拉弗林。"我毫不犹豫地说道。

葛莱斯先生的目光投向他那包扎着的手指头,"哼!你怎么知道?"

"稍等,你马上就会知道。"我从口袋里拿出一张名片,这是不久前克拉弗林先生介绍自己时递给我的。我把它放在第二页纸的最后一行字下面。我一看就看出来了,名片上写着亨利·里奇·克拉弗林。信上的"亨"字和"奇"字与名片上的字迹一模一样。

"是克拉弗林没错,"他说道,"毫无疑问。"但是我看他的样子并不是很吃惊。

"现在,"我继续说道,"我们来看一下信的大致内容吧。"我从头开始读起,缺字的地方就顿一顿:

霍——先生——尊敬的——一位侄女——似——爱和信任——她的脸庞、身——谈吐——丽,那么迷——玫瑰都——玫瑰也是如此——爱——迷——温柔如她——心践踏信任——他的尊严——遵守——如果——相信——她那——残酷——的脸——恭的仆人——亨——奇

"看起来像是他在指责莱文沃斯先生的一位侄女。"我说道,

但我也被自己的话吓了一跳。

"怎么了?"葛莱斯先生高声说道,"究竟是怎么一回事?"

"哎,"我说道,"事实上我早就已经听说过有这样一封信了。信的内容的确是在抱怨莱文沃斯先生的一位侄女,信中署名是克拉弗林先生。"我把哈韦尔先生告诉我的内容转述给他听。

"啊!哈韦尔先生终于松口了是吗?我还以为他绝对不会说人闲话呢。"

"过去两个星期里我和哈韦尔先生几乎每天都得见面,"我回答道,"如果他什么也没向我透露,那才真的是奇怪了。"

"所以他说了他曾经看过克拉弗林先生写给莱文沃斯先生的信?"

"是的。但是有些内容他现在已经想不起来了。"

"这里的一点内容也许能帮他回忆起其他部分。"

"我想最好还是不要让他知道这个物证的存在。我认为,如果能够避免的话,还是不要让其他人知道我们之间的机密为好。"

"我看你也是会这么认为。"葛莱斯先生冷冷地回答道。

我假装没注意到他的语气,再一次拿起这封信,逐一研究上面不完整的字,我觉得还是可以试着把它们还原的,例如:霍——你——似——丽——迷——因——践踏——够——仆——

还原之后,我便建议根据字面意思把其他字词填进去:"莱文沃斯"加在"霍雷肖"之后,"先生"在"尊敬的"之后,"您有"放在"侄女"之前,"刺"在"玫瑰"后,"他人"在"践踏"后,"她"在"对于"后,"欠"在"亏"后,"您"在"如果"后,"我"在"相信"后,"美丽"在"残酷"后。

我适当增加了一些字词,全部整理完毕后整封信的内容如下:

某某旅馆
1876年3月1日
霍雷肖·莱文沃斯先生

尊敬的莱文沃斯先生：

（您）有一位值得每个男人去珍爱和信任的侄女。她是那么美丽，那么迷人，她的脸庞、身姿、举止和谈吐都是如此温柔。但是每一朵玫瑰都是带刺的，（这朵）玫瑰也不例外。虽然她如此可爱，如此迷人，如此温柔，但是她不仅狠得下心践踏信任她的人的心，还让他意志消沉；她损害了他的尊严，也没有遵守诺言。

如果你不相信我的话，你可以当着她那美丽而残酷的脸问她，谁是她的谦卑奴仆。

亨利·里奇·克拉弗林

"我觉得差不多可以了，"葛莱斯先生说道，"大意已经非常清楚，我们现在需要的正是这些。"

"整封信的语气都是在表达对信中提及的那位女士的不满，"我说道，"他肯定心有怨恨，或者觉得自己受了极大的委屈，所以才会这么直白地指责一个在他眼中依然温柔、迷人、美丽的女士。"

"一个人的怨恨情绪往往是离奇命案的作案动机。"

"我想我知道这是怎么一回事，"我说道，"不过——"我看到他抬起头来看着我，"我目前不能向你透露。我的推测还是像之前一样，而且在某种程度上还得到了证实。我现在能说的就这些。"

"那么这封信并没有提供你想要的线索？"

"没有，它的确是很重要的证据，但却不是我目前想要寻找的那一环。"

"但是它肯定也是一条重要线索，否则埃莉诺·莱文沃斯也不会如此煞费苦心，先是从她的伯父的书桌上把它拿走，然后——"

"等等！你凭什么觉得这封信是她拿走的，或者一定是她在事发的凌晨从莱文沃斯的书桌上拿走的？"

"因为信是和钥匙是一起找到的，我们也知道她把钥匙扔进了壁炉里，并且信上有血迹。"

我摇了摇头。

"你为何摇头？"葛莱斯先生问道。

"因为你的理由还不足以证明是她从莱文沃斯先生的书桌上拿走那封信的。"

"为什么？"

"好吧。首先，福布斯没有提到她蹲在壁炉前时手上握有任何信件；我们只能推断这些碎纸条早就被人扔在煤桶里面；那你一定会觉得奇怪，她为何要把费尽心机得到的信件放在那里；再者，这些碎纸条被拧得卷曲起来了，好像是用来做卷发纸或者类似的东西。这一点很难用你的假设解释得通。"

探长的眼睛偷偷地往我领带的方向瞄了瞄，这大概是他的视线离我的脸部最近的一次了。"你很聪明，"他说道，"非常聪明。我很敬佩你，雷蒙德先生。"

我有些惊讶，但是这个意料之外的赞美并没有让我由衷地感到高兴；我狐疑地看了他一会，然后问道：

"你怎么看待这件事？"

"哦，你知道我没什么看法。当我决定把这件事交给你处理时，我就不再发表意见了。"

"但是——"

"现在可以确定的是：这些残余的碎纸片是莱文沃斯先生遇害时桌上那封信的一部分；当莱文沃思先生的尸体被抬走后，埃莉诺·莱文沃斯小姐从桌子上拿走了一封信；当她发现有人盯上了她，并注意到这封信和那把钥匙的时候，她便开始掩饰，让正在监视她的人放松警惕，然后她趁机把钥匙扔进火堆里，但她却只成功了一半。而后来就在这个火堆里，我们及时发现了同样的碎纸片。我希望你依据自己的判断下结论。"

"既然这样的话，好吧，"我一边说一边站起身来，"我们暂时先不下结论。只有证实我的猜测到底是对是错，我才有完全的把握，如此一来，我的判断对这个环节及此案的其他环节来说才有价值。"

我等葛莱斯先生把他的下属 P 的住址写给我，以防在调查过程中需要他的协助。随后我向葛莱斯先生告辞，立刻启程前往威利先生的住所。

第二十三章　一位迷人女子的故事

哦，哦，哦，哦，我闻到了英国人血液的味道。
——古老歌谣

我把你看得如此崇高、神圣。
——《一报还一报》

"这么说来，你从没听说过任何关于莱文沃斯先生的婚姻的事情？"

问话的人正是我的合伙人。关于莱文沃斯先生那众所周知的对英国人的厌恶情结，我恳请他为我解释。

"没听说过。"

"如果你听说过，你也没必要来问我了。你没听说过这件事也不奇怪。我想，这个世界上知道这件事的人不会超过六七个。即便他们知道霍雷肖·莱文沃思在哪里遇见了那个以后成为他妻子的妙龄女子，他们也不知道这对情人走向婚姻的具体细节。"

"所以我感到非常幸运，我竟然能得到你这个知情人士的信任。威利先生，他们是怎么走向婚姻的呢？"

"即使你知道也没多大帮助。霍雷肖·莱文沃斯在年轻的时候是一个很有野心的人，一度想要娶普罗维登斯的一个富有的女士为妻。后来，他偶然间去了英国，遇见了一个年轻女子。她的优雅与魅力让他一见倾心,他甚至产生了放弃娶那位富有的女士的想法。不过他是过了一段时间之后才决定要娶这个令他痴迷的女人,因为她不但家庭贫困,而且还带着一个孩子。对于这个孩子的出身邻居们一无所知,她也没解释什么。但这类事情的发展过程都一样,这次也不例外,爱情与仰慕最终战胜了理智。他下定决心后便向她求婚。而这个女人随即作出的解释也证明了她的确值得他动心。她主动说出自己的身世,虽然作为绅士的他一直都无法开口询问。她的故事令人心酸。她其实出生在美国,父亲是芝加哥一位有名的商人。在她父亲还在世的时候,她的生活很奢华。正当她步入成年时,她的父亲却去世了。在父亲的葬礼上,她遇到了一个注定要毁了她一生的男人。至于这个男人怎么来到了她父亲的葬礼上她也不清楚,他并不是她父亲生前的朋友。对她来说,他出现了,并且两人相遇,这样就足够了。三个星期之后——这其实没什么,不用惊讶,她也就是个孩子——他们结婚了。二十四小时之后她就明白了婚姻这个词对她来说意味着什么:它意味着无尽的打击。埃弗里特,我可不是凭空杜撰出来的。他们才刚完婚一天,丈夫就在外面喝得烂醉如泥,醉醺醺地回到家,看到她挡着路就一拳把她打倒在地上。但这还仅仅只是开始而已。在发现她父亲的遗产远比预期的少而且已经全部用来抵债之后,他强行把她带去英国。到了英国,他就不再是喝醉了才虐待她了。她日日夜夜都无法逃离他残暴的魔掌。还没到十六岁,她就已经尝遍了人世间的各种苦难。施暴的人不是一个普通的粗俗恶棍,而是一位优雅英俊、热爱奢华的绅士。他对衣着品位要求很高,宁可把她的衣服扔进火里也不愿意看到她穿着不合身的衣服和他走在一起。她一直忍受着这一切,直到他们的孩子出生后她才离家出走。当时,孩子才刚出生两天,她就从床上爬起来,抱着孩子从家里逃了出来。她靠着逃跑时藏在口袋里的几件首饰维持着生计，后来才开了一间小店铺。至于她的丈夫，她自从逃走之后就再也没见过他，也没听到他的任何消息。直到她遇见霍雷肖·莱文沃斯的两周前她才从报纸上得知丈夫已经死了。因此她也彻底地自由了。虽然她和霍雷肖·莱文沃斯是真心相爱，她也不愿意嫁给他。她觉得那长达一年之久的虐待已经永远玷污了自己。他也无法说服她，让她不要这么自责。直到她的孩子夭折了，也就是他求婚后一个月左右的时候，她才同意将自己的下半辈子交付给他。他带她来到了纽约，让她享尽奢华，给她无微不至的照料。但是她的心已经伤得太深，在孩子夭折两年之后，她也离世了。对霍雷肖·莱文沃斯来说，这是致命的打击，他也完全变了个人。尽管不久之后他就收养了玛莉和埃莉诺，但他却再也无法像以前那样开朗快活了。他开始迷恋金钱，并且立志在死后留下一大笔财富，他的人生观也因此改变。但有一点可以证明他永远也没办法忘记年轻时候的妻子，那就是，他无法忍受听到'英国人'这个词。"

威利先生停了下来，我起身打算离开。"你还记得莱文沃斯太太长什么样吗？"我问道，"可以具体描述下吗？"

我的提问似乎让他感到有点吃惊，但他随即回答道："她皮肤非常苍白，也不算漂亮，但她的轮廓和表情却散发着迷人的魅力。她有着棕色的头发，灰色的眼睛——"

"双眼分得很开？"

他点了点头，显得更吃惊了："你怎么知道的？你看过她的画像吗？"

我没有回答这个问题。

我下楼的时候，想起口袋里有一封要给威利先生的儿子弗雷德的信。想到要确保在当晚就把信交到他手上，最好的方式就是把信留在图书室的桌子上，于是我走到了图书室的门边。图书室就在客厅的后面。我敲了敲门,没听到任何动静,于是把门打开往里望去。

房间里没点灯,壁炉里燃烧着一团温暖的火。借着火光我瞥见炉前蹲着一个女人,乍看之下我以为她是威利太太。我慢慢走近她,喊了她一声威利太太,很快我便意识到我认错人了;因为我眼前的这个人不但不想理我,而且听到我的声音后站了起来。我看到她那散发着高贵气质的美好身型,她绝不可能是我的合伙人纤瘦的妻子。

"对不起,"我说道,"我认错人了。"我本该就此离开,但是我眼前这个女人的姿态却让我移不开脚步。我很肯定她就是玛莉·莱文沃斯,于是我问道:

"你是莱文沃斯小姐吗?"

这个高贵的身躯似乎突然变得消沉,稍微抬起的头也低了下去,一时间我都怀疑是不是我猜错了。随后,她慢慢地挺直了身子,也抬起头,一个柔软、低沉的声音传到了我的耳边:"是的。"我于是快步走向前去,我看到——那不是玛莉,她没有闪烁的热切的眼神,也没有鲜红的颤抖着的嘴唇——她是埃莉诺。正是她那美丽的面孔从一开始就打动了我的心,我要追查到底的人,也正是她的丈夫!

这太出乎我的意料了。我一时无法控制也无法掩饰我的情绪。我跌跌撞撞地往后退,低声说道我错把她认成了她的堂姐。我意识到,以我现在这样的心境我不敢见到她,我正打算转身就走,她那饱满、温暖的声音再度响起,我听到她说:

"你不会什么都不说就打算走了吧,雷蒙德先生?既然我们有幸在此碰面。"随后,我慢慢走向前的时候她又接着说道:"你看到我在这里是不是很惊讶?"

"我不知道——我没想到你会在这里——"我语无伦次地回

答道,"我听说你生病了,足不出户,也不想见朋友。"

"我近来确实是生病了,"她说道,"但是我现在好些了,晚上就过来威利太太这里过夜,因为我再也受不了房间里那四面墙一直盯着我看了。"

她说这些话的时候语气里没有一丝哀怨,反倒像是她觉得有必要解释下自己为什么出现在这里。

"我很高兴你能出来走走,"我说道,"你应该一直住在这里。那间阴沉孤寂的旅馆不是你待的地方,莱文沃斯小姐。我们觉得你现在是在放逐自己,我们都很担心。"

"我不希望任何人难过,"她回答道,"我现在待着的地方最合适了。我也不会觉得很孤单。那里有个孩子陪着我,她那双单纯的眼睛只看到我的清白。有她在我就不会感到绝望。别让我的朋友们担心;目前的情况我都可以承受。"她又压低了声音说道:"只有一件事让我感到很焦躁,那就是家里正发生的事情我都无法知道。我可以承受悲伤,但我实在无法忍受一颗心一直悬着。你可以告诉我玛莉和家里的事情吗?这些事情我又不能问威利太太;她是个心地善良的人,但她根本不了解我和玛莉,也不知道我和玛莉失和。她觉得我太固执了,还责怪我置堂姐于困难中而不顾。但是你明白我是不得已才这么做的,你知道的——"她的声音哆嗦着,最后没能把话说完整。

"我能告诉你的也不多,"我连忙回答道,"但只要是我知道的我都会告诉你。有什么是你特别想要知道的么?"

"有,玛莉最近怎么样?她身体好吗?还算镇定吗?"

"你堂姐身体很好,"我回答道,"但我不敢说她表现镇定,因为她一直非常担心你。"

"你经常见到她吗?"

"我目前正在协助哈韦尔先生准备你伯父的书的出版事宜,

所以常常会去你家。"

"伯父的书!"她的语调低沉,带着恐惧。

"是的,莱文沃斯小姐。大家一致认为最好是把这本书出版了,而且——"

"是玛莉让你负责这件事的?"

"是的。"

她似乎无法从方才的恐惧中脱离出来:"她怎么可以这样?她怎么可以这样啊!"

"她认为这么做是在实现你们伯父的遗愿。你也知道,他生前也急着想让这本书在七月出版。"

"别说了!"她突然打断我,"我听不下去了。"随后,她似乎担心不小心伤害到我的感情,她降低音调,说道:"但我知道这个任务交给谁都不会比交给你更好,我也很高兴。有你的协助,这本书将会得到尊重和推崇;但是交给陌生人——噢,我根本无法忍受让一个陌生人碰这本书。"

她很快又陷入了刚才的恐惧中,但又打起精神,喃喃地说道:"我还想要问你一些事。啊,对了,"她动了动身子,面对着我,"我想知道家里的一切是不是都和以前一样,佣人也还是原来的那几个吧?还有其他的事也都没有变吧?"

"现在屋里就多了个达雷尔太太;其他的,据我所知都没变。"

"玛莉没说她想要离开吗?"

"据我所知没有。"

"但有人去拜访她吗?除了达雷尔太太,还有没有别的人去陪伴她,帮她排遣寂寞?"

我知道接下来她会说什么,我竭力保持镇定。

"有的,"我回答道,"有几个人。"

"你介意告诉我有哪些人吗?"她说话的声音很低,但却字字清晰!

"当然不介意。有威利太太,吉尔伯特太太,马丁小姐,还有一位……一位——"

"继续说。"她小声说道。

"还有一位姓克拉弗林的绅士。"

"你说到这个名字的时候明显有些尴尬,"她说道,我不由得感到了一阵焦虑,"我可以问这是为什么吗?"

我很惊讶,抬眼看着她的脸。她脸色苍白,脸上透着一股自我压抑的平静,这种平静让我一直难以忘怀。我马上垂下了眼帘。

"为什么?因为他身上有种让我觉得非同寻常的东西。"

"怎么说?"她问道。

"他似乎有两个名字。今天他叫克拉弗林,不久前他又自称——"

"继续说。"

"罗宾斯。"

她的裙子在火炉前摩擦发出沙沙的声响,听起来有一种淡淡的忧伤;但是她说话的声音却像机器一样呆板,毫无感情。

"这个你没法确定叫什么的人,他已经见过玛莉几次了?"

"一次。"

"什么时候?"

"昨晚。"

"他待了很久吗?"

"大概二十分钟,我估计。"

"你觉得他还会再去见玛莉吗?"

"不会。"

"为什么?"

"他已经离开美国了。"

接下来是一阵沉默,我感觉到她的眼睛在我脸上搜寻着什么。我心里想,如果我早就知道她手里曾握过一把上膛了的手枪,我此时敢不敢抬眼看她。

"雷蒙德先生,"最后,她改变了语气说道,"我最后一次见你的时候,你告诉我你会努力在全世界面前为我洗清冤屈。那时候我不希望你这么做,现在我也不希望你这么做。你能不能向我保证,你已经放弃,或者将要放弃这么一件本来就没有希望的事情?这样我才能更快乐点。"

"这是不可能的,"我强调道,"我不能放弃。虽然我这样做会给你带来悲伤,但是你得知道,只要我还活着,我就永远也不会放弃让你恢复清白的希望。"

在迅速暗淡下去的火光中,我看见她伸出了手,向我做出绝望的请求,她的动作令人动容。但我没有丝毫动摇。

"如果我放弃了伸张正义的光荣权利,放弃了把一个高尚的女士从无端耻辱中解救出来的机会,那么我永远也无法面对这个世界,无法面对我的良心。"我见她没打算回答,便向她走近了一点说道:"我能不能为你做点什么,莱文沃斯小姐?你有没有什么话需要我传达的,或者,让我替你做些什么能让你高兴的事情?"

她思考了一会儿。"没有,"她说道,"我只恳请你做一件事,可你却拒绝了。"

"但是我是出于最无私的理由。"我劝道。

她缓缓地摇了摇头:"那是你自己这么以为。"

还没等我回应,她又说道:"但我还是有一个小小的请求。"

"什么事?"

"如果有任何新的消息,如果找到汉娜了,或者——或者需要我出面的时候,你都不要瞒着我。即使发生最糟糕的事情,你也要告诉我,务必要让我知道。"

"我会的。"

"好吧,那就晚安了。威利太太快回来了,你也不希望她看到你在这里吧。"

"是的。"我说道。

但我并没有离开,我看着火光在她黑色的裙子上闪烁。这时,我猛然想起克拉弗林以及明天的任务,我转身向门口走去。但是走到门槛边我又停了下来,回头看去。哦,那闪烁着的渐弱的火焰!哦,那簇拥着的影子!哦,影子中间那无精打采的身影,那紧握的双手和看不清的脸!我又再看了一眼,就像看着梦里的场景一样。随后,黑夜降临了,在煤气灯照亮的街道上,我独自一人带着悲伤往我孤独的家快步走去。

第二十四章　一份徒劳的总结

> 往往期望越高则越容易落空，
> 而在希望越小、绝望越深之际则越容易成功。
> ——《皆大欢喜》

我当时告诉葛莱斯先生，只要再查证一件事我便可以把整个案子毫无保留地交给他处理。我这句话的意思是要找到证据证明我的假设，也就是去年夏天亨利·克拉夫林是否跟埃莉诺·莱文沃斯同时出现在同一个温泉疗养处。

因此，次日早上我便前往 R 镇，并拿到了酒店协会的住客登记册。我依靠自己强大的自制力才耐心地逐个查看了上面的名字。还好，这样的煎熬没有持续太久，不一会我就发现了他的名字，就在莱文沃斯先生和他两位侄女的签名下方不到半页纸的地方。我的怀疑终于得到证实，无论心情如何，我都知道自己已经掌握了一条关键线索。有了它，眼前巨大的谜团迟早能被破解。

我赶去电报局，给葛莱斯先生介绍的那个人发了封电报，很快他便回复说三点之后才能见面。于是我启程前往莫内尔先生的住处。他是我们的一个客户，也住在 R 镇。他正好在家，我们聊了两个小时，我努力假作很轻松自在、对他的话题很感兴趣的样子，但其实我的内心却因为失望而颇为沉重，脑子里想的也全是手头的要务，心急如焚。

我抵达火车站的时候,火车刚好进站。

整趟车只有一个乘客在 R 镇下车。他是一个很精神的小伙子,但外表和葛莱斯先生所描述的 Q 差距实在太大,所以我立刻认定他不是我要等的那个人。我失望地准备转过身去,他却走了过来,递给我一张名片,上面只印着一个"?"。即便如此,我也无法相信葛莱斯手下最有头脑、最能干的探员就站在我面前。直到我看到他眼眸深处闪烁着的热切、愉悦的光芒,我才放下了所有的疑虑。我们互相鞠躬问好,然后我满意地说道:

"你很准时,不错。"

他很快地又点了点头,说道:"很高兴能让你满意,先生。对于一个力争上游的人来说,准时是最为基本的品质。不过,你有何吩咐,先生?下一趟火车十分钟后就要到了,时间所剩不多。"

"下一趟火车?那跟我们有何关系?"

"我估计你或许需要乘坐那趟车,先生。布朗先生他——"提到这个名字的时候他意味深长地眨了眨眼,"每次见到我都会收拾好旅行袋准备回家。当然,这是你的事务,我不会干预。"

"我希望能做出在目前情况下最明智的决定。"

"那就回家吧,越快越好。"接着他快速地点了点头,一副极其公事公办、果断坚决的样子。

"如果我就此离开,把事情交给你办的话,你要明白,一有什么消息你首先要告知的人是我;也就是说你现在是在为我工作,暂时不听其他人差遣。另外,没有我的许可,请务必保持沉默。"

"好的,先生。我为布朗公司效劳时,就不会同时忙活史密斯琼斯公司的事了。这一点请你放心。"

"很好,这些就是你要办的事。"

他极为认真仔细地看了我递给他的那张纸,然后走进候车室把纸扔进炉子里，低声说道："这是为了防止我发生意外，例如中风之类的。"

"但是——"

"哦，不用担心了，我不会忘记的。我记性好着呢，先生。跟我在一块儿就不需要用到纸笔。"

他短促地笑了笑，这倒是很符合他的长相和谈吐。他说道："一两天之后应该就会有消息了。"语罢他再次鞠了一躬，随后快步走开，这时火车刚好从西边飞快地开进站来。

我给 Q 的指示如下：

一、查出两位莱文沃斯小姐在去年哪天与什么人一同前去 R 镇。他们都去了哪些地方，最常与谁来往，以及他们离开 R 镇的日期，最好能够收集他们日常作息以及习惯方面的信息。

二、对亨利·克拉夫林先生进行同样的调查。他住在同一旅馆，可能是上述女士的朋友。

三、找出符合以下条件的人士的姓名：卫理公会牧师，去年十二月前后过世，1875 年 7 月曾住在距离 R 镇附近二十英里以内的小镇上。

四、找出上述牧师的雇员的姓名及目前下落。

调查上述事项需要些时间，而我生性较为急躁，所以在等待过程中一直心神不宁。从 R 镇回来之后的那两天简直是我此生最为漫长的等待。最后，我终于收到了一封信，内容如下：

先生：

一、你所提及的人士于 1875 年 7 月 3 日到达 R 镇。一行四人，包括两位女士，她们的伯父，以及一个名为汉娜的女仆。伯父在 R 镇待了三天后去了马萨诸塞州两周。在此期间，有人见到两位女士与我们所说的那位绅士在一起，不过时间不长，不足以引起什么闲言碎语。然而，其伯父回来两天后，绅士突然离开 R 镇，时间是 7 月 19 日。至于两位女士的习惯，她们大部分时间都是在进行各种社交活动，时常去野餐、骑马、跳舞。玛最受欢迎。埃则看起来心事重重，到快要离开的时候变得郁郁寡欢。现在回想起来，她的行为一直有些怪异，而她的堂姐则或多或少有刻意避开她的样子。

然而，根据一个还在旅馆工作的女服务员的看法，埃是世上最甜美可人的女士。此看法并无具体原因。伯父、女士们及佣人于 1875 年 8 月 7 日离开 R 镇，前往纽约。

二、亨利·克拉夫林于 1875 年 7 月 6 日抵达 R 镇，同行有范得渥特夫妇及其朋友，随后入住旅馆。他于两周之后的 7 月 19 日离开。关于他的信息不多。旁人唯一印象是他和莱家的两位女士走得较近，是个英俊的绅士，仅此而已。

三、距离 R 镇 16 到 17 英里开外的小镇 F 去年七月有位卫理公会牧师，名字为塞缪尔·斯特宾斯，今年 1 月 7 日去世。

四、当时在斯特宾斯手下工作的人名为蒂莫西·库克。此人一直不知所踪，但两天前回到了 R 镇。如有需要，可前往会面。

"哈哈！"看到这里我又惊又喜，不禁大叫了出来，"现在终于有线索可以进行下一步调查了！"于是我坐下来回信：

务必把库克找来。另外需找到去年7月或8月亨与埃在斯特宾斯住所结婚的证据。

次日早上我收到了新的电报：

库克已动身。记得某场婚礼。下午两点前和你见面。

当天下午三点，我站在了葛莱斯先生面前。"我来向你汇报了。"我说道。

他微微地笑了笑，目光落在他包扎着的手指头上。接着，他以温柔的眼神注视自己包扎着的指尖，好像如此的注视对它们很有用。"我洗耳恭听。"他说。

"葛莱斯先生，"我开始说道，"还记得我们第一次在这里讨论之后得出的结论吗？"

"我倒是记得你得出的结论。"

"好吧好吧，"我有点儿不耐烦地承认，"就算是我得出的结论吧。结论是：如果我们能找到埃莉诺·莱文沃斯爱得最深、同时也是她觉得最有责任保护的那个人，我们就能找到杀害她伯父的凶手。"

"所以你觉得你找到了？"

"没错。"

他向我靠过来，看着我的脸："啊！好消息，继续。"

"当我决定要帮助埃莉诺·莱文沃斯洗脱嫌疑的时候，"我继续说道，"我就有一种不祥的预感，觉得凶手可能就是她的爱人，但是我当时完全没想到他竟然是她的丈夫。"

葛莱斯先生的视线如同闪电般快速地转向天花板。

"什么！"他大叫一声，皱起了眉头。

"埃莉诺·莱文沃斯的心上人，就是她的丈夫，"我重复道，"克拉弗林先生和她的关系正是如此。"

"你是怎么得知的？"葛莱斯先生厉声问道，语气中夹杂着失望和不满。

"这一点我不打算多作说明。关键不是在于我如何得知这一点，而是我坚信其准确性。我搜集了关于这两人的一些信息，整理总结出了几件事，如果你愿意过目一下，我相信你会同意我的观点的。"我给他看了我的总结：

从 1875 年 7 月 6 日到同年 7 月 19 日的两周内，亨利·里奇·克拉弗林，伦敦人，与埃莉诺·莱文沃斯，纽约人，同住一间旅馆。证据为纽约 R 镇酒店协会住客登记册。

他们不仅住在同一间旅馆，且时常有些来往。这一事实已由现在在 R 镇工作，当时也受聘于旅馆的佣人证实。

7 月 19 日，克拉弗林先生突然离开 R 镇，此举不足为奇。众所周知，莱文沃斯先生憎恶英国人，极其反对与英国男士结亲，而他当时刚好结束旅程回到 R 镇。

7 月 30 日，克拉弗林先生出现在 F 镇卫理公会牧师斯特宾斯先生家的客厅。F 镇距离 R 镇约 16 英里左右。他与一位绝美的女士结婚。此事由蒂莫西·库克证实，他曾为斯特宾斯先生的雇员。他当时在花园里干活时被叫去见证结婚仪式，并在一张应为结婚证明的文件上签字。

7 月 31 日，克拉弗林先生坐船去了利物浦。这一点当天的报纸可以证明。

9 月。埃莉诺·莱文沃斯在伯父位于纽约的家中，活动与往常无异，但脸色苍白、心事重重。这一点由她当时的用人证明。克拉弗林先生人在伦敦，殷切等待来自美国的信件，却一封也没有收到。同时，他还在精心准备房间，似乎是为一位女士而备。此消息由伦敦秘密渠道获得。

11月。莱文沃斯小姐仍住在伯父家中，结婚的消息未曾公布。克拉弗林先生人在伦敦，表现出不安情绪，为女士准备的房间被关闭。消息来源同上。

1876年1月17日，克拉弗林先生回到美国，住进纽约霍夫曼旅馆。

3月1日或2日，莱文沃斯先生收到亨利·克拉弗林的来信，他在信中抱怨被其侄女无情地利用。此时，家庭中出现明显不和睦。

3月4日，克拉弗林先生以假名拜访莱文沃斯家，求见埃莉诺·莱文沃斯小姐。这一点由托马斯证实。

"3月4日？"这时，葛莱斯先生叫道，"那不就是案发当晚吗？"

"没错，当晚登门拜访的勒罗伊·罗宾斯先生正是克拉弗林本人。"

"3月19日，玛莉·莱文沃斯小姐与我交谈时承认家里的确有一个秘密，正当她准备透露时，克拉弗林先生刚好进门。他离开之后，她便表示再也不想提起此事。"

葛莱斯先生慢慢地把写着总结的纸张推到一边："你凭借这些事实推断出埃莉诺·莱文沃斯是克拉弗林先生的妻子？"

"是的。"

"那么，作为他的妻子——"

"她自然而然地想掩盖一切她觉得对他不利的事情。"

"你总是在假定克拉弗林已经作案了！"

"当然。"

"现在你又提议要证明这个假设！"

"'我们'要证明这个假设是正确的！"

葛莱斯先生有些心不在焉的表情里闪过一道特殊的光："所以说，你现在还没有找到任何对克拉弗林先生不利的证据？"

"我认为刚才我所讲的，关于他与嫌疑人的关系，关于他已为人夫的秘密身份，这些事实均能说明问题。"

"我的意思是，你没有直接证据证明他就是杀害莱文沃斯先生的凶手？"

我得承认我的确没有直接证据："但我可以找到他的杀人动机，我也可以证明他当时很可能在莱文沃斯先生家里。"

"啊，你是可以！"葛莱斯先生大声说道，稍微回过神来。

"他的动机就是为了实现一己私利，这很常见。莱文沃斯先生禁止埃莉诺公开他是她的丈夫，所以莱文沃斯先生必须被除掉。"

"太简单！"

"谋杀案的动机有时就是如此简单。"

"但此案不同。凶手精心策划，作案手法缜密，可以看出并非临时起意，而是受到最迫切的需求或是极度的贪念驱使。"

"贪念？"

"在考虑一个富翁被害的原因时，永远不要忘记把贪念列入考虑范围，它毕竟是人性中最常见的弱点。"

"但是——"

"你说案发当晚克拉弗林先生出现在他们家，这件事你怎么看？"

我把管家托马斯告诉我的事转述了一遍，也就是，当晚克拉弗林先生前往拜访莱文沃斯小姐，但没有证据显示他在该告辞的时候确实离开了屋子。

"这一点值得注意，"最后葛莱斯先生说道，"虽然不能作为直接证据，但作为间接证据或许极其有用。"随后他以更为严肃的口吻继续说道："雷蒙德先生，你知不知道你现在所做的一切都使案情变得对埃莉诺·莱文沃斯更加不利，丝毫没有减轻她的嫌疑？"

我惊呼了一声，既感到茫然，又十分沮丧。

"照你的说法，她为人偷偷摸摸、相当狡猾，并且毫无原则；还会无理地对待她最亲近的伯父和丈夫。"

"你说得太严重了。"我说道，突然惊觉这样的埃莉诺和我印象中的她居然有如此巨大的差别。

"我也只是顺着你的结论说出而已，"我默默无语地坐着，而他则喃喃低语，仿佛是在跟自己说话，"如果说此前的情况对她而言已是不甚乐观，那么她与克拉弗林先生结婚的假设一旦成立，情况对她而言就极为不利了。"

"虽然如此，"我反驳道，我无法不做任何努力便放弃希望，"你不会相信，也不能相信纯洁高尚的埃莉诺会是这个可怕案件的凶手吧？"

"不，"他缓缓地回答道，"你应该也很清楚我的想法。我相信埃莉诺·莱文沃斯是无辜的。"

"真的？那，"我大声叫道，一方面为他这句话感到欣喜，另一方面又为他之前的说法感到疑惑，"接下来该怎么办？"

葛莱斯先生冷静地回答道："要证明你的假设是错误的。"

第二十五章　蒂莫西·库克

> 看看这幅画，再看看这个。
> ——《哈姆雷特》

我惊讶地看着他。"我觉得这应该不会非常难，"他说道，随后又冒出一句，"这个叫库克的人在哪儿？"

"他现在和 Q 在楼下。"

"做得好。那我们和他们聊聊吧，叫他们上来。"

我走到门边，呼唤他们上来。

"我也预料到了，你肯定会想问他们一些问题。"我一边往回走一边说。

不一会儿，打扮整齐的 Q 和头发蓬乱的库克就走了进来。

"啊，"葛莱斯先生以他那特有的多变而含糊的语气对库克说，"这位就是已故斯特宾斯先生雇用过的人对吧？嗯，看来，你大概能把实情告诉我们。"

"我通常都实话实说的，先生。在我记忆中，还从来没有人说过我撒谎。"

"当然，当然。"和善的探长先生回答道。随后，他没有做进一步介绍就问道："去年夏天，你看到一位女士在你的雇主家里结了婚，她的名字是什么？"

"要是我知道就好了！我没有听过她的名字，先生。"

"但你记得她的长相？"

"我对她的长相记得非常清楚，就好像记得我自己的母亲的长相那样清楚。我这么说并不是对她的不敬，先生，如果你认识她的话，"他急忙地补充道，很快地看了我一眼，"我的意思是，她长得太美了，就算再活个一百年，我也不会忘记她那甜美的脸。"

"你能描述一下她的样貌吗？"

"这个难说啊，先生。她挺高，样子高贵，眼睛很明亮，手很白，她微笑起来的时候，就连我这样一个普通百姓都希望从来没有看过她。"

"你能在人群当中认出她吗？"

"无论在哪里，我都能认出她。"

"非常好。那现在请告诉我们你对那场婚礼所知道的一切吧。"

"好的，先生。事情是这样的。我当时在斯特宾斯先生手下工作了有一年多，有一天早上，我正在花园里锄地，看到一位绅士匆匆地从马路上走到我们大门边，还走了进来。我特别注意到他，因为他长得很英俊，和其他任何一个在F镇的人都不一样，而且和我以前见到过的任何人都不一样，真的。不过，要不是不到五分钟之后就有一辆马车载着两位女士进来，我才不会想那么多。那马车也在我们大门口停下来。我看到她们要下来，就过去帮忙牵住马，她们下了马车就走进屋子了。"

"你看到她们的脸了吗？"

"没有，先生。她们的脸我没看到。她们都戴着面纱。"

"很好。继续说吧。"

"我继续干活没多久，就听到有人叫我，我抬头一看，原来是斯特宾斯先生在门廊那里招呼我过去。我走了过去，他说：

'蒂姆，你过来；把手洗干净，然后到客厅来。'他以前从没叫我做这样的事，所以我吓了一跳，不过我还是照着做了。当我看到那位女士时我太惊讶了，她和那位英俊的绅士站在一起，我差点被板凳绊倒出洋相。我一时都快忘记了自己在哪里，也不大知道当时正在发生什么事。直到我听见斯特宾斯先生说'丈夫与妻子'，我才明白过来，原来这是一场婚礼，所以我感到一阵激动。"

蒂莫西·库克停了下来擦拭额头，仿佛刚才的回忆对他冲击不小。葛莱斯先生借机问道："你说当时有两位女士，那此时另外一位女士在哪里？"

"她也在那里，先生。不过我当时没太注意到她，我被那位漂亮的女士吸引住了，而且，其他人一看她，她就微笑着，我从来没见过这么美的人。"

我心头一阵悸动。

"你能否记得她的眼睛或是头发的颜色？"

"不记得了先生。我想应该不是深色的，我只记得这么多了。"

"但你记得她的长相对吧？"

"是的，先生！"

这时，葛莱斯先生对我耳语，示意我去他办公桌的抽屉里取两张画像，趁库克不注意，分别放在房间里的两处不同的地方。

"你刚才说了，"葛莱斯先生继续问道，"你不记得她的名字。这怎么可能？你不是被叫去在结婚证书上签名了吗？"

"是的，先生。可是，说起来惭愧，我当时脑子里一团乱，也没听清楚，只记得她要嫁给那位姓克拉弗林的先生，当时还有另一个人叫做爱娜还是什么的。我要是没那么蠢就好了，先生，要是我脑子好一点就能帮到你了。"

"告诉我们关于证书签字的事吧。"葛莱斯先生说。

"先生，这个真的没啥好说的。斯特宾斯先生推过来一张纸，他让我在上面某个地方签名，然后我就签了。就是这样而已。"

"你签名的时候没有看到其他名字吗？"

"没有，先生。我签完名，斯特宾斯先生转过身，问正在走过来的另外一位女士，能不能请她也签名，她说'可以'，然后很快走过来签了名。"

"这个时候难道你没有看到她的脸吗？"

"没有，先生。她掀开面纱的时候是背对着我的，我只看到她弯腰的时候斯特宾斯先生盯着她，脸上有些赞叹的样子，所以我想，她大概也是长得很美吧。不过我没有见到她的脸。"

"此后呢？发生了什么事情？"

"我不清楚，先生，我赶紧走出了屋子，其他的什么也没看见。"

"两位女士离开时你在哪里？"

"我在花园里，先生。我回去继续干活了。"

"这么说你看到她们了。那位绅士和她们在一起吗？"

"没有，先生。这也是让我觉得最奇怪的地方，她们回去的时候和来时一样，他也是自己一个人回去。几分钟后，斯特宾斯先生来花园找我，告诉我不要把我看到的事告诉任何人，他说这是个秘密。"

"你是屋子里唯一一个知道这件事的人吗？当时没有其他女士在场？"

"没有，先生。斯特宾斯小姐和朋友们去做缝纫活了。"

此时，我大概明白了葛莱斯先生的怀疑点在哪里。在放置两幅画像时，我把埃莉诺的那幅放在壁炉架上。另外一幅则是玛莉的画像，画得极其精美，我把它放在办公桌上显眼的位置。不过，当时库克先生仍背对着房间的这一侧，因此我趁机回到他身边，问他还有没有什么要补充的。

"没有了，先生。"

"对了，"葛莱斯先生瞥了一眼Q说道，"你不是要感谢库克先生告知我们实情，犒赏他么？你现在就去拿奖赏吧？"

Q点点头，走向壁炉架旁边墙上的橱柜。库克先生的视线跟随着他，突然间他走动起来，横穿房间，在壁炉架边停了下来，看着我放在那里的埃莉诺的画像。他低声咕哝了几句，不知是由于满足还是高兴，随后抬头又看了看画像，走开了。我感到我的心都提到嗓子眼了，不知是受到恐惧还是希望的驱使，我背过身。就在这时，我听到了他的惊呼。

"哎呀！就是她！这就是她，先生！"我转过身，看到他拿着玛莉的画像朝我们走来。

我不知该不该为此感到惊讶万分。不过，我倒是真的感到异常兴奋，脑子里萌生了一个想法，也下意识地回顾着已有的令人困惑的结论。但我惊讶吗？不。葛莱斯先生的态度和举止已为我做好了充分准备。

"这就是嫁给克拉弗林先生的那位女士吗，我的好伙计？我觉得你弄错了。"探长先生大声说道，语气中充满怀疑。

"弄错？我不是说了吗，无论她在哪里我都认得。这就是那位女士，我绝对不会弄错。"库克先生身子往前倾，看着画像，表情颇具敬意。

"我觉得很奇怪。"葛莱斯先生一边继续说着，一边缓慢地、不乏挑衅意味地朝我眨着眼。如果不是现在情况特殊，我可能会大发雷霆。"好吧，如果你刚才说的在场的另一位女士是这一位，"他指着壁炉架上的画像，"我就不会感到奇怪了。"

"她？我以前从来没有见过那位女士，但这一位——你介意把她的名字告诉我吗，先生？"

"如果你所说的都是实况，那她就是克拉弗林夫人。"

"克拉弗林？是的，那是那位先生的名字没错。"

"她也是一位非常可人的女士，"葛莱斯先生说道，"莫里斯，你还没找到奖赏吗？"

作为回应，Q拿来了酒杯和一瓶酒。

然而库克先生根本没有心思喝酒。我觉得他内心充满了悔意，因为他的视线反复地在画像和Q之间转移。随后，他说："如果我说的话害了这位女士，我会永远都无法原谅我自己的。你告诉我说我能够帮助她获得清白，如果你欺骗了我的话——"

"哦，我没有骗你，"Q以他那短促而锐利的口吻插嘴道，"不信的话你可以问问那边的那位绅士，问他我们是不是都希望为克拉弗林夫人洗脱冤名。"

他指的是我，但我一点想回答他的心情都没有。我希望赶快让他走，这样的话我才可能询问葛莱斯先生，问他为何浑身上下都显示出一副极其满足的样子。

"库克先生你不必担心，"葛莱斯先生说，"如果你愿意喝杯酒暖暖身子，待会走起路来也方便些，我想你应该可以安心地走回莫里斯先生为你准备的住处吧。给这位先生一个杯子，让他自己斟酒吧。"

不过，我们足足跟他谈了十分钟，让他明白他的担忧是多余的，才得以让他离开。玛莉的影像唤醒了他心里潜藏着的丝丝情感；无论对方地位高低，这一份美丽容颜都能左右其心，这种力量着实让我感到神奇。不过，最终库克还是在计谋多端的Q的劝诱下离开了。

现在房间里剩下我和葛莱斯先生二人。刚才充满在我心中的疑惑，现在肯定或多或少在我的脸上显露出来了，因为在几分钟的沉默之后,他以非常阴沉的口吻感叹起来,虽然语气里仍暗含着不少得意和满足。

"这一发现让你很难过,对吧?我可是一点也没有,"他的嘴巴闭上的时候就如同捕猎的机关合上门那般,"我早就料到了。"

"你的结论肯定和我的有非常大的出入,"我回答道,"否则你会觉得这一发现令整个案件的局面为之改观。"

"它没有让真相改观。"

"真相是什么?"

葛莱斯先生盯着自己的双腿,一副若有所思的样子。他的声音变得极其低沉:"你真的很想知道吗?"

"想知道真相?还用说吗?除了真相,我们还在追寻什么呢?"

"好吧,"他说,"在我看来,案件的局面是有所改观,但绝对是往好的方向发展。只要埃莉诺被认定已为人妻,那她对此事的所有行为就能获得合理解释。但命案这一悲剧本身却还是无法迎来清晰的解释。为何埃莉诺或埃莉诺的丈夫要置莱文沃斯先生于死地?他们也知道,他死后,遗产也不会归于埃莉诺名下。但如今我们却证实了玛莉,身为继承人的玛莉,才是已为人妻的那一位!我告诉你,雷蒙德先生,一切都因此而明朗了。在思索类似这样的凶杀案时,你绝不能忘记谁才是能从死者身上获利最多的那一位。"

"但埃莉诺的沉默又如何解释呢?她对某些证据和证物的隐藏,你又该如何解释?我可以想象一个女人为掩盖丈夫犯下的罪行而牺牲自己,但是为了保护堂姐的丈夫而牺牲自己,绝不可能。"

葛莱斯先生把他的双脚靠得很近,轻轻地叹了口气说道:"所以你仍然认为克拉弗林先生是谋杀莱文沃斯先生的凶手么?"

怀疑和恐惧突然向我袭来，我只能盯着他，重复道："仍然认为克拉弗林先生是谋杀莱文沃斯先生的凶手？怎么？难道还有别的可能可以考虑吗？你该不会是怀疑埃莉诺为了帮助她堂姐解决难题而亲手杀害了她俩的恩人吧？"

"不，"葛莱斯先生说道，"我不认为埃莉诺·莱文沃斯与此案有任何瓜葛。"

"那还有谁——"我刚开口，又停了下来，忍不住觉得前景一片漆黑，令我不知所措。

"谁？还能有谁？谁会因为过去的谎言和眼前的需求而将他杀害？除了美丽动人、爱慕钱财、把男人玩弄于股掌之间的女神——"

我突然感到一阵恐惧和厌恶，于是猛地站了起来。"不要说出名字！你弄错了，但也不要把名字说出来！"

"抱歉，"他说，"不过，鉴于这个名字将会被提到很多次，我们不如从现在就开始好了——除了玛莉·莱文沃斯，凶手还能有他人？或者你更愿意称呼她为亨利·克拉弗林夫人吧？你真的为此感到很惊讶吗？我可是从一开始就认为她是凶手了。"

第二十六章　葛莱斯先生的解释

> 风坐在那个角落里？
> ——《无事生非》

他的坦白让我的心中涌起无数错综复杂的情绪，我无法形容。据说，一个溺水者会在惶恐可怕的瞬间回想起一生当中的所有经历，而我此刻也回想起玛莉对我说过的字字句句。从讯问当天早上她在她的房间里向我作自我介绍，到克拉弗林先生来访当晚我们之间的最后一段对话，这一切都如同瞬息万变的幻境般在我的脑海中一闪而过，让我突然间惊骇地意识到，她的所作所为都和命案有关。

"我知道我刚才所说的话让你连续地产生了不少疑问，"葛莱斯先生以他的高姿态冷静地说道，"这么说来，你在此之前根本没有考虑到这个可能性的存在，是吧？"

"不要问我原来是怎么想的。我只知道我永远都不会赞同你的怀疑。无论玛莉会从她伯父的死亡中获得多少利益，她绝对没有插手其中，我的意思是，她绝对没有动手杀人。"

"那你这么确定的理由是什么？"

"那你那么确定她是凶手的理由又是什么？你得拿出证据，而不是让我来证明她的清白。"

"啊，"葛莱斯先生以他那惯用的缓慢而讽刺的语气说，"你想起这一条法律原则了,对吧?如果我记得没错的话,当问题的焦点是克拉弗林先生是否为真凶时,你可没有这么一丝不苟地遵循这一原则,也毫无要遵循原则的意思啊。"

"但他毕竟是个男人。指控一个男人犯下某种罪行感觉起来并没有那么令人不快。但指控一个女人!而且是这样一个女人!我实在听不下去了,太可怕了。除非玛莉·莱文沃斯,或任何其他女人亲口承认犯罪,否则我绝不会相信一个女人能干出这种事情。这桩凶案太冷酷残忍,太殚精竭虑,也太——"

"去读一读刑事记录吧。"葛莱斯先生打断了我。

但我很执着:"我才不在乎刑事记录都写了些什么。全世界所有的刑事记录都绝对无法让我相信埃莉诺犯下这样的罪行,我也绝不相信她的堂姐玛莉·莱文沃斯会是凶手。她有她的缺点,但她没有犯罪。"

"和她堂妹的评价相比,你对她的评价明显要仁慈得多了。"

"我真听不明白你在说什么。"我喃喃说道,同时心里涌起一股全新的、更强烈的恐怖预感。

"不会吧!难道过去这段时间发生了太多事情,以致你忘记了讯问当天早上的事情?我们不是偷听到了女士们之间相互指控的那番话吗?"

"我没有忘记,但是——"

"你觉得那番指控是出自谁的口?是玛莉在指控埃莉诺吗?"

"当然了,难道你不是这么想的吗?"

此刻,葛莱斯先生脸上泛起的微笑让我着实受不了!"我一点也不这么认为。我为你留下这浅显易解的线索,我还以为这条线索足以让你探究下去。"

预感,刚才我所感到的那股预感又涌起了!"你的意思是,当时说话的人是埃莉诺?而且,这几个星期以来,我一直在为一个错误判断白白浪费精力？更甚的是，你完全可以一语点破，让我不再误解，而你却没有这么做？"

"哦，至于这一点嘛，我让你按照你所理解的线索去探寻，我也有我的理由。首先，我自己也不确定到底是谁指控谁，虽然这种不确定性很小。相信你也注意到了，两位女士的声音非常相似。而从我们走进门时所见到的她们的动作和态度来看的话，既可以判断成是玛莉在指责埃莉诺，也同样可以解释为她正要反驳埃莉诺的指控。所以，我自己并没有急于断定真实情况到底是如何，但我却很高兴看到你接受了与我相反的解读，因为，这样一来，两种理论都有机会被检测，而如此盘根错节的谜案就应该这样去侦查。于是你以你的判断作为起点，我则往相反方向调查。你所看到的每一件事实，都是基于玛莉觉得埃莉诺有罪这一基础发展而来，而我所获得的信息则是基于相反的解读。结果呢？你遇到了种种疑问和矛盾，并且一直无法下结论，你还得依赖外部消息来解决实际情况与你的判断之间的差异，而且这么做也无济于事；至于我这方面，我则越来越确定当初判断是正确的，事情的一步步发展都让我的假设有了越来越多的支撑和根据。"

此时，过去千头万绪的事件、各种面孔和每个人所说的话语再度出现在我面前：玛莉反复地、斩钉截铁地强调堂妹的清白；埃莉诺为了不透露出凶手是谁，在某些事情上表现出的高傲和沉默。

"你的推论应该是正确的，"我最后终于承认了，"没错，当时说话的人是埃莉诺。她认为玛莉有罪，而我的确从一开始对事实视而不见，完全弄错了。"

"如果埃莉诺·莱文沃斯认为她的堂姐是凶手，那么她一定有很充分的理由。"

这一点我也不得不承认。

"她并没有把那把重要的钥匙藏起来——不知道是谁找到这把钥匙,在哪里找到的?——她也没有销毁钥匙和那封信;这封信如果被公之于众,她的堂姐便会被认为是毫无人道地杀死她伯父的罪人。"

"不,不——"

"而你这样一个陌生人,一个只见过玛莉·莱文沃斯卖弄风情,却看不到她其他面目的年轻人,因为埃莉诺从一开始就三缄其口,便假设玛莉是无罪的。"

"可是,"我说道,心里百般不情愿地接受了他的说法,"埃莉诺·莱文沃斯也只是凡人一个。她的猜测也有可能是错误的。她从来没有说过她的怀疑是基于什么,至于你所说的她的态度问题,我们也无从知晓她为何这么做。据我们所知,克拉弗林和玛莉一样有可能是凶手,可能据埃莉诺所知,也是如此。"

"你好像很相信克拉弗林是凶手啊?"

我畏缩了。是吗?会不会是哈韦尔先生关于此人的离奇梦境或多或少地影响了我的判断力?

"你的判断也有可能是正确的,"葛莱斯先生继续说道,"我也不想就我的看法盖棺定论。接下来的调查有可能引出关于他的新疑点,虽然我觉得这种可能性很低。作为一个女人秘密结婚的对象,一个拥有犯罪动机的女人的丈夫,他的行为由始至终都太一致了。"

"他离开他妻子的这个举动除外。"

"没有什么除外的,因为他根本没有离开玛莉。"

"你这么说是什么意思?"

"我是说,克拉弗林先生没有离开美国,他只是假装离开而已。他并没有听从他妻子的指示,不情不愿地回欧洲去,他只是改变了住宿的地点而已。而且他现在就住在他妻子对面的房子里，不仅如此，他还每天坐在窗户旁边，注视着进出对面房子的所有人。"

我想起了他临行前在我办公室里那场令人印象深刻的对话，以及他对我的指示，我觉得我应该重新考虑案情的始末了。

"但我在霍夫曼旅馆得到证实，他的确乘船去了欧洲，我也亲眼见到了那位自称载他去搭乘轮船的人。"

"是吧。"

"难道克拉弗林先生此后又回到城里了吗？"

"是的，他坐了另外一部马车，去了另外一栋房子。"

"那你还告诉我这个人没有问题？"

"不，我只是说没有一丝证据能证明他是杀害莱文沃斯先生的真凶。"

我站起身，在房间里踱步。接下来的几分钟里，我们彼此都陷入了沉默。但整点钟声的敲响提醒了我天已不早，于是我转身问葛莱斯先生他现在有何计划。

"我只能做一件事，"他说。

"什么事？"

"根据我手头所握有的证据，下令逮捕莱文沃斯小姐。"

这次我已经给自己准备好了充分的忍受力，所以并没有因他的话而惊呼出来。但我不能袖手旁观，任由他做出这样的决定。

"但是，"我说道，"我真的觉得你所掌握的证据不够确凿，不足以令你采取如此极端的措施。你自己也说过，单有动机的存在并不足够，即便凶案发生当时，嫌疑人确实也在屋子里；除此之外，你还有什么关于莱文沃斯小姐的证据吗？"

"抱歉。我说了'莱文沃斯小姐'，其实我应该说'埃莉诺·莱文沃斯'才对。"

"埃莉诺？什么！你我不是都一致认为，她是与案件相关的人之中唯一一个完全没有犯罪嫌疑的人吗?"

"是的,但所有证词都只对她一个人不利。"

我没有办法否认他的说法。

"雷蒙德先生,"他以极其沉重的口气说,"外面的人已经不耐烦得叫叫嚷嚷了,一定要采取某些措施,即便是权宜一时也好,这样才能平息众怒。埃莉诺让自己陷入警方的怀疑之中,她必须为自己的行为付出代价。我觉得很抱歉。她是一个高尚的人,我也很仰慕她。但公道是公道,即便我觉得她是清白的,我也得被迫批捕她,除非——"

"可是我无法接受这个事实。这样做只会给她带来不能弥补的伤害,而她的过错也只不过是盲目地错误地保护她那位不值得被保护的堂姐。如果玛莉是——"

"除非现在到明天早上这段时间内发生了什么事。"葛莱斯先生继续说,仿佛根本没听到我说的话。

"明天早上?"

"是的。"

我尝试着面对这个决定,也尝试着说服自己我的努力都白费了,但我实在无法让自己平静下来。

"你能不能再给我一天的时间?"我在绝望中问道。

"你要做什么?"

唉,我也不知道。"去对质克拉弗林先生,逼他说出事实真相。"

"这样做只会把整件事情搞砸!"他大声嚷道,"不,先生,一切已成定局。埃莉诺·莱文沃斯握有能证明其堂姐有罪的关键事实,她必须向我们透露,否则就应该面对三缄其口的恶果。"

我不愿意就此罢休。

"可是为什么是明天?我们已经花了这么多时间去追查线索

了，为何不再花多一点时间？而且线索不也越来越明朗了么？再多一点暗地里的侦查——"

"就等于再多一些废话！"葛莱斯先生发脾气了，他喊道，"不行，先生。私下调查的时间已经过去，现在是做决断的时间了。不过，如果我能够找出我想要的那一个关键环节——"

"关键环节？那是什么？"

"凶案的直接动机。如果有蛛丝马迹能证明莱文沃斯先生曾怒气冲冲地威胁他的侄女，或是威胁克拉弗林先生说要报复他，那我立刻就能处于有利位置，掌握全局，也不必逮捕埃莉诺了！完全不必了，尊敬的女士！我会径直走进她那镶着金饰的客厅，当她问我是否已找到真凶时，我会说'找到了'，然后递给她一份文件让她大吃一惊！但关键线索并不容易找到。我已经派人去暗里调查，利用我们的侦探系统，查了又查，但全然无果！只有牵扯到本案的那几个关键人员的证词才能给我们想要的答案。我会告诉你我下一步怎么打算的，"他突然感叹道，"莱文沃斯小姐恳请我向她汇报，她对侦查的进展程度极其关心，还提供了巨额悬赏，这一点你也知道。好吧，我会满足她的愿望的。我的怀疑以及我怀疑的根据，将会让我对整个案件的剖析显得相当到位。我也期待届时他们的供认同样令人觉得很精彩。"

我感到非常惊恐，猛地站起身来。

"无论如何，我认为这么做值得一试。埃莉诺这个人也值得我们冒这个险。"

"这么做一点好处都没有，"我说道，"如果玛莉有罪，她绝不会供认不讳。如果她是清白的——"

"她就会告诉我们谁是真凶。"

"如果真凶是她丈夫克拉弗林，那她就不会坦白地说出来了。"

"是的。如果是她丈夫，那她可不会有埃莉诺那样牺牲自我的奉献精神。"

这一点我不得不认同。她不会为了保护某个人而把钥匙藏起来，不会。如果玛莉被指控有罪，那她肯定会开口争辩。而我们的前景看起来已经够暗淡了。不过，一会之后，当我只身走在熙熙攘攘的街道上并想起埃莉诺是众人之中清白无辜的那一位，我的心中仍充满了感动，以致我在雨中漫步回家的这一幕成为我这一生中难忘的场景。直到夜幕降临，我才开始意识到，如果葛莱斯先生的推断正确的话，那么玛莉的处境则岌岌可危。这个想法一产生，我便无法将它挥诸脑后。无论我如何畏缩，它都一直萦绕在脑中，时刻以最可怕的不祥预感困扰着我。我以为我提早上床就能好好睡下或休息片刻，但我整晚辗转反侧，难以入眠，我在心里不断地对自己重复道："一定得发生点什么事情，一定得有事情发生，以阻止葛莱斯先生的逮捕。"随后，我起身问自己有可能会发生什么，各种各样的可能性在我脑海里闪现——克拉弗林先生可能会坦白认罪；汉娜可能会回来；玛莉本人明白了自身处境，说出了我多次看到的已到嘴边又被咽下去的话。但我细想一番之后，又觉得没有一个可能性会变成现实，直到破晓时分，我的大脑疲惫至极，才睡了过去。我梦见玛莉高高地站在葛莱斯先生上方，手里抓着一把手枪。我的梦境让我感到满意，但沉重的敲门声把我惊醒了。我急忙起身问是谁在敲门，作为回应，有人从门缝底下塞了一个信封进来。我拿起来一看，发现信封里是葛莱斯先生写的一张纸条，内容为：立即过来。汉娜·切斯特找到了。

"找到汉娜了？"

"我们有足够的理由可以这么认为。"

"什么时候的事？在哪儿找到的？谁找到的？"

"你先坐下，让我告诉你。"

我满怀希望和恐惧，拉过来一张椅子，坐在葛莱斯先生身边。

"她没有躲在橱柜里，"他冷静地向我保证，无疑是看到我在焦躁不安之中眼神四处游走的样子。"我们也不是百分之百确定她在何处。但我们得到消息，说有一张长得很像汉娜的面孔曾经出现在某个房子楼上的窗户里，等我说完，这栋房子在 R 镇。一年前，她和莱文沃斯小姐一同下榻酒店时曾经多次造访那栋房子。现在我们觉得这一线索值得彻底追查，因为有一点已经可以确认无疑，就是她在命案发生当晚离开纽约，至于她是不是乘坐火车离开，我们还没办法确定。"

"但是——"

"如果她真的在那里的话，"葛莱斯先生继续说道，"必定是有人刻意把她的行踪隐藏起来。除了线人之外，还没有人见到过她，而周围的邻居也未曾怀疑她人在那个镇上。"

"汉娜被藏在 R 镇的某栋房子里？那房子是谁的？"

葛莱斯先生露出他最阴冷的笑容，对我说："据线人称，她所住的那间房子的主人名为艾米·贝尔登女士。"

"艾米·贝尔登！克拉弗林先生的伦敦女佣找到的那个撕毁的信封，上面所写的名字不正是这个吗？"

"正是。"

我的满足感溢于言表："那我们很快便会有重大发现了。老天有眼，埃莉诺可以得救了！话说回来，你是什么时候得知这些消息的？"

"昨晚，或者说今天清晨吧。是 Q 带来的消息。"

"那么这个消息本来是传给 Q 的了？"

"没错。我想这应该是他在 R 镇暗地里侦查的结果。"

"传消息的字条上署名是谁?"

"一位住在贝尔登夫人隔壁的可敬的锡匠。"

"这是你头一次得知关于 R 镇艾米·贝尔登的消息吗?"

"是的。"

"她在守寡吗？还是丈夫仍健在?"

"不清楚。除了名字之外，我们一无所知。"

"但你已经派遣 Q 去调查了?"

"没有。此事非同小可，不能派他单独行动。他还未曾经历过大场面，还不够老练，如果没有谨慎的头脑为他指点，他可能会失败而归。"

"你的言下之意——"

"我希望你能去一趟。我自己不方便前往。除了你，我不知道还有谁是更好的人选，既对本案有深入了解又能够胜任此行。你看，单找到这个女孩、确定她的身份还是不够的，按照目前的情况来看，逮捕如此重要的证人只可秘密进行，必定不能声张。我们得派一个人去遥远镇子上那栋陌生房子里寻找被藏匿的女仆。如果可能的话，视情况而定，还要半哄半骗地把她从那里带到纽约的侦探办公室来，而且这一过程还不能让隔壁的邻居知道。这一切无疑需要有判断力和天分的头脑才能做到。而那位藏匿她的女人！她这么做必定有她的理由，这些理由我们都得弄清楚。总而言之，此事相当微妙，必须谨慎行事，你觉得你能胜任么?"

"我觉得我至少应该试一试。"

葛莱斯先生在沙发上坐了下来。"我发现我的乐趣都被你夺走了!"他一边抱怨着，一边用责备的眼神盯着自己行动不便的四肢，"不过，说回正经事，你多快能启程?"

"立刻就可以动身。"

"好！有趟火车是 12 点 15 分开出的，你就坐这趟车好了。一旦到了 R 镇，就得靠你自己决定以何种方式去认识贝尔登夫人，并且不让她起疑心。Q 会尾随你同去，如果你有需要，他会随时协助你。只有一点你要了解清楚：他必定会伪装好了才去，你不可和他相认，更不能干扰他或他的行动计划，除非他给你留下预设的信号让你与他联系。你就按照你的计划行事，他也独自行动，等到事情的发展需要你们互助联手了，你们才合作。我甚至不能确定你会不会见到他，他有可能会觉得有必要与你保持距离。不过有一件事你可以确定，那便是他会知道你在哪里。你们要用的信物是，嗯，我们就用一条红色丝绸手帕好了——你有红色丝绸手帕吗？"

"我会去弄一条的。"

"他会把红色手帕当成你需要他出面或者协助的信号，所以必要时你就把它带在身上或者放在房间的窗户上。"

"你能给我的指示就是这些了么？"看到他停了下来，我便问道。

"是啊，我想不到还有别的什么了。绝大多数时候你都得依赖自己的谨慎权衡，看情况的紧急程度随机应变。现在我没办法告诉你该做些什么。你的头脑就是你最好的指引。不过，如果有可能的话，明天这个时候给我写封信，或者来见见我。"

随后，他递给我一本密码册，万一我想要打电报的时候可以用上。

第三卷 汉 娜

第二十七章　艾米·贝尔登

> 在我所交谈过的人之中，
> 还没有一个像他这么快乐的，
> 几乎欣喜若狂了。
> ——《爱的徒劳》

我在 R 镇有一位客户，名为莫内尔。我打算从他那里着手，获得接近贝尔登女士的最佳方法。非常幸运的是，我几乎一到镇上就和他碰了面，他坐在骏马"阿尔弗雷德"拉着的马车上。我心想，这次的行动充满未知数，我和他的这次碰面算是给此行开了个好头。

"怎样？今天还顺利吧？"我们一番客套之后，他便问道。此时我们正快马加鞭地往城里驶去。

"你的事情进行得很顺利，"我回答道，心里想，要是不在这方面让他感到满意，我就没办法让他对我的事情感兴趣了。于是我把我所知道的关于官司进展的情况都告诉了他，这个话题又引发了很多疑问和相应的解答，等到我们绕了 R 镇两圈，他才想起来有一封信要寄。由于这封信非常重要，不容拖延，我们便匆忙赶往邮局。他走进邮局，让我在外面等候。我看着街上来来往往、为数不多的路人，他们都把镇上的这个邮局作为碰面会友的地点。在这些人当中，我特别注意到了一位中年女人。至于为何会注意到她，我解释不出原因，她的外表也毫无特别之处。然而，她从邮局走出来的时候，手里拿着一大一小两个信封，当她的目光和我的相遇之后，便匆忙地把信件藏到自己的披巾下。我不由地猜想信件的内容以及她的身份，因为一个陌生人的无意一瞥也能让她下意识地做出如此令人狐疑的动作。不过此时莫内尔先生也走了出来，因此转移了我的注意力。随后我们聊得起劲，我很快便忘了这个女人和她那两封信。为了不让他又将话题转回那个谈论起来没完没了的官司上，我抓住机会问道："对了，我想起来我有些事情要请教你。是这样的，你认识这个镇上一个名为贝尔登的人吗？"

"是有个姓贝尔登的寡妇住在镇上，其他同姓的人我就不知道了。"

"她的名字是艾米吗？"

"是的，艾米·贝尔登女士。"

"就是她了，"我说，"她是什么人，做什么职业？你和她熟悉么？"

"哦？"他说，"我还真看不出来你为什么会对她这么一个老好人感兴趣，她再平常不过了。不过既然你问起，我就如实告诉你好了。她是镇上一位家居木匠的遗孀，非常受人尊重。她就住在沿这条街道走下去的一座小房子里。如果有老流浪汉无处过夜，或有带着小孩的穷困家庭需要帮助，她都会伸出援手。至于我跟她熟不熟嘛，我们都会去山上那个教堂，我对她的熟悉程度就跟其他十几个教友差不多。如果遇到她，我就跟她聊两句，仅此而已。"

"你刚才说她是受人尊敬的寡妇，那她有没有亲人？"

"没有。她自己一个人住。我觉得她有一点点收入，肯定有的，她总是会放些钱到教堂的奉献盘里。她整天在做针线活、行善事，并不富裕，但乐于奉献，在这个小镇上生活，她也有机会这么做。你为什么会问起她呢？"

"公事，"我说道，"纯粹是公事。贝尔登夫人——对了，请不要跟其他人说起——她和我手头的一个案子有关联，所以我觉得我得对她了解一番，即便不是为了满足我的好奇心，也是为了工作。目前为止我对进展还不太满意。莫内尔，其实我挺想有机会好好地研究一下这位女士的个性和为人。你能不能为我安排，让我有机会进到她家里，在我有空时和她好好谈谈？如果你能安排的话，我们律师所会好好答谢你的。"

"这样啊，我想应该可以安排。以前夏天旅馆住满人的时候，她会让人在她家寄宿。我或许可以借口说我的一位朋友急着要接公务方面的电报，得住得离邮局近一些，以便电报一到就可以立刻获知消息，请她让我的这位朋友暂住她家几日。"莫内尔先生对着我狡黠地眨了眨眼，完全没有意识到他的安排正合我意。

"你不必这么说。你这样告诉她好了，说我有特殊癖好，不喜欢住在旅馆，而你又找不到比她家更合适的地方让我投宿，反正我在镇上也是暂作停留而已。"

"但这样一来，别人对我的待客之道会作何评论——我让自己的客人住到别人家而不是自己家。"

"这个我也不知道。这无疑是个很难处理的问题。不过，我想你的好客声誉也不会因此受到什么损失。"

"好吧，既然你这么坚持，那就让我看看怎么安排为好。"接着他把马车驾到一座整洁的白色小屋前停了下来，这座屋子看起来虽平凡，但也不乏雅致之处。

"这就是她家，"他一边说一边从马车上跳了下来，"我们进去看看吧。"

我抬头看了看窗户，除了阳台上两扇可以俯瞰街道的窗以外，其他的窗户都紧闭着。我心想："如果她真的在此藏匿某个人，不愿意被人发现此人在屋里的踪迹，那无论是谁把我介绍来的，她都不会愚蠢到让我住下来。"不过，我还是从马车上下来，跟随着莫内尔走在前庭草地的短道上，来到了门前。

"她没有仆人，所以会自己来开门，准备好了。"他一边敲门一边说道。

我注意到在我左边一扇窗的窗帘突然被放了下来，但我还没什么时间仔细观察，就听到门里边传来匆匆的脚步声，有人很快地打开了门。我一眼就认出来开门的人，虽然她身着不同服饰，而且明显没有了当时那种担忧和激动的神情，当时她那紧张又有些迟疑不决的举止也不复存在，但我知道她就是我在邮局见到的那位隐藏信件、让我心生疑问的女士。我觉得她应该不会认得我。而且她向我投来的目光当中也充满询问的意味。莫内尔先生推我向前并说道："这位是我的朋友，从纽约来的律师。"她连忙行了一个旧式的屈膝礼，以此表示她感到很荣幸，不过她仍不太清楚当前的状况。

"贝尔登女士，我们来是想请您帮一个忙，我们能进门说吗？"莫内尔用他那浑厚爽朗的声音问道，他是有意用这样的语气，想令对方顺从自己的请求。"您的房子很舒适，我对此已久有耳闻，我很高兴能有机会参观一番。"

她听到这番提议，露出惊讶和抗拒的神情，但莫内尔对此视而不见，欣然而大方地走进了小房间里。这个小房间就在我们的左侧，房门半开，看得到房内樱桃红的地毯和明亮的、挂有画饰的墙壁。

贝尔登女士看到自己的屋子已被不速之客入侵，只好让我也进去，并且表现出热情好客的样子。而莫内尔先生则尽力地让自己的举止显得得体且可亲。他如此努力表演，导致我忍不住暗地里大笑起来，尽管我的内心此刻充满了焦虑。毕竟，此事的成功与否就全依赖于他的表演了。而此时贝尔登女士的态度也明显地软化,她和他轻松地聊了起来。像她处境这么清贫的人能如此轻松活泼地与人交谈,这一点的确难得。很快,我便发现她出身并不卑微。她的言谈举止中透露出一种优雅的气质,而她待人的态度又颇为慈祥和蔼,让人感觉很愉快。这样的一位女士,绝对不会令人怀疑她有何不可告人的卑劣行径。不过,莫内尔先生刚提起我要借宿的话题,她便表露出不同寻常的迟疑。

"我不知道,先生。我很乐意帮忙,但,"她用目光仔细打量我,"情况是这样的,近期我一直没有接受外人投宿了,我也不打算再这么做,而且我担心他会觉得这里不够舒适。总之,我得跟你们说抱歉了。"

"请不要说抱歉,"莫内尔先生回答道,"您怎么忍心让人走进一个这么舒适的房间——"说到这,他以真诚而充满仰慕的目光环视房间;这个房间虽然陈设简单,但整体暖色调和的舒适感却令其增色不少,"然后让他失望地离去呢?他也是被这里的氛围所吸引,诚恳地请求您,让他有幸可以在此暂住一晚啊。您一定不会狠心让他走的,我深知您不会这么做。即便是麻风病缠身的乞丐来到您屋前,您也不会拒他于门外,何况是像我这位朋友这样,心地善良又聪明能干的绅士呢。"

"您的人很好,"她说道,一时间眼神里闪现出受到赞赏的欢喜,"但我没有准备好任何房间。我最近一直在大扫除,所有东西都乱糟糟的。莱特夫人那边就——"

"我的年轻朋友准备在这里暂住,"莫内尔先生插嘴说道,语气直截了当又相当肯定,"如果我不能让他住在我自己家——因为我出于某些原因不太方便——那我至少应该让他得到全 R 镇最好的主妇的照顾,这样我才安心。"

"是的,"我也开口插话,不过并没有让自己听起来显得态度过于积极,"既然已经被介绍到这里来,却又被告知不能在此栖身，那我也会感到遗憾的。"

她忧虑的目光从我们身上移开，转到了门上。

"从来都没有人认为我不热情好客，"她说，"但这里到处都没收拾好。你希望什么时候过来？"

"我希望我现在就能留下，"我回答道，"我有几封信要写，如果可以立刻坐下来写就最好不过了。"

说到"信"这个字眼，我看到她把手伸向了衣袋。这应该是一个无意识的动作，因为她的表情并没有改变。她很快地回答：

"可以是可以，如果你不介意我这里这么差的住宿条件的话，莫内尔先生的请求我也不好拒绝。"

随后，她就放下了方才抗拒的态度，对我们露出悦人的笑容。她并没有理会我的道谢，而是急着陪莫内尔先生走去马车处。她在马车上取下我的公文包，并欣然地接受莫内尔先生更进一步的恭维。

"我现在就去为你准备房间，很快就好，"她走回来的时候说，"请不要客气，就跟在你自己家一样。如果你想写信的话，这些抽屉里有你需要用到的东西。"她把一张桌子推到我坐的安乐椅前面，指着底下的几个小抽屉，表示希望我能用上她能提供的任何物品，甚至所有物品。她这样的态度让我不禁自己的处境和意图感到尴尬，甚至几近羞愧的地步。

"谢谢。我自己带了纸笔，"我说道，连忙打开我的公文包，拿出我时常带在身边的文具盒。

"那这样的话，我就先告辞了。"她说道，随后很快地行了个屈膝礼，匆匆地向窗外瞟了一眼，便连忙走出了房间。

我听到她的脚步声穿过大厅，上了两三个台阶，停了下来，继续往上走完台阶，又暂停，随后又继续往前走。一楼就剩下我一个人了。

第二十八章　奇怪的经历

> 发生了和往常一样纯粹的盗窃案。
> ——《无事生非》

我做的第一件事便是更加仔细地检查我所在的房间。

正如我之前所说的，这个房间颇为讨人喜欢：方形格局，采光充足，家具陈设很得当。地上铺着深红色地毯，墙上挂着几幅画，窗上则挂着漂亮的白色窗帘，上面有蕨类植物和秋叶的图案，看起来很有品位。房间一角放着一架旧手风琴，房间正中有张桌子，桌面铺着颜色鲜艳的桌布，桌上还摆放着一些小玩意当摆设，虽然毫不奢华昂贵，但却颇为好看，也为房间增色不少。不过我在其他很多乡镇家庭中都见过这样的摆设，它们也并非吸引我的注意力或让我在房间里缓慢踱步的原因。我之所以在房间里四处查看，是想挖掘出隐藏在所有东西背后的点滴细节，从房间的总体情况，到我所触及的每一件细小物品。所有这些都能反映出我目前打交道的这位女士的性格、性情以及过去的经历。正因如此，我才仔细研究了壁炉上的银版照片、书架上的书本，还有架子上的乐谱，希望能依此找出汉娜在这个屋子里的蛛丝马迹。

首先我很高兴地看到房间的角落有个书柜，上面放着一些经过精心挑选的书，分别是诗歌、历史类及故事类，这也充分解释了为何贝尔登夫人在谈吐之间显露出一定的文化修养。我拿出一本被翻得破旧的拜伦诗集，打开来，发现里面有好多段落被做了标记。我心里暗想，她那显而易见的温和性情一定与此有关。随后我把书放回原处，转身去查看对面墙边的手风琴。琴没有打开，不过上面被人用布整齐地盖住，并放着一两本赞美诗，一篮黄色粗皮苹果，以及一件未完成的手工针织品。

我把它拿起来，不过由于实在看不出来织的是什么，我不得不又把它放回原位。随后我继续查看，我又走到一扇窗旁边停了下来。这扇窗外面是一个小院子，环绕着整个屋子并将它把旁边的房子隔开来。窗外的风景吸引了我，不过窗户本身让我更感兴趣。我发现其中一个窗框上有人用很硬的尖物刻下的一行字，大概能看出来是某个字或几个字，但却又看不懂到底是什么意思，或者相互之间有何关联。我心想应该是某个还在读书的小女孩刻的，于是便不再研究它。我看到有一个针织篮放在我身旁的一张桌子上，里面放着各种各样的织品。我发现其中有一对袜子，看起来不像是贝尔登夫人的，因为袜子太小，也已经破旧到无法修补的程度。我小心翼翼地把它们抽取出来，看看上面是否有名字。不要太惊讶——我在袜子上清楚地看到了一个字母 H。我把袜子塞回原处，深深地吸了一口气，心里宽松了些。我又往窗外望了望，这时，窗框上的字母再一次吸引了我的注意力：

gnirevalcyram

这些字母是什么意思？我不经意地把它们从后往前读，结果——各位读者，请你们自己拼读一番，相信你们定能体会我的惊讶程度！我为自己的发现感到欣喜不已，于是我坐下来开始写信。我还没写完，贝尔登夫人便走进来告知晚餐已备好。

"至于你要住的房间，"她说，"我已经把我自己的房间整理好给你，因为我想你应该比较愿意待在一楼。"说完，她打开我身边的一扇门,向我展示一间较狭小却很舒适的房间。我隐约能看到里面有一张床,非常大的衣柜,还有一面模糊的镜子,镜框颜色深沉,款式老旧。

"我的生活方式很简单,"她一边说,一边带领我走进餐厅,"不过我尽量弄得舒适些,也尽力让其他人觉得舒服。"

"我觉得你做得非常好。"我回答,并对她精心摆设的餐桌投以赞赏的目光。

她微笑起来。我感觉我已经铺好了路,获得她如此欢心将对我施行计划非常有利。

而接下来的晚餐则令我非常难忘。这顿晚餐丰盛可口,气氛愉快又毫无拘束,甚至还弥漫着一种不太真实的神秘感。她的盛情款待让我无时无刻不为自己感到羞愧:我一边享用这位女士的美食,同时却又心怀无数忐忑猜疑。从一开始,我便察觉到她怀有心事,渴望着向人倾诉却又犹豫不决无法开口,我绝不会忘记我当时的感受。后来她又被一只从厨房斜屋顶跳到屋后草坪上的猫吓了一大跳,而我则心跳加速,因为我听到,或者是以为我听到了,楼上木板发出的吱嘎声响!我们所在的饭厅布局狭长,说来奇怪,但它似乎是斜着贯穿整个屋子,一头通往客厅,另一头则通往我将要住下的小房间。

"你自己一个人住在这间屋子里不会感到害怕吗?"我问道。这时候贝尔登夫人刚好放了一块冷鸡肉到我盘子里,不过我并不想吃。

"你们这个镇上没有贼匪?也没有流浪汉吗?照理像你这样独自一人生活,应该有些令你害怕的事情吧?"

"没有人会对我不利的,"她说,"来这里要吃要喝或者求住宿的人,我向来都不会拒之门外。"

"这么说吧,我会觉得,像你这样,家住得离铁路很近,应该经常会有一些闲散之人来白吃白喝吧?"

"我没办法拒绝他们。我唯一能尽的一份薄力就是给穷苦的人们一点吃的。"

"但那些无所事事、游手好闲的人,既不肯去工作,又不让别人工作——"

"他们也是穷人。"

包庇一个不幸受重大凶案牵连的人,的确是这个女人会做的事情,我心里一边暗暗地想,一边离开了餐桌。就在这时,我突然萌生一个念头,如果汉娜真的藏在这个屋子里,贝尔登女士肯定会找机会带饭菜上楼给她吃。为了不让她感到我的存在妨碍了她的行动,我拿着雪茄,走到外面的阳台上。

我一边抽烟,一边四处张望,寻找 Q 的身影。我感到即便是有一丝迹象能显露他就在这个镇上,我都能得到莫大的鼓舞。不过看来我这个甚小的心愿也是无从得到满足了。如果 Q 真的在附近的话,那他必定是隐藏得非常好。

我又回到餐桌边,坐在贝尔登夫人身边(我知道她刚才下楼来的时候手里拿着一个空盘子,因为我去厨房拿饮品的时候看到她正要把盘子放到桌上),我决定静候一段时间,看她会不会自己说出些什么来;如果她到时仍是什么也没透露的话,我再另想办法,出其不意地让她说出秘密。

不过她的坦白比我想象中要来得快,而且内容也和我所期待的全然不同,其结果也远不如我所料。

"你是位律师,对吧?"她开口问道,手里拿着她的针织活,努力假装出认真干活的样子。

"是的,"我说,"律师就是我的职业。"

她沉默了片刻,继续忙活。但随后,她看了眼手头的织品,眼神充满了诧异和恼怒,这让我很确定她觉得自己织得乱七八糟

的。接下来,她又用迟疑的口气对我说:

"这样的话,你或许愿意给我一些建议。事实上,我目前处于非同寻常的困境之中,我不知道该如何解决,但又必须立刻采取行动。我想告诉你是怎么一回事,不知道你愿不愿意听听?"

"请讲,我非常乐意尽我所能为你提供建议。"

她吸了口气,仿佛稍微放宽了心,虽然她的眉头还是紧锁如初。

"其实三言两语就能说完了。我手头有一包文件,是两位女士托我保管的。我们一致同意,如果要归还或者销毁这些文件,必须是在她们两人完全知情并认可的情况下才可以,而且她们的认可必须亲自口头传达,或者以白纸黑字写明。这些文件我得好好保存,无论发生什么事情,或者有什么人来敲诈勒索,我都不能交出去。"

"这不难理解。"看她停了下来,我便说道。

"但是,现在其中一位女士,更关心此事的那位,写信来说,出于某种原因,为了她的内心安宁和人身安全,这些文件必须立刻销毁。"

"那么你是想了解你在这种情况下所必须承担的责任么?"

"是的。"她回答道,声音中带着颤抖。

我忍不住站起身,因为此时我脑中排山倒海般地涌现出无数猜想。

"你必须牢牢地保存好这包文件,直到她们一起表达了一致的意愿,你才能交出文件。"

"这是你从律师的角度出发给我的建议吗?"

"是的,我同时也是从一个普通人的角度出发。一旦向人家做出那番保证,你就没有其他选择了。如果违反保证而屈从于其中一方的恳求或诱惑,那么你就背叛了当初你对两人的承诺。至于你保留这些文件有可能导致某些不幸或损失,也不代表你有权违背当初的契约。那些不幸或损失都与你没有任何关系,更何况你也无法确定这位来信的相关方所言是否属实。与好好保存文件、恪守你的承诺相比,如果你按照单方的指示销毁文件,那你有可能犯下更大的错误,毕竟文件对于双方来说都明显具有重要价值。"

"但是不同的情况不该列入考虑范围吗?情况不同,结果就不同了。总之,在我看来,我觉得应该考虑对此事比较关注的那一方,尤其是现在她们之间有了隔阂,另一方的同意可能永远都无法获得了。"

"不,"我说,"不能因为别人做得不对就认为自己也有理由犯错;我们不能随意地以正义之名去做不讲道义的事情。贝尔登女士,这些文件必须保留。"

她极其沮丧地低下头,明显可以看出她原本的想法是要满足来信那一方的心愿。"法律真的令人非常为难,"她说,"太难了。"

"这不仅仅关乎法律问题,这还是一个纯粹的责任问题,"我说,"假设情况发生了变化,假设另外一方的荣誉及幸福都取决于这些文件是否保存完好,那此时你的职责又该是什么?"

"可是——"

"约定就是约定,"我说,"不能随意篡改。既然你已经接受她们对你的信任并且做出承诺,你便有义务恪守承诺,不能违背约定的任何一条。如果你没有获得双方的一致首肯便归还或者销毁这些文件,那你便是违背了约定。"

她的表情中慢慢地显露出极度的忧虑。"我想,你说的都是对的。"她说完便陷入了沉默。

看着她,我在心里对自己说:"如果换成是葛莱斯先生,甚至Q，他们此刻肯定不会离开座位，既然她已经说了这些文件极其重要，他们必定会打破砂锅问到底，询问那两位女士的名字以及那些宝贵文件藏在什么地方。"但我既不是葛莱斯先生也不是Q，我只能让她继续谈论这个话题，直到她自己无意中说出一些相关字眼，我才能进一步了解情况。所以我转过身来，想问她一些问题，但这个时候我的注意力被窗外一个女人的身影吸引住了，她从隔壁房子的后门走出来。从她衣衫褴褛、蓬头垢面的外表判断，她就是我们先前在餐桌上谈论到的那一类流浪者。她一边走一边嚼着硬面包皮，走到街上的时候便把它扔掉了。她步履艰难地走上这边的小径，单薄的衣服既破烂又肮脏，飘动在冷冽春风里，露出脚上那对破烂不堪的、沾满公路上红泥巴的鞋子。

"有人来光顾了。"我说。

贝尔登女士似乎从恍惚中惊醒，她缓缓地站起身，往外看了看，目光很快柔和下来，注视着她眼前的那位悲惨的女人。

"可怜的人！"她喃喃低语，"但我今天晚上没办法帮上她什么忙了。我只能给她准备些晚餐，让她好好吃一顿。"

说罢，她走向前门，绕着房子一圈到了厨房里。不一会，我便听到那位流浪者长叹一声："上帝保佑你！"我想这必定是因为她看到贝尔登女士从储藏丰富的食物柜里拿出好东西来了。

但这位流浪者除了晚餐之外还有其他请求。过了不短的一段时间之后，我猜应该是她吃完东西了，我又听到她开口恳求在此留宿。

"夫人，谷仓也行，那个木屋也行，只要有一处地方让我可以避一避外头的大风就好了。"说完她便开始详尽地诉说自己贫病交加的过往，听起来让人心中倍生哀怜。因此，当贝尔登夫人再次走进来并告诉我她已经答应给她留宿的时候，我一点也不感到意外。尽管她在此之前还坚决地表示不再给任何人留宿，但她还是让那名女流浪者在厨房的火炉前过夜。

"她的眼神太真诚恳了,"贝尔登夫人说,"我能做的也就是对她行点小善而已。"

这段插曲全然终止了我们先前的对话。贝尔登夫人上楼去了,而我则独自一人在楼下待了一会儿,回顾着我所听到的对话中的内容,思索着该如何决定接下来的行动方案。我得出的结论是,她完全有可能因自己的情感驱使而销毁手头的文件,她也同样可能按照我向她澄明的公平原则去行事。这时,我听到她悄悄地下了楼,从前门出去了。我对她的意图充满怀疑,于是拿起帽子,匆匆地跟着她出门了。她沿着大街走下去,我当时的第一个想法便是她应该是要去邻居家的房子或者去旅馆,不过她一会儿便加快的稳健脚步让我确定了我的另一个猜测,她的目的地比较遥远。很快,我便跟随着她经过了旅馆及其旁边的附属建筑物,还经过了那座小校舍,这已经是村庄尽头的最后一座建筑,我随着便走进到了郊外。这意味着什么?

但她那摇晃着的身影仍在匆匆地往前移动着,她身体的轮廓,那紧紧包裹着的披巾和整齐的帽子,在四月夜晚的黑暗当中变得越来越模糊。不过我还是紧随其后,走在路旁的草地上,以免她听到我的脚步声而四下察看。最后,我们终于来到一座桥跟前。我能听到她在桥上走过,随后便静寂无声。她已经停下来,显然是在倾听有没有其他声响。我不能也跟她一起停下脚步,因此我尽力地屈身,摆出奇怪的身姿,漫步在她旁边经过。但当我走到远处某个位置时,我停了下来,一边往回走一边眺望她前进的身影,直到我又一次来到桥的跟前,我发现她已经不在那里了。

我于是认定她已经发现了我寄宿在她家的目的,因此故意把我引开,为汉娜提供逃脱的机会。我正要急忙赶回被我鲁莽离弃的岗位,就在这时,从我左边传来的奇怪声响把我吸引住了。声音是从桥底流过的那条小溪的沿岸某处传来,听起来就像是老旧的门上的铰链发出的嘎吱声。

我跳过围栏,尽最大努力朝着声音的来源走下斜坡。周围一片漆黑,我只能缓慢地前进,以至于我开始担心自己是否白跑一趟。此时,突如其来的一道闪电划过夜空,在那一瞬间里,我依稀看到在我前方的是一间旧农舍。从近在咫尺的潺潺水声听来,我断定农舍的位置应该是在小溪边缘,因此我犹豫着要不要继续往前。此时我又听到身边不远处传来沉重的呼吸声,随后又是一阵声响,仿佛是有人在一堆松散的木板中摸索前进发出的声音。就当我站在那里的时候,一道微弱的蓝色光芒从农舍里面照射出来,我透过面前破旧不堪的农舍门,看到了贝尔登夫人的身影。她手中持着一支点燃的火柴,仔细环顾着四周的墙壁。为了不惊动她,我几乎屏住了呼吸。她转过身,凝视着屋顶。那天花板破旧失修,几乎有一半是对着天空敞开着。她又低头看着同样残破的地板,最后,她的视线停在了她从披巾底下取出的一个小锡盒上。她把小锡盒放在脚边的地板上。看到这个盒子,我立刻便明白了她此行的目的:她准备把自己不敢销毁的东西隐藏起来。我到此刻终于松了一口气。而正当我要往前走一步时,她手中的火柴熄灭了。她准备点燃另一根火柴的时候,我考虑到此时最好还是不要惊扰她,免得引起她的恐慌,危及我的主要计划;还是等到她离去之后才尝试去拿那个盒子为好。因此我走到农舍的一边等她离去。如果我尝试再去偷看,很有可能会因为周围频繁的闪电而被她察觉到我的存在。时间一分一分地过去了,周遭气氛甚是诡异,时而漆黑不见五指,时而闪电乍现,但她还是没有出来。最后,就在我已不耐烦得差点就从藏身之处走出来的时候,她出来了,开始步伐蹒跚地往桥那边的方向走去。我等到确定她已经听不到我发出的声响了，才偷偷地从藏身之处出来，走进农舍里。虽然这里伸手不见五指，但幸好我有抽烟的习惯，身上带着不少火柴，和她一样。我划燃了一根，举起来。但由于光线非常微弱，加上我不知道从哪里开始着手寻找，所以我还没来得及看清楚周围的情况，火柴就熄灭了。我又点燃了另外一根。虽然这一次我把注意力集中在一个地方，也就是我脚下的地板上，但在我找出她藏匿盒子的任何蛛丝马迹之前，火柴又熄灭了。这时，我才开始意识到横在我面前的难题。她可能早在离开家之前就已经想好了要将她的宝贝藏在这间旧农舍的哪个角落，而我却没有任何指引，无从找起，我只能一根接一根地浪费火柴。事实上，我的确把火柴都浪费掉了。还没有确定盒子在不在角落里的一堆垃圾当中，我就已经用完了十几根火柴。现在我手里拿着最后一根，我这才注意到地板上某块破裂的木板有被人推动过的痕迹。可是火柴只剩下一根了！而我需要做的，除了抬起木板，检查下面的空间之外，还得把它安全地取出，如果盒子真的在下面的话。我决定不要浪费资源，于是我在黑暗之中跪下，摸索着那块木板，用手试探，发现它是松动的。我用尽全力把它扳开，弄松了，又把它丢到一边。这时我才点燃火柴，查看木板下的洞。我看到里面有东西，但看不清楚是什么，如果不是石头就是一个盒子。正当我要伸手去拿时，火柴从我手中掉落。我为自己的粗心大意感到悔恨，同时又下决心要不惜一切拿到我所看到的东西。我伸手往洞的深处探去，不一会便把这个令人无比好奇的物品拿在手中。它正是那个锡盒！

我为自己努力得来的结果感到满意，便转身离开。此刻我极想要在贝尔登夫人之前赶到她家。但这有可能么？她比我提前了好几分钟离开，我必须得在路上超过她，而这样一来她有可能会认出我来。值不值得为了最终的目的而去冒这个险？我认为值得。

回到公路上,我开始快步地赶路。在一小段路上,我保持着步伐,既没有赶超任何人,也没有遇到任何人。突然,在马路的转角处,我意外地碰上了贝尔登夫人。她正站在路的中间,回头张望。我有些惊慌,急忙从她身旁快步走过,心里想她一定会叫住我。然而我经过时,她却一言不发。说真的,我甚至还怀疑她到底有没有看到我或听见我走过。我不禁为此感到万分惊讶,而让我更诧异的是,她全然没有要跟着我往前走的意思。于是我回头看了看,这时我才看见让她杵在原地、连我在她身边走过她都浑然未觉的原因,我们后方的农舍起火了!

一瞬间,我明白了那是我自己的杰作,我掉了一根没有完全熄灭的火柴,它落在某些易燃的东西上面了。

我被眼前这幕场景惊呆了,不禁驻足观望。那红色的火焰越蹿越高,上方的云层和底下的溪流都被火光照得越来越亮。我看得入了神,忘记了贝尔登夫人的存在。不过,她在我附近发出的一声短暂而充满焦虑的叹气声立刻让我回了神。我向她靠近了一些,听见她用如同梦呓者般的语气叹道:"唉,我不是故意的。"随后又以更低沉,但透露着些许满足感的声音说道:"但不管怎样,这样一来也挺好,东西全都没了,一了百了,玛莉会感到满意,也没有人会被责怪。"

我并没有继续逗留听她接下来说的内容,如果这就是她的结论,那她必定不会在此久留,尤其是现在还从远处传来叫嚷声和跑步声,一群村里的男孩正朝火灾现场奔去。

我一回到屋里,便立刻查看在我不顾一切离开房间之后,那名留下来过夜的女子是否趁机行恶,在确定一切安好之后,我便回到自己的房间,看看盒子里的东西。我发现这是一个精致的锡盒,上面有一把锁。从盒子的重量来看,里面装的东西和贝尔登夫人说过的那些文件差不多重,我为此感到满意,便把它藏在床底下,回到了客厅里。我刚坐下来,拿起一本书,贝尔登夫人就进来了。

"哎呀!"她大声叹道,一边取下帽子,脸上尽是体力活动过后的红晕,但也透露出如释重负般的轻松。"真是少有的一晚!不但天一直打闪电,街道那头还发生了火灾,外面现在真是一片乱糟糟的样子。我希望你一个人在这里不会太寂寞。"她一边说,一边密切地观察着我的表情,而我则努力地维持镇定自若的样子,她又继续说:"我刚才有事出去了,不过没想到会那么久。"

我用不冷不热的话做了一番回答,随后她便急忙从房间走出去关门窗了。

我等着,但她并没有回来。可能她是怕自己泄露秘密,所以回到自己的房间去,留下我一个人自己照顾自己了。我必须承认,这样一来我也松了口气。事实上,我也不想在这一晚再经历更多的刺激了,我很欣慰能等到明天再进行下一步的行动。于是等到暴风雨一停,我便上了床,一开始辗转反侧,后来终于睡着了。

第二十九章　消失的目击证人

> 我狂奔着大喊，出人命了。
> ——《弥尔顿》

"雷蒙德先生！"

这个声音低沉又充满探寻的意味，我在睡梦中听见，随即被惊醒，起身张望。天刚破晓，在清晨的光线中，我看到有人站在餐厅的门口，那正是前一天晚上留宿下来的女流浪者。我感到既生气又困惑，想要把她赶走。这时，我眼前出现了令我万分惊讶的一幕，她从口袋里抽出一条红色手帕，我立刻认出来她是男扮女装Q。

"你看这个。"他说，匆忙地走过来并把一张纸条塞到我手中。随后，他一言不发地离开了房间，把门给关上了。

我大为惊讶，把纸条拿到窗户旁边，借着迅速明亮起来的天色，看到了以下极其潦草的几行字：

　　她就在这儿，我看到她了。在附图打叉的房间里。等八点再上楼。我会想办法让贝夫人离开房子。

字条下方画的是楼上格局的草图。

汉娜果然待在餐厅正上方后面的小房间里，我昨晚听到楼上的脚步声确实属实。我如释重负，但同时也感到相当激动，因为莱文沃斯谋杀案的关键证人就将要和我面对面了,而我们有足够的理由相信她知道关于此案的骇人秘密。我再一次躺下来,努力尝试着再睡一个小时。但很快我便彻底地放弃了这个念头,安心地听着房子里和左邻右舍传来的起床后发出的各种声响。

由于 Q 出去之后随手关上了门,所以我只能隐隐约约地听到贝尔登夫人下楼的声音。但随后传来了她短促的一声惊叹声,因为她一进厨房便发现那名女流浪者不仅不辞而别,而且还没有关上后门。我听得一清二楚,心中不甚确定 Q 这么唐突地离去是否是个错误。不过他对贝尔登夫人个性的判断并没有错,她在准备早餐的过程中走进我隔壁的房间,一边喃喃自语:

"可怜的人儿!她在野外和大马路边露宿那么久,怪不得不习惯整夜睡在屋里。"

这顿早餐真令人觉得痛苦难耐!我既要装出若无其事的样子用餐,又要在聊天过程中小心地避免说漏嘴——但愿我以后再也不用经历这等苦事了!最后早餐终于结束了,而我也得以在自己的房间里等待面对汉娜的时机,这真是一次令人恐惧却又万分期待的会面。时间一分一秒地慢慢过去,八点的钟声敲响了。钟摆的震动才停下,后门立刻便传来响亮的敲门声,一个小男孩冲进了厨房,放开嗓子大声叫道:

"爸爸发作了!啊,贝尔登夫人!爸爸发作了,快点来呀!"

我自然而然地跟着站起身,急忙走到厨房,在门廊处撞见贝尔登夫人,她一脸忧心忡忡的样子。

"街道那边那个可怜的伐木工旧病发作了,"她说,"我去看看能不能帮他些什么,你能帮我看家么?我尽量不去太久。"

几乎没等我回答,她就抓起一条披巾围在头上,跟着小男孩走上了街道。那小男孩非常激动。

整个屋子一下陷入了死寂,我感到一种从未有过的强烈恐惧感袭上我的心头。此刻,离开厨房走上楼梯去找汉娜对我而言似乎无比困难,不过,我一走上楼梯便发现刚才震住我的恐惧感已然消失,取而代之的是沉着冷静和某种跃跃欲试的好奇心,正因如此,我尝试着以蛮力打开楼梯顶部的门——以我的天性,我不会选择这么做,不过在这样的场合下动用蛮力也未尝不可。

我进入了一个大房间,这显然是贝尔登夫人昨晚睡觉的地方。我稍作停顿,留意到一些她昨夜无法安眠的迹象,随后便继续朝Q为我画的草图中打叉的房门走过去。这是一个粗糙的松木门,油漆也是草草涂上的。我在门口停了下来,倾听动静。门里面一片静寂。我提起门闩,尝试推门进去,但门从里面锁上了。我又停下来,把耳朵靠到钥匙孔旁边。房里一丝动静也没有,即便是坟墓里也未必有这般死寂。我顿时感到惊慌,又不知所措,我环顾四周,问自己下一步最好该怎么做。突然,我想起Q给我的草图中有扇门在大厅对面,也可以通往这个房间。我立刻绕过去另外一端,并尝试用手打开门,但它也和另一扇门一样紧锁着。我告诉自己,此时除了用蛮力,已经无它计可施了。于是我这才开腔喊话,叫了汉娜的名字,命令她开门。但是门里没有人回答我,因此,我以严厉的口吻大声说道:

"汉娜·切斯特,你的行踪已经暴露了,如果你再不开门,我们就只能破门而入了。立刻开门!免得我们动粗。"

还是没有人回应。

我往后退了一步,用尽力气往那扇门撞去。门发出吱嘎的响声,但还是紧闭着。

我只稍作停顿,确定房间里头没有任何动静之后,便再一次用力撞击。这一次我用尽了浑身上下所有力气,终于让门的铰链掉落下来,我也随着冲进了房间。房里非常闷,而且又冷又暗,我站了一会儿才回过神来,便开始四顾查看。还好我先观察了一下。不一会儿，我便看到一张漂亮的爱尔兰脸蛋面朝着我，脸色惨白，纹丝不动，周围床边散落着一些衣物。那张床靠着我身边的一面墙。如果不是刚才已经做好心理准备，受到这样一个冰冷如死亡般的场景的惊吓，我定会胆破心惊，惊骇不已。话虽如此，当我靠近那近在咫尺的静默躯体，察觉到躺在拼布被单下的那副身躯如同大理石般沉寂，我还是不由自主地感到心慌和恐惧，我问自己，睡眠看起来真的能和死亡一样么？我确信在我眼前的是一个沉睡中的女子，因为这个房间里有太多证据显示出生命的迹象，让我没有做出其他推论。她上床前脱在地板上围成一圈的衣服，随意放在门边椅子上的餐盘——里面的食物，即便我只是草草地看了一眼，也能认出来和我们早餐吃的是一样的——的确，房里一切都透露出生命力，以及对未来生活的盲目信念。

然而，她那朝着未粉刷的墙柱的额头却是如此惨白，微睁着的双眼又极其呆滞无神，她的一只手臂有一半在被单里，一半耷拉着挂在外头。去接触这样一个全然陷入无意识状态的躯体，我无法做到毫不畏缩。但我又必须去碰触它，因为再怎么迟钝的耳朵，也会被我刚才那么大声的叫喊唤醒。于是，我鼓起勇气，弯腰举起那只有明显疤痕的手，心里想着我要么讲话，要么呼唤，不论用什么方式，都要把她唤醒。然而，我的手刚一碰到她的手，一股无法用言语形容的恐惧感就把我震住了。

她的手不仅冷若冰霜，而且僵硬无比。我吓得赶紧放下这只手，后退了一步，再次端详她的脸。我的天啊！活生生的人怎么可能会是这种样子！有谁睡着的时候会如此脸色苍白、纹丝不动？我又再度弯腰靠近她的嘴唇去听，不仅没有一丝呼吸声，也没有半点气息。我为此感到无比震惊，于是做了最后的尝试。我扯下她的衣服，把手放到她的心口上。她的心脏如同一颗石头般毫无动静，没有一点生气。

第三十章　烧毁的文件

> 我本可以饶恕一个改过了的人。
> ——《亨利四世》

我当时并没有立即求援。这一发现给我带来无比的震惊，而在此时，我心中对生命和希望的渴望恰好达到最强烈的程度。我的所有计划都依赖于汉娜的证词，而如今却全盘皆空；最为糟糕的是，在我们亟须知道谋杀案真凶此刻行踪时，汉娜猝死，这两者之间的骇人巧合令我一下子不知所措，无法立即计划下一步行动。我只能杵在原地，凝视着眼前这张沉静的脸。它在安眠中带着微笑，仿佛死亡其实比我们想象中的要更加令人愉快。与此同时，我也对天意的安排感到讶异和不解，它非但没有带来舒心安慰，反而加剧了恐惧感；它非但没有带来云破日出般的明了，反而让局面更加错综复杂、扑朔迷离；它非但没有让计划实现，反而带来重重失望。即便当死亡在我们不认识、不关心的对象的脸上出现，它的震慑力都同样无比强烈。然而，这一死亡事件的前因后果极其重要，以至于我无法为眼前如此令人哀伤的景象多费思绪。汉娜，谋杀案的目击证人，已然成了这个女孩的全部身份。

不过，她那欲言又止的嘴型和半开的眼睑吸引了我的注意，我越凝视越是觉得她的脸上显露出一种期盼的神情。于是我又饶有兴趣地弯腰查看，我自问她是否真的已经魂断气绝，是否需要立刻求医挽救性命。但是我越仔细地观察便越确信她已经死去多时。想到这里，我既感到沮丧，心中又充满了懊恼和悔恨，因为我完全可以在昨天晚上便果敢地采取行动，强行冲进这个可怜女孩的藏身之处。那样的话，即便不能改变她的命运让她不必殒命于此，至少也可以起到一定的阻碍作用——沮丧和懊恼让我猛然意识到目前的处境。于是我离开她，走进隔壁的房间，打开窗户，把我随身携带的红手帕系在窗上。

一个年轻人马上从锡匠的房子里出来，向我这边走来。我相信那就是Q，虽然这个年轻人的穿着和面部表情与我所见过的Q毫无相似之处。

看到他朝我的方向匆匆地看了一眼，我便随即走到楼层的另一端，在楼梯口的顶端等着他上来。

"怎么样？"他走进屋子后，便在楼下望着我低声问道，"你见到她了吗？"

"见到了，"我不无苦涩地回答，"我已经见过她了。"

他连忙上了楼梯，来到我身边："那她坦白交代了没有？"

"没有，我还没跟她交谈过。"这时，我感到我的声音和态度已经让他有所警觉，于是便把他拉进贝尔登夫人的房间里，急切地问："你今天早上告诉我说你见到汉娜了，你还说她就在某个房间里，我可以去找她，你这么说具体是何意？"

"我想表达的就是我所告诉你的那些话了。"

"这么说来，你进过她的房间了？"

"没有，我只在房间外面待了一会儿。我看到了一盏灯，所以就趁你和贝尔登夫人外出的时候，爬到斜屋顶上去。我从窗户往里面看，看到她在房间里走动。"他停了下来，应该是察觉到我表情的变化。"发生了什么事情？"他大声地问道。

我再也无法控制自己。"跟我来,"我说,"你自己看看!"随后,我把他带进刚才离开的小房间,我指着里头静静地躺着的尸体,问道:"你说的是我应该可以在这里找到汉娜,但你并没有告诉我,我发现她的时候会是这样的情况。"

"我的老天爷!"他惊呼道,"不是死了吧?"

"是的,"我回答,"已经死了。"

他似乎无法理解这个事实。"这不可能啊!"他说,"她只是吃了安眠药,所以睡得很沉——"

"这不是睡眠的状态,"我说,"如果是的话,那她永远也不会再醒过来了。你看!"

我再次举起她的手,放开,让它重重地跌回床上。

这一幕似乎说服了他。他镇定下来,站在一旁盯着她看,脸上露出一种非常奇怪的表情。突然,他又走过去开始翻看地板上摊放着的衣物。

"你在做什么?"我问道,"在找什么东西?"

"我在找一张小纸片,我昨晚看到她在服用什么东西,当时我就猜想是一剂药粉。哦!找到了!"

他大叫着,举起一张小纸片。这张纸片在床沿底下,所以他在此之前都没有注意到。

"让我看看!"我焦急地嚷道。

他把纸片递给我。在纸片的内面,我依稀能看到一层细细的白色粉末。

"这相当重要,"我说,一边小心翼翼地把纸片折叠好,"如果剩下的白色粉末分量够多,能检验出毒性,那这个女孩的死因就能真相大白,也能证明她是自杀身亡的了。"

"我倒没有你那么确定,"他反驳道,"我通常都比较善于观察人的表情,这是我比较自信的一点。如果我判断无误,这个女孩在服下药包的时候，跟我一样对药粉的性质毫不知情。她当时的表情是欣喜愉快的，而且在把药粉倒进嘴里的时候她的脸上浮现出一抹微笑，还有一种傻乎乎的得意表情。如果这包东西是贝尔登夫人给她并且告诉她那里面是药——"

"这还有待调查才能确定，而且你所指的药粉是否有毒也有待检验。说不定她是死于心脏病发作呢。"

他只是耸耸肩，然后指着放在椅子上的早餐盘，然后又指向被撞坏的门。

"对，"我回应他询问的表情说道，"贝尔登夫人今天早上进来过这个房间，在离开的时候把门锁上了；但这除了证明她相信汉娜状态良好之外，也说明不了其他问题。"

"即便看到一个苍白的脸躺在倾斜的枕头上，她也没有起任何疑心么？"

"或许她来去匆匆，根本没有仔细看汉娜，只是把餐盘放下，朝她的方向随便瞟了一眼而已？"

"我不想胡乱怀疑，但这一切都未免太巧合了！"

他一语戳中我的痛处，我往后退了一步。

"好吧，"我说，"我们光站在这里瞎作猜测也没有用。我们还有很多事情得办。走吧！"我迅速地朝门边走去。

"你打算怎么做？"他问道，"你忘了我们的任务就是来这里解开谋杀案的谜团么？这只不过是整个谜团的一部分。如果汉娜是被蓄意谋杀至死，那我们的任务就是找出谋杀的真相。"

"汉娜的死因得留给验尸官去查明。事已至此，我们已无能为力。"

"我知道，不过我们起码可以把房间的所有详细情况做一个笔录，然后再交给不认识的人去处理。葛莱斯先生也会希望我们这么做的，这一点我很确定。"

"我已经察看过这个房间了。所有的一切就像照片那样储存在我的脑子里。我担心的反而是我永远也无法把它们忘记。"

"那尸体呢?你注意到尸体的位置了么?尸体周围床单的形状呢?是不是丝毫没有死者生前惊恐挣扎的迹象?面部表情是不是很安详?还有手臂自然垂落的样子?"

"有,都有,不要叫我再看多一眼了。"

"那挂在墙上的衣物呢?"——他每说到一件物品,便用手飞快地指出来,"你看到了吗?一件连衣长裙,一条披巾,不是她仓皇离开时披的那条,这一条是旧的、黑色的,可能是贝尔登夫人的。还有这个抽屉,"他一边说一边打开,"里面有几条内裤,上面绣着——让我们看看,哦,是这屋子女主人的名字,但比她穿的码都要小;我觉得可能是专门为汉娜缝制的,上面绣上自己的名字,避免引起其他人的怀疑。还有这散落一地的衣物,全部都是新的衣服,全部都绣有一样的名字。而这一件——哎唷!快看!"他突然大叫一声。

我走到他身边弯下腰,看到一个洗脸盆,里面装着半盆被烧掉的纸张。

"我当时看到她在这个角落里弯着腰,我猜不透她在干什么。有没有可能她就是自杀身亡了?因为她显然在此销毁了一些不想被人知道的秘密。"

"我不知道,"我说,"我倒是希望如此。"

"都烧光了,连一点小纸片都没有留下,真是太可惜了!"

"贝尔登夫人必须解开这个谜团。"我大声说。

"贝尔登夫人必须解开所有的谜团,"他回答,"整个莱文沃斯案的破解就取决于此了。"说完他又朝纸灰堆看了看:"莫非烧掉的是一封自白信?"

我觉得这个猜测的可能性似乎很大。

"无论是什么东西,"我说,"现在都是灰烬一堆,我们只能接受事实,尽最大努力,从中找出有用线索。"

"是的,"他一边说,一边重重地叹了口气,"的确是这样。但葛莱斯先生永远都不会原谅我了。他会说,刚好在有人监视她的关头,她就吃了药粉,我本来就应该察觉到这一情况很可疑。"

"但她并不知道有人在监视她,她没有看见你。"

"我们不知道她有没有看见,或者贝尔登夫人有没有看见。女人真让人无法摸透。虽然我很自豪我一向能够对付最精明敏捷的女人,但在这个案件里,我觉得自己彻底败下阵了,真是惭愧。"

"好了,好了,"我说,"我们还没到最后关头,谁知道我们跟贝尔登夫人谈话时她会说出些什么来?对了,她很快就要回来了,我得准备好面对她。如果可能的话,我得让她坦白说出是否知道这里已经发生了命案,一切的关键就在于此了。不过,也有可能她对此一无所知。"

我催促他离开房间,随后,我把门带上,带头走下楼去。

"现在,"我说,"有一事你必须立刻去办。你马上给葛莱斯先生发给电报,告知他这里出事了。"

"好的,先生。"Q说完便朝门口走去。

"等等,"我说,"我可能没有机会再见到你了,所以还是现在告诉你为好。贝尔登夫人昨天在邮局收到两封信,信封一大一小,如果你能找出它们邮戳上的发信地址——"

Q把他的手插进口袋里。"我想我应该不用大费周章就能找到发信地址。糟了,我把它弄丢了!"我还没来得及说什么,他就已经回到楼上去了。

正在这时,我听到了有人开门的声音。

第三十一章　Q

> 这里有个事故。
> ——《驯悍记》

"都是虚惊一场，根本没有人病倒，我被骗了，上当了！"贝尔登夫人红着脸喘着气，一边走进屋一边说。她脱下帽子，但是进行到一半便停了下来，突然惊呼："怎么回事？你怎么这样看着我？发生什么事情了？"

"发生了极其严重的事情，"我回答，"虽然你只去了一会儿，但我在这段时间里却有一个重大发现——"我停了下来，故意制造紧张的悬念，希望能引她说出些秘密。然而，她虽然看起来脸色泛白，情绪却比我预期的要平静一些。我于是继续说道："这一发现有可能会产生重要后果。"

令我吃惊的是，她听完这一句便突然痛哭起来。

她喃喃自语："我就知道，我就知道会是这样！我一直说，如果我让人住进来的话就绝不可能保守秘密。她老是坐立不安，"突然，她又用惊恐的眼神看着我说，"你还没说你发现了什么。或许并不是我所想的事情，或许——"

我毫不迟疑地打断了她。

"贝尔登夫人，"我说，"我无法对你轻言细语，也不拐弯抹角了。在警方紧急侦查办案的关键时刻，一个女人竟能在自己屋里藏匿像汉娜这么重要的目击证人,想必她也无需太多心理准备去面对后果,而后果便是她已经很成功地隐藏了极具价值的供词,法律和正义也因此无从得到伸张,而且,本来有可能被这个女孩的证据所解救的无辜女士,现在要永远受责难了,不仅仅是警方,而且是全世界的人,都会认为这位女士有罪了。"

我在说这些话的时候,她的视线一刻也没有离开过我,眼神中明显地闪现出惊恐。

"你这么说是什么意思?"她大声问,"我并没有任何恶意,我所做的都只是为了救人。我,我——你又是什么人?你和这一切又有什么关系?我做了什么没做什么又和你有什么相干?你说你是个律师。你会不会是玛莉·莱文沃斯派来的人,她派你来看我有没有按照她的命令去做,而且——"

"贝尔登夫人,"我说,"我是什么人,以及我来这里的目的,现在都不重要了。不过让我告诉你,我所说的话反倒可能更加重要。我并没有欺骗你,不管是我的姓名还是职业都没有假,我也的确是莱文沃斯小姐们的朋友;我还想说,任何可能对她们产生影响的事情,都是我所关心的事情。因此,当我说埃莉诺·莱文沃斯小姐将会受到无法挽回的伤害,因为这个女孩的死——"

"死?!你什么意思?死!"

她脱口而出,情绪的爆发极其自然,语气也充满恐惧,因此我丝毫不怀疑她对当前的情况一无所知。

"是的,"我重复道,"被你包庇了这么久、藏匿得这么好的女孩,现在已经不在你的掌控之中了。她现在只是一具尸体了,贝尔登夫人。"

我永远不会忘记她随即发出的尖叫声和狂乱的叫嚷:"我不信!我不信!"她一边叫着一边冲出房间,跑上楼去。

最后的场景也令我难以忘却。面对死者,她站在那里,不断地扭着双手,抗议着说她对这件事情一无所知,那断断续续的啜泣中充满了发自心底的悲痛和惊恐。她又说她昨晚离开汉娜时后者一切安好,她确定自己在离开时把门锁上了,一旦有其他人在屋子里她都是这么做的。她觉得如果汉娜是由于某种突发疾病致死,那死去时必定很安详,因为她一整晚都没有听到有任何动静;她担心汉娜会惊动我,因此她不止一次侧耳倾听楼上的动静。

"但你今天早上也进来过这个房间?"我问道。

"是的,但我一点都没有发现异常。我当时急匆匆的,而且以为她还在睡觉,所以我把东西放在她能够得着的地方就立刻离开了,我还和往常一样把门锁了起来。"

"你觉得奇怪吗,她就在昨晚死了,而不是其他的时间。她昨天有没有生病?"

"没有,先生。她甚至比平时还要更愉快,更活泼,更有生气。我一点都不会想到她当时生病了。如果有的话——"

"你没有觉得她身体不舒服?"一个声音把她打断了,"那么你又为何在昨晚大费周章,给了一剂药粉给她吃下?"Q从外头的房间走了进来。

"我没有啊!"她反驳着,明显是以为刚才的问题是我提出的,"我有吗?汉娜?我有吗?可怜的女娃儿?"她一边说着一边把汉娜的手放在自己的手上轻轻地抚摸,她的悲伤和悔恨看起来很真切。

"那么药粉是如何到了她手中的呢?如果你没有给她的话,她又如何能得到?"

这一次,她才意识到了其实是另外一个人在对她说话,她急忙地站起身,用询问的眼神盯着问话者,然后才开口回答。

"我并不认识你,先生,但我可以告诉你的是,汉娜没有任何药物,也没有服用任何药粉,据我所知,她昨天晚上并没有生病。"

"但我却看到她吞下了一些药粉。"

"看到她！——你的这些话本身就很离谱，或者是我自己疯掉了吧——你看到她吞下药粉！你怎么可能看到她吞药粉或者干别的什么事情？她不是二十四小时都被关在这个房间里了吗？"

"没错，但是屋顶上有这样的一个窗口，所以想要探看房间里的情况并不太难，夫人。"

"啊！"她大叫一声，身体缩成一团，"我家里来了间谍密探了，对吗？我真是活该，我把她囚禁在这四堵墙里，一整个晚上也没有过来看她一眼。我不是想要责问什么，但你看到她吃下的东西是什么？药粉？毒药？"

"我可没有说是毒药。"

"但你的意思就是指毒药。你觉得她服毒自尽了，而且我在此中有所牵涉！"

"不，"我急忙说道，"他没有认为你与汉娜的死有关联。他所说的是他看到了汉娜服下某些东西，而他认为正是这些东西导致了她的死亡，他现在只是询问你汉娜是在何处获得这些东西的。"

"我怎么知道？我从来都没有给过她任何东西，我在此之前也不知道她手头有东西。"

不知怎的，我很相信她所说的话，所以我不愿意继续追问下去，何况现在我们必须采取行动，每分每秒都浪费不得。所以我示意 Q，让他离开去办他的事，我拉着贝尔登夫人的手，想带她走出房间。可是她却不愿意，坐在床边说着："我再也不会离开她了，不要叫我离开，这就是我该待着的地方，我就要待在这里。"与此同时，Q 也第一次在我面前表现出顽固的样子，不愿服从我的指示。他站在原地严肃地盯着我和贝尔登夫人，即便我一再催促他赶快行动,告诉他都快到中午了,必须快点发电报给葛莱斯先生,他仍是一动也不肯动。

"在这个女人离开这间房之前,我是不会离开的。而且,除非你承诺替我好好地看住她,否则我不会离开这个房子半步。"

我听完大吃一惊,从贝尔登夫人身边向他走过去。

"你怀疑太多了,"我低声对他说,"而且我觉得你的语气很无礼。我认为,我们并没看到什么证据,也就无法依此采取行动。而且她在这里待着也不会有什么大碍。话虽如此,如果能让你宽心的话,我就答应你,代替你看着她。"

"我不想让她待在这里给你看管,你把她带到楼下去。只要她待在这里,我就不能离开。"

"你这么说未免有些喧宾夺主了吧?"

"可能吧,我不知道。如果我越权了,那也是因为我手头有一件东西,让我不得已才这么做。"

"是什么东西?信件?"

"没错。"

现在轮到我开始激动了,我伸出手,"让我看看。"我说道。

"只要她在房间里我就不能给你看。"

看到他仍然如此坚持,我只能走回贝尔登夫人身边。

"我恳求你跟我一起出去,"我说道,"汉娜的死因必有蹊跷,我们有义务去请验尸官和其他人员来检查。你最好是离开这个房间,到楼下去。"

"我才不管验尸官会怎样,他是我的邻居。即便他要来,也不会妨碍我看着这个可怜的女孩儿,有什么都等他到了再说。"

"贝尔登夫人,"我说,"你是唯一一个知道汉娜藏身在这间屋子里的人,比现在更为明智的做法就是不要在她尸体所在的房间久留,以免引起怀疑。"

"你这么一说，好像我现在得丢下她不管，才能最好地证明我以前对她的善意了！"

"如果你听从我的恳求，跟我到楼下去，那就不能算是丢下她不管了。你在这里待着也没办法带来任何帮助，相反，这么做还会带来不利。所以请你听从我的意见，否则，我就只能把你留给这个男的看管，我自己好去找警察报案。"

我最后这番话似乎打动了她，她极其惊恐地看了Q一眼，说："我听你的就是了。"说完，她一言不发地把她的手帕盖在汉娜的脸上，走出了房间。两分钟后，我就拿到了刚才Q所提及的那封信。

"先生，这是我能找到的唯一一封信。我是在贝尔登夫人昨晚穿的连衣裙的口袋里找到的。另外一封信肯定在某个地方，我还没有时间去找。不过我觉得这一封就足够了。你应该不需要另外的那一封了。"

我并没有太留意他话中的深层意味便打开了信封。这是我前一天在邮局看到她藏在披巾下的那两封信中较小的那一封。信的内容如下：

我最亲爱的朋友：

  我现在深陷于麻烦之中。你这么怜爱我，你一定也知道了。我无法向你解释。我只能恳求你帮我一事。立刻把你手上的东西销毁了，不要问什么，也不要犹豫。任何其他人的同意与否都与此无关了。你只能答应我。如果你不这么做，我就彻底完了。务必按我说的去做，这样才能解救我。

                爱你的人

这封信的收件人是贝尔登夫人,信上没有任何签名或日期,只有纽约的邮戳。但我认得出这些笔迹。这是玛莉·莱文沃斯亲笔所写。

"这封信太不利了!"Q用干巴巴的语气评论道,他似乎觉得这种情况下用这样的语气才是合适的,"对写信的人,还有收信的那个女人而言,这都是极其不利的证据!"

"的确是非常不利的证据,"我说,"如果我不是恰好知道这封信所指的东西其实和你所怀疑的内容截然不同,我恐怕也会做出和你一样的结论。这里所指的东西,只是贝尔登夫人所保管的一些文件,仅此而已。"

"你确定么,先生?"

"相当确定。但我们稍后再谈这个。你得去发电报了,还有,找验尸官来。"

"好吧,先生。"说完,我们便分道扬镳,各自继续自己的行动。

我发现贝尔登夫人正在楼下房间来回踱步,她为自己的处境感到很悲伤,同时嘴里又胡乱说着一些话,关于邻居们将会怎么看待她,牧师会怎么想,克拉拉——我不知道那是谁——会怎么做,以及她多希望自己早在牵涉此案之前就死了算了等等。

我花了好一阵子才让她的情绪平复下来。我让她坐下,听我讲道理。"你这样放任自己激动的情绪,对你只有坏处而已,"我说道,"再说了,你这个样子也无法去应对接下来将要做的事情。"

我尽力安慰情绪低落的贝尔登夫人,先是向她解释了这个案件的要点,然后又问她是否有朋友可以让她在这样的紧急关头去求助。

她回答没有，这让我非常吃惊。我吃惊的是，虽然她有不少好心的邻居和善良的朋友，但在这样的情况下，她却想不到有任何人能向她伸出援手，不管是帮助她也好、对她表示安慰同情也好。如果连我都不怜悯她，那她就必须只身面对这一切了。

"所有的坏事，"她说，"从贝尔登先生去世，到去年镇上发生大火，把我的那一点积蓄烧得一干二净，能碰上的都给我碰上了。"

这句话让我深受触动。虽然她有不少弱点，性格特色上也有些前后不一致的地方，但起码她拥有同情其他可怜人的善心和美德，可她自己竟然缺少真心朋友。于是，我毫不犹豫地向她提供我力所能及的帮助，不过条件是她必须对我彻底坦白，而这也正是当前所需要的。让我大松一口气的是，对此，她不仅表示愿意配合，而且还非常乐意把事情始末向我全盘托出。

"我这一辈子已经拥有太多秘密了。"她说道。我也相信，这次她确实是受到了极度的惊吓，即便现在有警察走进这间屋子，要求她说出某些秘密来指控自己的儿子，她也会不假思索地听从对方的要求。"我觉得我好像希望自己能够站出来面对大众，对着全世界，说出我为玛莉·莱文沃斯所做的一切。但是，首先，"她低声说，"看在上帝的分上，请你告诉我那两个女孩现在的情况吧。我一直不敢问，也不敢写信。报纸上说了很多关于埃莉诺的事情，对玛莉却只字未提。而且玛莉的来信也只提及她自己的麻烦，还说了如果某些事情暴露，她就会面临怎样的危险处境。但事实到底是怎样的？我不想只为了保护自己而伤害了她们。"

"贝尔登夫人，"我说，"埃莉诺·莱文沃斯由于没有说出应该说的话，导致自己陷入了目前的困境。至于玛莉·莱文沃斯——在你向我说明实情之前，我不能向你透露她的情况。她目前的处境，以及她堂妹的处境，都不太寻常，你我也没办法就此讨论出些什么来。我们想从你这里知道的是,你是如何与此案扯上关系的,还有汉娜究竟知道了什么秘密,以致她必须逃离纽约,藏身在这里?"

贝尔登夫人时而握紧双手,时而又松开双手,她那不安的、疑虑重重的双眼看着我。"你绝对不会相信我的,"她大声说道,"但我真的不知道汉娜到底知道些什么。她在那个可怕的夜里看到了什么、听到了什么,我一无所知。她从来没有告诉过我,我也从未问过她。她只是说莱文沃斯小姐希望我能让她躲起来一阵子,避避风头。至于我,因为我非常喜爱玛莉·莱文沃斯,我对她的崇拜无人能及,所以我没办法拒绝。而且——"

"你的意思是,"我打断她,"在你得知命案发生之后,只是听到莱文沃斯小姐希望你帮忙,你就为汉娜提供藏身之地,既不问她任何问题,也不要求她提供任何解释,对吗?"

"是的,先生,你不会相信我的,但事实就是这样。我当时的想法是,既然玛莉让她来到这里,她自然有她的理由。而且——而且——我现在没办法解释,在目前的情况下,一切看起来都不一样了,但我当时的确就是这样做的。"

"但这样的行为相当不合理啊。你对玛莉·莱文沃斯如此盲从,一定有很好的理由吧。"

"噢,先生,"她喘了一口气,"我还以为我什么都看得很明白了。玛莉那么年轻漂亮又冰雪聪明,她那高贵的身姿屈尊来让我为她做事,还喜欢我,如果她和命案的凶手有什么关联,对我来说也是什么都不知道才好,我就只按照指示去办事,心里想着一切最终都会平安了结。我并没有理性地去分析太多,只是一味地凭感觉冲动行事。我也没办法不遵从她的意思去做,因为我天性就是如此。当一个我非常喜爱的人要求我去做事,任何事,我都没办法拒绝。"

"你很喜欢玛莉·莱文沃斯,而且你还认为她有能力犯下滔天大罪,是这样吗?"

"哦,没有,我没有这么说。我不确定,我只是想,她可能在某些方面和这个命案有关,但她不是真正的凶手。她绝不可能是凶手,她太优雅娇柔了。"

"贝尔登夫人,"我说,"你所认识的玛莉·莱文沃斯在哪一方面让你认为她不可能是真凶?"

她苍白的脸泛起了绯红。"我真不知道该怎么回答这个问题,"她大声说道,"说来话长,而且——"

"那就请长话短说吧,"我打断她,"请你告诉我最重要的一个原因就行了。"

"好吧,"她说,"原因是这样的,玛莉遇到了一个紧急情况,除非她伯父辞世,否则没有其他的方式能帮她解决问题。"

"啊,为什么会这样呢?"

就在这个时候,门廊上传来的脚步声打断了我们。我们向外望去,我看到Q正朝屋里走进来。我离开贝尔登夫人,走向大厅。

"怎么样?"我问道,"怎么回事呢?你还没找到验尸官吗?他不在家吗?"

"没有找到。他不在家,乘马车去看一名男子了,那里大概离此处有十来英里远吧,那人被发现时正躺在一辆牛车旁边的水沟里。"验尸官暂时来不了,我很高兴,他看到我脸上露出放心的表情,便朝我意味深长地眨眨眼说道:"验尸官得花很长时间才能到达目的地——如果他不是急急忙忙地赶路的话——我觉得他得花上好几个小时才能抵达。"

"是吧!"我回应道,被他的神情逗乐了,"路况很差吧?"

"非常糟糕。换成是我的话,肯定找不到能走得比步行还要快的马匹。"

"很好,"我说,"这样一来,情况就对我们有利多了。贝尔登夫人有一个很长的故事要讲,而且——"

"不希望被打扰。我明白。"

我点点头,他便朝着门口走去。

"你给葛莱斯先生发了电报没有?"我问道。

"发了,先生。"

"你觉得他会来吗?"

"会的,先生。即便是得撑着两根拐杖一瘸一拐地走,他也会来。"

"你觉得他几点钟能到这里?"

"最快的话,你三点钟能见到他。我要进山里去了,可怜的我得去看着我的那些队员们。"

说完,他悠闲地戴上他的帽子,慢慢地走上了大街。他的样子看起来就像是一个无所事事的人,一副不知道该做什么才能打发时间的模样。

这样一来,贝尔登夫人就有机会好好讲述她的故事了。她打起精神,准备娓娓道来。以下便是她所讲述的内容。

第三十二章　贝尔登夫人的讲述

> 可恨的、毁灭性的贪欲，
>
> 你就是爱与荣誉永恒的敌人。
>
> ——《被困的亚特兰姆》

> 没有女人的协助，恶行则永远不会得逞。
>
> ——《被困的亚特兰姆》

从我第一次见到玛莉·莱文沃斯到今年七月份为止，刚好一年整。那时候，我的生活极其单调又无聊至极。我爱慕美丽高尚的一切，讨厌肮脏卑鄙的事物，而且天性就容易受到浪漫和不寻常事物的吸引；不过，我当时经济状况颇为拮据，守寡的生活也相当寂寞，每天都是无边无际的缝纫活，忙忙碌碌，很是疲惫。当时，我已经开始以为，我就要被单调乏味的老年岁月的阴影笼罩住了。有一天早上，就在我的郁闷情绪达到最高点时，玛莉·莱文沃斯跨进了我家的门槛，她只是对我微微一笑，就完完全全地改变了我的人生轨迹。

这些话在你听来可能觉得夸张，而且当时她来拜访我也纯粹只是为了一桩小事。她听说我的缝纫活挺不错，就前来拜访。可是，如果你能看到那天她的样子，注意到她来到我身边时的神情，还有她的微笑，你就会原谅一个充满浪漫情怀的老妇人的愚蠢行为了。在我眼中,她真的就如同天仙下凡一般。事实上,她的美貌和魅力真的令我深深地着迷。几天后她又再度来访,这一次,她蹲伏在我脚边的凳子上,告诉我她很厌倦旅馆里的闲话和喧闹,能够跑来我这里真是一种解脱,而且她还能在我面前像孩提时那样撒娇。我当时就深深地觉得,这就是我的人生当中最真实的幸福了。她的态度让我以真切的温情回报她,很快,我就发现她对我过去的事情很感兴趣,于是我便饶有兴趣地、像讲有趣的寓言故事那样,把我的过往讲给她听。

第二天,她又来听我讲故事,第三天她又来了。每一次,她的双眼里都充满了热切的期盼和盈盈笑意,还有她那不安分的双手,那双抓住能触及的一切、又把握住的东西摧毁掉的双手。

但第四天她没有来,第五天、第六天也没有。我又开始感觉到老年岁月的阴影慢慢逼近。直到一天晚上,夜幕慢慢地爬上黄昏的天空时,她静悄悄地从前门进来,偷偷地走到我身边,一边用双手蒙住我的双眼,一边发出低沉而灿烂的笑声,把我吓了一大跳。

"你一定拿我没办法吧!"她大声说,一边把斗篷扔到一边,露出整套华丽的晚礼服,"我也拿我自己没办法。虽然这听起来很傻,可是我真的觉得我得跑出来,把心里的事情告诉别人。最近啊,老是有一双眼睛一直盯着我看,而且,它们让我这辈子第一次感到自己是个女人,是个皇后。"她看了我一眼,眼神中尽是相互矛盾的娇羞和高傲。她把斗篷围在自己身上,笑嘻嘻地大声说:

"你有没有遇到过会飞的精灵呢?有没有一缕月光带着玛莉的笑声、玛莉的雪白绸缎和明亮的钻石,照射到你这个牢笼里来呢?你说呀!"

她轻轻地拍了拍我的双颊,笑得那么迷人,却又令人不解。

即便是现在，在发生了这么多可怕的事情之后，我一回想起这个情景，还是忍不住泪水盈眶。

"这么说来，你的王子已经出现了？"我轻声问道，我指的是上一次她来我这里的时候我跟她讲过的故事。故事中的女孩在贫穷困苦之中等待了一辈子，盼望着英勇的骑士能把她解救出来，带她离开茅舍去皇宫居住。她曾高傲地嫌弃一名仰慕她的诚实的农家子弟，后来这名农家子弟带着为她辛苦挣来的丰厚财富回到她门前时，女孩却刚刚好离开了这个世界。

她听到这一句话就脸红了，往后退到门口，喃喃自语道："我不知道。可能不是吧。我——我还没有想那么多呢。王子才不会那么轻易就被人得到。"

"怎么？你要回去了吗？"我问，"自己一个人？让我陪你回去吧。"

但是她只是摇摇头，回答道："不，不。那样的话会破坏浪漫气氛的。肯定会的。我就像精灵一样的飞来，我也会像精灵那般离开。"随后，她就像一缕月光一般消失在夜色之中，在街上飘然离去了。

等到她再次来访的时候，我留意到她的举止当中不乏极度的兴奋，这比我们上次见面时那种腼腆害羞的甜美表情更加明显，我于是更确定她的芳心已经被爱人俘获了。果然，我和往常一样，在故事末尾以快乐结局收场，说男女主人公相互亲吻并步入婚姻殿堂，她却在临走前以一种忧郁的语气意味深长地说："我永远也不会结婚了！"说罢还长叹了一口气。我借机大胆地问她，可能也因为我知道她没有母亲才敢这么问吧：

"为什么呢？是什么原因，让这双朱唇说出这样的话？"

她很快地看了我一眼，又垂下了眼帘。我担心我冒犯她了，心里正觉得过意不去，她却突然用平稳而低沉的语气回答我说：

"我说我永远不能结婚,那是因为我唯一喜欢的一个男士永远都不可能成为我的丈夫。"

我天性中隐藏的所有浪漫情怀一下子被这句话唤醒了:"为什么不能?你这么说是何意?快点告诉我吧。"

"没什么好说的,"她回答,"全因我一直太过于软弱了,才会——"她不会用"坠入爱河"这样的措辞,因为她太高傲了:"欣赏这样一个人,一个我伯父永远都不会允许我结婚的对象。"

她站起身,看起来似乎要离开,但我把她拉住了。

"你的伯父不允许你和他结婚!"我把她的话重复了一遍,"为什么?因为他没有钱吗?"

"不是的。伯父爱财,但也不至于爱到那种程度。而且,克拉弗林先生也不穷。他在他的国家拥有一栋漂亮的房子——"

"他的国家?"我打断了她,"他不是美国人?"

"不是,"她回答道,"他是英国人。"

我不明白为什么她要用这样的方式说出刚才的这番话,但我心里猜想的是她此刻内心正在痛苦地回忆着一些秘密,于是我又问:"那又有什么问题呢?他不是——"我想说"用情专一",但话到嘴边我又忍住了。

"他是个英国人,"她说话时候的语气与先前一样,充满痛苦,"这一点就说明一切了。伯父永远都不会让我和一个英国人结婚的。"

我十分惊讶地看着她。我怎么也想不到原因竟然如此简单,甚至幼稚。

"他对这件事情的执着已经到了不可理喻的程度了,"她继续说,"与其让他答应给我和一个英国人结婚,我还不如让他答应我去投河自尽算了。"

一个比我有更准确判断力的女人应该会在此时说:"好吧,

既然是这样,你为何不把他从你心中抹去,把他忘掉?为何还要跟他交谈,和他共舞,而且还让你自己的欣赏之情发展成为爱慕之心?"但我当时被浪漫情怀冲昏了头脑,而且也为这样一个我无法理解、无法认同的偏见感到气愤,因此我说:

"可这不是纯粹的霸道行为吗!他为什么要那么憎恨英国人?而且即便是他真的痛恨英国人,为何你要强迫自己去顺从他那毫不合理的怪念?"

"我为何要这样做?我能告诉你么,夫人?"她说着,脸上泛起红晕,还把视线转开了。

"告诉我,"我回答道,"把事情的全部都告诉我。"

"好吧,反正你已经看到了我最好的一面,让你知道我最糟糕的一面也无所谓了。我很讨厌惹伯父不高兴,因为——因为——在我成长过程中,他就一直把我当成继承人来培养,我深知,如果我要和一个他不喜欢的对象结婚,他必定会立即改变初衷,一分钱也不留给我。"

"可是,"这一番坦白无不打击了我的满腔浪漫情怀,我大声地说道,"你又告诉我克拉弗林先生家境尚可,所以你不用继承什么财产也没问题;而且如果你爱——"

她的紫色眼眸闪烁着,十分惊讶。

"你不明白,"她说,"克拉弗林先生不穷,但我伯父非常富有。我会变成皇后一般——"她停住了,颤抖着,扑倒在我胸前。

"噢,这让人听起来我很唯利是图,我知道,但这都是我的成长环境的过错。我所受到的教育都是让我崇拜金钱。没有了金钱,我的生活就没有了任何依靠。可是——"她的脸庞忽然显露出另外一种情感,表情也变得更温柔,"我无法对亨利·克拉弗林说'你走!我的未来比你更珍贵!'我无法说出口,哦!我做不到！"

"这么说，你是爱他的了？"我问道，决心要将事情追问到底。

她焦躁地站起身："难道这不就是爱的证明了吗？如果你了解我，你就会说是的。"随后，她转过身，面对着一幅挂在客厅墙上的画像站住了。

"这看起来很像我。"她说。

我拥有两幅精美的画像，这是其中的一幅。

"是的，"我说，"这正是我珍视它的原因。"

她好像没有听到我所说的话，全身心投入地凝视着面前那张精致高雅的面孔。

"这真是一张讨人喜欢的脸蛋，"我听到她说，"比我的还要更甜美动人。我在想，她会不会在爱情和金钱之间做选择时踌躇不决。我觉得她不会。"她说着说着，脸上的表情就变得越来越忧郁和悲伤："她只会想到自己能得到的快乐和幸福，她不像我这么难。埃莉诺会非常喜欢这个女孩的。"

我觉得她已经忘记了我的存在，因为她一提到自己堂妹的名字便飞快地转过身来，表情带有些许怀疑，轻声地对我说：

"我亲爱的老妈妈看起来好像被吓到了。她并不知道，听她讲故事的人是这么一个毫不浪漫的坏蛋，她还一个劲地讲那么美好的故事，爱神杀死恶龙，住在洞穴里，他踏上烧红的犁头，就像走在春天柔和的青草地上那样。"

"才不是那样，"我说着，心里对她的欣赏和怜悯之情油然而生，忍不住把她抱在怀里，"如果我真的被吓到了，那也没有任何关系。我还是会讲那些故事给你听，讲这些爱情故事，让令人疲惫的日常生活变得既甜蜜又快乐。"

"真的吗？那你就不觉得我是一个讨厌的人了？"

我能怎么回答呢？我觉得她是这个世界上最迷人的生物，而我也这样坦白地告诉了她。她听完立刻就恢复了快乐活泼的样子。我当时并没有这么想，现在也更不会这么认为——她比较在意我的正面的观点；不过她生性便是渴求别人仰慕的，一旦受到仰慕，便不由自主地心花怒放，如同花儿在阳光下绚烂绽开一般。

"那你还会让我来你这里，继续告诉你我有多坏么？——如果我一直这么坏下去，我一定会一直这么坏下去的，你会不理我吗？"

"我永远都不会不理你的。"

"即使我做了一件可怕的事情也不会吗？即使我和我的爱人在夜里私奔，让伯父在事后发现自己一直深爱着偏袒着的人已经弃他而去，你也不会吗？"

她这番话说得比较随便，态度也并不是很认真，因为她也不等我回答就继续往下说了。不过，这次对话却在我们两个人的心里留下了深深的印记。接下来的几天，我一直暗暗思忖，万一真的让我去策划一场动人心弦的私奔，应该怎样才能成功地结尾。当某天晚上汉娜来到我的门口——可怜的汉娜，她当时还是玛莉·莱文沃斯小姐的贴身女仆，现在却在我的屋檐底下死去了——她当时带来一封小姐写的信，你应该可以想象得到，我是有多么的兴奋。那封信是这样说的：

明天请为我准备好这一季最动听的故事；里面的王子要非常英俊潇洒——跟你听到过的某个人那样，公主则要像你那温顺的小宠物一样傻。

玛莉

这封短信在我看来只有一个意思,那就是她已经订婚了。但第二天,我的玛莉并没有来访,隔天也没有,第三天也不见她的身影。除了听说莱文沃斯先生已经结束了他的行程,回到旅馆里,我没有收到其他任何的消息或信件。我又在漫长的等待中度过了两天。次日,黄昏刚至,她就来了。我已经有一个星期没有见过她,但她脸上的表情和神态变化之大,却让我感觉仿佛有一整年都未曾与她碰面了。我几乎没办法愉快地去迎接她,她和之前的样子差别太远了。

"你感到很失望,对不?"她一边看着我一边问道,"你期待听到的是坦白、充满希望的悄悄话,还有各种甜蜜的秘密,但现在你看到的却是一个冷冰冰的痛苦的女人,我在你面前也是第一次像现在这样觉得不想交谈。"

"那是因为你的爱情为你带来的麻烦多于鼓励。"我回答她。我也有些畏缩,不仅因为她的言语,更因为她的态度。

她并没有回应我的话。她站起身,在房间里踱步。一开始整个人冷冰冰的,后来露出了一点激动的神色,随后她的态度就发生了变化。她突然停住了,转过身来对着我说:"贝尔登夫人,克拉弗林先生已经离开了 R 镇——"

"离开了!"

"我伯父命令我叫他离开,我遵从了他。"

我手头的针线活掉下地,我打心底里感到非常失望:"啊!这么说来,他已经知道你和克拉弗林先生订婚的事?"

"是的。他刚回来不到五分钟,埃莉诺就告诉他了。"

"那——她——在此之前也知道了?"

"是的,"她叹气道,"她实在忍不住。我太蠢了,我刚订完婚的种种喜悦和软弱都被她看出来了。我当时并没有想到后果,但我应该早就想到的,她这个人太刻板谨慎、太讲良心了。"

"我倒觉得把他人的秘密说出来并不是讲良心的表现。"我回答道。

"那是因为你不是埃莉诺。"

我一时不知道怎么回应她好,于是便说:"所以你的伯父一点也没有赞同你订婚的事?"

"赞同?我不是告诉过你,他永远都不会同意我和一个英国人结婚吗?他说他宁愿看到我下葬!"

"所以你就屈从了?一点也没有反抗?你就这样让这个铁石心肠的人得逞了?"

我说这些话之前,她正要走到那幅曾吸引她注意力的画像跟前,再度端详;听到我这么说,她斜看了我一眼,意味深长。

"他下了命令,我就遵从了。如果那是你所指的意思的话。"

"所以你就让克拉弗林先生走?你已经许下诺言要当他的妻子了。"

"是啊,为何不可?我发现我没办法恪守诺言。"

"所以你已经决定不跟他结婚了?"

她并没有立刻回答我的问题,反而是机械地抬起头面对着那幅画。

"我伯父会告诉你,我已经决定要被他的意志所掌控了!"她后来终于回答我的问题,我感到她的语气里尽是苦涩的自嘲。

我感到极度失望,忍不住哭了起来。

"噢,玛莉!"我大叫道,"噢,玛莉!"这话一说出口我便立刻脸红了,我为自己直呼她的名字而感到惊讶。

但她似乎没有注意到。

"你要责备我吗?"她问,"听从我伯父的意旨,由他摆布,这难道不是我最直接的责任?他不是把我抚养成人了吗?不是他让我享尽奢华吗？没有他，我又怎能成为今天的我？从我懂得什么是钱财开始，他所送给我的每一件礼物，对我说的每一句话，都无不是向我的心灵灌输对财富的热爱。如今，我就该为了一个我只认识了两个星期的人弃他而去，背弃他对我的养育，充满睿智、宽容和自由的养育？仅仅为了那个人所宣称的爱情，我就得用我现在的一切去交换吗？"

"可是，"我无力辩驳，心里想，她语气里充满的讽刺意味说明她的想法其实和我的并非相去甚远，"如果在区区两个星期的时间里，你就对这个人的爱慕超过了其他的一切，甚至连你伯父的财富能带来的——"

"但是，"她说，"那又如何呢？"

"那么，我想说，你可以与你选择的男士共同过上幸福生活，即便你不得不与他偷偷地结婚，你也应该相信自己有能力慢慢地打动你的伯父，渐渐地让他谅解你们。"

你真应该看看她当时听到我这番话时脸上一闪而过的那种狡黠的神情。"我觉得这样应该会好一些吧——"她一边说，一边投到我怀里，把她的头靠到我肩膀上，"先获得伯父的欢心，然后再和我那勇敢的爱人一起私奔，这样不是更好吗？"

她的态度让我感到颇为惊讶，我捧起她的脸，盯着它看。她的脸上尽是愉快的微笑。

"哦，我的亲爱的，"我说，"你还没有让克拉弗林先生离开呢，对吧？"

"我是让他离开了没错。"她故作正经，低声地说。

"但并不是心灰意冷地离去，对吧？"

她突然发出银铃般的笑声。

"噢，我亲爱的老妈妈，你真是个了不起的媒人！你对我们的事情这么感兴趣，好像是你自己陷入爱河一样。"

"快告诉我吧。"我催促她说。

很快，她又恢复了那严肃的神情。

"他会等着我的。"她说。

第二天，我就把我针对她和克拉弗林先生秘密交往所做的计划交给了她。我的计划是让他们两人都使用假名，她用我的名字，因为使用陌生人的名字可能更加容易引起怀疑；克拉弗林先生则用勒罗伊·罗宾斯这个名字。这个想法让她很是欢心，她把将要使用在信封上的秘密暗号做了细微的修改，以便区分她的信和我的信，随后便开始采用这个计划。

所以就这样，我迈出了毁灭性的一步，把自己卷入整个事件之中。让这个年轻女孩自由地使用我的名字，我似乎和我当时仅存的一点理性和谨慎分道扬镳了。从那以后，我就只是她忠心耿耿的仆人，为她密谋、策划，替她抄写她带来的信件，放进信封里，写上我们同意使用的假名；又忙着想办法，在不被人发现的情况下，把他寄来的信转寄给她。汉娜就是我们的媒介，因为玛莉觉得她太频繁地造访我家并不是明智的举措。在没有其他办法的情况下，我也只能把信件都交到汉娜手里。汉娜生性沉默寡言，也不识字，因此，这些写着收件人是艾米·贝尔登夫人的信件必定能够安然无恙地到达其目的地。我也相信它们确实都安全地被玛莉收到了。无论如何，据我所知，在利用汉娜做中间人的这一方面，从来没有遇到任何麻烦。

但事情马上就要有所转变了。克拉弗林先生在英格兰家中病弱的老母亲突然召唤他回家。他准备要启程，但他被爱情冲昏了头，疑虑重重，担心一旦他离开，以后要重新俘获玛莉的芳心就机会渺茫了，毕竟她拥有众多热切的追求者。于是他给玛莉写信，把自己的疑虑都告诉她，请求玛莉在他出发之前与他结婚。

"让我成为你的丈夫吧，我会对你百依百顺的，"他是这么写的,"只有确定你是属于我的,我才能安心离开;没有这份确定,我就无法走。除非我母亲在临终前要见她的独子最后一面,否则我是坚决不会离开的。"

碰巧的是,我从邮局把这封信带回家时,她刚好也在。我永远也忘不了她读信时的样子。一开始她看起来像是受到了侮辱,但很快便平静下来,对事情进行仔细考虑。随后她动手写了一封信,让我抄写。短短的几行字中,她承诺要答应他的请求,但前提是由她来向外界宣布婚事,而且他必须同意,一旦婚礼仪式举办完毕,在举行婚礼的教堂或任何其他场所的门口,他就得立刻与她告别并离开。在她向外界宣布婚事已成之前,他不得再出现在她面前。不出所料,几天之后她收到了明确答复:"任何条件都没问题,只要你能为我的人。"

此后,艾米·贝尔登在策划事情方面的聪明才智再度派上了用场。这一次是安排整个结婚仪式的过程,杜绝让任何外界人士发现当事方。我感到整个过程困难重重。首先,极其重要的一点是婚礼得在三天内举行,因为克拉弗林先生在收到她的信之后已经订好船票,准备在下一个星期六搭乘蒸汽轮船回英国;其次,他和莱文沃斯小姐两个人的外表都过于引人注目,要在这里秘密结婚而不引起任何传闻实在没有可能。话虽如此,举办结婚仪式的地点最好也不应该离此太远,否则往返莱文沃斯家所住旅馆的时间太长,必定会引起埃莉诺的怀疑;玛莉觉得最好不要让她起疑心。她的伯父,我忘记说了,当时并不在这里,在克拉弗林先生表面上被拒绝之后不久他便离开了。全盘考虑之下,F镇是我能想到的唯一一个地点,它在距离上既占有优势,交通方面又相当便利。虽然它在铁路沿线并非一个重要地点,但有利的一点是,镇上的牧师是个行事低调的人,而且他居住的地方距离火车站不到六十码。他们能在那里碰头么?经过询问,我觉得这很可行,我也因这个浪漫的计划而感到精神抖擞,进而思考其他的细节。

接下来我要告诉你的,是几乎导致全盘计划功亏一篑的环节:我指的是埃莉诺察觉到了玛莉和克拉弗林先生之间的通信。事情的经过是这样的。由于汉娜当时经常来找我,所以渐渐地很喜欢和我在一起。有一天晚上她过来和我坐了一下,但她才坐下不到十分钟左右,前门就有人敲门。我去开门,见到玛莉站在门口。我当时是从她的斗篷认出她的。我以为她有信件要寄给克拉弗林先生,于是抓住她的手臂,把她拉进大厅,一边对她说:"你带来了吗?我今晚就得马上寄出,要不他就来不及收信了。"

说到这里我停了下来,因为这位被我拉住手臂、气喘吁吁的人转过头来,我才看到眼前的面孔很陌生。

"你弄错了,"她大声说道,"我是埃莉诺·莱文沃斯,我来这里找我的女仆汉娜。她在这里吗?"

我只能充满担忧地举起手,指着坐在她眼前房间角落里的女孩。这位莱文沃斯小姐立刻便转身要出门。

"汉娜,我有事情找你。"她说。她本来有可能会不发一言便离开我家,但我抓住了她的手臂。

"哦,小姐——"我开口叫道,但她给了我一个脸色,我只好放开了她的手。

"我与你无话可说!"她以一种低沉而又令人心悸的口吻说,"不要拉着我。"随后,她看了一眼汉娜是否跟着她,便走了出去。

接下来大约一个小时的时间里,我一直蜷缩在楼梯口她转身离去的那个地方。后来我就去睡觉了,但一夜未曾闭眼。第二天天刚破晓,第一缕晨光初现,玛莉就来了,你可以想象我有多惊讶了。她从楼梯跑上来,走进我的房间里,看起来比任何时候都要更美丽。她不住颤抖的手里拿着一封写给克拉弗林先生的信。

"哦!"我既感到高兴,又如释重负,"她能体谅我的做法了,对吧?"

玛莉本来欢快的表情顿时显露出明显的鄙视:"如果你说的是埃莉诺,没错。她要开始忙活了,她觉得那是她的本分,我的老妈妈。现在她知道了我还爱着克拉弗林先生,而且仍与他保持通信。你昨天晚上认错人,让我没办法继续瞒着她,所以我只能退而求其次,把实情告诉她了。"

"你没有告诉她你要结婚的事吧?"

"当然没有了。我觉得没有必要的交流就不必去浪费唇舌。"

"你觉得她没有你预期的那么生气吧?"

"她没有大发雷霆,但也是够生气的了。可是,"玛莉继续说,语气中尽是自嘲的悔意,"我不认为她那种义愤填膺的样子是生气。她很伤心倒是真的,老妈妈,她很伤心。"说完她大笑了一声,我觉得这并不是出于要表达对她的堂妹的看法,而是因为她为自己感到松了口气:"我是不是把你折磨得太痛苦了呀,我的老妈妈?"

她的确是挺折磨我的,而我对此也无法作什么掩饰。

"那她会不会告诉你们的伯父?"我倒吸了一口气。

玛莉脸上天真的表情瞬间转变了。"不会。"她说。

我感到重压在心头的滚烫烫的石头掉到了地上:"那我们还能继续进行下去了?"

她伸出手,把信递给我,当是对我的回答。

我们为达成目的,共同商榷了这样的计划:到了指定的时间,玛莉就会告诉埃莉诺她要离开一阵,因为她答应了我,要带我去邻近的镇上拜访一位朋友。随后她就搭乘事先安排好的马车来我这里,我再与她汇合。我们会立刻动身去 F 镇的牧师家中——如无意外,那里应该是一切都为我们准备就绪了。但在这个看似简简单单的计划当中,我们还是忘记了一个因素,那就是埃莉诺对她堂姐的感情,她爱之深,责之切。我们深知她已经起了疑心,但令我们万万没有料到的是,她竟然会跟踪玛莉而来,要求玛莉对自己的行为作出解释;我对她不甚了解,玛莉则对她的个性了如指掌,但我们都完全没有预料到,事情就是这么发生了。这里请让我再解释一下。玛莉,她按照计划在埃莉诺的梳妆台上留了一张字条,后来她到了我家,刚要脱下长斗篷,让我看她里面穿着的裙装,我们就听到前门传来急促的敲门声。我急急忙忙地帮玛莉把长斗篷披回去,然后跑去开门。你一定觉得毫无疑问,我当时心里盘算的是用三两句客套话把来访者打发走,但我身后传来的声音却说道:"我的天啊!是埃莉诺!"我转头一看,玛莉正透过门廊的百叶窗往外面看。

"我们该怎么办?"我惊慌失措,大声说道。

"怎么办?就这么办,你开门让她进来。我才不怕埃莉诺呢。"

我立刻照做了。埃莉诺·莱文沃斯脸色苍白,但神情十分坚决,她走进屋子,走到这个房间里,差不多就在你坐着的这个位置,开始与玛莉对质。

"我来这里是为了问你,"她说着,一边扬起脸,她的表情当中融合着温柔和力量——即便在那令人忧心忡忡的时刻,我还是忍不住打心底里钦佩她,"我的请求没有任何理由,我就是想问你能不能允许我今天早上与你一同前往?"

玛莉原本已经做好准备要应对一些谴责或是恳求的话语,此时,她一副漫不经心的样子,把脸转过去对着窗玻璃。"很抱歉,"她说,"但马车只能坐得下两个人,我没办法,只能拒绝你的请求了。"

"那我另外再叫一辆马车。"

"可我不希望你陪我同去，埃莉诺。我们是去游玩的，而且不希望别人打扰我们。"

"你不愿意让我与你同行吗？"

"如果你一定要乘坐另外一辆马车前往，我也没办法阻止你。"

埃莉诺的神情越发认真起来。

"玛莉，"她说，"我们从小一起长大。我就算不是你的亲姐妹，也情同亲姐妹，我不能眼看着你在只有这位女士陪伴的情况下前去。请你告诉我，我能不能像亲姐妹那样陪你一起去？不然的话，我就得像你的名誉监护人那样，不顾你的反对，跟着你去。"

"监护我的名誉？"

"因为你要去见克拉弗林先生。"

"那又怎样？"

"那个地方离家二十英里啊！"

"那又怎样？"

"你觉得你这样做是经过三思而且无损名誉的吗？"

玛莉那高傲的嘴唇不高兴地抿了起来。

"把你养大成人的那双手，同样也养育了我！"她不满地大声说道。

"现在没有时间争论这些了。"埃莉诺反驳道。

玛莉的脸变得通红。她个性当中所有的敌对意识在此刻全部被唤醒了。她在盛怒之中无法顾及后果，语气中带着威胁，看起来如同婚姻女神朱诺一般。

"埃莉诺，"她大叫道，"我正准备前往 F 镇去和克拉弗林先生结婚！你到底还要不要跟着我去？"

"我要去。"

玛莉的整个态度都转变了。她冲上前去,一把抓住堂妹的手臂摇晃着。

"为什么?"她大叫,"你打算去干什么?"

"见证你的结婚仪式,如果整个婚姻都是真实的话。如果有任何不真实的因素会影响结婚仪式的合法性,那我就可以帮你避免蒙羞。"

玛莉的手从她堂妹的手臂上落了下来。"我真是不懂你这个人,"她说,"我还以为只要是你觉得不正确的事,你就绝不给予支持。"

"我也不懂我自己。不过,任何了解我的人都会明白,我这样违背自己的意愿去参加婚礼,做见证人,并不代表我赞成这桩婚事。"

"既然你都这么说了,为什么还要去?"

"因为我把你的名誉看得比我自己的安宁还要重要。因为我爱我们共同的恩人,我知道如果我就这样让他的心肝宝贝结了婚,他是绝对不会原谅我的。但是,尽管这桩婚事与他的意愿截然相反,我仍得去参加婚礼,起码让结婚仪式的过程看起来值得令人严肃对待。"

"可是如果你来做见证人的话,你就等于让自己卷入一个弥天大谎之中——这难道不是令你厌恶至极的吗?"

"还能有比目前的情形更令人厌恶的吗?"

"埃莉诺,克拉弗林先生并不会和我一起回来。"

"不会吗?我想也不会。"

"我在婚礼结束之后就立刻和他分开。"

埃莉诺低下了头。

"他要前往欧洲,"她说完停了停,"我则回家。"

"你要回家等待什么,玛莉?"

玛莉的脸立刻变得通红,她慢慢地转过身。

"我想我要做的是每一个女孩在这样的状况之下都会做的事情,等事情有所转机,等固执冷酷的家长心中出现更多的理智。"

埃莉诺叹了口气,随后两人陷入一阵沉默。突然,埃莉诺扑通一下跪到了地上,把她堂姐的手握在自己手里。

"哦,玛莉,"她一边啜泣一边说,她先前的高傲神情消失殆尽,取而代之的是低声下气的恳求,"你一定要三思而后行啊!趁现在还为时不晚,好好想想这样的行为会给你带来怎样的后果。建立在欺瞒之上的婚姻是绝对不会给人带来幸福的。爱情——不过这并不是爱情,真正的爱情会让你做出的抉择是这样的:要么立刻让克拉弗林先生离开,要么公开坦诚地接受与他的结合可能给你带来的命运转变。只有被激情冲昏了头脑的人,才会选择如此下策去隐瞒欺骗。至于你,"她继续说着,同时站起身,转向我,神情里带着孤注一掷的希望,令人十分动容,"看到这样一个从小便没有母亲的女孩被自己的任性所驱使,没有丝毫理性的约束,正要走上她自己一手铺设的道路,这条路黑暗而曲折,你能坐视不管,不出一言相劝,不恳请她谨慎行事吗?如此欺瞒的后果,必然是她会带着满脸愁容来找你哭诉。告诉我,身为人母的你,当这样的情况发生时,你将会给自己怎样的理由,解释你在今天的局面中所扮演的角色?"

"大概也是和你同样的理由,"玛莉的声音插了进来,语气冰冷,不甚友好,"当伯父追问你,为什么没有他在场的情况下你也能允许如此大逆不道的行为发生,你就会用同样的理由回答他:玛莉已经无法自拔了,玛莉她豁出去了,而且周围的每一个人都只能按照她的意愿去做。"

这番话的效果就如同一个温度极高的房间里头突然吹进了一

股冰凉刺骨的风。埃莉诺顿时愣住了，她往后倒退，脸色苍白却神态镇定，随后她看着她的堂姐说道：

"这么说来，没有什么能够让你改变心意了？"

玛莉抿起嘴，算是给这个的问题唯一答案。

雷蒙德先生，我不想过多描述我当时的感觉，免得让你听了觉得累，但玛莉当时抿嘴的动作让我第一次对自己的处事智慧感到极度怀疑，是我促使事情发展到当时那个地步。她那上扬的嘴唇比埃莉诺的言语更清晰地向我展示了她当时是怀着怎样的情绪去面对即将开展的计划。我一下子感到有些灰心和沮丧，我正准备开口说话，玛莉却阻止了我：

"等等，老妈妈，你可不要开口承认你现在很担心受怕，我可不听这些。我既然已经许下承诺，今天和亨利·克拉弗林完成婚事，我就要信守承诺——即使我不爱他，也得信守承诺。"她最后又以冷漠的语气强调了一句。说完，她便对我微笑。这个笑脸让我忘记了一切，脑子里只想着她就要踏上自己婚礼的红毯了。她把面纱递给我，要我帮她系上。我用颤抖的手指帮她系着的时候，她直视着埃莉诺说：

"你对我的命运如此担忧，远远超出我的预料。你将继续这样一路担忧着，直到到达目的地吗，还是我能指望拥有片刻的安宁，让我可以幻想接下来的路，也就是你所说的会给我带来恶果的路？"

"如果我跟你前去——"埃莉诺回应道，"那我也是以一名见证人的身份与你同去，仅此而已。作为妹妹，我这么做也履行了我的义务。"

"很好，那么，"玛莉说着，语气中突然充满了愉快，"我想我只能接受目前的情况了。老妈妈，我非常抱歉要让你失望了，马车只能坐得下两个人。如果你觉得没问题的话，今天晚上就等我回来,你将会是第一个给我祝福的人。"说完,我几乎还没有回过神来,她们两人就已经登上了在门口等候的马车。

"再见,"玛莉大声说,一边从车后座挥着手,"祝我这一路走得非常愉快吧。"

我也想这么做,但祝福的话我却怎么也说不出口。我只能挥挥手作为回应,然后哭着跑回了屋里。

接下来那漫长的一天里,我时而感到后悔,时而焦虑不堪,我真不知道该如何形容当时的心情。接下来还是从当晚的情形说起吧。我独自一人坐在房间里的煤油灯下,留意着看她们是否回来。玛莉答应过她会回来的。就当我等得快要死心时,玛莉偷偷地溜进屋来,她裹着长斗篷,美丽的脸庞上染着红晕。

她一走进来,外头旅馆门廊中正在播放的热情舞曲也随之飘进来,为我的幻想平添不少奇异的效果。当她甩掉长斗篷,露出里面的婚纱和头上戴着的白色玫瑰花时,我心里没有一丝讶异。

"哦,玛莉!"我大声叫道,泪水涌入眼眶,"你现在成了——"

"亨利·克拉弗林夫人,愿意为您效劳。我现在是一名新娘呢,夫人。"

"没有婚礼的新娘。"我一边喃喃自语一边热切地拥她入怀。

她也察觉到了我的情绪。她偎依在我怀里,放松自己大哭了一场,在啜泣之间说着一些充满温情的话语。她告诉我她有多么爱我,说整个世上只有我能让她有胆量在新婚之夜来此寻求慰藉和祝福,她还说,现在一切都过去之后她感到非常恐惧,仿佛告别了自己的姓,就等于是失去了某种无法估量的价值。

"你让他成为最自豪的男人,这样的想法难道不让你觉得安慰吗?"我问道,同时感到相当失望,因为我无法让这对恋人感到幸福。

"我也不知道,"她啜泣着说,"他能有什么满足感?他会觉得自己这辈子就和一个女孩绑在一起了,而且这个女孩还会命令他离开,就为了不失去未来的财富。"

"告诉我你心里是怎么想的吧。"我说。

不过她当时并没有心情向我述说。一整天的激动情绪已经让她感到很疲惫。而且她的头脑似乎被恐惧感占据了。她蜷缩在我脚边的凳子上,双手交握,脸上的光彩让她身上穿着的华丽服饰显得有些不真实:"我怎么能够保守得住这个秘密!这个念头每分每秒都萦绕在我的脑中,我该怎么保密!"

"怎么了?现在有被人发现的危险吗?"我询问道,"你被人看到了吗?还是有人跟踪你?"

"没有,"她喃喃地说,"一切都进行得很顺利,但是——"

"那哪里有危险呢?"

"我不知道该怎么说,但有些事情就像鬼魅那样,它们不会被平抚,它们会重复出现,喋喋不休,不管我们情不情愿,它们都会把自己显现出来,让人知晓。我以前都没有想到这一点。我失去了理智,不顾后果。但夜幕降临以后,我就感到夜晚把我压得喘不过气来,它就像一幅沉重的幕,硬生生地扼杀了我心中的生命、青春和爱情。日光还在的时候我还能忍着,但现在——哦,夫人,我做了一件会让自己不断感到惊恐的事,我让自己陷入了每时每刻的忧惧之中。是我一手毁掉了我自己的幸福。"

我惊讶得说不出话来。

"过去两个小时里我一直假装成很快乐的样子。穿着我的白色婚纱,头上戴着玫瑰花,我向朋友们招呼示意,就好像他们是婚礼的宾客那样,也骗自己说所有对我的赞美——无数的赞美,都是对我的婚姻的祝福。但这一点用都没有,埃莉诺早就知道这没有用。她已经回家去,在自己房间里祈祷了,而我——我则第一次,也有可能是最后一次,来这里,倒在别人的脚边哭泣,喊着'求上帝怜悯我'!"

我看着她,几乎无法控制内心的情绪:"哦,玛莉,难道我所做的一切就只是让你感到痛苦吗?"

她没有回答。她头上的玫瑰花环掉落到地上,她正要去捡起来。

"如果我没有被教导成这么热爱钱财就好了!"她最后开口说道,"如果我能像埃莉诺那样就好了,把我们从小便拥有的奢华视为身外之物,在责任和爱情的召唤下可以轻易抛开!如果荣誉美名、美言奉承和高雅事物对我来说都不太重要,那该有多好!如果爱情、友情和家庭的幸福感对我来说更为重要,那该有多好!如果我能够解开身上那绑着无数奢华之物的锁链,自由地走上一步,那该有多好!可埃莉诺她就能做到。虽然她的美丽和妩媚伴随着专横,而且当别人冒犯了她个性中敏感的部分时,她就会摆出傲慢自大的样子,但是,我知道,她会去那低矮、冰冷、昏暗又散发着臭味的阁楼里,一坐就是几个小时,把一个脏兮兮的孩子抱在膝边,还会亲手喂食给脾气暴躁、无人愿意碰触的老妇人。噢,噢!人们老是说,人会悔过,说人的心会改变!可是我怎么一点改变的希望都没有!没有希望改变现在的我,我就是一个自私自利、任性固执、唯利是图的女子。"

她这种情绪的迸发并非转瞬即逝的事情。那天晚上,她还发现了一件事情,几乎让她的忧虑变成恐惧。此事便是埃莉诺在过去几周一直在写日记。

"哦,"第二天她向我哭诉此事,"每次我走进她的房间都要面对那本日记,我还有什么安全感可言?虽然我已经尽我所能向她表示,她这样做背叛了我对她的信任,但她还是不肯把日记销毁。她说这只是她拿来保护自己的,如果伯父指责她,说她背叛了伯父，背叛了伯父的幸福，她就能拿日记出来作辩解。她保证会把日记锁起来，但这么做有什么用呢！无数的意外都有可能发生，任何一个意外都有可能让这本日记落入伯父手中。只要这本日记存在一刻，我就一刻都无法感到安宁。"

我试着安抚她的情绪，我说如果埃莉诺并无恶意，那这样的担心就毫无必要。但她还是不肯平静下来。见她如此心神不宁，我便提议让埃莉诺把日记交给我保管，直到她某天觉得有必要用上时，再拿出来。玛莉觉得这个主意非常好。

"噢，太好了，"她大声说道，"我还要把我的结婚证书也放在一起，这样我就能一下子消除所有的担忧了。"

在那天傍晚之前，她就已经与埃莉诺碰了面，并提出了要求。

后来她们又加入了附带条件，那便是，如果没有双方一致的要求，我就不得销毁或交出任何一份文件。随后她们找来一个小锡盒，把所有能证明玛莉的婚姻的文件都放了进去，也就是结婚证书、克拉弗林先生的信件，以及埃莉诺的日记当中与此事相关的那几页。她们把锡盒交给我，嘱咐说明那些附带条件。后来，我就把盒子放在楼上的某个衣柜里，一直放到昨天晚上。

贝尔登夫人说到这里停住了，她脸色绯红，颇为痛苦。她抬起双眼与我对视，神情当中既有焦虑，又有恳求，看起来很不协调。

"我不知道你会说些什么，"她又开口说道，"我因为太担心，昨天晚上不顾你的建议，把那个盒子从衣柜里拿了出来，带到外面去了。这个盒子现在——"

"在我手里。"我平静地帮她把话说完。

我从来没见过她这么惊愕的样子，即便是在我告诉她汉娜的死讯时，她看起来也没有现在这么震惊。

"不可能!"她惊呼,"我昨晚把锡盒放在一个老农舍里,后来那里着火烧成废墟了。我本来只是想暂时把它藏起来而已,匆忙之间又想不到有更好的地方。那个农舍据说是闹鬼的——以前有个人在那里上吊自杀了——所以从来没有人敢接近。我——我——盒子不可能在你手上!"她大声地说,"除非——"

"除非我在农舍被烧毁之前就找到盒子,并把它带走了。"我说。

她的脸看起来更加通红了:"那你跟踪了我?"

"是的,"我说。我觉得自己的脸也红了起来,于是急忙解释道:"你我的角色一直很奇怪,这让我们自己也都觉得不自在。等到以后时过境迁,我们会请求彼此的谅解。但现在我们先不管这些了,盒子现在很安全,我现在急着要听你继续说接下来发生的事情。"

我的这番话似乎让她镇定下来,很快她又开始继续讲述。

这件事情完成之后,玛莉似乎又恢复了原来的模样。后来,莱文沃斯先生回到镇上,紧接着他们便开始准备打道回府,因此我也很少见到她。但是,我所见到的已经足够让我担忧了,因为所有关于玛莉婚姻的证明都被锁了起来,我感觉,她所愿意看到的是这桩婚事就要变得无效了。不过,我也有可能错怪她了。

关于这几个星期的故事差不多就要告一段落了。他们要离开前的某一天晚上,玛莉来我家和我道别。她手里拿着一件礼物,请原谅,我不能告诉你它的价值,因为我没有收下,尽管她当时使尽各种聪明的小花招,连哄带骗地要我收下。不过,那天晚上她说了一些话,让我一直难以忘怀。事情是这样的。我告诉她,我希望她在不到两个月的时间内就能等来成熟的时机,让克拉弗林先生回来,如果那一天到来,我希望她能通知我。但她突然打断我的话说:

"伯父他只要在世一天,就绝不会就像你所说的那样'心软'的。如果我之前就确信这一点,那么我现在对此就更深信不疑了。除非他过世,否则我绝对不可能派人去请克拉弗林先生回来。"这时我心里感到惊讶不已,她这番话意味着他们之间的分离将会极其漫长。她见到我的表情,有些脸红了,便轻声说道:"我们的前景看起来不容乐观,不是吗?但如果克拉弗林先生真的爱我,他就能等我。"

"可是,"我说,"你伯父现在才刚刚度过盛年,看起来也十分健硕,这意味着要等待很多年啊,玛莉。"

"我不知道,"她喃喃低语,"我想不会吧。伯父的身体并没有看起来那么好——"她并没有继续说下去,可能她自己也被话题的转变吓住了。不过当时她脸上的有一种表情让我感到不解,一直到现在我都没有想透。

不过从那时到现在已经有好几个月的时间了,我的日子又在寂寥之中度过,她所提及的可能性也并没有发生。我也仍旧为她的魅力所着迷,所以即便有什么东西刻意给她的形象蒙上阴影,我也很快将负面想法挥诸脑后。不过,秋日里的某一天,我收到一封由克拉弗林先生写给我的亲笔信。这封信,从头到尾都以真切的言语恳请我向他说明爱人的真实情况,他问,她已经许下终生的诺言,为何却又残忍地让他等待。也正是在这个时候,我有位朋友刚从纽约回来,说起在某些社交场合遇见玛莉·莱文沃斯,说她身边围绕着殷勤的追求者。我开始意识到事态的严重性,于是坐下来给她写了一封信。我的语气并不像以前那样——因为我的面前没有她那充满恳求的双眸,也没有她颤抖的双手抚摸着我,所以我的判断力得以正常发挥而不受蒙蔽——我以认真又诚恳的语气告诉她克拉弗林先生当时的感受,我告诉她,她剥夺这样一位热切爱人的权利,等于正在冒一个很大的险。她的回复让我非常吃惊。

"我已经把罗宾斯先生列在我的考虑范围之外了，我也建议你采取一样的做法。至于这位绅士本人，我已经告诉他，在我方便与他见面的时候我便会通知他。但这一天还没有到。"

"不过，也不要让他感到气馁，"她在信件最后又这样附言，"等到他真的获得属于他的幸福，那种幸福必定会让他很满足的。"

那将是何年何月的事情？我心里想。啊，这个何年何月将会把一切都给毁了！不过，我一心只想满足她的意愿，所以我坐下来给克拉弗林先生写了一封信，把她所说的话转述给他听，恳请他务必要有耐心。我还加了一句，告诉他如果玛莉本人或她的处境有所变化，我一定会立刻向他告知。随后，我把信寄去伦敦给他，静候事态的变化。

事情的发展并不缓慢。两个星期之后，我就听闻斯特宾斯先生突然辞世了，他就是为他们主持婚典的牧师。我对此感到很震惊又很焦躁，同时，我又在一份纽约的报纸上看到克拉弗林先生的名字出现在霍夫曼旅馆来宾的名单中，这让我感到更加难以置信。很显然，我写给他的信并没有起到预期的安抚效果，玛莉盲目指望的那份耐心现在也快消耗完了。几个星期后，我收到他寄来这里的一封信，我丝毫都没有感到意外。他忘记在信封上加注暗号，等到我发现这封信并不是写给我的时候，我已经读了不少内容，也得知他想方设法在公共场合及私人场所接近玛莉，但却总是以失败告终。他毫不掩饰地说出了对玛莉的不满，并将这一切归咎于她对自己的刻意回避。他已经下定决心，不计一切后果，即便玛莉会因此不悦也在所不惜，他决定要去恳求她的伯父，迅速果断地结束这个让他深深受苦的悬念。"我要你，"他写道，"不管你有没有嫁妆，对我来说都没有什么不同。如果你不亲自来到我身边，那我就必须像我祖上英勇的骑士那般，攻破囚禁你的城堡，用武力把你抢走。"

我十分了解玛莉的个性。因此，几天之后，她寄来一封信让我抄写转寄，我也没有觉得有什么意外。她是这样回复的："如果罗宾斯先生希望和艾米·贝尔登共度幸福生活，那么请他重新考虑他在来信中所提及的决定。如果他一意孤行，那么他不仅会一手摧毁他承诺给她的幸福，而且更有可能最终破坏了他们之间的感情。"

这封信既没有日期也没有署名。这是一个意志坚决且非常独立的人在被逼入绝境时发出的厉声警告。虽然我从一开始就知道貌美的她任性倔强，而且这与她那悄无声息的冷酷决心和城府颇深的心计相比，只是冰山一角，但我看完了信，还是忍不住畏缩。

这封信会对他产生怎样的影响，又将如何改变她的命运，我只能猜测了。我只知道两个星期之后，莱文沃斯先生就在自己的房间里遇害了，汉娜·切斯特则直接从命案现场逃到我家来，她知道我一直深爱着玛莉，也渴望能为玛莉做事，因此便乞求我收留她，让她得以躲避警方追查。

第三十三章　预料之外的证词

> 弄臣：您在读什么，殿下？
> 哈姆雷特：文字、文字、文字。
> ——《哈姆雷特》

贝尔登夫人停了下来，沉浸在这些话所带来的深沉阴影之中，我们俩都没有说话。我开口打破了房间里的沉寂，请她解释刚才所提的一些事情，因为，汉娜究竟是如何在周围邻居毫不知情的情况下进入她的屋子，这一点至今令人费解。

"是这样的，"她说，"当天晚上比较冷，我早早就上床了（当时我是在楼下的房间睡觉）。十二点四十五分，最后一趟火车经过R镇，十二点五十分，有人在我床头的窗户上轻轻地敲着窗框。我以为是邻居有人生病了，于是急忙用手肘撑起身问外面是谁。那人回答的声音低沉而含糊：'我是汉娜，莱文沃斯小姐的女仆！请打开厨房的门让我进去吗？'听到这个熟悉的声音，我吓了一大跳，心里有种不好的预感。于是我提起一盏煤油灯，急忙走过去门边。'有人跟你一起来吗？'我问道。'没有。'她回答，'那进来吧。'但是她刚一进来，我就感到一阵乏力，不得不赶紧坐了下来。因为我看到她脸色苍白，神情怪异，身上没有携带行李，整个人一副失魂落魄的模样。'汉娜！'我惊呼道，'怎么了？发生了什么事情？你怎么三更半夜的这样子跑来这里？''莱文沃斯小姐让我来的，'她回答，语气低沉，话语刻板，如同背诵课文那般，'她让我来这里，她说你会收留我的。她说我不能走出房子半步，也不能让人知道我在这里。''可是，这是为什么呢？'我问道，心中涌起的万千丝恐惧感让我声音颤抖，'发生了什么事情？''我不敢说，'她小声地说，'不许说。我只是来这里躲躲的，而且我得保持沉默。''但是，'我一边说一边帮她把披巾脱下来——这条披巾就是报纸上公告里登的那一条——'你必须告诉我。她肯定没有禁止你向我透露什么吧？''有，她说任何人都不能透露。'她回答。因为坚持，她的脸色越发显得苍白了：'我从来都不会违背我的诺言，就算放火烧我，我也不会说出口。'她的神情如此坚决，一点也不像她的样子，我印象中的她是个温顺谦卑的女孩，我没有办法，只能呆呆地看着她。'你不会赶我走吧？''不会的，我不会赶你走。''那你不会告诉任何人吧？''我也不会告诉任何人。'"

"我的回答似乎让她松了一口气。她向我表示感谢，然后安静地跟着我上楼去。我把她安置在你发现她的那个房间里，因为那是整个房子里最为隐秘的房间。她从那晚起就一直待在里面，就我观察，她在这里也是挺心满意足的，一直到今天发生这么可怕的事情。"

"就这样吗？后来你没有再问她要任何解释吗？她从来没有向你透露任何消息，没有透露她出逃的原因吗？"

"没有，先生。她自始至终都保持沉默。当时她没有透露，第二天，我手里拿着报纸，质问她出逃是否与莱文沃斯家的命案有所关联，问她所做的是否不仅是她所承认的逃走那么简单，她也没有回答。不是有人把她的嘴巴封住，就是发生了什么事情让她不肯开口，如她自己所言，即便是火烧或严刑拷问都不能让她开口。"

她说完这番话,我们又停了一会。因为我的思绪一直围绕在我最为感兴趣的一个点上,我便问道:

"这么说来,你刚才所讲的故事,你告诉我的关于玛莉·莱文沃斯的情况,包括她秘密结婚以及婚姻让她陷入困境,只有伯父死去才能让她解除困境,包括汉娜的坦言,说她之所以离开家到此藏身都是因为玛莉·莱文沃斯的坚持——这一切都是你之前所说的怀疑的根据,是吗?"

"是的,先生。而我昨天收到的她寄来的信,也能证明她对事态的关注,也就是你说现在在你手里的那封信。"

哦!那封信!

"我知道,"贝尔登夫人语不成声,"对这么重大的案件擅做轻率结论,这种做法是不可取的。但是,哦,先生,我知道了这么多,我又怎能忍住不去猜测?"

我没有回答。我的脑海里萦绕着一个存在已久的问题:面对这么多后续事件,还有没有可能继续相信玛莉·莱文沃斯的手上没有沾染她伯父的鲜血?

"这些结论实在令人感到害怕,"贝尔登夫人继续说,"除非她自己亲手写下坦白告罪书,否则其他任何事情都不可能让我妄下如此结论,可是——"

"抱歉,"我打断她,"你在我们谈话的一开始说的是,你认为玛莉本人与她伯父的命案有直接关联。你现在还是会这么断言吗?"

"是的,是的,我肯定会。可是,无论我认为她在命案过程中起到怎样的作用,我都绝对无法想象她是亲手行凶的人。不会的!哦!不会的!无论那个可怕的夜晚到底发生了什么,玛莉·莱文沃斯都绝没有碰过手枪或子弹,枪开的那一刻她也绝不可能在场,这一点你可以确信。只有深爱她的男人,迷恋着她的男人，在相信无法以任何其他手段得到她的情况下，才有胆量做出如此恐怖凶残的罪行。"

"这么说，你认为——"

"克拉弗林先生就是凶手吗？我认为是。哦，先生，你想想，他是她的丈夫，这件事情能不令人觉得恐怖吗？"

"的确是很恐怖。"我一边回答一边站起身来掩饰她这个结论对我产生的影响。

我的语气和神情似乎让她感到非常惊讶。"我希望我没有说错话，我也相信我没有说错话，"她大声说道，双眼看着我，眼神里似乎露出些许不信任，"现在这个女孩的尸体躺在我家，我必须格外小心谨慎，我知道，可是——"

"你什么也没说，"我认真地向她保证，同时慢慢地向门边走去，心里急着要离开，再待多一分钟，这里的气氛似乎就要让我窒息了，"没有人能拿你今天所说或所做的事情来指责你什么。不过——"我说到这里停了下来，快步走回她旁边："我想再问一个问题。常言道，红颜祸水，一牵扯到一个年轻貌美的女孩就肯定有严重罪行发生。除此说法之外，你对亨利·克拉弗林的怀疑有没有任何实际理由？毕竟到目前为止，你在言语中对这位绅士都表现得很尊敬。"

"没有别的理由了。"她轻声回答道，言语之中透露出她心怀已久的焦虑。

我觉得她的理由不够充分，于是我的思绪被另外一件事情占据了，我想起上一次我体会到同样的窒息感的时候，正是我听说那丢失的钥匙在埃莉诺·莱文沃斯手里找到的时候。"抱歉，"我说，"我想独处一会儿，好好想想刚才听你所说的这些事情，我很快就回来。"

我没说其他客套话就匆匆地走出了房间。

由于某种莫名的冲动的驱使，我立刻走上楼去，走进贝尔登夫人上方的大房间，站在西面的窗户边。百叶窗紧闭着，整个房间充满着葬礼般的阴郁。但在这一刻，我却感受不到这里的肃穆和恐怖氛围，我的所有心绪都投入到与自己的一场辩论之中。在此案中玛莉·莱文沃斯就是凶手吗？还是她仅仅是帮凶而已？葛莱斯先生根深蒂固的偏见，埃莉诺所认为的真相，以及我们已经掌握的事实所提供的间接证据，是否推翻了贝尔登夫人的结论的可能性？我很确定，所有对此案感兴趣的侦探们将会认为案情已经水落石出，但真的是这样吗？难道完全没有可能找出相关证据来证明，其实亨利·克拉弗林才是谋杀莱文沃斯先生的凶手？

这个念头占据了我的脑子，我的视线穿过整个房间，落到了停放着汉娜的尸体的小隔间。所有的可能性都说明汉娜在生前知晓案件的真相，想到这里，我不禁感到无比惆怅、无比失落。噢，为什么我们无法让死者开口说话？只消她说出一个字，就足以定下全局，为何她要这般静寂木然、毫无生气地躺在那里？难道没有办法强行让那对惨白的嘴唇动起来吗？

此刻我头脑发热，忘乎所以地走到她的身边。啊，天啊，她的身体如此的纹丝不动！在我严厉的眼神之下，她那半闭的双唇和眼睑仿佛是对我的讥讽。即便是一块石头也不会这样没有丝毫反应。

我站在那里，几乎要为此感到气愤。就在这时，我看到她肩膀下面有突出的物体，被压在她和床之间。是个信封吗？还是一封信？没错！

这个突如其来的发现让我感到一阵眩晕，燃起我心中无限的希望，我焦急万分地弯下腰，把信抽了出来。信是封好的，但上面并没有写明收件人。我急匆匆地把信封打开，看了一眼信件内容。我的天啊！这封信出自汉娜的手！——从整封信的样子就能明显地看出来是她所写！我仿佛感到奇迹发生了，匆忙地拿起信件走进另一个房间，迫不及待地开始解读这些歪歪扭扭的潦草字迹。

这是在一张普通书写纸的内面用铅笔潦草写就的，内容如下：

我是一个坏丫头。我一直都知到些事情 我本来应该说出来 但我不敢说 他说如果我说了他就会杀了我 我说的是那位黑色胡需高高的很肖洒的伸士 莱文沃斯先生被杀害的那天晚上我撞见他从莱文沃斯先生的房间出来 手里拿着一把钥匙。他很害怕 他给我钱 强迫我离开来这里 什么都不准说 但我再也没办法这样下去了。我好像总是看到埃莉诺小姐哭着问我 我是不是要害她被关进间狱。老天知道我情愿去死也不愿意她被关起来。这就是实情 也是我最后的几句话 我希望得到所有人的愿谅 希望没有人会骂我 希望他们不会再去烦埃莉诺小姐而是去找那位黑色八字胡的帅气伸士。①

---

① 本段落未加标点，保留错别字，为译者根据原著故意为之。——译注

第四卷 问题解决

第三十四章　葛莱斯先生重掌大局

> 比罗马暴君希律王还更残暴。
> ——《哈姆雷特》

> 这是敌人设下的局。
> ——《理查三世》

半小时过去了。一列火车抵达站台，我有充分的理由相信葛莱斯先生就在这趟列车上。我站在门廊里等着，心中充满难言的焦虑。眼前是三三两两、形形色色的男女，他们在火车开出站台之后慢慢地、费力地离开车站。他就在这些人群当中吗？不知道发去的电报上的语气是否足够强烈，让他不顾病痛，亲自来这里一趟？汉娜写的自白书在我的胸前隐隐发烫，就在半个小时以前，我的心里还充满各种疑虑和挣扎，现在却是情绪高涨。尽管还怀有些许疑虑，但我已经开始觉得整个下午那种令人难耐的等候终于要结束了。这时，一部分行进中的人群转向旁边的马路，我看到葛莱斯先生的身影一瘸一拐地过来，他手持一根而不是两根拐杖，十分痛苦而缓慢地走在马路上。

随着他越走越近，我看到他的脸上尽是复杂的表情。

"这下可好，"我们在门口一碰面，他便感叹道，"我不得不说，我们这次见面真是难得的好时机啊。汉娜死了，嗯？一切都乱套了！哼……你现在又是怎么看待玛莉·莱文沃斯的呢？"

按理说，如果接下来我把他领进屋，安置在贝尔登夫人的客厅里，先让他看汉娜的自白书，然后再一五一十地向他讲述，这才是最自然不过的安排，但我并没有这么做。至于为什么会这样，我也说不上来，可能是因为我希望他能和我一样，经历一下我自从抵达 R 镇之后就不断感受到的希望与恐惧的反复交替；也可能是由于人性本恶，我仍对葛莱斯先生心怀怨恨，因为他一直都对我怀疑亨利·克拉弗林的做法嗤之以鼻，所以我倒想看看，在他已经百分之百确定疑凶之后，我突然说出的真相会让他作出什么反应。

我等了足够长的时间，先是从头到尾地向他汇报了暂住此宅期间发生的事情，然后再把从贝尔登夫人口袋里找到的玛莉写的信给他看；他仔细读完，双眼闪烁着兴奋的光，嘴唇也不住地微微颤抖，后来他发出这样的感叹："太精彩了！这是本季最难解的谜局！这是从拉法基案以来最悬疑的案子！"我明白，他很快就要发表一番言论阐明自己的理论和想法，而这也会在我们之间立起一堵永远横亘着的墙，直到这个时候，我才允许自己把那封从汉娜身下抽出来的信递给他。

我永远也不会忘记他拿到信件时的表情。

"我的老天！"他惊呼道，"这是什么？"

"这是汉娜临死前写的自白书。半个小时前我上楼去想再好好查看她，然后在她床上发现的。"

他打开信封，以狐疑的神情扫了一眼信的内容，很快，他的表情就变得极其惊讶，他急忙地仔细读下去。随后，他站在原地，把信放在手里翻来覆去地仔细检查。

"这是个非常值得重视的证据，"我评论道，心中不乏洋洋得意之感，"它相当大地改变了整个案件侦查的方向。"

"你这么认为?"他猛地反问。一时间,我只能站在那里很诧异地看着他,因为他的态度和我预期的截然不同。他抬起头说:"你告诉我这是你在她床上发现的。具体是在床上的什么地方?"

"压在汉娜的身子下面,"我回答,"我看到在她肩膀下面露出这封信的一角,所以就把它抽了出来。"

他走到我面前站住。

"你第一眼看到这封信的时候,它是折叠好的还是打开的?"

"折叠好的,放在这个粘贴好的信封里面。"我把信封递给他看。

他接过信封,看了一会,然后继续问道:

"这个信封看起来被折压得皱皱的,这封信也是。你发现它们的时候,看起来就是现在这个样子吗?"

"是的,不仅如此,还对折着。"

"对折?你确定吗?折叠着,粘贴好的,然后还对折了,看起来就像她在生前翻身时压到了那样,是吗?"

"是的。"

"没有任何可疑之处吗?不像是有人在她死后动过手脚吗?"

"一点也不像。我觉得,从各种迹象来看,她躺下时自白书还在手上,后来翻身时掉落了,身子又压了上去。"

葛莱斯先生的双眼本来一直闪着光,但此刻却蒙上一层不祥的阴云,显然他对我的回答感到失望。他放下自白书,站着思考着什么,随后又突然把它拿起来,仔细地检查信纸的边缘。他突然飞快地瞟了我一眼,然后快速地走到窗帘的阴影里去。他的行为非常古怪,我不由自主地起身跟着他走,但他挥手示意要我站住,一边说:

"你去查看桌面上的那个盒子吧,你费尽力气才弄到手。看看里面有没有我们想要的东西。我想要独处一会儿。"

我感到很惊讶，不过还是顺从了他的意思，准备按他的要求去做。不过，我还没打开盖子，他就急急忙忙地走回来，把信猛地甩在桌面上，极其激动地说：

"我不是说自从拉法基案以来，还没有一个案件有这么迷离难解吗？此案是所有案件当中最为错综复杂的一个！雷蒙德先生，"在兴奋之中，他和我四目相交，这还是我和他接触这么久以来的第一次，"你要做好心理准备，你要大失所望了。这份所谓的汉娜的自白书是假冒的！"

"假冒的？"

"没错，冒牌的，伪造的，你怎么说都行，汉娜根本没有动笔写过。"

我感到非常惊讶，又几乎有些愤怒，我从座位上一跃而起，大声问道："你是怎么知道的？"

他屈身向前，把信放到我手中。

"你自己看，"他说，"仔细地看。现在，你告诉我，你首先注意到的是什么？"

"这个嘛……首先吸引我的注意力的就是这些字，这些字是用印刷体写的，不是用手写体。根据各方面的描述来看的话，这也符合汉娜的情况。"

"所以呢？"

"她用一张普通白纸的内面来写——"

"普通白纸？"

"是的。"

"你的意思是，这是一张质量普通的商用信纸？"

"当然。"

"真的？"

"是啊，没错，我很肯定。"

"你看看这些横线。"

"看什么？哦，我知道了，这些横线很接近纸张的上缘，明显有被剪裁过的痕迹。"

"简而言之，这本来是一张大纸，后来被裁成普通商业用笺的大小，是吧？"

"没错。"

"你看到的就这么多？"

"还有上面的文字。"

"你有没有考虑到被裁掉的部分会是什么？"

"我没有，除非你说的是生产商印在纸张一角的标记。"我发现葛莱斯先生的眼神显得意味深长。"不过，我不觉得这个印章不见了会有什么所谓。"

"你不觉得？你想想，如果有了标记，我们就有机会追查出纸张的来源，你不这样认为么？"

"没错，我并不这样认为。"

"哼……那你比我想象中的还要更不专业。你难道没有察觉到，既然汉娜没有任何动机隐藏遗书所用纸张的来源，那这张纸必然是由其他人所准备的？"

"没有，"我说，"我没有考虑那么多。"

"没有考虑那么多！好吧，那你告诉我，为什么汉娜，一个准备要自杀的人，还会想着隐藏遗书上的线索，不想让别人追查出纸张来自哪张桌子、哪个抽屉、哪一叠纸？"

"没错，她不会这么做。"

"但有人却费尽心思来消灭这些证据。"

"可是——"

"还有另外一件事。雷蒙德先生，请你读一读这封自白书，然后告诉我你的看法。"

"我觉得,"在照他的吩咐读了之后,我说道,"这个女孩受不了忧虑和恐惧的折磨,于是下决心结束自己的生命,而亨利·克拉弗林——"

"亨利·克拉弗林?"

他的质问中充满了各种意味,我于是抬起头看着他。"没错。"我说。

"啊,抱歉,但我没有看到这封遗书上面有提及克拉弗林先生的名字。"

"他的名字的确没有被提及,但里面的描述像极了——"

葛莱斯先生打断了我的话:"你不觉得奇怪吗?汉娜明明知道这个男人的名字,却偏偏要描述其外表?"

我吃了一惊,这一点的确不正常。

"你相信贝尔登夫人讲述的故事,对吧?"

"是的。"

"你也认为她对一年前发生在这里的事情讲述得正确无误?"

"是的。"

"这么说来,你就必定会认为,汉娜作为中间跑腿的角色,必定很熟悉克拉弗林先生本人以及他的名字了,对吧?"

"没错,毫无疑问。"

"那她为何不直接写出来?如果她的真正意图的确是如她所坦白的那样,是要帮助埃莉诺·莱文沃斯洗脱罪名,那她自然会选择最直截了当的方式来坦白。既然十分清楚那个人的身份,直接说出姓名就行了,为何只用描述的方式?这足以证明自白书的作者不是这个可怜无知的女孩,而是另有其人,有人刻意伪造,却可悲地犯错了。不仅如此,据你所说,贝尔登夫人坚称,汉娜当时进屋的时候告诉她,是玛莉·莱文沃斯要她来这里的。可是在这一份自白书中,她却声称是黑色八字胡的安排。"

"我知道，可是，有没有可能他们双方都牵涉在此事之中？"

"是的，有可能，"他说，"但是，当一个人的笔述和口述出现前后不一致时，情况必然有可疑之处。不过，我们与其站在这里傻等，不如去问问贝尔登夫人，或许她只需三言两语便可以解开谜团！"

"贝尔登夫人的三言两语，"我重复道，"我今天已经听她说了千言万语了，我觉得案情并没有比一开始时更明朗。"

"你是听她说了没错，"他说，"可我还没有。叫她进来吧，雷蒙德先生。"

我站起身。"在我出去之前，"我说，"有一件事我得问问。如果汉娜拿来这张纸的时候它就已经被剪裁成这个样子，她直接拿来用，也没有想到会引起其他人的怀疑，那又如何？"

"啊！"他说，"这正是我们接下来要寻找的答案。"

我走进客厅的时候，贝尔登夫人正处于焦躁不安之中。她问我，我认为验尸官何时能到达？我觉得这位侦探能为我们做些什么？然后又说独自一人在这里等候是件可怕的事情等等。

我尽我所能安抚她的情绪，告诉她侦探先生还没有告知他要采取的行动，不过他有些问题要先问问她。我问她是否愿意进去见他，她欣然地站起身。看来，怎样都比待在这里悬着一颗心要好。

葛莱斯先生在我离开的短短的时间里，已经把原来那严肃的态度转变成满脸的和善。他对待贝尔登夫人的态度恭敬有礼，恰到好处，给她这样一个很注重他人态度的女士留下了好印象。

"啊！这就是女主人，很不幸你家里发生了这么令人悲伤的事情。"他大声说道，热情地微微起身来迎接她。"我能否请你坐下，"他说，"如果一个陌生人能擅自请求女主人在自己的家里坐下的话。"

"这里看起来根本不像我自己的屋子。"她悲伤地回答，口气里并没有任何咄咄逼人的意味。他的和颜悦色果然有用。"我只是比一个囚犯好一点而已，被人呼来唤去，被人要求闭嘴或者开口说话，这都怪我收留了那个不幸的丫头，我当时收留她是完全没有一点私心的，可她却偏偏死在我家里！"

"的确！"葛莱斯先生感叹道，"这对你太不公平了。但或许我们能为你讨个公道。我也坚信我们能做到。这个突如其来的死亡事件一定有简单合理的解释。你说你家里没有任何有毒物品，是吗？"

"是的，先生。"

"而且这个女孩也从没有出过房门？"

"从来没有，先生。"

"也从来没有人来这里见她？"

"一个也没有，先生。"

"所以即便她希望获取毒药，也没办法得手，对吗？"

"是的，先生。"

"除非，"他又很有技巧地加了一句，"她来的时候就带在身上了？"

"那是不可能的，先生。她什么行李包裹都没有带，至于她身上的口袋，我非常清楚里面都有什么东西，因为我都翻过了。"

"那你在口袋里发现了什么？"

"一些纸钞，数目比她这样一个丫头应有的多，还有一些零钱和一条普通的手帕。"

"很好，这么说来，我们就能证明这个女孩不是死于服毒自尽，因为这个屋子里根本没有毒药。"

他那极其坚定的语气把她哄骗过去了。

"我就是一直这样跟雷蒙德先生说的。"说完她给我投来胜利的目光。

"肯定是因为心脏病发作了,"他继续说,"你说她昨天还很好是吧?"

"是的,先生,起码看起来是挺好的。"

"但心情不算太愉快?"

"我没有这么说。她当时心情很好,先生,非常好。"

"什么?夫人,你说这个女孩心情很好?"他一边说一边看了我一眼,"这我就不明白了。按理说,在城里发生的事情足以让她感到极其焦虑了,她怎么还能有非常好的心情?"

"你也许会焦虑,"贝尔登夫人回答道,"但她并没有。相反,她从来都没有表现出担心的样子。"

"什么?!报纸上的报道都说外界正将矛头一致指向莱文沃斯小姐,她不为小姐感到担忧吗?不过可能她不知道报纸上所写的内容吧——我是说莱文沃斯小姐的处境。"

"她知道的,我告诉过她。我当时非常震惊,也没办法藏在心里。你知道吗,我一直以为埃莉诺是不会受到指责的,结果报纸上却说她与案件有关,我太震惊了,所以我去找汉娜,把那篇报道读给她听,我还看着她,看她怎么反应。"

"她是什么反应?"

"我说不上来。她看起来好像不太明白,她问我为何要读给她听,她还告诉我她不想再听了。她要我答应她别再提命案的事情来烦她,如果我还是继续提,她就拒绝听我说什么。"

"哼……那其他的呢?"

"没有其他的了。她把双手盖在耳朵上面,皱着眉头,显得很不高兴,我只好离开了房间。"

"这是什么时候的事情?"

"大概三个星期以前。"

"不过她在此后又提到这个话题了?"

"没有,先生,一次都没有提及。"

"什么!她连自己的小姐要面临怎样的处置都没有过问吗?"

"没有,先生。"

"不过她应该显得脑子里头有所思忖的样子吧——恐惧,后悔,或者焦虑的样子?"

"没有,先生。她反而经常看起来是偷偷窃喜的样子。"

"但是,"葛莱斯先生大声说,一边斜着看了我一眼,"这未免也太奇怪了,太违反常理了。我实在想不透为什么会这样。"

"我也想不透,先生。我以前都是这样对自己解释的,就是她的情感比较迟钝,或者她太无知了,不知道事态的严重性。不过后来随着我对她的了解慢慢加深,我也逐渐改变了想法。她的愉快心情背后有太多原因。我不禁觉得她是在为自己的未来做着准备。例如有一天,她问我能不能学弹钢琴。后来我就做了这样的结论,那就是,有人答应她,如果她不说出秘密,她就能得到钱,而她也为前景感到非常高兴,以至于忘记了可怕的过去以及所有相关的一切。不管怎样,见到她如此勤奋上进,渴望提升自己,还有,她偶尔以为我没在看她,脸上偷偷泛起的满足微笑,我唯一能想到的就是这样一个解释了。"

我敢保证,此刻葛莱斯先生脸上没有这样的笑容。

"正因如此,"贝尔登夫人继续说,"她的死才会对我造成这么大的打击。我不敢相信,这样一个心情愉快的健康的生命,会在一夜之间突然死去,没有人知道任何原因。但是——"

"等等,"葛莱斯先生插嘴说道,"你说到她努力提升自己,这是什么意思?"

"她很渴望学习她本来不会的东西,例如读书写字。在她刚来这里的时候,她只会用印刷体歪歪斜斜地写字。"

葛莱斯先生用力紧抓着我的手臂,我觉得他都要撕下一块肉了。

"在她刚来这里的时候!你的意思是说,她来这里以后,她学会了写字?"

"是的,先生。我还给她一些习字帖——"

"这些帖子都在哪里?"葛莱斯先生插嘴并以最专业的语气问道,"她写出来的练习帖在哪里?我想拿些来看看。你能帮我们拿来吗?"

"我不知道啊,先生。这些东西都是在用完之后就立刻被我销毁了。我不想在房子里放着这些东西。不过我会去找找看的。"

"请你找找看,"他说,"我跟你一起去。反正我也想上楼去看看情况。"说完,他不顾双腿的风湿疼痛,站起身,准备和她一起前去。

"情况变得很紧张啊。"他经过我身边的时候,我悄声对他说。

他对我投来一个微笑,意味深长。

在他们离开的十分钟里,我心中七上八下,那种感觉难以形容。最后他们回来了,手里捧着几个纸盒。他们把纸盒放在桌面上。

"这屋子里的写字纸,"葛莱斯先生说,"能够找到的大大小小的纸张都在这里了。不过在你开始查看之前,先看看这个。"

他举起一张淡蓝色的大页纸,上面写了几十个字,都是临摹一些老旧习字帖所写的:"心善则乐生",还有几处写着"美丽容颜不能常驻",以及"不良交往败坏良好举止"。

"你怎么看?"

"字写得很整齐,看起来很清楚。"

"这是汉娜生前写的最后一帖。她的练习纸也只能找到这一张。和我们看到的潦草字迹不太像吧,嗯?"

"不像。"

"贝尔登夫人说,她一个多星期以前就练到这种程度了。她感到很自豪,不断地夸奖汉娜有多聪明。"说完他靠过来,在我耳边悄声说道。"如果你手中的遗书是她亲笔所写,那也必定是很早以前就写好的了,"然后他大声说,"不过还是让我们来看看她所用的纸张吧。"

他急忙地打开桌上那个盒子的盖子,取出里面零零散散的纸张在我面前铺开来。只需一眼就能看出来,这些纸张的纸质和自白书的纸质大相径庭。"这是屋子里全部的纸张了。"他说。

"你确定吗?"我问道,一边看着贝尔登夫人,她站在我们面前,有些茫然不知所措的样子。"是不是还有一张纸放在什么地方了,大页纸或者其他类似的纸,被汉娜拿到了,她没让你知道,偷偷地用?"

"不会的,先生,我认为不太可能。我只有这些纸了。而且汉娜的房间里就有一大沓类似的纸,她不太可能会到处去找其他随便乱放的纸。"

"不过你不知道她那样的一个丫头可能会做出些什么来。你看这个,"我说着,让她看自白书空白的那一面,"这样的一张纸有没有可能在你屋子里找到?请仔细点看,因为这一点很重要。"

"我看了,没有,我的房子里从来没有这样的纸。"

葛莱斯先生走过来,把自白书从我手里拿了过去,一边低声对我说:"你现在怎么看?会不会是汉娜从别处得到了这份重要文件?"

我摇了摇头,终于接受了他的说法。不过我很快便转身对着他,低声说:"但是,如果遗书不是汉娜所写,那又是谁写的?遗书又为什么会在那个地方被发现?"

"这个嘛,"他说,"就有待你我去找出答案了。"

随后他又重新开始,对汉娜在房子里的生活细节进行一一的讯问,而他得到的答案也表明汉娜绝不可能带着自白书来这里,更不可能从一个秘密的送信人那里收到此信。除非我们怀疑贝尔登夫人所说的话,否则这个谜局似乎无法破解。我正开始感到绝望,葛莱斯先生斜着看了我一眼,然后向贝尔登夫人那边倾身问道:

"我听说,你昨天收到玛莉·莱文沃斯小姐寄来的一封信?"

"是的,先生。"

"是这封信吗?"他继续问道,一边拿出信件给她看。

"是的,先生。"

"现在我想问你一个问题。你所看到的这封信,是不是信封里头唯一的东西?里面有没有其他东西是附给汉娜的?"

"没有,先生。我的那封信里没有任何东西是给汉娜的。不过她昨天自己收到了一封信。和我的信一起寄来的。"

"汉娜收到一封信!"我和葛莱斯先生同时惊呼道,"是从邮局寄来的吗?"

"是的,不过收件人并不是她本人。而是——"她向我投来充满绝望的目光,"寄给我的。我看到信封的一角有个暗号,我才知道——"

"我的天啊!"我打断她,"这封信在哪里?你之前为什么提都不提?我们摸索了这么久,毫无头绪,而你只需要把信给我们看一眼,可能所有问题就解决了,你到底为什么要这么做?"

"我也是到了这时才想起来。我之前不知道这很重要,我——"

但我实在无法抑制自己的情绪。"贝尔登夫人,这封信现在在哪里?"我逼问,"在你手上吗?"

"没有,"她回答,"我昨天给了汉娜。从那之后我就没见过了。"

"这么说来,这封信肯定还在楼上,我们这就上去再找找。"我急忙走向门口。

"你找不到的,"葛莱斯先生朝着我的手肘说,"我已经找过了。除了角落里的一堆纸灰,其他的什么都没有。对了,那堆纸灰有可能是什么?"他问贝尔登夫人。

"我不知道,先生。除了那封信,她没有别的东西可以烧了。"

"这一点我们还得等着瞧,"我喃喃说道,急急忙忙地上楼取来那个洗脸盆和里头所有的东西,"那封信如果是我在邮局外面看到你手里拿的那封,那信封就是黄色的。"

"是的,先生。"

"黄色信封烧出来的纸灰和白色信封的不太一样。我应该能辨认出黄色信封烧成的灰烬。啊,这封信已经被烧光了,这里有信封的碎片。"我从纸灰当中抽出没有完全烧毁的一小片纸,把它举起来。

"那在这里找信件的内容就没什么门路了,"葛莱斯先生一边说,一边把洗脸盆拿到一边,"我们只能问你了,贝尔登夫人。"

"可是我不知道啊。信是寄给我的没错,但汉娜在一开始请求我教她写字的时候就告诉我,她在等这样的一封信,所以,当我收到信的时候我没有打开看就直接拿给她了。"

"不过,你给了她之后站在她旁边看她读信了?"

"没有,先生。我当时太匆忙了。雷蒙德先生刚到,我没有时间去顾及她。我自己的那封信也让我心烦着。"

"但你在晚上睡觉之前,肯定有问她一些相关的问题吧?"

"是的,先生。我上楼给她送茶水什么的,顺便问了她,但她没有说什么。随她自己喜欢,汉娜可以像我认识的其他人一样,一句话都不说,她甚至没有承认那封信是她小姐寄来的。"

"啊!这么说来,你认为这封信是莱文沃斯小姐寄来的了?"

"是啊,先生,看到信封角落的那个暗号,我还能有别的想法吗?不过,那个暗号也有可能是克拉弗林先生写下的。"她沉思着补充道。

"你说她昨天看起来心情愉快,那她在收到信之后是否还是很愉快?"

"是的,先生,据我所见是这样的。我没有和她待太久,因为我觉得有必要去处理我手头保管的盒子——不过,雷蒙德先生应该都告诉你了吧?"

葛莱斯先生点了点头。

"那个晚上很累人,我一时忘记了汉娜的事情,不过——"

"等一下!"葛莱斯先生大声说,然后示意我到墙角去,他低声对我说,"接下来就是 Q 所看到的情形了。从你离开房子到贝尔登夫人再次见到汉娜之前,他看到汉娜在房间的角落里弯着腰忙着些什么,很有可能就是在我们发现洗脸盆的那个角落。在此之后,他看到汉娜兴致很高地吞下了一包东西,用一张小纸片包着的。除此之外还有别的事情吗?"

"没有了。"我说。

"很好,"他大声说,随后便走回贝尔登夫人身边,"不过——"

"不过我回到楼上去睡觉的时候想起了汉娜,便去打开她的门。那时候灯已经熄灭了,她看起来好像睡着了的样子,于是我就关门走出来了。"

"你一个字也没有说吗?"

"没有,先生。"

"你有没有注意到她是怎么躺着的?"

"没有特别注意,我想应该是仰着躺着吧。"

"是不是和今天早上发现她时的姿势大致相同?"

"是的,先生。"

"对于她那封信以及她的离奇死亡,你只能告诉我们这么多了吗?"

"就这么多了,先生。"

葛莱斯先生挺直了身子。

"贝尔登夫人,"他说,"如果你看到克拉弗林先生的笔迹,你能认出来吗?"

"认得出来。"

"那莱文沃斯小姐的呢?"

"也认得,先生。"

"那么,你给汉娜的那封信上面是哪一位的笔迹?"

"我说不上来。上面的笔迹是刻意伪造而写的,有可能是他们两人当中任何一个的笔迹。不过我觉得——"

"怎样?"

"比较像莱文沃斯小姐的笔迹,尽管看起来也不太像她写的。"

葛莱斯先生微笑了一下,把自白书放在它被发现时所放的信封里:"你记不记得把信交给汉娜时,信封有多大?"

"哦,信封挺大的,很大,是最大号的那种。"

"那是不是比较厚?"

"哦,对。厚得可以放进去两封信。"

"又大又厚,足够可以把这个放进去吗?"他把自白书折叠起来,放进信封,摆在她面前。

"是的,先生,"她的表情颇为惊讶,"大小和厚度的确是足够装下那封信。"

葛莱斯先生的双眼如同钻石般闪着光,搜索着房间的各处,最后视线停在了我衣袖上的一只苍蝇上。

"你现在还需要再问,"他压低声音对我耳语,"这封所谓的自白书是从哪里来,是谁写的吗?"

他让自己在一小段静默当中感受胜利的滋味,然后站起身,开始把桌面上的纸张折叠好,放进自己的口袋里。

"你要干什么呢?"我一边问一边匆忙地走近他身边。

他抓住我的手臂,把我拉出大厅,走进客厅里。

"我要回去纽约,继续调查此事。我要查出是谁把毒药给了汉娜,还要查出是谁伪造笔迹,写了这封自白书。"

"可是,"我说道,心里感到他的这番话让我一下子乱了阵脚,"Q 和验尸官一会儿就到了,你不想等一等,和他们见见面吗?"

"不必了。这里所搜集到的线索要尽快追查下去,我没有时间等他们了。"

"如果我没有弄错的话,他们已经来了。"我说道,因为这时传来的脚步声说明有人走到了门外。

"的确。"他说完便连忙让他们进来屋里。

根据往常的经验,我们很担心验尸官一旦来到现场,我们进行的所有调查就必须立刻终止。不过让我们感到庆幸的是,R 镇的芬克医生显然是个十分通情达理的人。他听了关于案件的描述之后便立刻明白时态的严重性,以及谨慎行事的必要性。此外,虽然他从来没见过葛莱斯先生,却难得地对葛莱斯先生表示理解,并表示愿意参与到我们的计划中来,不但暂时任由我们随意使用手头的文件,甚至还在自己例行公事的时候尽量拖延时间,例如召唤陪审团、组织讯问等等各个方面,让我们得以继续进行调查。

因此我们没有受到太长时间的耽搁。葛莱斯先生顺利地坐上六点三十分的火车回纽约,而我也在随后乘坐十点钟的班次。在这期间,验尸官也安排了各种事宜,召集陪审团,预定验尸时间,以及把召开讯问的时间推迟到下周二。

第三十五章　精密的谋划

> 没有铰链，也没有绳圈，
> 来引起一丝怀疑！
> 但是，这多可惜啊，伊亚哥！
> 噢，伊亚哥，真是可惜啊，伊亚哥。
> ——《奥赛罗》

葛莱斯先生离开 R 镇前留下一句话，让我对他的下一步行动做好准备。

"这个案件的线索就在自白书所用的纸张上。找出这张纸来自哪张桌子，或是哪个文件夹，你就能找到背负两条人命的凶手。"他说道。

因此，当我在次日清晨前往他家，看到他桌上摆着一张女用写字桌，上面有一沓纸时，我并没有感到很惊讶。当他告诉我写字桌的主人是埃莉诺·莱文沃斯，我才大吃一惊。

"啊？！"我说道，"你仍然对她的清白有所怀疑吗？"

"当然不是，不过我得保证没有丝毫疑虑嘛。如果不进行完整彻底的调查，那依此所得出的结论就没有什么价值了。"他一边大声说着，一边满足地把目光投向火钳。"我一直在查看克拉弗林先生的物品，尽管自白书上显示的证据表明了他不可能是写信人，但只在有可能发现证据的地方去找证据，这是远远不够的。有时候你必须去你认为不会找到证据的地方去搜寻。所以,"他一边说一边把写字桌拉到自己面前,"我虽然不指望在这里找到什么犯罪证据,但说不定我就能找到,对一个侦探来说,这一点可能性就足够了。"

"今天早上你有没有见到莱文沃斯小姐?"我问道。他正把整个写字桌里的东西倒到桌上,方便他搜寻证据。

"见到了。如果不见她我也没办法拿到这个写字桌。她表现得非常大方,亲手把写字桌交给了我,也没有一句反对的话。当然,她不太清楚我到底要找什么。不过,我可能也只是想确定那封信不是来自于此。其实就算她知道我的真正意图,也没有太大区别。这张写字桌里没有我们想要的任何东西。"

"她还好吗?她是否已经听说了汉娜的死讯?"我问道,难以抑制心中的焦虑。

"是的,而且感到很难过,跟我们想的那样。不过还是让我们来看看这里都有些什么吧,"他一边说一边把写字桌推到一边,把刚才我提过的那一沓纸拿到自己面前,"我发现了这沓纸,就和现在这样摆着,放在玛莉·莱文沃斯小姐桌子的抽屉里,我是在她第五街的住宅的书房里找到的。如果我没有弄错的话,我们能从中找到我们想要的线索。"

"可是——"

"可是这些纸是方形的,而自白书的形状和大小又与商用信纸相似,对吧?我知道,不过,你还记得自白书的那张纸是经过剪裁的吧。我们先来比较纸质。"

他从口袋里拿出自白书,又从跟前的那沓纸中抽出一张,开始仔细地对比。然后他又递给我让我查看。我一眼就看出它们颜色相仿。

"把它们放到灯光下看看。"他告诉我。

我照做了。从外观来看,这两张纸毫无二致。

"现在我们来对比一下间隔线。"说完,他把两张纸放到桌面上,把边缘拼在一起。其中一张纸上的线条和另外一张的吻合,问题到此解决了。

他的胜利感溢于言表。

"我早就料到了,"他说道,"从我打开抽屉看到这一大叠纸的那一刻,我就知道结局已经接近了。"

"但是,"习惯使然,我忍不住加以反驳,"难道没有怀疑的余地了吗?这种纸再普通不过了。这条街上的每一家人大概都在书房里放着这种纸。"

"不是,这种信纸的规格不同,它们都已经过时了。莱文沃斯先生拿它们来撰写手稿,如果不是这样的话,我觉得在他的书房里也不会找到这种过时的纸了。不过,如果你还心存疑虑,那就让我们想想看还能怎么做。"说完他跳起来,把自白书拿到窗边,左看看右看看,最后终于发现了他想要找的东西,于是走回来,把信放到我面前。他指出上面的其中一条间隔线,明显比其他线更粗,他又指着另外一条,浅得几乎看不见。"像这样的缺陷通常会出现在连续的好几张纸上,"他说,"如果我们能找到这张纸的出处,也就是半叠一模一样的纸张,那我应该就能有证据消除你的所有疑虑了。"说完他拿起最上面的一叠,很快地数起了页数。这里只有八张。"可能是从这一叠拿的,"他说,不过,他仔细看过间隔线之后,发现所有线条都深浅一致,"哼……不对!"

剩下的纸张有些是一叠的,有些是半叠的,看起来都是没被人动过的样子。葛莱斯先生用手指轻轻敲击着桌面,皱起眉头。

"如果能找到就太好了!"他感叹道,语气中充满了渴望。突然,他拿起另外叠打纸:"你数数看。"说完便把纸张推到我面前，自己则去拿另外的一叠。

我照他的吩咐数完，回答道："十二张。"

他数了他的那一叠，放了下来，"数数剩下的那些。"他大声说。

我数了另外一叠，也是十二张。他数了接下来的那一叠，停了停："十一张！"

"再数一遍。"我建议。

他又数了一遍，然后静静地把那叠纸放到一边。

"我数错了。"他说道。

但他并没有因此气馁。他又拿起另外半叠，数了数，没有结果。他不耐烦地叹了口气，把纸张甩到桌面，抬起头。"哎呀！"他大声喊，"到底是怎么回事？"

"这一叠里面只有十一张纸。"我一边说一边把纸放到他手里。

他立刻兴奋起来，我也被他感染了。虽然我努力克制自己，但还是抵挡不住他的热切情感。"噢，太好了！"他大声喊道，"哦！好极了！看啊！浅色的在里面，深色的在边缘，位置和汉娜的那一张完全吻合。你现在怎么看？还需不需要更进一步的证明？"

"再坚定的怀疑，在这些证据面前也要动摇了。"我回答道。

他转过身去，好像是照顾我的情绪那般。

"这一发现意义重大，我必须祝贺我自己，"他说，"太完美了，真的是太完美了，这真是决定性的一幕。我不得不说，我自己都为这个案件的完美程度感到震惊。这个女人真是了不得！"他突然大声说道，语气当中带着无限的仰慕。"她真是太聪明了！精明至极！手段高明得不得了！要逮捕这样一个聪明绝顶的女人，几乎是一件令人惋惜的事——从一沓纸的最底下抽出一张，剪裁成另外一种形状,然后还记得那丫头不会写字,于是用印刷体写下粗糙拙劣的字迹,就像汉娜自己写的那样!太精彩了!如果换成其他侦探来负责这个案件,她就会得逞了!"他高兴得眉飞色舞,双眼盯着头顶的吊灯,仿佛那吊灯就是他的智慧的象征。

我陷入了绝望,任由他继续眉开眼笑。

"她能否做得更高明呢?"他问道,"在众目睽睽之下,在受到诸多限制的情况下,她还能做得更完美吗?我觉得没多大可能。汉娜在离开之后学习写字,这是整个案件中的致命一点。她没办法预料到这种偶然性。"

"葛莱斯先生,"我没办法再忍受下去,于是插嘴道,"你今天早上有没有和玛莉·莱文沃斯交谈过?"

"没有,"他说,"我目前没有必要和她谈什么。我还很怀疑她知不知道我去了她家里。一个心怀悲伤的女仆足以成为一名侦探难得的助手。有莫利的支持和辅助,我根本不用向小姐致意。"

"葛莱斯先生,"在他一阵沉默无声的沾沾自喜之后,我极力控制着自己的情绪问道,"你现在打算采取什么行动?你已经追查到线索的尽头,也得到了满意的答案。有了这样的证据,就可以采取行动了。"

"嗯!我们再看看吧。"他一边回答一边走到自己的书桌旁边,拿出那个我们在R镇没有机会一探究竟的盒子。"我们先来看看这些文件,看看里面的东西是不是对我们有所帮助。"他从盒子里面取出十几张从埃莉诺的日记本撕下来的页面,然后开始翻看。

他在翻看的时候,我趁机检查盒子里的物品。我发现这些物品和贝尔登夫人向我透露的完全一致———份玛莉和克拉弗林先生的结婚证书和六七封信。我正在查看结婚证书的时候,葛莱斯先生发出一声短短的叹息，我感到有些惊讶，于是抬起头来看着他。

"怎么了？"我大声问道。

他猛地把埃莉诺的日记放到我手里。

"你自己读读，"他说，"大部分内容都是贝尔登夫人所讲述内容的重复，只是叙述角度不同而已。不过里面有一篇，如果我没有弄错的话，能为此案提供全新的解释，是我们从来没有想过的解释。从最开始读起吧，你不会觉得无聊的。"

无聊！这都是埃莉诺在那段令人焦虑的时间里的感觉和想法，怎么可能会无聊！

我努力保持沉着，把几页日记按照顺序铺开来开始念：

"R镇，七月六日，——"

"这是他们抵达那里的两天后，你知道的。"葛莱斯先生解释道。

"——今天，在走廊上有人向我们介绍一位绅士，我忍不住要在这里提起他。首先是因为他的长相兼备了所有的男性之美，其次是因为玛莉通常一提起绅士时都滔滔不绝，但这一次，当我在我们的房间里谈及他，我问她对他的外表和言谈的印象时，她却没有什么说的。这和他的身份可能有些关系，他是英国人。伯父对每一个来自英国的人都感到深恶痛绝，这一点我和玛莉都很清楚。但是我对这个答案并不太满意。她和查理·萨默维尔之间的过往让我心存怀疑。如果去年夏天的事情又要再重演一次，而这次的男主角还是个英国人，那该如何是好！不过我不允许我自己去想这样的一个可能性。伯父过几天就回来了，不管他多么有魅力，如何给人好感，只要他的家庭和种族不可能和我们联在一块，那到时候我们与他的一切联系都得断绝。如果克拉弗林先生在被介绍与玛莉认识的时候没有表现出那么强烈而自然的爱慕之意,那我想我现在也不会就这件事情再三思忖了。"

"七月八日。历史果然要重演了。玛莉不仅仅回应了克拉弗林先生对她的好感,还主动吸引他的注意。今天她坐在钢琴前面,对着他唱了两个小时她最喜欢的歌曲,而今天晚上——我不打算把我观察到的所有细节都记录下来,这样的行为和我不相称。话虽如此,她这么做会伤及很多我心爱的人的幸福啊,我如何能够坐视不管。"

"七月十一日。如果克拉弗林先生现在还没有彻底爱上玛莉的话,那他也很快就要陷入爱河了。他不仅相貌堂堂,为人也正直,如此被人不计后果地玩弄,太可惜了。"

"七月十三日。玛莉的美就如玫瑰般绚烂绽放。她今晚穿着深红和银色的晚装,美丽无比,倾倒众生。我从来没有见过她笑得这么甜蜜,而关于这一点,我相信克拉弗林先生也会热切地表示同意,今天晚上他的视线一刻都没有离开过玛莉。但是要知道她心里所想却并不容易。没错,她非常在乎他那英俊的外表、广阔的见识以及忠诚的情感,不过她以前不也骗得我们傻傻地相信她爱上了理·萨默维尔吗?对于她来说,脸红和微笑根本不算什么,这也是令我担心的。在现在的情况下,这么判断似乎不够明智。但愿真是如此吧。"

"七月十七日。噢,我的心啊!玛莉今天晚上来我的房间,突然坐在我身边,把她的脸埋在我的膝盖上,把我吓了一大跳。'哦,埃莉诺!埃莉诺!'她喃喃自语,声音因为啜泣而颤抖着,我觉得她是喜极而泣。可是当我要把她的头揽到胸前时,她又从我的怀里溜走了,又重新回到她惯有的矜持高傲的态度,她抬起手,好像要让别人保持沉默的样子,随后又傲气十足地离开了房间。这件事情只有一个解释。那就是克拉弗林先生已经像她表达了爱慕之情,这让她心里充满了不顾一切的喜悦,她从脸上泛起第一片红晕开始,就无视局面中存在的障碍,而这些障碍却是无法跨越的啊。伯父什么时候才回来呢?"

"七月十八日。我写这篇日记的时候伯父已经回到旅馆了,我浑然未觉。他没有事先告知便乘坐最后一班火车回来了。我正要把我的日记收起来,他就走进了我的房间。他看起来有些疲惫的样子,把我搂到他怀里,然后便问起玛莉。我低下头,忍不住支支吾吾起来,我说她正在自己的房间里头。他立刻就警觉起来,离开了我,急急忙忙去她的房间。后来我才知道,他走进玛莉房间的时候,她正心不在焉地坐在梳妆台前,手上戴着克拉弗林先生的传家戒指。我不知道后来又发生了什么事情,不过我担心场面恐怕很不愉快,因为玛莉今天早上身体不适,而伯父则看起来极其忧郁又严肃的样子。"

"下午。我们是多么不快乐的一家子!伯父不仅拒绝给任何机会考虑玛莉和克拉弗林先生的婚事,而且还命令玛莉立刻与他断绝来往。我听到这条消息的方式简直最令人难过。我虽然明白事态及原委,心里却很反抗这样一种偏见,这种偏见注定要把一对佳偶硬生生地拆开。早餐过后,我去找伯父,想为他们两人求情。但他立刻叫我住嘴,还说:'埃莉诺,在所有人当中,你应该是最后一个为这桩婚事说情的人。'我不安地微微颤抖着,问他为何这么说。'我这么说是因为,你为他们求情就等于完全为了自己的利益着想。'我更不明白了,于是恳请他解释清楚。'我的意思是'他解释道,'如果玛莉违背了我的意愿而跟这个英国人结婚,那我就会剥夺她的继承权,把我遗嘱里玛莉的名字改成你的名字,而我疼爱的对象也会变是你。'"

"一时间我觉得天旋地转。'你不能让我变成这么卑鄙的人!'我恳求他。'如果玛莉一意孤行,那我就立你为继承人。'他信誓旦旦地说，说罢便一言不发、脸色严峻地走出了房间。我除了下跪祈祷，真的不知道还能做什么了。在这间充满悲哀的房子里，我才是最可怜的，代替她！不过，伯父应该不会真的让我去做的，玛莉会放弃克拉弗林先生的。"

"就是这里！"葛莱斯先生大声说，"你怎么看？难道现在还不明白吗，玛莉已经有足够的动机犯下命案了！不过你还是继续读下去把。我们听听接下来又发生了什么。"

我感到心在往下沉，我继续往下读。下一则的日期是七月十九日，内容如下：

　　七月十九日
　　我想的没错。玛莉在和伯父坚定不移的决心抗争很长时间之后，终于同意和克拉弗林先生解除婚约。当她把她的决定告诉伯父的时候，我也在场。我永远也忘不了伯父脸上那心满意足的自豪，他把玛莉搂在怀里，嘴里喊着我的好心肝宝贝。他显然对这件事情非常在意，而我看到此事到此画上完美句号，也不禁感到如释重负。可是玛莉呢？她的举止让我感到些许失望，为何如此，我也说不上来。我只知道当她转过身来对着我，问我现在是不是满意了的时候，我感到一阵强烈的畏缩。不过我压抑了这种感觉，向她伸出了手。可她并没有握住我的手。

　　七月二十六日。
　　日子真是过得好慢啊！近来发生的事情还在我心里留有阴影，我无法将它挥走。无论走到哪里，我仿佛都能看到克拉弗林先生绝望的脸。玛莉是怎样保持愉快心情的？即便她不爱他，至少也应该对他的失望表示尊重，不应该表现得如此无所谓吧。

"伯父又要出行了。不管我说什么都没办法留住他。"

七月二十八日。

真相大白了。玛莉只是名义上和克拉弗林先生分手而已，她仍然怀着希望，终有一天要和他结婚。我获得这个消息的方式比较奇怪，也不必赘述了。此后玛莉也亲自向我承认了此事，还宣称"我爱慕这个男人，我也没有打算放弃他"。"既然如此，为何不如实地跟伯父说明？"我问她。她的回答只是一个苦笑和一句简短的"我把这个留给你去说"。

七月三十日。

午夜。彻底累坏了，但在我的热血冷却之前，我得写下来。玛莉已为人妇。我刚刚从她的结婚典礼上回来，看着她把自己的手交给亨利·克拉弗林。真奇怪，我的整个灵魂都充满了愤慨和反感，但我居然能毫不颤抖地写下这些字句。不过还是让我把事实阐明吧。今天早上我离开了房间几分钟，回来时发现我的梳妆台上有一张玛莉留下的字条，告知我她要带贝尔登夫人去兜风，要好几个小时之后才会回来。我有各种理由可以确信她正在去见克拉弗林先生的路上，所以我只是停下来，戴上帽子就

日记在这里中断了。

"她可能在这个时候被玛莉打断了，"葛莱斯先生解释道，"不过我们已经得到了想要的信息。莱文沃斯先生曾威胁玛莉，如果她坚持要违背他的意愿而结婚，那他就让埃莉诺取代她的

继承人地位。而她也的确结了婚,为了避免结婚带来的后果,她——"

"不要再说了,"我回答道,我被他说服了,"现在事情再清晰不过了。"

葛莱斯先生站了起来。

"不过,日记的主人也因此得救了,"我继续说,尽量保留住对我而言的最后一丝安慰,"只要读了这些日记的人就绝对不敢暗示她有任何犯罪的能力。"

"当然不敢。这些日记彻底地证明了她的清白。"

我尽量维持我的男性风度,把思绪放在这一点上而不去想其他事情,只为她能获得清白而高兴,把其他的事情都抛诸脑后。可我还是做不到。"但是她的堂姐,和她情同姐妹的玛莉,却要遭受灾难了。"我自言自语道。

葛莱斯先生把他的双手插进口袋里,脸上第一次露出了心中有忧虑的样子。

"没错,恐怕她真的是要倒霉了,真的是大难临头了。"他停了一下,让我感到似乎还有微微的希望。"她又是如此令人着迷的一个人!真是可惜,着着实实的可惜!我不得不说,现在此案告一段落,我却几乎要开始为我们大获成功而感到难过了。很奇怪,但真的是这样。如果在这当中有个漏洞就好了,"他喃喃自语,"可是一个漏洞也没有。所有事情都十分清楚,一目了然。"他突然站起身,若有所思地在房间里踱开了步。他的目光时而投向这边,时而投向那边,东看西看,但就是不看着我。不过,我现在相信,当时也相信,他其实一直都在观察我的表情。

"雷蒙德先生,如果玛莉·莱文沃斯小姐因杀人罪名而被逮捕,你会不会感到非常难过?"他一边问,一边在一个类似鱼缸之类的东西前面停了下来,里面有两三条鱼慢慢地无精打采地游着。

"会,"我说,"我会难过,非常难过。"

"但她必须被逮捕,绳之以法,"他说道,不过语气当中却缺少平日里的那种坚定,"我公事公办,既然身负此任,要将杀害莱文沃斯先生的凶手呈报给有关当局,我就必须依理行事。"

他的举止中有怪异之处,让我心中又升起那丝莫名的希望。

"还有我作为侦探的名誉!我必须把这个也列入考虑范围。我并不富有也不出名,此案的成功能给我带来的一切我无法轻易置之不理。尽管她是如此美丽动人,我还是得将事情进行到底。"但即使是在他说这番话的时候,他也变得更加若有所思的样子。他低头凝视着面前浑浊的鱼缸,神情如此专注,我几乎要猜想缸里的鱼会被他所吸引,跳出水面来回看他一眼了。他到底在想些什么?

过了一会儿,他回过头来,脸上那犹豫不决的神情已消失不见。

"雷蒙德先生,你三点的时候再来这里一趟。到那时我应该已经写好要交给警司的报告了。我想先给你过目,所以请你务必前来。"

他的表情里有种莫名的克制,我忍不住多问一句:"你已经下定决心了吗?"

"是的。"他回答道,但语气却不乏怪异之处,动作也相当怪异。

"那你要进行你刚才所说的逮捕行动了?"

"下午三点过来吧!"

第三十六章　收　网

> 事情大概就是这个样子。
> ——《温莎的风流娘们》

时间一到，我便来到葛莱斯先生的家门口。我看到他就站在门槛上等着我。

"我来与你碰面，"他郑重地说道，"是因为我想请求你在接下来的面谈中保持沉默。我会负责发言，你只需听着就行了。我可能会问的任何问题或做的任何举动，你都不要感到惊讶。我现在的心情很适合开玩笑——"但是他的神情看起来却非如此，"所以我有可能会用别的名字来称呼你，如果我真的把你叫成其他人了，你可不要介意。最重要的是，不要开口说话，千万记住。"我感到难以置信，但他都没来得及看我脸上的表情就领着我轻轻地上楼了。

我往常跟他碰面的房间是在二楼，但是这次他却带我走进一个看似阁楼的楼层。他谨慎地查看了一阵子，才把我带进了一个异常奇怪且毫不起眼的房间。首先，这个房间阴森森的，唯一的昏暗光线来自肮脏的天窗。其次，房间里空得令人心里发毛，只有一张松木桌子和两张面对面摆在桌子两端的没有背垫的椅子，仅此而已。最后，我看到周围有好几道关着的门，门上有肮脏可怕的通风口。这些窗口都是圆形的，看起来就像一排目光空洞、凝视着前方的木乃伊的眼睛。总的来说,这个房间就是一个令人感到抑郁的地方,加上我此时的心境,我愈发觉得这房间的氛围里仿佛暗藏着某种灵异的凶兆。当我单独坐在里面时,我无法想象外面阳光灿烂,也无法想象楼下街道上展现的种种美感、欢乐和勃勃生机。

葛莱斯先生坐了下来,随后示意我也坐下。可能受到我所感觉到的气氛的影响,他的表情也显得严肃而充满神秘感,又似乎在期待着什么。

"希望你不要介意这个房间的样子。"他说,声音含糊低沉得我几乎快听不见了。"这里令人感觉非常阴抑,我也知道,不过如果相关的各方不希望外界和他们一样了解甚多,那就不应该对讨论案情的地点太过于挑剔,史密斯,"说到这里,他对我摇了摇手指表示警告,声音也变得清晰一些,"我已经完成了任务,奖金是我的了。谋杀莱文沃斯先生的真凶已经找到,两个小时以后就会被逮捕归案。你想知道凶手是谁吗?"他一边说一边往前靠,语调和表情都一样很热切。

我目瞪口呆地看着他。难道已经有新的线索了吗?他的结论是不是有了重大的改变?他的这一番话不可能是为了让我回顾我已经知道的事实,可是——

他低声地笑了笑,意味颇深,也打断了我猜疑中的思绪。"让我告诉你吧,我可是颇费了一番苦苦追寻,"说到这里他的声音又提高了,"事情很复杂,还有一名女士涉案。不过,在埃比尼泽·葛莱斯办案的时候,即使全世界的女人联手也不能达到蒙骗的目的。而且,谋杀莱文沃斯先生以及——"连他的声音都因为情绪激动而变得尖锐起来,"以及汉娜·切斯特的凶手已经找到了。"

"嘘!别说话!"他继续说,虽然我没有说话,也没有做任何动作,"你还不知道汉娜·切斯特也惨遭毒手。从某种角度上来说,她并不是惨遭灭口,但从另外的角度来看,这样说也没有错。她是被谋杀莱文沃斯先生的凶手杀害的。我怎么知道这些的?你看!这张纸片是在她房间的地板上找到的,上面附着着一些白色粉末。这些粉末昨晚已经化验过,已证实为毒药。但你会说,这个女孩是自己服下毒药的,她是自杀身亡。你这么说也对,她的确是自己服药的,也的的确确是自杀,但是是谁让她吓得服毒自尽?当然是那个最怕她出庭作证的人。可是证据在哪儿?你又会问。是这样的,先生,这个女孩生前留下一封自白书,指出此案的元凶是某个人,而此人却被我们认为是清白的。这封自白书是伪造的,事实根据有以下三点。第一,书写自白书的用纸是那女孩在藏身的地方无法获得的。第二,自白书上的字是用印刷体写的,而且字迹马虎潦草,十分别扭,而汉娜自从命案发生之后一直受到一名妇女的照顾,也正是在她的教导之下,汉娜在藏匿期间学会写得一手好字。第三,自白书中陈述的事情和汉娜自己交代的事实并不相符。这个女孩在不知情的情况下,把一封伪造的自白书放在身边,然后服毒身亡。在她自杀的当天早上,她收到一封信,是一个对莱文沃斯家的情况很熟悉的人寄给她的,这封信的大小和厚度显示它足以放得下折叠起来的自白书,而自白书被发现的时候也是折叠着的。这一切让我几乎完全确定了谋杀莱文沃斯先生的凶手就是将这些剧毒粉末和那封所谓自白书寄给那女孩的人,要她按照指示来做,而她后来也的确照着做了。凶手的意图是一箭双雕,既把嫌疑引向别处,又把汉娜灭口。死人不会说话,你也知道的。"

他停了停,看着我们头上那肮脏的天窗。为什么气氛越来越凝重?为何我会感到隐隐的担忧,还发起抖来?这些都是我事先已经知道的事情,为什么现在听来还会像从未知晓那般感到震撼？

"你又会问，可是这个人到底是谁？啊，秘密就在于此。正是这一点点的信息，将要给我带来名誉和财富。不过，秘密与否，我都不介意告诉你，"他压低声音，随后又迅速地提高音量，"事实是，我没办法把这个秘密藏在心里，它就像在我口袋里装了全新的钞票那样让我坐立不安。史密斯，我的好伙计，谋杀莱文沃斯先生的真凶——等等，外界都说是谁来着？各家报纸指控着又摇头叹息的是谁？一个女人！一个年轻、美貌，令人神魂颠倒的女人！哈哈哈！报纸写的都没错，的确是个女人，她也的确年轻漂亮，令人神魂颠倒。但具体是哪一位呢？啊，问题就在于此。涉案的女人不止一个。自从汉娜死后，我便有所耳闻，有人公开指出她便是此案的凶手。胡说八道！其他人大声反对，认为真凶是那位在她伯父的遗嘱里没能分到应得财产的侄女。又是胡说八道！但提出后面这项指控的人也并非全然没有理由，埃莉诺·莱文沃斯的确比她表现出来的要知道得更多。更糟糕的是，埃莉诺·莱文沃斯目前的处境非常危险。如果你不同意我的看法，那就让我告诉你侦探们的手中都握有什么对她不利的证据。

"首先，在命案现场发现了一条绣有她名字的手帕，而且上面沾有手枪的油渍；而她明确地否认，她在尸体被发现之前的二十四小时内去过命案现场。

"其次，当这一项间接证据被放到她面前时，她不仅显出恐惧的样子，而且从那时起到后来，都表现出下定决心要误导审讯方向，同时，她还对某些问题避开不作正面回答，也完全拒绝回答其他问题。

"第三，她曾企图销毁一封明显与此案有关的信件。

"第四，图书室的门钥匙也是在她那里发现的。

"除此之外，她在讯问结束之后的一个小时内还企图销毁一封信，这封信在被拼凑之后，我们发现是一位×绅士，我们暂时称他为×，×代表未知数——是这位绅士写的针对莱文沃斯先生的一位侄女的谴责信，语气很尖刻。这让她有了嫌疑，尤其是在一番调查之后，我们发现莱文沃斯家在过去有不为人知的事情。那便是，在外界人士毫不知情，尤其是莱文沃斯先生被蒙在鼓里的情况下，莱文沃斯小姐和同一位×先生一年前在一个名为F的小镇上举行了结婚仪式。那位不知名的绅士，在埃莉诺·莱文沃斯销毁了一半的信件里，向莱文沃斯先生抱怨他遭受到其侄女的不公对待，换句话说，这位绅士其实是这位侄女的秘密丈夫。除此之外，这位绅士还曾用假名，在命案发生的当晚造访莱文沃斯先生的住处，请求见见莱文沃斯小姐。

"现在你可以看到，所有事实都对埃莉诺·莱文沃斯不利，如果不能证明以下两点，那她就真的要遭受灾难了。这两点便是，第一，手帕、信件和钥匙都是在命案发生后经过他人之手才到她手里的；第二，当时渴望莱文沃斯先生死的人另有其人，而且此人的动机比她的更为强烈。

"史密斯，我的好伙计，以上的两项假设都被我证明了。我挖掘年久的秘密，追寻希望渺茫的线索，最后终于得出这个结论，埃莉诺·莱文沃斯，虽然种种迹象都表明她有重大嫌疑，但另外一个女人，和她一样美丽动人、令人瞩目的女人，才是真正的凶手。简而言之，她的堂姐，高贵优雅的玛莉，才是杀死莱文沃斯先生的凶手，而且由此推断，她也是杀害汉娜·切斯特的凶手。"

他说出最后结论的语气如此有力，神态中充满胜利的光辉，让我一时哑口无言，惊讶的程度甚至如同我根本不知道他会做此结论一般。我内心的波澜似乎唤醒了一种回音，我周边的空气中充满某种压抑着的叫喊。整个房间感觉似乎充满了恐惧和绝望。

我在这种激动的幻想中半转过头去看,却只看到那些阴暗的通风口如同空洞的眼睛一样盯着我。

"你吃了一惊!"葛莱斯先生继续说,"我不觉得奇怪。其他的每一个人都在观察埃莉诺·莱文沃斯的举动,我则知道我该如何逮捕真凶。你还摇头!"(这又是他编造出来的。)"你不相信我的说法!你觉得我被骗了。哈哈!埃比尼泽·葛莱斯整整一个月都在辛苦办案,居然能受骗!你和玛莉·莱文沃斯小姐一样坏,对我的聪明头脑没有一点信心,而她还偏偏在那么多人当中选择给我一大笔悬赏,希望我能抓到谋杀她伯父的凶手!话说回来,你还心存怀疑,等着我为你解开谜团。嗯,其实这再简单不过了。首先,你要知道,讯问当天的早上,我发现了一两点线索,这在记录里是看不到的。其中一个是我刚才提及的,在莱文沃斯先生图书室里捡起来的手帕,那上面除了有手枪的油渍,还有明显的残留的香水味。我于是去两位女士的梳妆台上寻找这瓶香水,结果不是在埃莉诺的房间,而是在玛莉的房间里找到了。这让我继续去检查两位女士在前一天晚上分别穿着的外套上的口袋。我在埃莉诺的口袋里找到一条手帕,我猜测是她当时带在身上。但玛莉的口袋里却没有手帕,而在她房间里我也没有发现任何在她临睡前扔下的手帕。我从这里得出的结论是,玛莉,而非埃莉诺,才是将手帕带到她伯父房间的人。一位仆人私底下告诉我的消息也让我更加确定这个结论的正确定,那就是,当洗好的衣物被带上楼的时候,那条手帕就放在最上面,而当时玛莉正在埃莉诺的房间里。

"我明白在这种情况下犯错的可能性,所以就在图书室里又做了一番搜查,结果发现了一件非常奇怪的事。书桌上放着一支铅笔刀,而在椅子旁边的地板上,有两三片刚从桌脚削下来的小木屑。这一切看起来就好像是有人坐在那里,情绪紧张,在没有思考的情况下拿起刀子，无意识地削起桌脚。你说，这是小事一件，不值一提。但问题是，两位女士中一位天性镇定自若、文静自持，另一位则较为急躁好动，也容易激动，是哪一位在某个时间坐在那个位置，正是这些小事才成为定夺是非的致命关键。任何人，只要和她们两位共处一个小时，就能毫不犹豫地指出是哪一位的纤纤玉手在莱文沃斯先生的书桌脚上削出刀痕。

"不过事情到这里还没有了结。我在无意间清楚地听到埃莉诺指责她堂姐的行为。像埃莉诺·莱文沃斯这样的女人，除非有最强烈而实际的理由，否则绝不会指责亲人犯下罪行。首先，她一定非常确定她堂姐当时处境危急，令她绝望，除非她伯父死去，否则危机无法解除。其次，以她堂姐的个性，她会毫不犹豫地采取最极端的方法来解除自己的危机。最后，她手上握有某些间接证据，会严重地增加她堂姐的嫌疑。史密斯，这些行为都和埃莉诺·莱文沃斯的品性相符。至于她堂姐的个性，她已经充分地证明了自己有野心、热爱钱财、任性、不诚实。那个秘密结了婚的人，不是我们一开始便假设的埃莉诺，而是玛莉·莱文沃斯。她当时处境危急，我们不要忘了莱文沃斯先生曾出言威胁，如果她和 X 先生结婚，就在遗嘱中把继承人改成她堂妹的名字，我们也不要忘记玛莉也展现出不愿放弃未来财富的希望。至于我们所认为的埃莉诺对她的指证，虽然言之凿凿，但我们不要忘了，在从埃莉诺那里发现钥匙之前，她在她堂姐的房间里待了一段时间；而那些没有烧尽的信件碎片也是在玛莉房间里的壁炉里发现的——这就是我所写的报告的大概，一个小时之后，玛莉·莱文沃斯就将以杀害她伯父及恩人的罪名，被逮捕归案。"

接下来便是一阵短暂的寂静，如同埃及的黑夜那般。突然，一声骇人的惨叫响彻整个房间，一个男人不知道从哪里冲了出来，从我身边冲过去，扑倒在葛莱斯先生的脚边，尖声叫喊道：

"你胡说！胡说！玛莉·莱文沃斯是清白的，她就像未出生的婴儿那样清白无辜！我才是杀死莱文沃斯先生的凶手！我！我！我！"

这个人，是特鲁曼·哈韦尔。

第三十七章　高　潮

> 引诱圣人的黄金。
> ——《罗密欧与朱丽叶》

> 即便我们的行动没有让我们成为叛徒，
> 我们的恐惧也会驱使我们背叛。
> ——《麦克白》

此刻，侦探先生的脸上满是大获全胜的欢欣，我还从来没有见过任何人脸上出现这样的表情。

"好吧，"他说，"这可是我意料之外的，不过我也不会不欢迎这样的结果。我非常高兴得知莱文沃斯小姐是清白的。但在我确信之前，我还得听听更多的细节。起来吧，哈韦尔先生，把事情解释清楚。如果你就是杀害莱文沃斯先生的凶手，为什么其他与本案相关的人都看起来有嫌疑，就你看似没有呢？"

但是，在葛莱斯先生脚边痛苦挣扎着的那个人用炽热的双眼望着他，眼中只有焦虑和痛楚，并没有给出任何解释。看到他费尽力气还是说不出话来，我走近他。

"靠着我。"我一边说一边把他扶起来。

他终于卸下了压抑的面具，转过脸来对着我，神情中充满了绝望。"救！救！"他喘着气，"救救她——玛莉——他们正在送报告——快去阻止他们！"

"没错，"另一个声音插了进来，"如果这里有人信仰上帝，也珍惜女性的名誉，那就请他去阻止送递报告。"亨利·克拉弗林从我们右边的一扇门走出来，来到我们中间。他的气质依旧堂堂如初，但神情却极其激动。

一看到他的脸，我们扶着的那个人就开始颤抖，尖叫，并跳向克拉弗林先生。虽然后者身形高大健硕，但如果不是葛莱斯先生制止住，他还是有可能被哈韦尔撞倒。

"等一下！"葛莱斯先生大声叫道，用一只手把哈韦尔拉住——他的风湿病上哪儿去了？！——他把另外一只手放进口袋，取出一份文件，举到克拉弗林先生面前。"文件还没有发出，"他说，"别担心。至于你，"他一边继续说，一边转向特鲁曼·哈韦尔，"安静点，否则——"

哈韦尔挣脱了葛莱斯的手，打断了他的话。"放开我！"他尖声叫道，"让我找他报仇！我为玛莉·莱文沃斯付出这么多，他居然敢说她是他的妻子！让我——"说到这里他骤然停住，他那颤抖不已的身躯也突然变得僵硬如石，那双伸向对方喉咙的手也重重地放了下来。"听！"他一边说一边望向克拉弗林先生的身后，"是她！我听到她来了！我感觉到她了！她就在楼梯上！她走到门口了！她——"他发出一声低沉而颤抖着的叹息，结束了这句话；叹息声中交织着期待和绝望。这时，门开了，玛莉·莱文沃斯就站在我们面前！

这是一个足以令黑发霎然变白的时刻。她的脸苍白憔悴，充满了恐惧，毫无掩饰。她转向亨利·克拉弗林，完全忽视了这个极其骇人的场景中的真正主角！特鲁曼·哈韦尔无法忍受了！

"啊，啊！"他大声叫着，"看看她！冷酷，太冷酷了，她竟然一眼也不看我！我刚刚才从她脖子上替她取下绞刑索，套到自己的脖子上！"

说完，他挣脱开来，跪在玛莉跟前，用双手狂乱地抓住她的裙子。"你必须看看我，"他大叫着，"你必须听我说！我不能把自己的肉体和灵魂都丢了，却什么也没得到。玛莉，他们说你的处境非常危险！我根本无法忍受，所以才说出了真相——没错，我知道后果是什么——现在我只想听你说你相信我，我发誓，我只是为了捍卫你所热爱的财富，我做梦也没想到会落到今天这个地步，这全都是因为我太爱你了，全都是因为我希望能赢来你对我的爱，所以我——"

但她好像没有看见他，也没有听见他所说的话。她的目光固定在亨利·克拉弗林脸上，眼神深处充满了质问的意味，只有他能安抚她。

"你根本没听我说话！"哈韦尔失魂落魄地尖叫着，"你和冰霜一样冷酷无情，即便我从地狱的最深处叫你，你也不会回过头来！"

就连这样的一句叫嚷也没能引起她的注意。她用双手按住他的双肩，仿佛是在扫清自己前进路上的障碍般，她努力往前走。"为什么这个人会在这里？"她大声问，用一只颤抖的手指着自己的丈夫，"他到底做了什么，让他在这么可怕的时刻来这里面对我？"

"我叫她来这里见杀害她伯父的凶手。"葛莱斯先生悄声在我耳边说道。

但在我开口回答她之前，还未等克拉弗林先生喃喃地说出一个字，她面前那失魂落魄的嫌疑犯便突然站起身。

"你还不知道？那让我来告诉你好了。这些绅士，认为自己富有骑士风度、高尚可敬，他们觉得美丽动人又奢侈逸乐的你，用你那双白皙的手犯下血腥罪行，为自己赢得自由和财富。是的，没错，这个男人——"他转过身来指着我，"他把自己装成朋友，让你彻底相信他既善良又可敬，但事实上，在整整四个星期的时间里，他对你投来的每一瞥，对你说出的每一个字，都是在编织一个圈，好往你的脖子上套。他认为你杀了你伯父，他不知道你身边有这样一个人，只要你那纤纤玉手发令，就愿意为你扫清前行的道路。我——"

"你？"啊！她终于看到他了，也终于听见他所说的话了！

"是，"他见她连忙后退，又抓住她的长裙，"你早就知道了吗？当你伯父拒绝了你，你失声痛哭一个小时，你大声地请求别人去帮你，那时候你知道——"

"别说了！"她尖声叫道，同时从他身边逃开，表情中充满了难以形容的恐惧。"不要说了！噢！"她喘着气说，"一个女人受到打击，疯狂大叫，请求别人的帮助和同情，这能被看成是在召唤凶手吗？"她惊恐地转过身，悲泣着说道："现在，无论谁看着我，都不会忘记有人——而且是这样的一个人！——竟敢认为，那时处于极度困惑中的我能把我的恩人遇害当成是解脱！"她控制不住自己的恐惧。"哦！这是对愚昧怎样的一种惩罚！"她喃喃自语，"对钱财的热爱一向都是我的罪恶，这是怎样的一种惩罚啊！"

亨利·克拉弗林再也没办法控制自己了，他一跃到她身边，俯身对着她。"真的只是愚昧而已吗，玛莉？你没有犯下更深重的罪行吧？你和他之间没有任何共谋？除了不惜伤害我的心，不惜连累你高尚的堂妹，一心一意地想保留你在你伯父遗嘱里的位置，除此之外，你没有任何恶念吗？在整个事件里你是清白的吗？告诉我！"他把他的手放在她头上，慢慢地把她的头往后仰，凝视着她的眼睛。随后，他一言不发地把她拥入怀里，目光平静地看着四周。

"她是清白的!"他说道。

原本压抑得令人窒息的气氛被这句话驱散了。房间里所有人,除了眼前失魂落魄、不停颤抖的罪犯之外,都在突然间感到心中泛起了希望。甚至连玛莉的脸上也出现了一丝光彩。"哦!"她一边轻声说,一边从他怀里抽身出来,以便更好地看着他的脸,"我愚弄了某个人,伤害了他,折磨了他,直至他一听到玛莉·莱文沃斯的名字就几乎要忍不住战栗,那个人是你吗?你就是那个我一时任性嫁了,然后又放弃、否认的人吗?亨利,面对你所看到的和听到的,你能大声说我无罪吗?面对我们跟前那个哀嚎颤抖着的可怜人,以及我自己不住颤抖的身体、无法抑制的恐惧;别忘了,你脑里心里都记得很清楚的那封信,我在凶案发生之后写给你、说希望你不要再接近我的那封信,我说当时我处境极其危险,即便是最小的暗示,让外界知道我身怀秘密,也会置我于死地。面对这一切,你能不能,你会不会在上帝面前,在全世界面前,宣布我是清白的?"

"我会。"他说。

一种前所未有的光芒慢慢地浮现在她的脸上。

"那我恳求上帝,原谅我对你这颗高尚的心所做的错事,因为我永远也无法原谅我自己!等等!"看到他正要开口说话,她说道,"在我接受你更多的宽容和信任之前,让我向你展示我真实的一面。你将会看清你心里珍视的那个女人最丑陋的一面。雷蒙德先生,"她一边大声说,一边首度向我转过脸来,"在那些天里,你出于对我切身利益的真诚考虑——看吧,我一点也不听从那个人刚才对你的讥讽——你劝说我开口,坦白交代我所知的关于这个可怕案件的全部实情,但是我做不到,因为我有我自私的恐惧。当时我深知整个案件的情况对我非常不利。埃莉诺也这样告诉我。埃莉诺自己——这是我必须忍受的最难忍的痛苦——相信我是凶手。她有她自己的理由。首先，她在伯父尸体下的书桌上发现了写有收件人的信封，所以她知道，伯父在死前正要召唤他的律师前来修改遗嘱，把我的那部分财产改成她的；其次，她知道虽然我矢口否认，但我其实在前一晚进过他的房间，因为她听到了我打开门的声音，还有我经过时裙子发出的沙沙声。不过这还不是全部。大家公认的直接犯罪证据，也就是那把钥匙，是她从我的房间地板上捡起来的。克拉弗林先生写给我伯父的信也是在我的壁炉里发现的。而那条手帕，她看见我从洗好的一篮衣物中把它拿走，后来那条手帕在讯问过程中被拿了出来，上面还沾有手枪的油渍。这些事情，我都无法解释。我的双脚似乎被一个缠绕的网束缚住了。我一有任何举动就会迎来新的难题。我知道自己是清白的，但如果我连自己的堂妹都没办法说服，当我被要求去说服大众时，我又怎能奢望让他们相信我呢？更糟糕的是，连埃莉诺，期盼伯父能长寿无疆的她，都会因为几个间接证据而受到怀疑，那当这些证据让嫌疑的矛头转向我，我怎能不害怕。我可是财产继承人啊！有个陪审员在讯问时问过，谁会从伯父的遗嘱中获益最多，他问这个问题的时候，那口吻和态度再明了不过了。因此，当埃莉诺听从她内心那宽容善良的本能，三缄其口，因为她知道任何话语都会对我带来巨大的不利，在那个时候，我只眼睁睁地看着她闭口不谈，心里想着，既然她认为我有能力犯罪，那就让她承担可能的后果吧。而当看到这些证据有可能带来的可怕影响时，我也没有心软。因为，我害怕坦白交代之后，我会遭受恶名、猜忌和危险，所以干脆闭口不提。只有那么一次，我犹豫了。那就是我们最后一次交谈的时候，我知道尽管事情表面上对埃莉诺不利，但你却相信她是无辜的，我于是萌生了一个念头，如果我恳求你的同情，你或许也会相信我是无辜的。可是，就在那个关头，克拉弗林先生来访了，我突然意识到我未来的生活都要沾上嫌疑的污点,所以便抑制住脱口而出的冲动,做出相反的决定,我威胁克拉弗林先生,如果他在我脱离所有危险之前再度接近我,我就要否认我们婚姻的存在。"

"是的,他也会告诉你,他带着长期以来被悬念折磨的身心来到我家,希望我能给他只字片语的保证,保证我当时身处的陷阱不是我自己一手造成的,而我却那样对他。在我给了他整整一年的沉默,而且其中的每一分钟对他而言都是煎熬之后,那就是我迎接他的方式。但他还是原谅了我,我在他的眼神当中看到了,也在他的语气中听到了。而你——噢,如果在未来悠长的日子里,请你原谅我因为自私的恐惧而导致埃莉诺受苦受害;虽然她的苦楚仍会在你心里留有阴影,但也希望你能宽宏大量,不要把我想得太丑恶。至于这个男人——即便是我遭受酷刑折磨,也比不上和他这样共处一室来得痛苦——让他走过来告诉我,我到底是在表情中,还是在言语中,让他认为我明白他对我的爱慕,而且他居然还认为我回应了他的爱。"

"为什么要这么问!"哈韦尔喘着气说道,"难道你看不出来,正是你的冷酷,你对我的视而不见,才让我发狂吗?站在你面前,因你的痛苦而痛苦,你的一举一动都牵系着我的全部思绪,我深知我的灵魂已经和你的紧紧结合,如同钢铁般坚固,再炽热的烈火也无法融化,再强大的力量也无法摧毁,再锋利的刀刃也无法切断;我与你睡在同一屋檐下,坐在同一张餐桌前,而我竟然连一个你明白我的心意的眼神都无法得到!就是这一切,让我犹如身处炼狱般痛苦。于是,我下定决心要让你明白我的心,如果我为此得跳进火坑,那么你也能理解我的做法,以及我对你的爱是何等热烈。现在你总算知道了。你全都明白了。不管你如何在我面前退缩,怎么躲到你称为丈夫的那个懦夫身边,你都永远无法忘记特鲁曼·哈韦尔对你的爱!你永远无法忘记,是爱,爱,是爱这种力量指引我在那天晚上走进你伯父的房间,给予我扣动扳机的意志,让我把你今天所拥有的所有财富全部给你。是的,"他继续说着,那极度的绝望让他的身影显得高大起来,甚至连高贵伟岸的亨利·克拉弗林在他身旁都显得矮小了。"你的钱包里叮当作响的每一个钱币都会说起我;你那高贵的头不会朝我低下,但它上面的每一个饰品都会在你的耳边尖叫着我的名字;潮流时髦、绚丽浮华、奢侈高级的种种,你都会拥有,但除非黄金失去它那灿烂的光彩,除非你再也不喜爱钱财,否则,你将永远不会忘记把这一切带给你的那只手!"

他的脸上充满了邪恶的自得,我无法形容。他把自己的手放到一旁等候着的探长的手臂上,很快就要被带离这个房间了。这时,玛莉胸中激荡沸腾的情感终于迸发了,她抬起头,对他说:

"你错了,特鲁曼·哈韦尔。我绝不会给你机会,让你得以用这个想法安慰自己。这么多的金钱只会带来痛苦的折磨。我不能接受折磨,所以我必须放弃这些财富。从这一刻开始,玛莉·莱文沃斯拥有的,只是被她长久亏欠着的丈夫所赠予的财产!"说完她把双手举到耳边,把戴在双耳上的钻石耳环扯了下来,把它们甩到哈韦尔的脚边。

这对已经痛苦不堪的哈韦尔而言是最后的一记重击。他惨叫了一声,我从来都没想到一个人的嘴里能发出这样的声音。他举起双臂,脸上尽是癫狂的盛怒的红光。"我把我的灵魂献给地狱,却换来一个阴影!"他哀嚎道,"一个阴影!"

"啊,这真是我职业生涯中最精彩的一天!恭贺我吧,雷蒙德先生,这是在一个侦探的办公室里成功上演的最为勇敢的游戏。"

我十分惊讶地看着葛莱斯先生脸上胜利的表情。"你这么说是什么意思?"我大声问,"这都是你一手策划的?"

"我一手策划的？"他又反问了我一句，"如果我没有一手策划，又怎么能站在这里静观事情的发展？雷蒙德先生，就让我们随意一些吧。你是位绅士，但我们也可以为此握握手表示庆祝的。在我的整个侦探生涯里，我还没有遇到过这么扑朔迷离的案子，在最后却迎来这么令人满意的结局。"

我们握手的时间挺长，彼此也充满热诚。随后我便请他详细解释。

"是这样的，"他说，"有一件事情一直困扰着我，即便在我对这个女人的怀疑达到最顶点的时候，我也还是想不通。那就是擦枪这回事。我没法把这个举动和我所了解过的女性行为统一起来。我就是觉得这不是女人做的事。你认识的女人当中，有谁会有擦枪的习惯？不会有的。她们懂得用枪，也会真的开枪，但在开枪之后，她们不会把枪清理干净。如果一个犯罪事件中有一百条线索被发现，其中的九十九条都准确地必然地指向嫌疑方，而第一百条同样重要的线索却显示那个人不可能犯罪，那么整个案件的嫌疑点就站不住脚了，这是每一个侦探都知道的原则。我秉持这一原则，所以，就像我刚才说的那样，到了要施行逮捕的关头，我犹豫了。整个链条是完整的，也是环环紧扣的，但其中的一个环却与其他的所有环大小不同、材质不同，因此可能会导致整个链条断裂。我决定再给她最后一个机会。我让克拉弗林先生和哈韦尔先生前来，他们两人是我没有理由怀疑的，但是除了玛莉之外，唯独他们两人有可能是凶手；毕竟只有他们有足够的头脑去行凶，而且他们在案发时身处现场，或被认为是身处现场。我分别通知他们说杀害莱文沃斯先生的凶手已经找到，而且即将在我的住处被逮捕，如果他们想听听届时必定会显露的真相，那么他们只需按指定的某个时间到这里来。虽然他们各有各的原因，而且各自的原因大相径庭，但他们两人都对此极感兴趣，都不会拒绝。而我也成功的劝诱他们把自己藏进刚才你看到的隔间里，我心里很清楚，如果他们当中的某一个是真凶的话，那这个人一定是出于对玛莉·莱文沃斯的爱而下毒手，因此必定无法忍受听到她将作为案犯被起诉、而且即将被逮捕，他也必定会把自己供出来。我并没有对这个实验抱有太大的希望，最没有料到的是哈韦尔先生竟然是凶手——不过，人毕竟是活到老学到老，雷蒙德先生，活到老学到老啊。"

第三十八章　完整的自白

> 在一件可怖之事的实施以及最初的动念之间，
> 一个人的心里经历了种种幻象，
> 如同置身于一个可怕的梦境中。
> 随后，他的心智和身躯便开始合力密谋。
> 如同一个小王国遭受叛乱那般，
> 此时他的心里也备受煎熬之苦。
>
> ——《恺撒大帝》

我并非恶人。我只是一个容易情绪激动的人。野心、爱情、嫉妒、仇恨、报复——这些对于其他人而言只是转瞬即逝的情绪，而对我而言，却是热烈的激情。当然，我的这些情绪都被隐藏得很好，如同蜷曲着的巨蟒那般，只要不被惊扰便纹丝不动；不过一旦被扰，它们的攻击便是致命的，它们的行动也是冷酷无情的。最熟知我的人也不知道我有这样的一面，连我的母亲也不知道。我很经常听她这么说："要是特鲁曼能够更感性一些就好了！要是特鲁曼不会对什么事都不闻不问就好了！总之，要是特鲁曼的内心更有力量那就好了！"

在学校里也一样。没有一个人能了解我。他们都觉得我很老实温顺，他们叫我"面团脸"。这个绰号跟了我三年，最后，我对他们发起了突然的袭击。我找他们的老大单挑，我把他击倒在地，让他仰面躺在地上，再朝他脸上用力地踩。他本来长得还挺好看的，被我痛打之后——这么说吧，他从此以后再也没有叫过我"面团脸"。后来没多久，我去了一间商店工作，那里的人对我的欣赏就更少了。我上班准时，工作认真负责、一丝不苟，但他们就把我当成一部很好的机器，仅此而已。一个男人既不参加娱乐活动，也从不抽烟，更从来没有大笑过，这样的人怎会有心，有灵魂，有情感？我能精准地做数字运算，但一个人做算数时也不怎么需要用到心或灵魂。我甚至可以日复一日、月复一月不停地抄写，而且一个错字都没有。但这也正好证明了他们所想的没错，我的的确确只是一台普通的机器。而我也任凭他们这么想，我自己心里知道，总有一天他们会改变想法，就像其他人那样。事实上，我从来没有好好地爱过任何人，包括我自己，也从没有在意过任何人的意见。生命对我而言可以说是一片空白，它仿佛是一片贫瘠的荒原，无论我愿意与否，都得穿越它。如果我没有遇到玛莉·莱文沃斯，那我的人生一直到今日都会保持一样的状态。大约在九个月前，我辞去会计室的工作来到莱文沃斯先生的图书室帮忙，就在那时，一把熊熊燃烧的烈火从我的灵魂中腾起，火焰至今未曾熄灭，那火焰永远也不会熄灭，直到死亡到来的那一刻。

她真的太美了！第一天晚上，我跟随我的新雇主走进客厅，看到这个女人站在我面前，散发着既迷人又令人惊愕的魅力。我就如同被闪电击中了那般，我当时就知道，如果我继续待在那个宅子里，我的未来会是怎样的结局。她当时表现出高高在上的样子，最多也是朝我这边投来匆匆的一瞥而已。但她那时候对我的冷漠我并没有介意。只要我能站在她周围，看着美丽的她而不受责骂，我就心满意足了。说实在的，盯着她，就像看着一座即将要爆发的火山上那开满花朵的火山口。我在那里流连的每一分钟都充满了恐惧和痴迷。但正是因为这种恐惧和痴迷才让那时的每一分钟都值得珍惜,而且,即便我能撤离,我也不愿意离去。

情况一直就是这样。我对她的情感当中既有难言的痛苦,也有快乐。尽管如此,我对她的端详也没有停止,一小时接着一小时,日复一日,我留意着她的微笑,她的举止,她转头的姿势或者是抬起眼帘的动作。我这么做有我的目的。我希望能把她的美牢牢地织入我生命的脉络当中,不论什么都无法把它拆离。因为当时我就和现在一样,看得非常清楚,她虽然爱卖弄自己的美,但她绝不会为我而屈尊。绝对不会。即便我躺在她的脚边任由她践踏,她也不会回头看看她踩到了什么东西;即便我花上数日、数月甚至数年的时间去了解她的每一个愿望,她也不会因我历尽的千辛万苦而感激我,甚至在我经过她身边时也不会抬起眼看看我。对于她而言,我什么也不是,我也不可能成为什么人,除非——我后来逐渐地萌生这个想法——除非我能以某种方式成为主宰她的那个人。

与此同时,我也为莱文沃斯先生做口授笔录工作,他对我甚是满意。我有条不紊的做事方式很符合他的要求。至于这个家庭中的另一个成员——埃莉诺·莱文沃斯小姐,她以天生的高傲却不失同情心的姿态对待我。她对我不算很热情,但很和蔼,我们不能算是朋友,但也是同住一个屋檐下的人,每天在餐桌上都会碰面。在她看来,就像其他人也能看到的那样,我并不是非常快乐的一个人,也没有心怀太多希望。

六个月过去了,我知道了两件事:第一,玛莉·莱文沃斯珍视自己作为女继承人的地位以及要继承的大笔财产,她对此的重视远远超过其他的世俗事情;第二,她心怀一个秘密,这个秘密威胁到她作为继承人的地位。至于究竟是什么秘密,我在很长时间内都无法得知。但后来,我确信那是跟爱情有关的秘密之后,我变得满怀希望，虽然这听起来很奇怪。因为到这个时候，我已经对莱文沃斯先生的性情了如指掌，几乎和我对他侄女的了解一样，而且我深知面对这类事情他必定不会退让半步。在这两个人的意愿发生冲突时，或许会发生些什么事情，让我有机会拥有她。唯一一个困扰我的问题是我当时并不知道她爱慕的人叫什么名字。但运气很快便眷顾于我。有一天——距离现在有一个月了——我像往常一样坐下来，打开莱文沃斯先生的信件。其中有一封，我永远都无法忘记，其内容如下：

霍夫曼旅馆
1876 年 3 月 1 日
霍雷肖·莱文沃斯先生亲启

尊敬的莱文沃斯先生：

您有一位侄女，您既爱她又信任她，而她看起来似乎也值得您或任何其他男人给予她爱和信任。她是那么美丽，那么迷人，她的脸庞、身姿、举止和谈吐都是如此温柔。但是，亲爱的先生，每一朵玫瑰都带刺，您的玫瑰也是如此。可爱如她，迷人如她，温柔如她，她却不仅狠得下心践踏信任她的人的权利，而且还伤害他的心，让他意志消沉；她没有尽到对他的义务，损害了他的尊严，也违背了传统。

如果您不相信以上所言，那请对着她那张残酷而迷人的脸，质问她：谁是她的、也是您的那位谦恭的仆人。

亨利·里奇·克拉弗林

即便是一颗炸弹在我脚边爆炸，或是魔鬼本人出现在我跟前，我都不会感到如此震惊。但这封措辞惊人的信件的署名人，不仅对我而言非常陌生，而且他在字里行间还以她的丈夫自居：你知道，这样的一个地位正是我殷切渴望获得的。当时，有好几分钟的时间，我呆站着，任由暴怒和绝望的火焰把我吞噬。随后我渐渐平静下来，我意识到，既然这封信在我手里，我就是最终主宰她命运的那个人。换成别的人可能会在当时就找她，以那封信威胁她，宣称要把信件给她伯父，从而赢得她的哀求，甚至更多。但我——是的，我的计划比那要更高明得多。我深知，要赢得她的芳心，必须先让她陷入绝境，必须让她看到自己已经滑入悬崖的边缘，然后再在第一时间伸出援手，让她迫不及待地抓住。于是，我决定让我的雇主看到这封信。但信已经被我打开了！我该如何把这样的一封信给他而不引起他任何疑心？我只想到一个办法，那就是让他看到我在打开这封信，他会以为我是刚刚拿到手。因此，我等到他走进房间来，一边拿着信走向他，一边把信封的一端撕开。打开信，我匆匆地看了一眼内容，便把信放到他跟前的桌子上。

"这一封看起来像是私人信件，"我说，"不过从信封上完全看不出来。"

我站着不动，他把信拿了起来。他看了开头的几个字，又看了看我，似乎从我的表情中看出我并没有读了太多内容，不足以了解此信的性质。随后，他便坐在他的办公椅里，一边慢慢地转动，一边静静地阅读其余内容。我等了一会儿，然后坐回到自己的桌子边。一分钟、两分钟，时间在静谧中过去了，他显然是在反复阅读那封信。最后，他急急忙忙地站起身，离开了房间。他经过我身边时，我从镜子里瞥见他的表情。他的表情并没有减弱我心中那渐渐增大的希望。

我立即跟着他上楼去，确定他是径直走进玛莉的房间里去了。几个小时之后,全家人都聚集在餐桌边准备吃晚餐,我几乎不用抬头就能察觉到,他和他最喜爱的侄女之间已经出现了一条不可逾越的鸿沟。

两天过去了。在这两天里,我度日如年,一颗心悬在半空。莱文沃斯先生回信了吗?事情的结局能否和开始时一样,没有了那位神秘的克拉弗林先生的身影?我无法回答。

与此同时,我那单调枯燥的工作也继续进行着。它那无情的车轮不断地碾压着我的心。我不停地写,直到我的生命力似乎都随着每一滴墨水流淌到纸上。虽然我时刻保持警觉,时刻倾听着,但一有不寻常的声音时,我还是不敢抬起头或转移视线,我怕别人会看出我一直在密切地注意着周遭的一切。第三天晚上,我做了一个梦。我已经告诉雷蒙德先生这个梦境的全部,在此我不再赘述。不过,我想要更正一点。我告诉雷蒙德先生的是,我所看到的杀死我雇主的人是克拉弗林先生,但实际上在梦中我所看到的脸不是别人,正是我自己。正是这一点让我感到毛骨悚然。看着蹲伏着的身影鬼鬼祟祟走下楼去,我就像是在镜中看着自己。除此之外,我都是据实描述。

这个梦对我产生了巨大的影响。这是一个预感吗?还是冥冥之中的警告,告诉我应该怎么做才能将美人占为己有?她伯父的死能不能为我们之间无法跨越的鸿沟搭建起一座桥梁?我开始觉得真的有可能是这样,也便开始考虑各种可能性,打造通向我的极乐世界的唯一一条通道;我甚至还开始幻想,她从绝境中突然获救,充满感激地把她那可爱的脸庞朝我俯过来。有一件事情我很确定:如果那真的是我必须走的路,起码我已经被指点过该如何走。接下来的一天,我感到头昏脑涨,思维混沌。我坐在书桌边工作的时候,眼前一直看到那个鬼鬼祟祟、居心叵测的身影从楼上走下来,高举着手枪,走进毫不知情的雇主的房间里。那天，甚至有十几次，我发现自己的视线落在那扇必经的门上面，心里想着还要经过多长时间，我就会真正地走进来，站在门框里。机会就在眼前，不过我当时并没有多想。甚至在当晚陪他喝雪莉酒，就向我在讯问中提到的那样，我也完全没有料到，动手的时间已经很近了。不过，我上楼还不到三分钟，就听到有女士的衣服拖行在地板上的声音，我仔细一听，察觉到是玛莉·莱文沃斯正经过我的房门走向图书室。我意识到致命的时刻来临了，即将在图书室里说出的话或发生的事都无可避免地会造成致命的结局。到底会发生什么事？我决定要弄个明白。我思忖着如何偷听他们的对话。我记起贯穿整栋房子的通风系统的第一个通风口正好位于莱文沃斯先生的卧室和图书室之间的走道，而第二个通风口则开在我房间隔壁大备用房的壁橱里。我急忙打开卧室和备用房间之间的门，站进壁橱里。一瞬间，说话的声音就传到我耳朵里，什么都很清楚。站在那里，我能把玛莉和她伯父之间的对话全部听见，就好像我身处图书室那样。我听到了什么？我听到的内容足以让我确定我的怀疑是对的，也就是，那是一个对于她而言至关重要的时刻；莱文沃斯先生在此前显然已经做出过警告，而此刻正要采取进一步行动，修改遗嘱，而她则前来恳求伯父原谅她的错误，希望能重获伯父欢心。至于她的错误是什么，我并没有听到。他们没有提及克拉弗林先生就是她的丈夫。我只听到她说，她的行为纯粹是一时冲动所致，而不是因爱而生；她说她后悔自己的行为，最渴望能够摆脱对那个人的所有义务，她很快便会忘记那个人，变回原来的她，就像没有遇到那个人之前那样对待自己的伯父。我当时很愚蠢，我心想，她只是被引诱着与那个人订下婚约，不仅如此，我还从她的话语中获得了荒唐的希望。过了一会儿，我听到她伯父以他最严厉的语气回答道，她已经辜负了他的关心和爱护，一切已无法挽回。我无需听她那充满羞愧、失望的短促而痛苦的叫喊,也不用听她低嚎着恳求别人帮帮她,在我的心中,丧钟已为他敲响。我慢慢地潜回自己的房间,我等着,直到听见她上楼的声音,我才偷偷地行动。我就像平时那样冷静,我走下楼去,就像我在梦境中看到的自己那样,然后轻敲图书室的门,走了进去。莱文沃斯先生正坐在他平时的位子上写东西。

"对不起,"他抬起头的时候我说道,"我把我的记事本忘了,我想可能是我刚才进去拿酒的时候不小心掉在走道里了。"他低下头,我便连忙从他身旁走过,进入小房间里,并迅速地走到另外一头的房间里去,拿到了手枪,再走回来。在几乎还没意识到自己的行为之前,我就已经在他身后站好位置,对准,开了枪。结果你们都知道了。他一声不吭地往前倒在自己的手上,而玛莉·莱文沃斯也真正成为了她梦寐以求的财富的主人。

我的第一个念头便是拿掉他正在写的那封信。我走到桌子旁,从他的手下面把信抽出来,看了看,其内容正如我所料的那样,是要召唤他的律师前来。我也看到克拉弗林先生的那封信放在桌面,上面溅上了斑斑血迹,我把这封信和给律师的信一起放进口袋里。直到这时,我的注意力才回到自己身上,我这才想到,刚才那声并不响亮却很尖锐的枪声一定在房子里造成回音。我便把手枪放在死者旁边,准备着如果此时有人走进来,我就尖叫着说,莱文沃斯先生自杀了。幸好当时没有人进来,我也不用做出那么愚蠢的举动。显然,没有人听到枪声,或者是听到了,但没有引起警觉。见到没有人来,我便专心地思考我的杰作,并为自己寻找最佳方法避免被侦查。我迅速、仔细地查看了他脑袋上的弹口,认定警方绝不可能将本案作为自杀案来处理,连被认定为盗窃案都没有可能。对任何熟知刑侦破案事宜的人而言,这明显是一桩谋杀案,而且是极其蓄意的谋杀案。于是,我唯一的希望便寄托在通过消灭所有犯罪动机的线索和犯罪手法，让案子变得扑朔迷离。我捡起手枪，把它拿到隔壁的房间，准备清理干净，但却发现那里没有可以擦拭的东西，我想起刚才看到莱文沃斯先生脚边有一条手帕，便走回去捡起来擦。那条手帕是莱文沃斯小姐的，不过我一直到擦拭枪管时才发现。当看到手帕的一角有她名字的缩写时，我吓了一大跳，慌张之中竟然忘记擦拭弹室，心里唯一的念头就是如何处理这条手帕，毕竟它被用来做的事情太可疑了。我不敢把手帕带出那个房间，思索着该如何销毁它，但苦于无法，只能把手帕塞进椅子的软垫后面的深处，希望第二天能拿回并把它销毁。做完这一步，我把手枪重新装好子弹，把它锁好，准备离开房间。但就在这个时候，就像其他的行凶者也会在事后经历恐惧那样，我忽然被闪电般的恐惧感击中，头一回不知道该采取什么行动才好。我走出去的时候把门锁上了，这是我不应该做的。直到我走上楼梯我才想到自己做了一件蠢事，但已经太迟了，因为此时，女仆汉娜手持蜡烛出现在我面前，她看着我，脸上充满了惊讶的表情。

"天啊，先生，你去哪里了？"她惊声问道，但奇怪的是，她的语调却较为低沉，"你看起来好像刚刚见到了鬼似的！"而她的视线也转移到我手中的钥匙上，充满了怀疑。

我感觉好像有人掐住了我的喉咙。我赶紧把钥匙放进口袋里，往她靠近一步。"如果你跟我下楼去，我就告诉你我刚才看到了什么，"我小声说道，"如果我们在这里交谈，小姐们会被吵醒。"我竭尽全力让自己的表情放松，伸出一只手把她拉到我身边。我这么做是出于什么原因我也不清楚，可能是一个本能的动作吧。但当我看到我碰到她时她脸上的表情以及她欣然准备跟随我的脚步，我便有了勇气，想起以前有那么一两次，我发现这个女孩对我的言行有难以解释的情感，现在我觉得我完全可以利用她的这种情感,以达到我的目的。

我带她走到客厅门前,拉着她走到宽敞的会客厅的里头,然后用最不会引起她惊恐的口气告诉她莱文沃斯先生死了。当然,她立即变得十分惊恐不安,但她并没有尖叫——她从没遇到这样的情况,她明显不知所措——我如释重负,继续告诉她,我不知道凶手是谁,但如果其他人知道她在楼梯上看到我,而且手里还拿着图书室的钥匙,那他们必定会宣称我就是凶手。

"但是我不会说出去的,"她小声说着,既惊恐又热切,她的声音颤抖得很厉害,"我会保守秘密。我会说我谁都没有看见。"

不过,我很快就说服她,一旦警方开始对她进行审问,她就没有办法守口如瓶。接着,我连哄带骗,花了相当长的一段时间才让她同意暂时离开这里,等到风暴平息之后才回来。很快,我又让她意识到必须马上动身,不能回去收拾东西。不过,直到我答应她,如果她此时听从我的吩咐,总有一天我会娶她为妻,她才认真面对事态,也表现出天生的母性智慧。"贝尔登夫人会收留我的,"她说,"要是我能够到 R 镇就好了。只要有人请求她,她就会收留人家。她也会收留我的,如果我告诉她是玛莉小姐派我去的话。可是我今天晚上没办法到那里啊。"

我立即想办法说服她可以连夜赶到。午夜的火车还有半个小时才开出本城,而且这里距离车站的路程她只需步行十五分钟即可。但她当时身上一分钱也没有!我很快给了她一些钱。然后她又担心自己找不到地方!我于是不厌其烦地向她解释路途方向。她还是犹豫不决,但最终还是答应动身了。在她了解了我要用来与她通信的办法之后,我们便一同走下楼去。我们在楼下看到了厨娘的帽子和披巾,我帮她穿戴好。很快,我们就到了马车场。"记住,不论发生什么事情,你都不要把今晚发生的事情告诉任何人,"在她转身要离开我的时候,我小声地告诫她,"记住,某一天我要来娶你。"她一边喃喃地答应着,一边用双臂环住我的脖子。这个动作来得突然,也许就是在这个时候,她不小心把蜡烛弄掉了,在此之前,她还一直不知不觉地握着蜡烛。我给她承诺之后,她就悄悄地溜出了大门。

她走了之后,我的心里充满了可怕的焦虑感,我只能说,这些焦虑感不仅让我在再度进门来的时候锁上了门,还让我忘记把口袋里的钥匙扔到大街上,或在上楼之前把它留在大厅里。事实上,我的全部思绪都集中在这个女孩给我带来的危险上,以至于全然忘却了其他事情。汉娜离开我、飞快地沿着街道走去时那苍白的脸、那充满恐惧的表情,一直在我眼前挥之不去,甚至连楼下躺着的死者都没有她的形象那么历历在目。那就好像我的思绪被系在这个脸色苍白、快步走在午夜街头的女人身上似的。我担心她会坏了事——自己回来或是被人带回来——我担心第二天一早下楼时就会看到她,脸色惨白、惊恐不已地站在前门的台阶上,这对我来说就像是噩梦一样。我开始想象这就是唯一的结局,她是永远不会、绝不可能安然抵达那个遥远镇子上的小屋的,我简直就是在这个可怜的女孩身上装了危险信号——等到第一缕晨光照射下来,危险就会重回我身边!

但这些念头也在不久之后就消散了,因为我开始意识到,只要那把钥匙和那封信还留在我身上,我就会有危险。该如何把它们处理掉才好?!我不敢再离开自己的房间或打开窗户。有人可能会看见我,以后会回想起来。我甚至不敢在自己的房间里走动。莱文沃斯先生可能会听见。是的,当时我那病态的恐惧已经到达这样的程度——我甚至担心我亲手盖住的耳朵还能听见声响,我甚至还想象他依旧躺在楼下的床上,即便最小的声响都会惊醒他。

不过,销毁罪证的必要性最终战胜了病态的焦虑,我取出口袋里的两封信——我当时还没有换衣服——选出较为危险的那一封,也就是莱文沃斯先生亲笔写的那封,放到嘴里一直咀嚼到它成为纸糊,再吐到房间的角落里;但另外一封信上沾有血迹,没有任何理由,即便是为了自保这个理由,也无法迫使我把它放进嘴里。我没有办法,只能躺在床上,手里紧握着这封信,眼前浮现着汉娜飞快走路的身影,就这样一直到天色破晓。我曾听说,在天堂里,一年的时间犹如一天般短暂,现在我很容易相信这种说法了。我已经体会到,在地狱里的一个小时就是永恒!

尽管如此,日出还是带来了希望。我说不上来原因,不知道是因为照射在墙上的阳光让我想起了玛莉,想起我要为她做的一切,还是因为当时的实际需求又唤回了我骨子里的克制和淡定。我只知道我起床的时候已经相当平静,完全能控制自己的情绪。信件和钥匙的问题也自然而然地解决了。把它们藏起来吗?我不会这么做!相反,我会把它们放在所有人都看得到的地方,希望它们能被忽视。我把信撕成长条的引火纸状,把它们带到备用房间,放到一个花瓶里。然后,我把钥匙握在手中,走下楼去,打算在我经过图书室门口时把它插进钥匙孔里。但莱文沃斯小姐几乎是跟在我身后下楼来,令我无法这么做。不过我在她没注意的时候,成功地把钥匙插在了次厅的煤气装置的金属装饰上。到这时我总算放下心来,于是我以一贯的自持的形象跨进门槛,走进了早餐间。玛莉已经在那里了,她看起来极其苍白憔悴。我进来时,她居然看了我一眼,我和她四目相接时,几乎忍不住要大笑起来,因为我想到她已经获救了,想到将来我宣布自己就是解救她的人的那一刻。

随后,大家很快便察觉到情况有异,而至于我在当时以及此后的举动,我没必要细说。我让自己的举止看起来和一个清白无辜的人一样。我甚至忍住没去碰那把钥匙或者走进备用房间,或者作出任何我不愿外界都能看到的举动。因为就当时的情况而言，整栋房子里不存在一点对我不利的证据。而我本人，一个辛勤工作、毫无怨言的秘书，一个尽管暗恋雇主的侄女却连她本人都没有丝毫察觉的人，一个因凶案而会失去良好境况的人，也不会遭到任何怀疑。因此我履行了我应尽的职责，通知了警方，还去找威利先生，就好像，从我晚上第一次离开莱文沃斯先生到次日早上下楼用餐之间的几个小时，都从我的意识中抹去了那样。

我在被讯问期间也遵照同样的原则。我把作案的那半个小时从我的意识中摒除，我尽最大努力根据实情回答各个问题。和我有相同处境的人常犯的重大错误便是编造了太多谎话，以至于让自己在不重要的事情上败露了。可是，唉，在我为自己设想脱身的计划时，我忘了一点，那便是我让玛莉变成了凶案的获益人，害她处境危险。后来，有位陪审员从莱文沃斯先生酒杯中剩下的酒推论出他在我离开之后不久便惨遭毒手，直到此时，我才意识到，我刚才交代了上楼几分钟后听到楼梯上有衣服拖地发出的沙沙声，这么做让玛莉的嫌疑陡增。即便是当时所有人都认为声音是埃莉诺发出的，我也没有感到放心。她完全与命案毫无关联，我一点也无法想象她会有任何嫌疑。但是玛莉——如果在此之前，我面前有一幅幕布清晰地展示事态如何演变，那我就能非常清楚的看到，一旦怀疑的矛头开始指向她，她就陷入麻烦处境了。因此，为了尽力掩饰自己犯下的错误，我开始撒谎。我无奈地承认我最近看出莱文沃斯先生和他的一位侄女之间出现裂痕，我借此将嫌疑的重担放到了埃莉诺身上，她也是较能承受的那一位。但是，这么做的后果比我预期的要严重得多。随后所展示的证据，似乎每一条都增大了她的嫌疑。不但证明了莱文沃斯先生是被自己的手枪射出的子弹杀死，而且凶手当时就在那栋房子里。我自己也不得不承认，埃莉诺在没多久之前才要我教她使用那把手枪，学如何装子弹、瞄准、开枪——此中巧合的程度，简直就像是魔鬼亲手导演的恶作剧般。

看到这一切，我极其担心两位女士在受讯问时会承认些什么。如果她们都天真地承认，在我上楼之后，玛莉就去了她伯父的房间，目的是去说服他不要把当时考虑的计划付诸行动，这样的话就糟糕了！我倍感忧惧，痛苦不堪。然而，我当时并不知道已经发生了一些事情，对她们两人产生了影响。

看起来埃莉诺已经出于理性分析，怀疑她堂姐就是凶手，但也已经把这个想法告诉了堂姐。至于玛莉，她发现当时或多或少有间接证据支撑堂妹的观点，出于恐惧，决定无论他人说出任何对自己不利的供词，她都一概予以否认；她相信，埃莉诺天性善良宽容，她的供词一定不会与自己的相抵触。而她也没有料错。虽然玛莉的做法让众人加深了原本已经对埃莉诺怀有的偏见，但埃莉诺自己不仅不反驳堂姐的说法，在据实交代会对堂姐造成不利的时候，还竟然拒绝做任何回答，因为埃莉诺这个人，即使为了挽救至亲之人，也说不出一句谎言。

她的这种行为影响了我，激起了我的敬佩之情，让我心想，在不危及自身的情况下，她值得我伸出援手。不过我也怀疑我的同情心并不会让我真正动手去帮助她，何况我也注意到，众人的重点都放在几个已经确立的事实上面，因此只要那封信和那把钥匙留在房子里一天，危险就时刻悬在我们头顶。在手帕被寻获之前，我已经下决心要把它们销毁。但是，随后手帕就被找到并展示给众人，我立刻警觉起来，马上起身，用某种借口上楼去，从煤气装置上取下钥匙，又从花瓶里拿出撕毁的信件，急急忙忙沿着走廊走进玛莉·莱文沃斯的房间，心里想着那里会生着火，可以烧毁证据。但是，让我大失所望的是，壁炉里只有冒着烟的一点灰烬。我顿时感到计划挫败，站在原地犹豫着该怎么做，就在这时，我听到有人上楼来的声音。如果被人发现我在此时身处这个房间，后果不堪设想，于是我把纸条丢进壁炉，走向门口。但因为我动作太快，那把钥匙从我手中掉落，滑到一张椅子底下去了。这突如其来的变故让我惊呆了，我停了下来，但脚步声越来越近，我完全失去自控能力，从房间里飞奔而出。的确，我当时分秒都不能拖延，因为我刚刚走到自己的门边，埃莉诺·莱文沃斯就出现在楼梯顶端，身后跟着两个仆人，走向我刚刚离开的房间。看到这一幕，我如释重负，她会看到钥匙，然后用某些方法把它处理掉。的确，我一直都猜测她会这么做，因为关于钥匙和信件的事情，此后我再没有听人提起过。这或许能解释为何埃莉诺很快就发现自己处境堪忧，而我却没有对此感到太大不安。我以为导致警方产生怀疑的，只不过是埃莉诺在接受讯问时表现出的态度，以及在命案现场找到的她的手帕。我并不知道，他们其实掌握了足以证明她涉案的绝对证据。不过，即便我当时知道了，我的行动也不一定会因此发生改变。玛莉的痛苦才是有能力影响我的唯一因素，而她当时的处境并不危险。相反，每一个人似乎都忽略了她身上所有可能的嫌疑。如果葛莱斯先生——我很快就意识到他是可怕的对手——如果他露出一点怀疑的迹象，或者雷蒙德先生——我很快便认定，他虽不知情却是最坚持不懈的敌人——如果他也显露出不相信玛莉的迹象，那我就会警觉起来。但他们都没有显露出任何迹象，我被他们的态度蒙蔽了，所以一点也不担心她的安危，照常地过日子。当然，我对自己的安危仍充满焦虑。汉娜的存在让我所有的安全感都消失殆尽。我知道警方一心要找到汉娜，所以我一直走在一个可怕的悬念里头。

与此同时，一个令人痛苦的事实出现在我面前，那便是我不但没有讨得玛莉·莱文沃斯的欢心，而且失去了对她的控制。她不但对这宗让她继承伯父财产的命案感到极端恐惧，而且，我认为她是受到了雷蒙德先生的影响，很快有种种表现，均与她以往的品性有些不同，而我原本想借此血案来赢取她芳心，希望正是寄托在这些品性上面。这一发现几乎让我发狂了。我极力克制自己的情绪，每天劳累工作时心智都处于崩溃的边缘。有好几次，我停下手头的工作，擦擦我的笔，放下它，心里想着我再也无法继续压制自己了，不过，最后我总是能拿起笔再工作下去。雷蒙德先生有时候很惊讶，因为我就坐在我死去的雇主的椅子上。苍天啊！那是我唯一的防卫措施啊。我只有不断地让思绪围绕着命案，我才能控制住自己不做出任何轻率的举动。

最后，令我无法再抑制内心痛苦的时刻终于到来。一天晚上，我和雷蒙德先生正在走下楼梯，我看到一位陌生绅士站在会客室里，他看着玛莉·莱文沃斯的方式足以让我的血液沸腾起来，更甚的是，我还听到他小声地说："但你是我的妻子，你自己也深知这一点，不管你想要怎么说、怎么做！"

那是我人生中的晴天霹雳。在我为了得到她而付出这么多之后，我却听到另一个人宣称她已经是他的人了，这让我万分惊诧，怒不可遏！这迫使我必须行动起来。我必须愤怒地大吼，或者让我的仇恨化成对楼下那个男人的致命一击。我不敢尖声叫嚷，于是我给了他一击。我问雷蒙德先生他姓甚名谁，当听到的名字正是我所预料的，"克拉弗林"，我的谨慎、理性、常识都被抛到九霄云外，在盛怒之中，我指控他就是谋杀莱文沃斯先生的人。

接下来的一刻，我马上感到追悔莫及，我愿意用我的一切来收回刚才的话。这样指控一个毫无嫌疑的人，只能把别人的怀疑引向我自己！但是，一言既出，驷马难追。因此，在经过一夜辗转深思之后，我决定采取最佳补救措施：以超自然的理由来为我的冲动之举打圆场，希望这么做我可以重回原来的立场，同时让雷蒙德先生保持对那个人的些许疑问，而我的安全也依赖于此。但我当时并没有打算做出更进一步的举动，要不是我观察到雷蒙德先生出于某种原因，已经怀疑上了克拉弗林先生，我也不会更进一步。一旦我发现了这一点，我就被复仇的念头控制住了，我问自己，是否能让这个人背负凶手的罪名？不过，要不是我偷听到两个仆人之间悄悄的对话，我的自问也不会带来什么切实的结果。我听见他们说，命案发生当晚有人看到克拉弗林先生进了屋子，但却没有人见到他离开。这一发现让我下定了决心。有这样一个事实作为出发点，我有什么不能达成的？现在我的绊脚石只有汉娜一个人了。只要她还活着，我就只能看到自己的灭亡。于是我决定要想办法把她除掉，同时报复克拉弗林先生，一石二鸟，以解我心头之恨。可是我该怎么做？我该如何在不离开工作岗位的条件下接触到她本人？该如何在不引起新的疑点的情况下把她除掉？这个问题看起来似乎没有解决方案，不过特鲁曼·哈韦尔长期以来扮演机器人的角色也是有所收获的。我琢磨了不到一天时间就突然灵光一闪，想到了唯一的办法，那便是诱骗她把自己灭掉。

  这个计划一成熟，我便急忙地实施起来。我心里很明白，我将面对极大的风险，于是行事格外小心。我把自己关在房间里，用印刷体给她写信——她之前明确告诉过我她不识字——我在信中利用她的天真无知、愚蠢的春心和爱尔兰人迷信的特点，告诉她我每天晚上都梦见她，不知道她是否也是每晚都梦我。我还告诉她，因为我担心她没有天天想念我，所以特地在信中附上一张小符，如果她按照指示使用，就能产生最美妙的幻境。而给她的指示便是，先烧掉我这封信，然后把我小心附在信中的小纸包拿在手中，服下里面的粉末，然后立刻上床睡觉。那些粉末含有剧毒，而那封信你也知道了，是伪造来嫁祸亨利·克拉弗林的自白。我把所有东西放入信封内，在信封一角画了一个十字作为暗号，然后像我们约好的那样把信寄给了贝尔登夫人。

接下来的一段时间是我经历过的最痛苦的等候。虽然我已经刻意不在信件中写下自己的名字，但我仍然觉得被识破的可能性极大。只要她在我为她设好的路线上稍微走偏一步，立刻就会带来致命的后果。如果她打开随信附着的小纸包，对药粉产生怀疑，把秘密告诉贝尔登夫人，甚至忘记烧毁我的信，那我的计划就全盘崩溃了。我无法确定她的行动，而且除了报纸上的报道之外，我没有其他的方式可以得知这一计划的结果。你有没有觉得我一直对周围的人察言观色？恨不得快速地看遍所有新闻报道？而且在门铃响起的时候总是突然吓一跳？几天之后，我在报纸上看到一段短短的报道，让我确信我的努力和心血没有白费，那个令我畏惧的女人终于死去了。你说，我当时有没有感到如释重负？

但说这些又有什么用？六个小时之后，葛莱斯先生就召唤我前去，然后——剩下的事情就让这监狱的高墙和这份自白书去告诉你们吧。我已经无法说话，无法动弹。

第三十九章　最终结局

> 她自会受到上天的惩裁，
> 也会被自己心中的荆棘戳刺。
> ——《哈姆雷特》

> 如果能由我来评价的话，那么她是冰雪聪明的，
> 如果我的眼睛不会说谎，那么她是美丽动人的，
> 她还是诚实真诚的，她也已经证明了自己。
> 因此，兼备聪慧、美貌和真诚的她，
> 将在我的心中永远占有一席之地。
> ——《威尼斯商人》

"噢！埃莉诺!!"我一边向她走去，一边大声说道，"天大的好消息！这个消息会让你苍白的脸颊重焕光彩，让你的双眼再度闪光，让你的生活再度充满希望和甜蜜。你准备好了吗？告诉我。"我一边催促着她，一边弯着腰俯视她坐着的地方，因为她看起来一副随时会晕倒的样子。

"我不知道，"她踌躇地说，"我担心你眼中的好消息和我理解的不一样。对我来说没有什么会是好消息，除了——"

"除了什么？"我一边问，一边握住她的双手。我给了她一个充满幸福感的微笑，应该能让她宽心了："告诉我吧，不要怕。"

但她仍很害怕。那可怕的重担已经在她身上背负太久,已经成为了她的一部分。她怎么能确信好消息不是基于错误之上?她怎能确定她再也没有理由担心自己的过往、现在和将来?

我把真相告诉了她,用我所具备的所有热情和温柔,让她知道她身上的嫌疑都是毫无根据的,而特鲁曼·哈韦尔,并非玛莉,才是真凶,那些让她以为堂姐是杀害伯父凶手的证据,其实都指向哈尔。她的第一个反应是恳请我把她带到玛莉那里去,因为她深深地错怪了玛莉。"带我去找她!噢!带我去找她!我必须跪下来乞求她的原谅,否则我没有办法呼吸,没有办法思考!噢!我那些不公平的指控啊!不公平的指控啊!"

看到她的反应如此激烈,我觉得还是尽量安抚她为好。于是我招来一辆马车,和她前往她堂姐那里。

"玛莉一定会对我嗤之以鼻的。她会连看都不看我一眼,她要是这么做也是应该的!"我们坐在马车上沿着大马路驶去的时候,她激动地说,"我太离谱了,我永远都不该获得原谅。可是,上帝知道,我一直都以为我的怀疑有充分的理由。如果你早就知道——"

"我确实知道,"我打断她说道,"玛莉自己也承认,那些间接证据都对她非常不利,她自己也感到非常吃惊,她问我,面对这样的不利证据,她还能否被证清白。不过——"

"等一等,等一等,玛莉自己说的?"

"是的。"

"今天说的?"

"是的。"

"玛莉一定是变了。"

我没有回答。我想让她自己去发现玛莉有了怎样的转变。几分钟后,马车停了下来,我和她急忙地走进这栋曾经愁云密布的房子里,在大厅的光线下,我意外地看到她的表情发生了变化。她的眼睛变得明亮了,双颊焕发光彩,紧缩的眉毛松开了,也没有了阴郁的影子。在充满希望的阳光照射下,绝望的冰霜迅速地融化消失了。

托马斯来为我们开门,他严肃而欣喜地欢迎小姐归来。"莱文沃斯小姐在客厅里。"他说。

我点了点头,看见埃莉诺由于心情过于激动,几乎无法行走。我问她是不是要立刻进去客厅,还是等情绪平稳下来再说。

"我现在就进去,我等不及了。"她挣脱了我的手,穿过大厅,把手伸向客厅的门帘。就在这时,门帘拨开了,玛莉走了出来。

"玛莉!"

"埃莉诺!"

这两声呼唤道尽了一切。我甚至不用朝她们的方向看一眼就知道埃莉诺跌坐在了玛莉的脚边,玛莉则赶忙把她扶起来。我也不用听她们的对话就知道结果了。"我错怪你了,这是我的罪过!你无法原谅我了!"接着是一声低沉的回答:"我太羞愧了!没有什么是我不能原谅的!"她们两人长久以来的隔阂和嫌隙总算如云烟般消散,不仅如此,未来两人相互信任、同情的种子也开始发芽了。

大约半个小时以后,我在会客厅里听见门被轻轻推开,玛莉站在门槛上,脸上是谦卑的神情。我得承认我感到很惊讶,她高不可攀的美丽容颜现在也变得温和亲切了。"羞耻洗净,幸福随至。"我一边在内心喃喃自语,一边朝她走过去。我伸出我的手,心中充满尊敬和同情,我还以为我再也不会对她产生这种情感了。

我的行为好像感动了她。她双颊绯红,走过来站在我身边。

"谢谢你，"她说，"我要感激你的地方实在太多了，直到今晚我才意识到。不过我现在没办法多说什么。我希望你能跟我进去，帮我说服埃莉诺，让她从我手中接受这份财产。财产是她的，你也知道，本来在遗嘱里就是要给她的。或者说，如果——"

"等一等，"我说。她这样请求我帮助她处理财产问题，重新唤醒了我心中的忧虑。"你已经深思熟虑过了么？你真的决定要把财产交到你堂妹手中？"

她的表情已经说明了许多，她那低声的回答"啊，你怎能这样问我？"更是道尽了一切。

我们走进会客厅的时候，克拉弗林先生正坐在埃莉诺的旁边。他立刻站起身，把我拉到一边，热切地对我说：

"我想借此机会跟你说几句，雷蒙德先生，请允许我郑重地向你表示歉意。你手上有一份文件，本来你完全不必被迫保管它。由于我的错误，导致那样的局面，我悔恨不已。如果你能考虑到我当时精神状态混乱，原谅我的过错，那我将永远对你感激不尽。如果不行的话——"

"克拉弗林先生，你不必多说。那天发生的事情就让它成为过去吧，我已决心要把它尽早忘却。未来将带给我们很多的期盼，我们不必再沉浸在伤心往事之中。"

我们对望了一眼，眼神里充满了相互理解和友好情谊。随后，我们赶忙回到女士们身边。

接下来的谈话中，值得一提的是其结果。埃莉诺仍坚决不愿意接受那笔被罪恶玷污的财产，最后，她们终于达成一致，把财产捐出来，成立一个大型的慈善机构，为整个城市及其不幸的穷人们造福。这个问题一旦解决，我们的思绪就回到了朋友们身上，尤其是威利先生。

"他必须知道这一切，"玛莉说道，"他对我们的哀怜，就像同亲生父亲那样。"由于仍心怀愧疚，她表示要负责去做这件苦差，去把真相告诉他。

但埃莉诺出于一贯的慷慨宽宏，不同意她这么做。"不，玛莉，"她说，"你受的苦已经够多了。让我和雷蒙德先生去告诉他吧。"

于是，看着他们脸上闪烁着的希望和信任，我们离开了。我和她再一次走进夜色里，也走进了一个至今仍未结束的梦境。不过，她双眸闪烁着的光芒已经成为我生命中的启明星，为我带来了许许多多幸福、快乐的时光。